（第2辑）

大洋洲文学研究

Oceanic Literary Studies

安徽大学大洋洲文学研究所

Oceanic Literature Research Institute
Anhui University

DAYANGZHOU WENXUE YANJIU

安徽大学大洋洲文学研究所
Oceanic Literature Research Institute
Anhui University

（第2辑）

大洋洲文学研究

Oceanic Literary Studies

詹春娟◎主编

时代出版传媒股份有限公司
安 徽 文 艺 出 版 社

图书在版编目(CIP)数据

大洋洲文学研究. 第2辑/詹春娟主编. —合肥:安徽文艺出版社,2015.11

ISBN 978-7-5396-5587-1

Ⅰ. ①大… Ⅱ. ①詹… Ⅲ. ①文学研究-大洋洲 Ⅳ. ①I600.6

中国版本图书馆 CIP 数据核字(2015)第 255454 号

出 版 人:朱寒冬　　出版策划:朱寒冬

责任编辑:刘冬梅　刘　畅　　装帧设计:张诚鑫

出版发行:时代出版传媒股份有限公司　www.press-mart.com

安徽文艺出版社　www.awpub.com

地　　址:合肥市翡翠路 1118 号　邮政编码:230071

营 销 部:(0551) 63533889

印　　制:安徽新华印刷股份有限公司　(0551)65859551

开本:710×1010　1/16　印张:18.5　字数:320 千字

版次:2015 年 11 月第 1 版　2015 年 11 月第 1 次印刷

定价:42.00 元

目　录

南太平洋岛国文学

文坛动态

CONTENTS

New Zealand Literature

South Pacific Literature

Trends of Literary World:

序 言

有记载的大洋洲文学始于欧洲殖民——新移民带来了书写文字和欧洲的文学传统，逐渐在新拓居地建立了文学新传统。但文明史的短暂不等于文学的贫乏。在此之前，那里的土著人、毛利人口口相传，讲述着他们自己的创世神话、历史传奇和民间故事。他们古老的口承叙事与移植的欧洲文化共栖于一隅，交相辉映，既互相渗透，也共存共荣。独特历史、地理和文化造就的独特文学，经过了200多年的发展，从早期殖民文学开始，经过民族文学的创生与兴起，在后殖民文化语境中崛起壮大，直到逐渐融入当今的全球化文化大潮，呈现出创作繁荣、流派纷呈的局面，成为世人瞩目的英语文学的重要一支。

环境迁徙、生存搏斗、拓居创业、文化碰撞、身份定位，这些都是人类经验中不断重复、刻骨铭心的记忆，也是历久弥新的文学大主题。这些主题在南太平洋被凸显，被书写记录，被艺术化地呈现。这一地区的文学值得我们深入考察和探究。最初的努力开始于"文革"十年浩劫刚刚结束的1979年，在客观条件十分困难的境况下，安徽大学的马祖毅教授带领一批青年教师，成立了大洋洲文学研究所，并利用教学余暇编辑出版"大洋洲文学丛书"，坚持多年，刊发了许多精彩的译文和论文。这一系列丛书让国人最早有了接触和了解南太平洋各国文学和文化的机会，影响了包括本人在内的很多青年学者和文学爱好者，筚路蓝缕，功德无量。

也是在百废待兴的非常时期,我国开始了研究生招生,一批外国专家走进中国高校。本人有幸在新西兰籍导师谢元作(Jock Hoe)博士的指导下做文学研究,选择《弗兰克·萨吉森笔下的"新西兰人"》为硕士论文题目。论文现在看来十分粗浅,但应该是我国最早的大洋洲文学研究的硕士学位论文之一。此后我战战兢兢向马祖毅教授主编的"大洋洲文学丛书"投寄了尚且稚嫩的文章,被宽容地接受。这样最初的激励,给了我走上外国文学研究道路的信心。可惜我心不专一,1994 年出版了《新西兰文学史》后移情别恋,把主要精力投向了美国文学,大洋洲文学研究方面虽写过一些文章,但零敲碎打,作为不多。所以今天被委以写序的重任,自感底气不足,诚惶诚恐。

我记得也是二十世纪八十年代初期改革开放大门打开了之后,国家派遣了最初的一批外语界青年才俊到国外学习,留学目的地选在澳大利亚。其中的胡文仲和黄源深等后来的大牌教授,回国后将澳大利亚文学研究搞得风风火火,培养了一批博士研究生,形成了梯队。与此同时,我国外国文学研究出现大发展,热浪滚滚,人才济济,佳作迭出。作为外国文学的一部分,大洋洲文学,尤其是澳大利亚文学的研究在我国已经相当深入。在"大洋洲文学丛书"停刊 20 多年后,安徽大学外国语学院决定重启这项事业,推出《大洋洲文学研究》,这是一件可喜可贺的好事。我们祝愿她既能融入当今外国文学研究的大潮,又能独树一帜,别开生面。

不难发现,重启后的《大洋洲文学研究》的第一辑和第二辑中,澳大利亚文学研究论文居多。这应该是情理之中的事情。我国已形成了一支澳大利亚文学研究队伍,不少学者卓有建树;更主要的事实是南太平洋澳大利亚一家独大,半壁江山,是大洋洲文学的主体,其他国家除新西兰外都无甚规模。但是除澳、新之外,大洋洲毕竟还包括了巴布亚新几内亚、所罗门群岛、瓦努阿图、斐济、马绍尔群岛、萨摩亚、汤加等 12 个独立国家。这些岛国都有自己特色鲜明的文化遗产和文学成就,都可以成为文化研究、文学研究的观察点。只有众星捧月,才能展现出南太平洋夜空的美丽和深邃。近几十年中,在南太平洋大学和巴布亚新几内亚大学两个文学中心的推动下,这些太平洋岛国的文学活动十分活跃,已经显现出了强大的生命力,有些作家如西萨摩亚的阿尔伯特·温特、巴布亚新几内亚的阿尔伯特·毛利·基基、斐济的瓦尼萨·格里芬等,都取得了一定的国际知名度,都值得我们的关注和研究。

重洋包围造成的地理阻隔,殖民历史带来的文化震荡,异质文明杂交生成的民族个性,共同催生了大洋洲各国异彩斑驳的文学:舶来的欧洲文化与原生土著文化排斥中的渗透,本质主义与多元文化主义对立间的妥协;地域性与世界性碰撞中的共存,这样的文化现象既似曾相识,又异趣纷呈。但长期以来,受欧洲中心主义思潮的影响,文学关注重心偏向欧美,其他国家或多或少被忽视,被边缘化。后殖民时代逆转了这样的趋势,强调文化多元共生,开始了"边缘"包围中心、颠覆中心的文化格局,文学研究更注重挖掘被压制的声音,重写被抹除的历史。对大洋洲文学的研究,也是这一潮流的组成部分。特殊的地域和历史,赋予了该地文学的特殊性和多样性,可供我们细细剖析,深入解读。

大洋洲文学反映了南太平洋人民的历史经验、民族境遇、文化建构和时代诉求,其发展演变史也是该地区的思想史、文化史、政治史和社会史,内置着丰富的文化编码。历史的演进迅速越过了前殖民、殖民、后殖民时代,将我们引入了一个全球化的语境。迅捷的交通和电子通讯将我们"网"在一个地球村,需要我们理解、感受、体验不同的文化,掌握跨文化交流、沟通、斡旋的能力。随着我国经济实力和国际影响力的增强,我们面对着开创一个包容互鉴、合作共赢的国际新局面的使命,一方面要进一步推进自身的文化发展和繁荣,提升文化软实力;另一方面也要学习吸纳国外的文化精髓,拓展我们的文化视野。《大洋洲文学研究》此时推出,顺势而为,再搭平台,既是继承传统,也是与时俱进的举措。我祝愿她越办越好,为我国的外国文学研究做出一份贡献。

虞建华

2015 年 6 月

于上海外国语大学文学研究院

《活体解剖者》

——一部重写的现代悲剧版皮格马里翁故事

吴宝康①

摘要：罗马诗人奥维德《变形记》中的皮格马里翁故事源自古希腊神话，以雕像复活成人，演绎为人间爱情的故事来肯定和讴歌现世人生的价值和生命意义；萧伯纳的同名剧《皮格马里翁》则表现了借助环境和教育塑造出理想完美之人的故事，体现了资本主义自由平等独立的价值观。无论是奥维德创作的皮格马里翁故事还是萧伯纳的戏剧《皮格马里翁》，都再现了理想的人的建构。而帕特里克·怀特的《活体解剖者》则是一部重写的现代悲剧版皮格马里翁故事，描述了超人式艺术家赫特尔在以艺术解构模特的方式走向艺术成功之路的同时，也完成了对真实人生的肢解和毁灭，表现出艺术家试图在混乱无序中重建秩序的徒劳，以及建立精神家园失败的悲剧。

关键词：帕特里克·怀特；《活体解剖者》；皮格马里翁；现代生存悲剧

Abstract:The Pygmalion story in *Metamorphosis* by Roman poet Ovid originates from the ancient Greek mythology,reflecting poet's affirmation and eulogy of the value and significance of this life while Bernard Shaw's namesake comedy

---

① 吴宝康，博士，上海海关学院外语系教授，上海对外经贸大学澳大利亚研究中心研究员。

Pygmalion emphasizes the environmental and educational influence on the formation of perfect personality, evident of bourgeois values of freedom, equality and independence. Roman poet Ovid's Pygmalion story and Bernard Shaw's *Pygmalion*, both of which end in comedy, maintain an optimistic outlook towards the making of a perfect human being. But Patrick White's *The Vivisector*, which is in fact a Pygmalion story rewritten as a modern tragedy, presents the life of a superman artist, Hurtle Duffield, whose vivisecting of his models leads him not only to a success in art but also to the deconstruction and destruction of real human life. The story is indicative of a tragic failure of Hurtle's effort to reshape and reorder the chaotic modern world as well as an existential dilemma of modern man who vainly seeks to establish a spiritual homeland.

Key Words: Patrick White; *The Vivisector*; Pygmalion; modern existential tragedy

《活体解剖者》(*The Vivisector*)是澳大利亚著名作家、1973年诺贝尔文学奖得主帕特里克·怀特(Patrick White)的一部名作,出版后争议颇多。小说叙述了一个艺术家赫特尔(Hurtle)的生平,用许多笔墨渲染了性爱与艺术创作的关系。因小说无可避免地涉及性爱描写,在某种程度上构成对读者传统道德意识的冒犯,故被称为"怀特作品中最为诲淫之书"[①]。用英格玛·伯乔克斯坦(Ingmar Björkstén)的话来说,该小说的出版"再次推迟了(怀特)获得诺贝尔文学奖的机缘"。人们出于对怀特的误解,认为他关注的是"艺术家踩过许多死尸,以便在表达他的人生观时有自由的控制权",以及艺术家"以毁灭人本身作为其艺术创作的原材料"。[②] 于是,评论界产生了对怀特颇为不利

① Carolyn Bliss, *Patrick White's Fiction: The Paradox of Fortunate Failure*, London: The Macmillan Press Ltd., 1986, p. 129.

② Ingmar Björkstén, *Patrick White: A General Introduction*, Brisbane: University of Queensland Press, 1976, p. 92.

的争议。[①]然而,与这种道德评判相反的是,伯乔克斯坦却高度赞扬了怀特在《活体解剖者》中的艺术成就,认为他准确地抓住了"也许是一个作家最难以尝试的主题:从内心来刻画作为时代良知和先知的艺术家,从内心来刻画艺术创作的行为和艺术家为此所付出的代价"[②]。

小说中的主人公赫特尔扮演了一个超人艺术家的角色,任意摆布、冷酷对待他的那些模特兼情人,以艺术解剖的手法,肢解女性身体的形象,以试图创作出他心目中的理想女性形象,希望以此构建一个理想的精神世界。正如赫特尔在年老时坦承的那样,他的终极目标是"试图在瞬间的混乱荒谬背后找到某种合理秩序"[③]。从他将女性视为艺术素材的艺术实验以及最终构建其精神家园失败的故事中,我们不难看出,赫特尔的艺术创造其实是一个重构的皮格马里翁故事。为此,本文试图从现代悲剧的视角出发,探讨《活体解剖者》所展现的生存悲剧。

一

为揭示赫特尔作为一个超人艺术家的悲剧性,笔者对奥维德笔下的皮格马里翁、萧伯纳笔下的悉金斯和怀特笔下的赫特尔这些人物稍作简略对比。众所周知,在希腊神话中,塞浦路斯王爱上了爱神阿佛洛狄忒的雕像,这个神话成为罗马诗人奥维德的创作素材。在他的《变形记》(*Metamorphoses*)中,奥维德创造了爱上了自己雕塑作品的雕塑家皮格马里翁(Pygmalion)这一艺术形象。从奥维德的故事中我们得知,当时阿玛托斯城中的一些女子不承认爱

① 帕特里克·怀特的传记作者 David Marr 曾提到了如下的细节:"在瑞典,那个夏季出版了 Bonniers 翻译的《活体解剖者》,Gierow 抨击怀特的这部小说贬损了艺术家的形象。他认为,怀特刻画的这个画家是在利用和消费人体。许多院士因 Gierow 的意见而动摇,于是反对怀特获奖的院士勉强达到多数。诺贝尔奖因此颁发给了 Heinrich Böll。"详见:David Marr's *Patrick White:A Life*, Austral.:Random, 1991, p. 534.

② Ingmar Björkstén, *Patrick White:A General Introduction*, Brisbane:UQP, p. 93.

③ Patrick White, *The Vivisector*, Harmondsworth, Eng.:Penguin, 1982, p. 517.

神维纳斯为神,因而被罚为娼妓。塞浦路斯人皮格马里翁看到这些妇女过着无耻的生活,心生厌恶,便发誓"不要妻室,长期独身而居"[1]。但是,当他完成了代表他心目中理想女性形象的美丽雕像后,他对待女性的态度彻底转变了。他对美丽的塑像满怀强烈的爱意,这促使他竭尽所能地去追求幸福。皮格马里翁向爱神维纳斯祷告求助:"天神啊,如果你们什么都能赏赐,请赏赐给我一房妻室……"[2]他的爱情感动了爱神维纳斯。于是,他回家之后,发现雕像果真变成了一个有生命的美女,便与其成亲。由此,奥维德将神话演绎为一个动人的人间爱情故事。其后,很多作家就同一主题进行了创作。其中,萧伯纳创作了皮格马里翁的现代戏剧。在他的著名喜剧《皮格马里翁》(*Pygmalion*)中,他描述了悉金斯(Higgins)这位语言学家如何教授伦敦东区的卖花姑娘艾莉莎·杜利托(Eliza Doolittle)说一口纯正的英语,借此将她培养成上流社会的淑女。当语言学教授悉金斯在伦敦考文特花园广场躲雨初次偶遇卖花姑娘杜利托时,她衣着邋遢,满口土语脏话,粗俗不堪,为了多挣几个便士的钱,就与别人争执不休,毫无个人尊严可言。悉金斯认为"这小妞的马路英语会让她一辈子流落街头的"[3]。结果,他突发奇想,和另一个语言学家皮克林上校一起做个实验,通过教授卖花姑娘杜利托学会说纯正英语,让她冒充公爵夫人,走进上流社会。经过几个月的调教培训之后,杜利托能说一口纯正英语,举止完全像个贵妇人,"她的娴雅大方的风度和秀美的容貌给了在场人鲜明的印象",以至"他们激动不安地站起来"。[4] 皮格马里翁式的悉金斯完成了他塑造新人的实验,卖花姑娘获得了自信自尊,更获得了独立的人格。

相形之下,小说《活体解剖者》中的主人公艺术家赫特尔承担的皮格马里翁式的角色却以悲剧结局。赫特尔出身贫寒,颇具艺术天赋,年仅六岁时即

---

① 奥维德:《变形记》,杨周翰译,北京:人民文学出版社,1984年,第132页。

② 奥维德:《变形记》,第133页。

③ 萧伯纳:《华伦夫人的职业——萧伯纳剧作选》,贺哈定、吴晓园译,上海:上海译文出版社,2006年,第195页。

④ 萧伯纳:《华伦夫人的职业——萧伯纳剧作选》,第233页。

已对色彩有着特殊的敏感,尤其喜爱绘画,并且渴望能找到一种能表达内心感受的方式。他的命运因一个偶然的机会得以改变。有一次他随母亲去富贵的考特尼家做洗涤活,在那里赫特尔偶遇考特尼夫人,他的聪明英俊给考特尼夫人留下了深刻的印象。而赫特尔也被考特尼家富丽堂皇的气势所吸引,觉得那里是“另一个世界”[①],他对那里很有归属感。之后,考特尼家因无儿子,只有一个瘸腿的女儿,很想收养赫特尔为养子。赫特尔父母因家境贫穷,为孩子的前途着想,就同意以500英镑的价格把赫特尔卖给考特尼夫妇。在考特尼家,赫特尔尽管年幼,却已显示出了叛逆的性格。他用绘画来表达自己,显露出他的艺术才华。而他的养父母资助他完成了教育,使他的艺术天赋得到进一步的发展。但他后来却因道德观和价值观与上层社会不同而与养父母发生了冲突。一气之下,他离开考特尼家,参军入伍。战后他留在巴黎继续学习绘画艺术。他学成后回到悉尼开始了自己的艺术创作生涯。在悉尼,他的情人兼模特儿先后有妓女南斯、希腊船王的妻子赫罗、少女钢琴家凯西等。但他只是利用她们的情感和肉体,以理性冷峻的极端方式精确剖析她们的肢体形象,组合重塑后表现在作品中,以此试图重新创造出他理想中的女性形象。在他晚年,赫特尔专心致志于《生命全观》的绘画创作,但却未能在最后的作品中表现出至高无上的靛蓝之色或者“显现上帝”之色,这是他幻觉中的上帝,是他精神上感悟到的真理,他称之为“心理壮观”。不幸的是,一次中风永远剥夺了他宣称最终胜利的权利,当时他正试图用艺术来表达他在顿悟中得到的启示。最后在他试图表现上帝的形象时猝死。

从现代悲剧的观点来看,《活体解剖者》揭示了艺术和现实之间的冲突,以及“上帝的反对者和上帝的模仿者”[②]之间的冲突。但在这个冲突背后则是灵与肉的背离,是个体与社会的矛盾,是物质世界和精神世界的对峙。这些矛盾冲突构成了本体论意义上循环往复的人类生存困境,构成了现代人的生存悲剧。赫特尔遭遇的生存困境需要他做出抉择。事实上,这是一项艰难的

---

① Patrick White, *The Vivisector*, p. 32.

② Mark William, *Patrick White*, Hong Kong: The Macmillan Press Ltd, 1993, p. 101.

挑战。他的解决方式是构建一个自己的精神家园,以此来对抗与他格格不入的现实世界。评论家卡罗琳·布利斯(Carolyn Bliss)对其一生的奋斗做了巧妙的总结:"他并不满足于以唯美主义的方式,将生活与艺术对立,而是以艺术对抗生活。"①为此目的,除了他的艺术天赋之外,他更多地依赖其超人的意志来摆脱困境。他"用自己的语言来解释世界"的雄心随后便在其艺术创造行为中具化为在他自己的世界中自我神化的过程。马克·威廉姆斯(Mark Williams)因此评论说:"他意欲在作品中表现无限,并将其自身等同于无限。"②相应地,小说中的主人公赫特尔即以皮格马里翁式的超人艺术家自居,试图主宰其模特儿兼情人的命运,以他自己的意志来抗衡荒诞的现实世界。

马克思认为,人的本质并不是单个人所固有的抽象物,在其现实性上,它是一切社会关系的总和。③ 在西方文学渊源中,不同时代的皮格马里翁形象所反映的必然是其所处时代的社会关系的总和,因而作者的创作意图和人物命运的结局通常观照了当时的社会现实。罗马时代的诗人奥维德塑造的皮格马里翁追求理想爱情。这个故事本身是借助"爱神"的力量,实现人世间的诉求。在这个神话故事的背后实际上是人文主义精神觉醒的端倪。其价值取向为肯定现世,追求实现人生幸福等。皮格马里翁终于如愿,实现了理想与真实生活的统一。而身处资本主义工业社会的萧伯纳通过悉金斯这一形象创造了一个现代的皮格马里翁,以语言学教授悉金斯培养的下层卖花姑娘来嘲弄所谓的上流社会文化,揭示了普通朴实之人所具备的内在素质,这正是上流社会所缺乏的东西。同时,该剧体现了资本主义社会关系所要求的个人自由和平等独立的价值观。因此,来自社会底层的卖花姑娘得到了作者的同情,作者恢复了她作为人的尊严,并赋予其强烈的个性。但是,怀特小说反映的是战后资本主义工业社会的精神危机状况:原有的信仰丧失了,新的信

① Carolyn Bliss, *Patrick White's Fiction: The Paradox of Fortunate Failure*, p. 118.

② Mark Williams, *Patrick White*, p. 114.

③ 马克思:《关于费尔巴哈的提纲》(见中共中央马恩列斯著作编译局:《马克思恩格斯选集》第1卷)。

仰尚未形成,传统的价值观崩溃了,中心不复存在,混乱与荒谬取代了有序与理性。生活在其中的个体正如范农所描述的,"没有赖以支撑的信仰,四顾茫然……精神无所寄托"[①]。对此,安东尼奥·葛兰西(Antonio Gramsci)评论说:"(精神)危机恰恰由如下事实所构成,即旧的一套正在死去,而新的观念尚未形成;在此空白期间,众多杂乱病态丛生。"[②]在此背景下,怀特笔下的皮格马里翁式艺术家赫特尔横空出世,寻求解脱精神困境的途径,是一个超然于人类情感之上,如超人般的艺术家,自然因其个性和反传统的艺术创作手法而被社会主流排斥在外。

奥维德笔下的皮格马里翁最终与其塑造的雕像实现了人世间的幸福结合,萧伯纳创作的《皮格马里翁》亦称得上是结局圆满,而怀特笔下的皮格马里翁式的超人艺术家赫特尔则不同,他注定了悲剧性失败的结局。

二

作为怀特的现代悲剧版皮格马里翁形象,赫特尔这位陷入"孤独存在"的艺术家,以艺术上的超人面目示人,他坚信凭借其意志力可以实现目标。其实,早在他孩提时代,赫特尔就已显示出具有统治欲的性格和坚强的意志。例如,他不允许妈妈"告诉"其他孩子他在考特尼家所看到的辉煌的"枝形吊灯",他的确"真想跑过去阻止她,因为枝形吊灯的形象已经在他心目中再度迸发出耀眼的光辉,他不想与其他孩子分享他的特殊体验:妈妈、丽兹都别想看上一眼或是体验半点儿"。[③] 结果,赫特尔的母亲发觉开始控制不了他了。他的个性是如此独立以至"他让(妈妈)坐立不安,好像她已经对他失去控制,尤其最糟的是,失去对他想法的控制"[④]。

① Frantz Fanon, *The Wretched of the Earth*, New York: Grove, 1968, p. 218.

② Antonio Gramsci, *Selections from the Prison Notebooks*, Ed. & Trans. Quintin Hoare and Geoffrey Nowell Smith. New York: International, 1976, p. 276.

③ Patrick White, *The Vivisector*, p. 28.

④ Patrick White, *The Vivisector*, p. 17.

长大成人后,赫特尔的意志力赋予其艺术生涯以强大的力量。当他参军以摆脱考特尼家令人窒息的气氛时,他声称:"只要有意志,你可以成就任何事。"①这是赫特尔首次明确宣布其超人意志,以表明他决心克服一切困难以达到目的。随后,亦是赫特尔的超人意志在其后生命中的支持,引领他在艺术生涯中克服障碍,得以功成名就。由于赫特尔拒绝做一名虔诚信仰上帝的基督徒,他对自己心目中的"上帝"存在的合理性做了一番自己的阐释:

上帝即活体解剖者

上帝即艺术家

上帝②

赫特尔怀着"上帝即活体解剖者"的信仰,试图填补人们对上帝信仰的普遍丧失所造成的空虚。

赫特尔清楚地看到,"唯美的真实和丑陋的现实之间存在着巨大的差异"③,所以,他试图用其艺术来沟通二者,实际上这就是他再现他所感知的世界形态与重建世界秩序的超人式努力。为实现他的目标,他意识到:"必须抵制全心全意的爱,因为它像宗教一样力量强大。而他当然不是教徒,他是艺术家。"④事实上,赫特尔的爱——如果说他还有爱的话——就是对艺术的奉献:赫特尔"除了绘画之外,从未和谁坠入过爱河。他意识到,他爱上了自己作品中那个永远站立在三脚浴盆旁的'女祭司皮提亚'"⑤,即他理想中的女性。他决意成为一个有着超人意志的艺术家。为此,他坚定地抵御普通人的情感,以锤炼自己的意志。有趣的是,这点与怀特笔下的另一个人物沃斯颇

① Patrick White, *The Vivisector*, p. 168.

② Patrick White, *The Vivisector*, p. 307.

③ Patrick White, *The Vivisector*, p. 193.

④ Patrick White, *The Vivisector*, p. 177.

⑤ Patrick White, *The Vivisector*, p. 321.

为相似。沃斯认为“他既不需要热情的赞美，也不需要爱。他是个完人”①。本着艺术家的超人信条，赫特尔切断了与考特尼家族的一切联系，尽管“他离开时让他们对他不满”②，他自然根本就没有任何负罪感。由此，他逐步完成了自我神化为超人般皮格马里翁，开始了他的精神求索过程。

三

赫特尔的超人意志把他置身于上帝般的皮格马里翁的地位。但这位皮格马里翁在全神贯注于创造艺术形象的同时，却完全否定了女性的主体性。这在他对待南希和其他模特儿的态度上表现得淋漓尽致。事实上，这些女性同时充当着他艺术中的模特儿和生活中的情人的双重角色。但他的“爱”，如果还有一点儿的话，几乎不能看作是人类感情之“爱”。最终，他神圣的艺术把赫特尔和他的情人拉开了冷冰冰的距离。例如，在他和南希的关系中，“他似乎并不是把这个女人作为一个人来爱的：至少，他所爱的并且所需的仅仅是她的身体而已。至于他是否需要她的性爱，这还得取决于艺术对性的依赖程度”③。当南希对新生活充满憧憬时，“她满脸笑意，似乎生活就像一个将要开启的瓶子那样，重新开始”④。但赫特尔冷静地提醒自己的神圣使命，“他得告诉自己，他是一名艺术家”⑤，因为他认为爱情对自己的艺术事业而言，有害无益。此刻，他与怀特另一部小说《特莱庞的爱情》（*The Twyborn Affair*）中的人物埃迪·特莱庞持有相同观点：“一名艺术家必须提防沉溺于感情的倾向，一如女修道院院长抵御对其圣职理想的威胁。”⑥然而，南希不愿成为一个无生命的艺术道具，她渴望真爱，她向赫特尔明确宣称：“你是我想要的真正永

---

① Patrick White, *Voss*, London: Penguin, 1957, p. 41.

② Patrick White, *The Vivisector*, p. 177.

③ Patrick White, *The Vivisector*, p. 189.

④ Patrick White, *The Vivisector*, p. 194.

⑤ Patrick White, *The Vivisector*, p. 194.

⑥ Patrick White, *The Twyborn Affair*, London: Penguin, 1997, p. 323.

久的情人,我不能失去你。"但赫特尔始终无动于衷,他一心专注于艺术,丝毫没有将南希作为活生生的人对待,最终将南希逼入绝望:"亲爱的,你就是我失去的东西。"[①]赫特尔另一个模特兼情人赫罗同样深感绝望:"我觉得你太自私,赫特尔,你已经忘记了我为你所放弃的一切。我看不出来你会爱任何人——永远不会。"[②]

在他精神朝圣的过程中,赫特尔虽然获得了皮格马里翁的身份,却忽视了达到灵肉合一境界的必要性。令他深感兴趣的莫过于创造理想世界的使命。赫特尔与南希的相遇迅速燃起他一直珍视的愿望——创造理想形象。从一开始,赫特尔就是一个上帝般的"皮格马里翁",毫无感情。他为了达到艺术上的目标,操纵其模特们的命运。他对待南希和其他模特的态度就像一个艺术家对待其创作素材一样。在他与南希相处中,他更多的是利用她为其艺术创作服务。怀特描述了赫特尔是如何利用南希的形象的:"走过灯下的阴影时,她看上去是那么超然与古典。他得把这形象运用于另一幅画面里:她头上重重叠叠的头发盘梳。"[③]因此,赫特尔那种皮格马里翁式的创作意图非常明显,他想根据自己的意图来塑造南希:"事实上,南希就是他的作品;他才刚开始塑造她。"[④]但他塑造南希的企图并未成功,因为南希拒绝成为一件无生命的艺术品。她反抗赫特尔没有人性的操纵。虽然赫特尔熟悉南希身体的每一部分,但"迄今为止,他从未如深入南希的身体般地深入过她的生活"[⑤]。显而易见的是,南希的自杀不仅是不惜毁灭自身以粉碎赫特尔对美的幻想,同时也清楚地表明了赫特尔企图控制她的心灵以再现皮格马里翁故事的失败。

同样,赫特尔对赫罗的塑造也失败了。与之前相同,从他看到她的第一眼起,他就把她看作是一个物品而非人,因为"她看上去就是一件艺术品,他

---

① Patrick White, *The Vivisector*, p. 249.

② Patrick White, *The Vivisector*, p. 358.

③ Patrick White, *The Vivisector*, p. 206.

④ Patrick White, *The Vivisector*, p. 200.

⑤ Patrick White, *The Vivisector*, p. 246.

爱上她了”。在他们的关系中，他“将溺水的赫罗转化为一件艺术品”，但“他对她的肉体之美并不太感兴趣”①。对赫特尔来说，赫罗仅仅是一幅图像，是值得铭记的“一次审美体验”②而已，而她作为人的肉体存在则已被否定了。所以，在赫特尔的眼中，“她已经失却其正常身份，而她原先的身份也是无名无姓”③。结果，他以上帝般的行为，试图把“溺水的赫罗转化为一件艺术品”的努力只是再一次重复了他先前在南希身上的失败而已。

赫特尔上帝般的皮格马里翁式努力失败了，这也显示他在被边缘化的状态里建立自己的中心地位的失败。换言之，尽管他被边缘化了，他仍试图借助他的皮格马里翁式的努力来构建他自己世界的中心，那是他的艺术世界或者精神家园，以此证明他在技术工业社会里作为一个被边缘化的怪异人的存在价值。因此，艺术实际上是赫特尔对抗现实世界的最后防线。

历经多年的绝望之后，赫特尔邂逅了凯茜。这次邂逅再次激起了赫特尔的激情，给他的生活带来了新希望。然而，与赫特尔的期望大相径庭的是，凯茜从一开始就是一个独立女孩，与赫特尔同样以自我为中心。她对赫特尔坦言：“我从不长久地感到自己属于任何人——除了我的房间。”④在面对赫特尔这个超人式活体解剖者时，她和赫特尔的妹妹罗达的态度如出一辙。罗达虽然同意住在赫特尔家中，但她非常独立。她声称：“我们各过各的生活。”⑤凯茜和罗达努力保持她们自己的独立个性，同时这也是她们对赫特尔权威地位的反抗。她们抗拒赫特尔对她们进行超人式的艺术解剖，最终打破了赫特尔在艺术领域里的超人梦，也使他构建理想的精神家园的努力归于失败。

---

① Patrick White, *The Vivisector*, p. 359.
② Patrick White, *The Vivisector*, p. 346.
③ Patrick White, *The Vivisector*, p. 348.
④ Patrick White, *The Vivisector*, p. 424.
⑤ Patrick White, *The Vivisector*, p. 467.

四

奥维德《变形记》里的皮格马里翁和萧伯纳《皮格马里翁》里的悉金斯均付出了巨大的努力,得到的结局是被塑造对象的重生——前者雕刻的雕像获得了生命,而后者则使一个卖花姑娘重拾自尊并找回了人生价值。但赫特尔在艺术实践中的努力却在肉体上和精神上都导致了死亡。赫特尔拒绝所有的人类情感,为他自己建立了一个冷冰冰的审美世界,那里没有人的生机,只有死亡的阴影永远笼罩在他的理想世界里。南希和赫罗的命运均以悲剧告终:南希选择了自杀身亡,而赫罗则在癌症中绝望离世。赫特尔钟爱的精神女孩凯茜最终背叛了他,并永远地离他而去,实际上在赫特尔的精神世界里,她已经形同死亡。在此情况下,他所创造的艺术形象,尽管成功塑造出美的瞬间,却没有人的生气。赫特尔虽然拥有超人意志,他所追求的美却表现为灵与肉的分离,其精神理想可望而不可即。

奥维德和萧伯纳的故事都以幸福圆满结局。在奥维德的《变形记》中,皮格马里翁的努力最终得到回报,雕像被爱神维纳斯赋予了生命。而在萧伯纳的《皮格马里翁》中,悉金斯通过教授正确的语音语调,成功将杜利托转变为一位有教养的淑女,重获独立。如果说,奥维德的皮格马里翁和萧伯纳的悉金斯都在某种程度上实现了他们各自的目标,那么,怀特笔下的皮格马里翁则一再遭遇挫折,因为赫特尔用其模特仅创造出徒具外表的艺术形象,却没有赋予其人类的生命活力和灵魂。他艺术解构了其女模特,绘出了美丽的形象,但却未能给这些形象"注入他的生活理想"[①]。他曾伤感地哀叹:"他所真正成就的就是失败而已。"[②]

雷蒙在其名著《现代悲剧》中谈到存在主义悲剧时说:"当人生活在一个社会中,他实质上是在遭受挫折,被分裂以反对自己;在一种本质上荒诞的处

① Patrick White, *The Vivisector*, p. 203.

② Patrick White, *The Vivisector*, p. 248.

境中,人受到无法忍受的矛盾的折磨。"[1]《活体解剖者》中的主人公赫特尔又何尝不是如此?事实上,"赫特尔"的英文是"Hurtle",而"hurt"一词在英文中意为"伤害"[2]。因此,赫特尔作为一个艺术家,正如黄源深所指出的,在伤害别人的同时也伤害了他自己。[3] 他生活在本质上荒诞的处境之中,忍受着自相矛盾的折磨。当艺术意义上的活体解剖将他引向艺术成功之路的同时,他也肢解了人生。从这个意义上来看,皮格马里翁式的超人艺术家赫特尔可以说"还只是一个想象自由的囚徒"[4],并没有超越其生存困境。他既是其生存悲剧的牺牲者,又是他人尤其是他那些模特儿的地狱,是一个失败的现代皮格马里翁。

---

① Raymond William, *Modern Tragedy*, Stanford: Stanford University Press, 1966, p. 189.

② 批评家们如 John B. Beston 和黄源深都指出赫特尔这个名字隐含着伤害、毁灭之意。如 John B. Beston 就指出:"赫特尔的名字既暗示着外界对他的伤害,也暗示着他自己伤害他人的意愿。"John B. Beston, "Patrick White's *The Vivsector*: *The Artist in Relation to His Art*", p. 169.

③ 黄源深:《澳大利亚文学史》(修订版),上海:上海外语教育出版社,2014 年,第 257 页。

④ F. Nietzsche, *Thus Spoke Zarathustra*, Trans. R. J. Hollingdale, London: Penguin Books, 1968, p. 70.

白度批评与澳大利亚土著小说

邢春丽①

摘要：20 世纪 90 年代以来日益受到学术界关注的白度批评使白人身份的意识形态建构特性得以显现,将族裔研究带入一个新的历史阶段。该研究跨越多个人文和社会科学领域,也为文学批评提供了新的视角。本文将借助白度批评的理论,重点选取两部典型的澳大利亚土著作家的历史小说,分别是埃里克·威尔莫特的《潘姆嵬》和吉姆·斯科特的《心中的明天》,解析土著作家如何充分利用文学的想象空间,运用多种语篇手段,批判并颠覆白人殖民者建构的充斥着帝国霸权的历史文本,揭示白人身份的本质特性,在使白度"显身"的同时,也表达了土著民族的集体诉求,为接续被殖民入侵所切断的土著传承、重构土著民族自己的历史做出不懈的努力。

关键词：白度批评;土著小说;历史;语篇手段

Abstract: Since the 1990s, Critical Whiteness Studies has become established as an interdisciplinary field. Centering round the critique of whiteness as a socially constructed ideology, it has led race studies into a new historical stage. It encompasses multiple fields in humanities and social sciences, while

---

① 邢春丽,北京航空航天大学外国语学院副教授,清华大学在读博士,目前在澳大利亚新南威尔士大学艺术媒体学院访学。主要研究方向:澳大利亚文学中的白人与土著关系及土著白人接触历史。本文是澳中理事会 2014—2015 优选基金项目"当代澳大利亚小说中的白人与土著关系"的阶段性成果。

furnishing a new perspective for literary studies. Drawing on the theories of Critical Whiteness Studies, this paper focuses on the analyses of two historical novels by the Aboriginal writers in Australia, Eric Wilmott's *Pemulwuy* and Kim Scott's *Benang: From the Heart*. Resorting to distinct discursive strategies, the two novels have attempted to render whiteness visible and subvert the hegemonic historical narrative constructed by the colonizers. In the meantime, the novels have aired the collective appeals of the Aboriginal people and reconstructed from the Aboriginal perspective the Australian history disrupted by the colonial invasion.

Key Words: Critical Whiteness Studies; Aboriginal novels; history; discursive strategies

一、引言

文学作品产生于特定的时代，不可能脱离历史、社会、政治等因素的影响，在真空中存在。正如爱德华·赛义德在《世界、文本和批评家》一书中所说，文本是"世俗的"，即使表面上予以否认，也是它"赖以产生和进行阐释的社会关系、人类生活和历史时期的一部分"①。

在澳大利亚建构民族身份的过程中土著成为文学作品中至关重要的无可回避的话题。文学评论家J. J. 希利认为，从十九世纪开始，澳大利亚文学的道德和完整性即面临着最严峻的考验，这一考验来自被马林诺斯基称为"第三文化现实"的土著民族。这种文化现实的意义"只有对经历进行反思和重构时才能窥其一斑"，此处的意义指的"不是柏拉图式的或超验的实体"，它是"土著对于特定的澳大利亚人民，在特定历史时期、特定的文学作品中所积聚

① Edward W. Said, *The world, the Text, and the Critic*, London: Faber and Faber Limited, 1984, p. 4.

的意义的总和",有土著介入的经历跨越了疆界,挑战着传统的判断,成为作家艺术反思、重构意义的对象[①]。他还指出,"作家们对澳大利亚的文明根基普遍持有一种悲观主义态度",他们认为只有通过土著才能体现出生活在澳大利亚的真正价值,"二十世纪澳大利亚文学的主要能量是通过想象使土著得以回归"[②]。

二十世纪六十年代以后,用英文写作的土著作家开始从土著民族特有的社会视角重新阐释澳大利亚的历史,发掘土著民族遗产的文化内涵。由于出版资金、周期等因素的限制,土著作家早期的作品文类以诗歌、戏剧、传记和短篇小说为主,进入80年代之后,才开始逐渐采用中长篇小说的形式展现土著民族觉醒及抗争的经历。中长篇小说为作家们提供了更加丰富的想象空间,填补了充斥着殖民霸权的历史叙事的空白,对重构土著历史、传承土著文化、树立民族自信起着重要的作用。

本文所选取的两部澳大利亚土著小说反映了不同历史阶段的土著民族境况:埃里克·威尔莫特的《潘坶嵬》记录了土著与白人初次遭遇时土著人民为保卫土地进行的不屈抗争,吉姆·斯科特的《心中的明天》则主要反映了土著被白人同化时期的土著混血儿身份认同问题。两部小说都具有明确的话语抵抗性质,对澳大利亚的白人历史进行了批判和颠覆。本文将借助在澳大利亚人文社科各领域得到蓬勃发展的白度批评理论来解析两位作家所采用的语篇策略和叙事技巧。

二、白度批评与澳大利亚文学

白度批评(Critical Whiteness Studies)是一个跨学科的领域研究,二十世纪初起源于美国,其核心是将白人身份作为社会建构的意识形态进行批判。

① J. J. Healy, *Literature and the Aborigine in Australia*, St Lucia: University of Queensland Press, 2nd ed, 1989, pp. 29-32.

② J. J. Healy, *Literature and the Aborigine in Australia*, pp. 291-293.

该领域的先驱者包括 W. E. B. 杜波依斯、詹姆斯·鲍德温、西奥多·W. 艾伦、作家兼文学评论家托尼·莫里森和历史学家大卫·罗迪阁。到了 20 世纪 90 年代中期，白度批评进入了繁荣时期，从文学批评到历史学、社会学、地理学、教育和人类学，各个领域都涌现了大量的著作，从不同角度解析白度，白度批评成为大学课程、学术研究和论文集的一个重要话题。

正如福柯所说，每一个社会中的二元对立（如性别和种族）都有层级划分，这样就可以将一个类属置于其他类属之上，以对其进行控制和支配。这种划分表面上基于生理特性的不同，看似本性天然，却掩盖了处于支配地位的类属对其他类属实行控制的本来目的[①]。

在白度批评领域的先驱者们看来，种族优越性的概念并不是生理决定的，而是在社会中建构起来的，用以作为歧视其他种族的正当理由，而白度批评的主要目的就是“白度的去自然化（denaturalizaton）”[②]。

大卫·罗迪阁在《白度的薪酬》一书中，对十九世纪白人工人阶层形成过程中种族主义所起的重要作用做了缜密的分析，对白度的本性提出了质疑[③]。梅丽莎·斯德恩进一步指出，白度“是受意识形态支撑的一种社会立场，为欧洲血统的人所享有，随着欧洲的殖民扩张带来的经济和政治上的优势而逐渐增强”。她认为：“从白度角度重新构建种族问题在批评界迈出了非常有力的一步。”[④]

托马斯. K. 那卡亚玛和罗伯特. L. 科里泽科指出，白度是一种“策略性修辞”，是语篇构成和修辞建构的结果。他们认为，白度不是本质主义概念，只

---

① Michel Foucault, *The History of Sexuality*, New York: Vintage, 1980.

② Anne Brewster, "Critical Whiteness Studies and Australian Indigenous Literature", *Modern Australian Criticism and Theory*, eds. David Carter and Wang Guanglin, Qingdao: China Ocean University Press, 2010, p. 191.

③ David R. Roediger, *TheWages of Whiteness: Race and the Making of the American Working Class*, New York: Verso, 1991.

④ Melissa Steyn, "'White Talk': White South Africans and the Management of Diasporic Whiteness", *Postcolonial Whiteness: A Critical Reader on Race and Empire*, ed. Alfred J. Lopez, Albany: State University of New York Press, 2005, p. 121.

是在特定社会历史结构中的偶发建构[①]。白度批评的核心目的就是批判白人特权,研究霸权的权力构成,并揭露在历史进程中白度镇压和边缘化他者时所倚仗的权力规范。

澳大利亚的文学批评有其自身的特色,它的文学与社会政治背景紧密相连,带着典型的"澳大利亚口音"[②]。在澳大利亚,白度批评在文学理论界占有重要的地位,但与美国白度批评不同的是,它不是从拉美裔和非洲裔视角看待与白人的关系,而是"沿着不同的轨迹发展","从历史上土著民族与白人关系的角度来定义白度"[③]。大卫·卡特指出,"澳大利亚的殖民入侵历史和种族暴力(不仅仅是语篇和象征意义上的)是澳大利亚白度批评兴起的主要原因"[④]。

土著学者艾琳·莫莱顿-罗宾森是澳大利亚白度批评的先驱人物。在其代表作《与白人女性攀谈》一书中,她认为,"白人种族的特权,不论在澳大利亚还是其他地方,都是系统存在的,它时刻决定着白人和非白人的人生机遇"[⑤]。此书的论述是澳大利亚多个领域白度研究的奠基之作,其他先驱人物还包括来自不同人文和社会科学研究领域的霍尔特、哈金斯和桑德斯、布莱

---

① Thomas K. Nakayama and Robert L. Krizek, "Whiteness: A Strategic Rhetoric", Carl R. Burgchardt, *Readings in Rhetorical Criticism*, 3rd ed. State College, Pennsylvania: Strata Publishing, 2005.

② David Carter and Wang Guanglin eds., *Modern Australian Criticism and Theory*, Qingdao: China Ocean University Press, 2010, p. iii.

③ Anne Brewster, "Critical Whiteness Studies and Australian Indigenous Literature", *Modern Australian Criticism and Theory*, eds. David Carter and Wang Guanglin, Qingdao: China Ocean University Press, 2010, p. 192.

④ David Carter and Wang Guanglin eds., *Modern Australian Criticism and Theory*, p. v.

⑤ Aileen Moreton-Robinson, *Talkin' up to the White Woman*, St. Lucia: University of Queensland Press, 2000, p. 52.

迪和凯里以及贝伦特①。但安·布鲁斯特指出,澳大利亚的白度研究主要集中在历史、社会学、文化研究和性别研究领域,文学研究领域的著述和研究还相对不足②。

本文将通过分析两部土著作家的历史小说,来解读土著作家如何通过土著视角、空间叙事、文类杂糅、陌生化、反讽、象征等语篇手段和叙事技巧,在文本中揭示白人身份及白人特权在历史文本中被建构的过程。

三、《潘坶嵬:彩虹战士》——土著民族的不屈精神

亨利·雷诺兹在《土地的律法》一书中指出,澳大利亚对法律和历史的传统理解基于一个错误的观念,那就是"1788 年之前的澳大利亚是个无主之地(terra nullius)"③。白人殖民者否认土著民族是这片大陆的主人,土著欧拉部族的战士潘坶嵬在悉尼港长达十二年之久的抗击英国殖民入侵的战斗从未被写入澳大利亚的官方历史,因为土著人民的抗争对早期殖民者而言在现实和象征意义上都是巨大的威胁。这种反抗不仅使欧洲殖民者的人身安全受到威胁,而且更为严重的是,它揭露了殖民者对这片土地宣布主权不合法的本质。

近年来在世界范围内对澳大利亚土著反抗英国殖民扩张的方式有了更

---

① Lilian Holt, Pssst… I Wanna Be White, *Unmasking Whiteness: Race Relations and Reconciliation*, ed. BelindaMcKay, [S. l.]: The Queensland Studies Center, Griffith University, 1999; J. Huggings and K. Saunders, "Defying the Ethnographic Ventriloquists: Race, Gender and the Legacies of Colonialism", *Lilith*, 8 Summer, 1993, pp. 60-70; W. Brady and M. Carey, "Talking up Whiteness: A Black and White Dialogue", *Race, Color and Identity in Australia and New Zealand*, eds. John Docker and Gerhard Fischer G,. Sydney: University of New South Wales Press, 2000; L. Behrend, "Aboriginal Women and the White Lies of the Feminist Movement", *Australian Feminist Law Journal*, 1, 1993, pp. 27-44.

② Anne Brewster, "Critical Whiteness Studies and Australian Indigenous Literature", p. 192.

③ Henry Reynolds, *The Law of the Land*, Melbourne: Penguin, 1st ed, 1987, p. 12.

多的关注,反抗殖民者的土著领袖从暗影中走出,他们的抗争行为得到了更为广泛的认同。埃里克·威尔莫特的历史小说《潘姆嵬:彩虹战士》基于当时的官方记载、个人信件及札记,从土著民族的视角再现了潘姆嵬作为民族英雄抗击英国殖民者的事迹。威尔莫特在小说的前言里这样写道:“英国人不只要摧毁他的身体,他们以及他们的一些后裔,还试图抹除他曾经存在过的证据。直到最近,潘姆嵬的名字才开始出现在澳大利亚白人的历史里,然而他却活在那些没有经过正式出版的敌人的日志里,活在澳大利亚土著人的心中。”①

威尔莫特运用文学的想象空间,将历史记载和土著的神话及口述传统相结合,并运用多种语篇策略使充斥着殖民霸权的白人的历史建构岌岌可危。

小说开篇就采用“陌生化”的叙事手段,以一位说阿瓦巴卡尔语的古利部族年轻人齐拉班的视角展示了英国殖民者登上澳洲大陆的情景。在他的眼里,殖民者的一切行为都是“怪异的”,他们的船是“外星之物”,还从上面传出“奇怪的、哀悼的哐啷声”②,他们行为古怪,“夏季还穿这么多衣服”,“最奇怪的就是他们的皮肤没有颜色”,“他们的脸色看起来跟鱼肉的颜色差不多”,从他们嘴里发出的是“奇怪的带着嘶鸣的”“没有任何意义的”声音③。经过一段时间与这些“外来人”的近距离接触,他还发现尽管他们想学习土著语言,却“无法领会土著语法的微妙之处”,而且总体上来看,“是个冷酷的民族”,“无法欣赏当地人的幽默”。④

欧拉族人无法理解为什么说着同一种语言、表面上看似同属一个民族的人会分裂为两个完全不同的群体:

> 其中一个群体衣着光鲜,另一个群体却衣不蔽体,而且经常用金属

---

① Eric Willmot, *Pemulwuy: The Rainbow Warrior*, Sydney: Weldons Pty Ltd, 1987, pp. 13-14.

② 这声音是殖民船上押解的罪犯身上发出的镣铐声。

③ Eric Willmot, *Pemulwuy: The Rainbow Warrior*, pp. 23-25.

④ Eric Willmot, *Pemulwuy: The Rainbow Warrior*, pp. 28-29.

> 链锁在一起。这个群体还被迫为衣着光鲜的群体卖力劳作。稍有不从，即遭呵斥与痛打。这种行为实在古怪之极，但大多数欧拉族人将它理解为这些怪异的外来人文化中原始的一面……欧拉族长辈们说这种不断地对身体的伤害一定是一种祛病良方或者是一种入会仪式。[①]

殖民者惩罚罪犯的鞭刑更是残暴到"令所有欧拉族人都无法想象"："把一个人绑在柱子上，在大庭广众之下用一个大型的器具不停地抽打，直到他鲜血淋漓，失去知觉。"[②]经过这种陌生化的处理，一贯高高在上的白人殖民者，一举一动都被置于土著人的视线之下，他们的主体霸权地位被颠覆，变成被描述、被解读的客体。

这种从土著视角出发回视白人殖民者的效果是令人震撼的，正如让·萨特和麦克康比在《黑人俄耳浦斯》中指出，白人"对黑人的注视感到震惊"[③]。白人的思维不再是金科玉律，白人建构的压制了土著声音的语篇霸权被瓦解。这种白人对待犯人的非人道做法在土著长辈眼中被想象为"祛病良方"和"入会仪式"，是对英国殖民者残暴的原始行径的莫大讽刺和嘲弄。对立的视角尽显白度的语篇建构本质，与殖民者把土著民族视为"不开化的野蛮人"[④]形成了复调式的叙述。

潘坶嵬的名字在土著语中意为"大地"，作为土著民族的战士，他认为土著民族的土地神圣不可侵犯。尽管以本纳隆为代表的一部分欧拉人认为，英国人会为他们的社会提供帮助，潘坶嵬从一开始就看出了英国殖民者掩盖在虚伪外表下意图盗取土著人土地的本来面目。威尔莫特在小说的叙事中融合了土著口述历史的说唱风格，潘坶嵬在与第二任总督亨特的对话中，用土著民族的吟唱方式道出了他们心底反抗的声音：

---

① Eric Willmot, *Pemulwuy*: *The Rainbow Warrior*, pp. 29-30.

② Eric Willmot, *Pemulwuy*: *The Rainbow Warrior*, p. 30.

③ Jean-PaulSartre and John MacCombie, "The Black Orpheus", *The Massachusetts Review*, 6(1), 1964/1965, p. 13.

④ Eric Willmot, *Pemulwuy*: *The Rainbow Warrior*, p. 55.

> 这片土地痛恨你们。即使你们将我们杀光,这片土地也鄙视你们。它永远不会成为你们的国度。它会将你们焚烧,让你们挨饿,让你们饥渴。它会杀死你们的动物,囚禁你们的灵魂,将你们变成最丑恶的民族。[①]

潘姆崽带领土著部族连续十二年对英国殖民者展开了不懈的反击,给殖民者制造了很大的麻烦,新南威尔士连续换了三任总督,但是他们在给英国政府的官方报告里,却对潘姆崽的名字只字不提,更拒绝承认这是一场战争。根据作者威尔莫特的解读,只有海军军官瓦金·坦奇把潘姆崽视为对手,他意图说服总督和新南威尔士陆军对潘姆崽宣战,因为他认为,"只有通过军事征服,英国才能正当地拥有新南威尔士土地的主权"。这一提议却令在场的人感到震惊,他们认为"如果入侵法国的领地,宣布战争才说得过去",而对于"在这片土地上扩张殖民地,阻碍只不过是一群原始野蛮的骚扰者"[②],宣布战争简直是无稽之谈。步兵军官麦卡斯对土著人更是充满了鄙视,"土著的心态跟一群野狗差不多","他们只要有掠食的机会就会攻击"[③]。

为了打破殖民历史叙事中"密谋的沉默"[④],小说利用元叙事的语篇技巧,从土著民族的视角对澳大利亚殖民历史进行质疑和批判,这种审视的元叙事声音从小说的前言开始,一直贯穿小说的全文。当齐拉班从暗中走出,初次与殖民者接触时,是脱离了"古老澳大利亚大陆的纯真和完美"[⑤],是伊甸园失落的开始。当他亲眼看见殖民者残暴地对待囚犯,当他心爱的土著女孩被殖民者奸淫并杀害之后,他才追随土著英雄潘姆崽,走上了以牙还牙、以暴制暴的反抗之路。齐拉班从一个稚嫩怕事的土著青年,变成杀人无数的无情战

---

① Eric Willmot, *Pemulwuy: The Rainbow Warrior*, p. 117.

② Eric Willmot, *Pemulwuy: The Rainbow Warrior*, p. 92.

③ Eric Willmot, *Pemulwuy: The Rainbow Warrior*, p. 159.

④ Eric Willmot, *Pemulwuy: The Rainbow Warrior*, p. 19.

⑤ Eric Willmot, *Pemulwuy: The Rainbow Warrior*, p. 25.

士,这一切邪恶和堕落不都是殖民者带来的吗?

当海军军官坦奇所率领的分队被潘姆崑及族人打得大败而归时,元叙事的声音再度响起:

> 当坦奇的队伍一瘸一拐地返回驻地之后,他们的到来标志着在殖民地的生存进入了一个全新的、凶险的阶段。很明显,从今往后,英国人再想在新南威尔士立足就需要靠战斗来赢取。有些本地人不只对他们充满敌意,而且竟然还能将他们打败。新南威尔士的步兵虽然瞧不起沃特肯·坦奇,但却不敢像潘姆崑那样,在战场上与这位狡猾危险的英国战士真刀实枪地拼杀。①

当第二任总督亨特因局势失控被迫离任时,他与被白人思想同化的土著人本纳隆在一起扼腕叹息,元叙事的声音是这样评价他们的:"这两个人真是有趣的一对儿,如果要在这场澳大利亚的探险中举办一场竞赛,角逐谁是失败者,那估计非他们二人莫属。"②声音中充满了讽刺与嘲弄,颠覆了殖民者霸权文本中对土著人是低等民族、毫无抵抗能力的刻板化印象。

小说还借助土著信仰和梦幻文化呈现了潘姆崑神秘而传奇的经历。他精通英语及多个土著部族的语言,不只是总督亨特眼中"令敌人闻风丧胆的战士"和"难以应付的谈判专家",也是爱尔兰人麦克多纳眼中的"黑人哲学家",连土著族人都无法窥视他深邃的思想。他多次被殖民者的火枪击中身体要害部位却未死,被殖民者俘获后镣铐加身、奄奄一息时却能在妻子的咏唱中复活并逃脱。他在自己部族的土地上获得能量,在父亲及世代祖先的梦幻圣地思考土著的未来。他郑重表示自己"永远不会变成白人"③(土著语:Tyerabarrbowaryaou),不会像白人殖民者那样把土地用篱笆隔开,土著民族的

① Eric Willmot, *Pemulwuy*: *The Rainbow Warrior*, p. 77.

② Eric Willmot, *Pemulwuy*: *The Rainbow Warrior*, p. 268.

③ Eric Willmot, *Pemulwuy*: *The Rainbow Warrior*, p. 186.

土地边界是各种自然景观,如潮水湾、河道、突出的石壁和山脉。这使白人殖民者借口土著没有充分耕种土地,没有建造房屋和围墙,将这里看作是“无主之地”,妄图将殖民侵略解读为合法居留的历史叙事显得苍白无力。

威尔莫特运用土著视角、神话传说、元叙事等多种语篇手段,对土著民族与白人殖民者最初接触时的那段历史进行了重新建构,向读者展现了在历史记载中处于完全缺场状态的具有丰富内涵的土著民族生活。同时,土著的视角令殖民历史文本中的白度本质显露无遗,白人的思维被否定和颠覆,充斥着殖民霸权的历史叙事被解构,变得支离破碎。

四、《心中的明天》——土著混血儿的身份回归

与《潘坶嵬》被归入纯历史小说有所不同的是,吉姆·斯科特的小说《心中的明天》在文类上更倾向多元化,虽然具有一定的历史主义小说特色,但作者又将更多文类杂糅在其间,以半自传的形式将自己家族的历史与引入文中的大段殖民者历史档案并置在一起,向传统的历史主义小说的时间叙事发起了挑战,并借助讽喻、魔幻现实、空间叙事等手段,探讨了土著混血儿后裔的身份归属问题,对殖民者妄图通过同化手段淡化土著血统并将其“升华”到白人行列的殖民主义政策进行抨击。

小说中的历史档案主要来自西澳地区土著首席保护官 A. O. 内维尔的《澳大利亚的有色少数人种:它在社群中的位置》①一书,以及官方档案记载的内维尔和当地警察之间的往来书信。根据他宣扬的所谓科学理论,通过合理的配种,土著的血统和肤色可以被白人吸收和稀释,正如小说正文开始之前摘录的 1933 年 10 月 3 日澳大利亚《每日新闻》题为“黑色可以变白:土著升华工程”的文章中一段文字所描述的:“通过白人不断地吸收,澳大利亚的黑人土著最终会变成白色。这已在四分之一血统的土著身上得到证实。这就

① Auber Octavius Neville, *Australia's Colored Minority: Its Place in the Community*, Sydney: Currawong, 1947.

像一小股肮脏的溪流汇入清澈的大河一样,最终溪流的颜色将消失殆尽。”①

小说中主人公哈利的白人祖父厄尼斯特·所罗门·斯盖特,作为A.O.内维尔的远房亲戚,是人种改良学的积极实施者。他切断了哈利与土著亲属的联系,隐瞒了他的土著血统。内维尔以及哈利的祖父认为,只要杜绝二分之一土著血统的混血儿与纯血土著结合生子,纯血的土著就注定会灭绝。他的祖父对自己使土著民族血统得以升华的家族工程感到自豪,当他和白人警官霍尔庆祝自己将娶土著混血女孩儿凯特琳为妻时,书中是这样描述的:

> 他们谈到了繁衍和升华。这两个毛茸茸的天使希望把人捉到自己的臂弯里,将他们拽到和自己一样的高度。他们的脑海里不时闪现出画布上所绘制的耶稣升天时与白白胖胖的小天使一同盘旋向上被光环笼罩的情景。他们看到了通往金字塔顶端的石阶,意识到即使台阶明摆在那里,有些生物也根本无法继续攀升。道德高尚的他们坐在顶端,不,他们看不见自己在讥嘲、在大笑,在向下面的人投掷着残羹剩饭。②

在这里,作者从土著人的视角将白人高高在上的姿态、歧视贬低土著民族的丑恶面目表露无遗,使白度的社会意识形态建构得以显身,白人看似天然的、中立的和隐蔽的立场变成了昭然若揭的种族灭绝言论。

如鲍德温所指出的那样,白人所寻求的特权有时只是一种虚妄的幻想,不过是为了得到一种安全感。③ 尽管祖父对自己的行为感到自豪,认为是帮助土著民族在人种上得到了升华改良,但在哈利的眼里这却是毫无根据、子虚乌有的言论:

> 作为家族中成功培育出来的第一个白人,我清醒过来时发现自己承

① Kim Scott, *Benang: From the Heart*, Fremantle: Fremantle Arts Centre Press, 1999, p. 5.

② Kim Scott, *Benang: From the Heart*, p. 77.

③ James Baldwin, *The Fire Next Time*, New York: Vintage International, 1993.

> 受着可怕的压力,而鼻子和前额处的压力尤其大,感觉自己好像是失明了。实际上,根本无物可看,只有正前方的茫茫白色,这片白只有表面,没有深度,也没有任何变化。最终,我意识到自己的脸贴在了天花板上。①

此处,哈利的鼻子、前额所承受的压力以及阻挡他视线的白色天花板,喻指着剥夺他土著身份的白人社会对土著民族的同化政策,通过阻止他们返回自己的土著族群,通过白人的教育使他们丧失了土著特质(Aboriginality),失去了与土地的联系,也就失去了赖以生存的民族根基,而只能飘浮在空中。此处天花板的白色,也象征着白人身份,意在讽刺他们的文化浅薄,没有内涵,在澳洲大陆上没有历史根基。这种魔幻现实的写作手法对殖民者的人种改良学说是无尽的嘲讽,表明他们想要灭绝土著民族的企图如空中楼阁一般,毫无根据可言。

哈利同时指出,自己的祖父也是飘在空中的:

> 那时,厄尼斯特·所罗门·斯盖特浮在空中,四处观望。他触摸到了堤岸、铁路、被电话和电报线缆覆盖的道路。他却几乎没有触碰到土地。他一生都飘浮在空中,但与我的情况不一样,他自己竟然从未认识到这一点。②

白度在这里被重新建构,将以内维尔和哈利祖父为代表的种族灭绝言论者抨击得体无完肤。作者通过哈利在经过白人的同化之后只能像祖父一样飘浮在空中的事实说明,这种所谓的升华后的白人身份是苍白的,无深度和无根基的,是无法与土地相接、没有精神依托的。

小说中描述了自己所属的努恩格土著族人惨遭白人殖民者屠杀的场景:

---

① Kim Scott, *Benang: From the Heart*, p. 11.

② Kim Scott, *Benang: From the Heart*, pp. 52-53.

可能在马上驰骋着射击、在人身上打洞是件令人兴奋的事儿，看着他们乱作一团，四处摸索找寻身边可以用来防御的东西；马蹄乱踏，后退、转身、装弹、射击；在他们眼里，这些被猎狗撕咬、蹂躏的不是人类，不是男人、女人和孩子。

之后就有了他们的言论。噢，他们本来就不能称之为人。和我们不一样。我们要比他们高级（这就是我们的证据）。[①]

此处小说叙述者的语气中满是讥嘲和愤怒，再现了充斥着种族歧视言论的殖民话语，指出种族优越论总是基于残暴的行径的。为了重新建构起努恩格部族充满创伤的历史，哈利和威尔舅舅、杰克舅舅一起，回到部族人被屠杀的现场，捡拾收集在屠杀之后被焚烧[②]和埋葬的祖先尸骨：

收集它们，把所有的尸骨，摆放起来，让它们一起安息。尸骨，白得如年轻一代的皮肤，孩子们的生命继续，肤色越来越白，就如死去了一般。[③]

这段简洁的文字富有土著民族的说唱风格，铿锵有力，表达了土著民族对那段土著民族被屠杀、被压迫以及后代遭到同化的历史的愤怒和悲哀。这里白色的尸骨象征着土著混血儿一代在不断被洗白、逐渐走向灭绝。文中借助白色意象对白人身份进行的讽喻比比皆是："白色的沙滩""白色的船帆""白色的浪花""白色的衣服""白色的桌布""白色的灯光""白色的垃圾""白色的巧克力""白色的鸟""白色的花朵"……各种白色充斥着整部小说，围困

① Kim Scott, *Benang*: *From the Heart*, p. 175.

② 小说封面上肤色深浅不一的土著人站在烈火中炙烤的一幕即再现了土著人遭到屠杀和焚烧的场景。

③ Kim Scott, *Benang*: *From the Heart*, p. 269.

着无助的土著民族,企图将其吞没。

为打破以祖父为代表的殖民者所建构的白色神话,哈利要从内部解构殖民帝国的霸权叙事,这一行为体现在他不断拆除象征着西方文明进步的水泥房屋的做法:

> 叮当,叮当。我开始凿除这座古宅石墙上的灰泥。我不太想提及此事,它在这个故事里仿佛极具象征意义。但除此之外,我还能做些什么呢?这是事实啊。叮当,叮当。有太多的墙需要凿除,而我每次的进度却只有一点点。我无精打采,但是这项工作,加上我使用的工具,以及装进我口袋里的灰泥碎片,至少能够让我固定在地面上。①

尽管哈利固执地坚持着拆除古屋的石墙,但他也深感自己的做法力微势弱。为了探求自己的土著根源,回归土著身份,在土著亲属威尔舅舅的指引和带领下,哈利踏上了他的入族朝圣之旅。旅程的描述打破了西方传统线性的时间叙事的限制,以哈利和威尔舅舅、杰克舅舅所到的土著圣地构成多维度的空间叙事,穿插着土著祖先的故事、现存亲属的讲述。叙事在不同的时空之间不停切换,打破了时间框架的界限,正如叙述者哈利自己所承认的:"我又一次把事情混置在了一起","没有按照正常的顺序"②。哈利在回忆过去发生的事件时偶尔会使用一般现在时和将来时态,例如,当他描述盖巴鲁普的土著混血儿被驱赶到土著保护区时这样写道:"他们中的一些人,汇入到不可逆转的大潮中,成为其家族中诞生的第一个白人。剩下的,则不论其是第一代混血儿还是几分之一的血统,大多数都将走向一个不同的未来。"③这种用一般现在时和将来时态描述过去事件的手法,使得事件混置的效果得到

---

① Kim Scott, *Benang*: *From the Heart*, p. 24.

② Kim Scott, *Benang*: *From the Heart*, p. 97.

③ Kim Scott, *Benang*: *From the Heart*, p. 90.

进一步的增强。[①]

现代的历史叙事以线性发展、文明进步为特色，在这种叙事里澳大利亚的土著被定型为原始的，需要白人帮助升华、纯化，否则只能面临灭绝的民族。这里小说跳出了西方传统线性叙事的圈套，利用多维度的空间叙事将视角从水平方向拓展成了垂直的空间维度，与传统的线性发展的殖民叙事形成对抗，表现出土著文化信仰中的时间循环意识和空间意识，代表土著信仰的梦幻时代通过土著与自然环境和土地的精神交流而融入土著民族的现在和未来。

在殖民历史档案和土著口述历史并置的空间叙事里，小说还引入了另一个维度，展开了叙述者（也是文中的隐含作者）与读者之间的直接对话：

> 我感谢你们的关心，尽管我的叙述飘忽不定、不切正题，感谢你们仍坚持着读到现在。我满怀感激；我的感激超出了你们的想象，请相信我。[②]

这里叙述者反复强调自己的感激之情，以期得到读者的同情和共鸣。而这种对话式的文体又类似于土著口述历史中长辈面对年轻人讲故事的风格，既向传统的西方小说的叙事风格发起了挑战，又体现了土著民族文化传承的历史。小说的结尾更是以叙述者针对读者的一段话来结束：

> 是啊，我看起来稀奇古怪——即使我自己的族人也这样看我。
>
> 虽然我们感觉很怪异，但这却是一种可行的方式，希望借此我们能得到你们中更多人的理解；通过手掘锤凿，打破既有的孤立，从内部拆除

① X. Pons, "I Have to Work Right Through This White Way of Thinking—the Deconstruction of Discourses of Whiteness in Kim Scott's *Benang*", *Commonwealth Essays and Studies*, 30 (1), 2007, p. 39.

② Kim Scott, *Benang*: *From the Heart*, p. 22.

> 我祖父创建的现实中的文字监狱。
>
> 我写下这个故事是为了拥抱你们大家,这是我用这个我们所共用的语言能做到的最好选择。当然,还有另一个更古老的语言也在诉说着同样的故事。
>
> ……
>
> 我这席话专门送给你们这些被我搞得局促不安的人,你们看到我就耻辱地背过脸去;或者,也可能是因为风把烟吹向你们,刺痛了你们的眼睛,让你们听到了千千万万个不同的心跳声,听到了浪花、树叶、草地的低语声……①

此刻叙述者、隐含作者和作者的角色合为一体,向读者发起了直接的对话,讲述了代表土著混血儿的作者虽然不情愿、不适应,却不得不通过并非土著民族原有文化的英语书面写作使土著民族走出孤立的处境,而这里的“你们”在最后一段直指白人读者,谴责他们与帝国文本形成的话语共谋,将白色的澳大利亚钉在了历史的耻辱柱上,正如土著艺术家菲欧娜·富利所表述的那样:

> 是无处不在的土著视线将殖民者的注视映射出来,在这富有种族排他性的注视中我看到的是一个无法言喻的满是负罪感、处于尴尬中的澳大利亚。②

库什曼指出,白度首先是一种社会经济权利的政治能指,白度在构成我们社会的权利关系中产生,并得以维系③。《心中的明天》借助多种语篇策略,

---

① Kim Scott, *Benang*: *From the Heart*, p. 495.

② Fiona Foley, “A Blast from the Past”, *The Olive Pink Society Bulletin*, 7(1/2), 1995, p. 8.

③ P. Cushman, “White Guilt, Political Activity, and the Analyst: Commentary on Paper by Neil Altman”, *Psychoanalytic Dialogues*, 10, 2000, pp. 607-618.

剖析了维系帝国霸权叙事的白度本质,动摇了白度作为政治能指的根基。

五、结论

土著作家运用书面英语写作的方式来解构西方殖民文本的主流叙事,是对西方文化的一种挪借。威尔莫特和斯科特借助历史小说的形式,"把握住强加于身的边缘色彩",通过空间叙事、魔幻现实、土著视角等多种语篇策略,将西方的传统叙事和富有诗歌韵律的土著口述历史"杂糅"(hybridity)和"类并"(syncreticity)在一起,启动了"对文学和文化的重新定义",为后殖民语篇注入了无限的活力①。

德里达在《哲学的边缘》一书中揭示了西方思维方式的隐身特性:"白色神话是一种形而上的体系,它将自身形成的绮丽背景完全抹去。然而,此景却是活跃的,它不停地扰动,在白色的墨迹之下复写着一层隐去的图景。"②

两部小说从土著民族的视角重新审视澳大利亚的殖民历史,使这层"复写"的图景得以显现,被掩盖在霸权殖民文本下的"庶民"得以发声。在小说创设的多维空间里,源于不同视角的历史并置在一起,体现了土著人自己书写历史、寻求自主的民族诉求,正如希利所说,土著人的澳大利亚历史"始于一个不同的起点,现存于一个不同的空间,也将走向一个不同的未来"③。

---

① Bill Ashcroft, Gareth Griffiths and Helen Tiffin, eds. *The Empire Writes Back*, 2nd ed. London: Routledge, 2002, p. 77.

② Jacques Derrida, *Margins of Philosophy*, Alan Bass, Trans. Chicago: University of Chicago Press, 1982, p. 213.

③ J. J. Healy, *Literature and the Aborigine in Australia*, p. 293.

修正历史,重塑自我

——论《沃拉迪医生忍耐世界末日的良方》中的反殖民策略

詹春娟①

摘要: 本文从澳大利亚作家马德鲁鲁的小说《沃拉迪医生忍耐世界末日的良方》入手,讨论了马德鲁鲁的反殖民写作策略,如主体的颠覆性、帝国文化的嫁接与反嫁接,以及语言和命名模式等等,考察了后殖民语境下和历史叙述下被边缘化的土著的历史真实,指出糅合了白人的形式的土著文学不仅是土著作家们构建民族叙事的重要手段,也是修正帝国叙事、反击殖民文化的政治檄文。

关键词: 马德鲁鲁;《沃拉迪医生忍耐世界末日的良方》;颠覆性;土著文化

Abstract: This paper discusses the decolonizing strategies in the novel of *Doctor Wooreddy's Prescription for Enduring the Ending of the World* by Australian writer Mudrooroo. Through strategies like marginalized subjectivity, imperialist culture and Aboriginal culture, appropriation and rewriting, Mudrooroo effectively reveals the hidden truth of history which has been othered in the context of colonial discourse. He uses the white form and Aboriginal content to combat against the oppression of the colonial culture and successfully reconstructs a new Aboriginal identity in the multicultural Australia.

① 詹春娟,安徽大学外语学院副教授,安徽大学大洋洲文学研究所所长。主要研究方向为澳大利亚文学。

Key Words: Mudrooroo; *Doctor Wooreddy's Prescription for Enduring the Ending of the World*; subversion; Aboriginality

马德鲁鲁·纳罗金(1938—),又名柯林·约翰逊,是一个富有争议性的澳大利亚土著作家、诗人和评论家。他的第一部小说《野猫掉下来》(*Wild Cat Falling*,1966)被誉为澳大利亚土著文学的开山之作,深刻地揭露了丧失家园的土著人被白人社会排挤、压迫和边缘化的不幸遭遇。之后,他创作了一系列土著文学作品,如《萨达瓦拉万岁》(*Long Live Sandawara*,1975)、《沃拉迪医生忍耐世界末日的良方》(*Doctor Wooreddy's Prescription for Enduring the Ending of the World*,1983)、《鬼梦大师》(*Master of the Ghost Dreaming*,1991)、《野猫尖叫》(*Wild Cat Screaming*,1992)、《昆坎》(*The Kwinkan*,1993)等,并著有评论专著《边缘的创作》(*Writing from the Fringe*,1990)以及诗集、剧本若干。他的创作从二十世纪六十年代始,贯穿了七十年代、八十年代、九十年代,积极推动着土著文学从萌芽逐步走向繁荣和多样化,鼓舞了更多的土著作家以创作方式进行政治反抗和自我书写。但是让人始料不及的是,他的创作旺盛期却因为他的土著身份的真实性遭到质疑而不得不终止。自 1996 年以后,马德鲁鲁的作品不再受出版界的欢迎,不断遭到摒弃和抵制,而最终走向沉默。

尽管有着各种各样的争议,马德鲁鲁对土著文学发展的贡献却是毋庸置疑的。他是第一个将土著作家及土著作品引入白人主流文学视野的作家,也是第一个提出"土著性"①(Aboriginality)以及"魔幻化现实"②(Maban Reality)等重要文学概念的作家。在马德鲁鲁看来,土著身份"并非既定不变的,而是永远都在形成之中",而他的土著性也不是有赖于政府对血统的定义,而是决定于他生活的方式。从这个角度来看,身份的错置或误读,或许反映了"马德

① Mudrooroo, *Writing from the Fringe: A Study of Modern Aboriginal Literature*, South Yarra (VIC): Hyland House, 1990, p. 37.

② Mudrooroo, *Writing from the Fringe: A Study of Modern Aboriginal Literature*, p. 83.

鲁鲁不是自欺欺人的骗子,而是某些人陷于身份认同的泥沼内不可自拔的结果”①。除了对土著身份的深刻洞察,马德鲁鲁还清楚地意识到帝国主义历史叙事的不可靠性,积极寻找自己的声音和意识,重申土著文化传统的重要性。在他看来,土著文学的价值应由作品的土著性来决定,因此,“土著文学创作者应尽量避免主流话语的压迫和围堵,努力创作出具有本真性的作品”②。就这一点而言,《沃拉迪医生忍耐世界末日的良方》作为马德鲁鲁的代表作,充分体现了作者的本土意识和历史观,是澳大利亚反殖民经典文本之一。这本小说再现了白人毁灭塔斯马尼亚土著人的悲惨历史,并以种种后殖民策略质问、动摇、扰乱甚至颠覆帝国主义殖民话语支配的虚假历史。在小说中,马德鲁鲁从主体上颠覆了“凝视者”与“被凝视者”,以土著人的中心视角,将白人统治者置于“凝视”之下,对抗白人中心的历史叙事;将土著的口述传统、神话仪式与白人的基督教思想、教堂祷告比照并置,形成一种冲突对抗的关系,以张力消解殖民话语对土著的思想压迫;在语言上混杂使用方言土语和英语,扰乱官方语言体系,达到反击主流话语的目的。通过这种交错并行的反殖民话语体系,马德鲁鲁揭示了殖民掠夺、种族暴力、政治压迫和文化同化之间的内在联系,有效地改写了白人殖民者的历史叙事,对土著身份和历史进行了自我言说和重塑。

一、文本重置和主体的颠覆性

《沃拉迪医生忍耐世界末日的良方》的创作主要基于澳大利亚自1823至1876年一段血腥的种族灭绝史。书中的主要人物乔治·奥古斯塔·罗宾逊(George Augusta Robinson,1791—1866)确有其人,曾任范迪门岛(现塔斯马尼亚岛)的土著保护人一职。据史料记载,早在十九世纪初,随着白人殖民者从

① Terry Goldie,“Who is Mudrooroo?” *Compromising Postcolonialisms: Challenging Narratives and Practices*, eds. Greg Rattcliffe and Gerry Turcotte, Sydney: Dangaroo Press, 2001, p. 112.

② Mudrooroo, *Writing from the Fringe: A Study of Modern Aboriginal Literature*, p. 28.

沿海向内陆的入侵，殖民者与土著之间的冲突不断加剧。当时的殖民政府希望将土著迁移到特别设立的保护区，罗宾逊因此出任布鲁尼岛的保护人。1830年，大规模的疾病暴发，使得土著人口锐减，该保护区被迫关闭。在罗宾逊的建议下，新的保护区被设立在位于巴斯海峡的佛林德斯岛。为此，罗宾逊多次组织探险队，深入塔斯马尼亚岛的腹地，寻找并将剩余的土著人带回保护区。但是由于保护区的自然条件十分恶劣，土著人不断死亡。从1835年到1858年，两百多名土著人最后仅剩下15人。1876年，最后一个塔斯马尼亚土著妇女特鲁卡尼尼（Truganini）去世，标志着塔斯马尼亚人从地球上彻底灭绝。在这样一段悲惨历史的背后，罗宾逊却被标记为一个英雄式的白人探险者。他深入丛林，取得土著人的信任，成功将他们迁移至政府专门规划的保护区。此外，他还通过日志、信件和报告等形式描述丛林经验和土著生活，将自己写进了官方历史。面对这样一个“富有牺牲精神”的基督徒，虽有评论家尖锐地指出，“罗宾逊的日记里混杂着真实和虚假的信息，让人迷惑不已”①，而且，“熟悉他的人对他罕有什么溢美之词”②，但是在官方历史中，罗宾逊依然是神一样的英雄，是文明的使者，代表着一次自上而下的殖民主义经验，为落后地区传播了自由、正义和人类精神等重要概念。在马德鲁鲁看来，这种依据帝国中心授权的“历史真实性”是从白人殖民者的视角，单方面解读土著人被文明化的过程，掩盖了白人殖民历史的虚伪和残暴，完全牺牲了处于边缘的土著经验。因此，小说《沃拉迪医生忍耐世界末日的良方》是以土著为主体，通过重现塔斯马尼亚土著被压迫、被边缘化的黑暗历史和文化属性，解构主导话语所营造的殖民帝国权威，从而完成对殖民主义历史的修正和改造。

自1788年英国政府将澳大利亚设为殖民地以来，大批的流放犯涌入澳洲大陆。他们视澳洲大陆为无人之地（Terra Nullius），抢夺资源、占领土地、屠杀无辜的土著，并把幸存者驱赶到内陆的森林里和边缘地带。在他们的眼里，

---

① Vivienne Rae Ellis, *Black Robinson: Protector of Aborigines*, Melbourne: Melbourne UP, 1996, p. xiv.

② Vivienne Rae Ellis, *Black Robinson: Protector of Aborigines*, p. xiii.

土著是低下、卑劣的次等公民,“不那么像人,不那么开化,是小孩子、是原始人、是野人、是野兽,或者是乌合之众”[①]。在这样的“殖民者的凝视”中,土著成了被审视评判的客体,丧失了自我话语和应有的地位,成为沉默的“他者”。小说《沃拉迪医生忍耐世界末日的良方》一反主流文学中的中心话语控制,彻底颠覆了传统的主客体关系,讽刺和消减了主导话语的权威。小说的主人公是布鲁尼岛的土著沃拉迪医生。从一开始,沃拉迪就有着超越常人的能力和意识,拥有“说”和“看”的主动权,是自己行为的主体。他很清楚,白人,也就是邪恶的化身(Ria Warrawah),将导致整个世界走向毁灭,而他将作为幸存者见证世界末日的到来。作为“被选中的人”,他并非消极地、被动地等待,而是在抗争中重塑自我和书写历史。从幼年起,沃拉迪喜欢倾听关于祖先和土地的故事,是土著文化的忠实传承者。“他或听或梦,直到这些古老的信息深深植入了成年的沃拉迪医生的性格深处。”[②]他珍视行将消失的土著口述传统,热衷于古老的狩猎本领和生存技能。无论是传统的成长礼、古老的求偶方式还是土著的祭祀,都让他感觉到人与自然之间的紧密联系。作为塔斯马尼亚岛上最后一个土著,沃拉迪充满了对土地和祖先的热爱,“每一种动物都有自己的语言。袋鼠、负鼠,甚至蛇、树木都有自己的语言,甚至云朵与风都会交谈”[③]。他也深信部落长者身上的潜能,“他们拥有如此丰富的知识以至于可以撼天动地。甚至有传言说,他们活着时可以上天入地”[④]。

相比之下,欧洲殖民者被置于“凝视”之下,成为本土叙述者的客体。他们不再是深入“荒野”,征服自然的白人“英雄”,而是一群野蛮、粗暴、富有侵略性、毫无人性的异类。他们外形丑陋,能力低下,语言不通,甚至还有食人族的倾向。“他们(土著)已经做好了会面的准备,但是没想到会是一个长得

---

① 艾勒克·博埃默:《殖民与后殖民文学》,盛宁等译,沈阳:辽宁教育出版社,1998年,第90页。

② Mudrooroo, *Doctor Wooreddy's Prescription for Enduring the Ending of the World*, Melbourne (VIC): Hyland House, 1983, p. 2.

③ Mudrooroo, *Doctor Wooreddy's Prescription for Enduring the Ending of the World*, p. 21.

④ Mudrooroo, *Doctor Wooreddy's Prescription for Enduring the Ending of the World*, p. 24.

如此丑陋的‘鬼佬’—— 沃拉迪安慰他们说这个白人看起来可怕，是因为他得了皮肤病，脸上抹了药膏，其实他长得还是挺帅的。他们还是将信将疑。除了丑陋和难闻的气味，他表现得像个恶魔。他从丛林里跳出来的样子好像要把我们全部吃掉！不要告诉我们这个鬼佬不吃人，他们自相残杀，谁知道他们要是捉住我们中的一个，会做出什么举动?"[①]在这样一群欧洲殖民者中，罗宾逊似乎显得格格不入，因为他口口声声反对野蛮、反对暴力、主张以文明和教化的方式向土著人民传播基督教的福音。他凭借自己的传教士身份很快赢得了土著人的信任，并以"教父"(Father)自居，誓言保护土著，确保他们能过上安居乐业的幸福生活。但是在马德鲁鲁看来，罗宾逊与那些杀人放火的白人殖民者并无异样，只不过，他的殖民活动被打上宗教和文明的烙印，显得更为隐蔽和虚伪。评论者布朗曾指出，罗宾逊"是一个对澳大利亚土著文化进行破坏的阴险分子，而并非一个救世主的形象。对马德鲁鲁来说，他是殖民化特征的集中体现，是对帝国主义欲望的一种隐喻"[②]。在白人殖民者的眼中，基督教与枪炮一样，是一种可以削弱、瓦解土著社会结构和精神力量的帝国主义策略。因此，罗宾逊作为基督徒的本质从一开始就是虚假的、伪善的。例如，他一直对自己是个砖匠的卑微出身耿耿于怀，希望借探险之机大发横财，并光宗耀祖。为了不让他的妻子玛利亚对他的野心横加干涉，他不惜以《圣经》为道具，改写教义，达到自己的目的。他假意地翻开一页，并吟诵道："看哪，你的仆人，我所选中、所亲爱、心里所喜悦的。我要将我的灵赐给他，他必将真理传给那些土著。"[③]通过刻意强调"土著"，罗宾逊强迫玛利亚接受了"上帝"的安排。这种闹剧式的小把戏揭露了罗宾逊的投机本质，证明了

---

① Mudrooroo, *Doctor Wooreddy's Prescription for Enduring the Ending of the World*, p. 91.

② Jodie Brown, "Unlearning Dominant Modes of Representation: Mudrooroo's *Doctor Wooreddy's Prescription for Enduring the End of the World* and Robert Drewe's *The Savage Crows*", *Westerly*, No. 3, Spring, 1993, pp. 74-75.

③ Mudrooroo, *Doctor Wooreddy's Prescription for Enduring the Ending of the World*, p. 55.

"罗宾逊一厢情愿地把自己想象成土著的朋友,完全是出于对自身前途的考虑"①。这种野心不仅表现在对土地的攫取和渴望,更表现在对女人的占有和幻想上。当沃拉迪的妻子特鲁卡娜娜与其他女人从海里捕捞食物回来,"看到女人们湿淋淋的褐色身子从海里走出来,犹如地狱里的女妖一般魅惑,罗宾逊感到嘴里发干,赤红色的脸庞也苍白起来。——'太棒了,'罗宾逊喃喃着,当然不是说女人们的战利品,而是指她们的身体"②。通过对性的幻想和拒斥,马德鲁鲁折射出白人殖民者自相矛盾的复杂心态。在小说中,白人大肆强奸土著妇女,将她们视为自己的猎物。高高在上的罗宾逊也不能免俗,他渴望占有特鲁卡娜娜的身体,如同渴望占有这一片充满野性的、原始的土地。但是宗教和使命的束缚使他不能放纵自己,只能以牺牲情欲的方式来完成"更宏大的殖民事业"。除了对罗宾逊肩负的使命和狂热的欲望进行大加嘲讽之外,马德鲁鲁还将其刻画成一个丛林边缘人的形象。与高大威猛、身手矫健的沃拉迪猎人相比,罗宾逊在丛林里处处碰壁,完全丧失了帝国权威及其所代表的优越感。他不懂土著的语言、土著的文化、土著的传统。罗宾逊第一次见到沃拉迪时,询问他的姓名。沃拉迪礼貌地回答"Narrah Warrah",即土著语中的"Yes"。可罗宾逊却误以为这是沃拉迪的名字,闹了一个蹩脚的笑话。种种例子充分证明了罗宾逊狂妄的帝国经验背后的无知和愚昧,以及由此衍生出的官方叙事的不可靠性。

总之,通过颠覆高高在上的"中心"和丛林之地的"边缘",马德鲁鲁将罗宾逊所代表的殖民帝国置于土著人民的视线和话语中,从内容和形式上否定了前者的优越地位。这种新的文本语言与旧的殖民文本的压迫形成一种抗衡,揭开了中心话语一直掩盖的历史真实,从而打破了殖民话语对历史和叙事的垄断局面。

---

① Vivienne Rae Ellis, *Black Robinson: Protector of Aborigines*, Melbourne: Melbourne UP, 1996, p. xvi.

② Mudrooroo, *Doctor Wooreddy's Prescription for Enduring the Ending of the World*, p. 43.

二、帝国文化模式的嫁接与反嫁接

早在四万年前，澳大利亚最早的居民——土著就拥有自己的语言、风俗、习惯、宗教、传说等丰富多样的文化行为，并且与土地和自然保持高度的和谐一致。但是随着欧洲殖民文化的入侵，这一格局被彻底打破。土著文化被视为原始和落后的形态而遭到鄙视、排斥和扼杀。马德鲁鲁在小说《沃拉迪医生忍耐世界末日的良方》中真实地记录了殖民文化对本土文化的压迫和排他，以及本土文化对入侵文化的自觉抵制和反抗。通过这一对立的文化本体以及沃拉迪医生的精神领袖形象，马德鲁鲁意在说明，传统文化不可避免地受到外来文化的影响和作用，完全的同化或是执着地固守本土文化都不是一个好策略。因此，保持本土文化并积极适应现实，才是殖民地人民最终的出路。

小说一开篇，沃拉迪医生就感到一种世界毁灭的宿命和浓重的文化失落感。代表着邪恶的海洋时刻觊觎着土地，而白人殖民者也在时刻威胁着土著古老的世界观和生活方式。生活在布鲁尼岛上的居民人人自危，却无法逃避。白人不仅强占土地、奸淫妇女，还向土著社会输入了西方的生活方式、饮食和文化生活。食物是最明显的一个文化特征。面粉、糖和茶叶取代了土著人曾赖以生存的丛林动物和植物类蔬菜。唾手可得的食品改变了土著狩猎和采集的习惯。他们不再在丛林里奔波觅食。为了消遣时光，烟草和酒精成了最好的刺激物。他们甚至穿上了白人们分发的毯子和衣物，因为赤身裸体的土著会招来杀身之祸。不仅如此，他们的社会结构也在悄悄发生着变化。铁斧和铁锹等先进的殖民工具的引进不仅给土著经济带来巨大的变化，促使他们从原始的生产方式向农耕方式的转型，更消弭了石斧原本的文化意义。它不再“象征着部落长者的权威”①，而是再普通不过的生产工具。随着生活方式的改变，将土著与自然、土地和祖先紧密联系在一起的土著宗教和仪式

① Richard Broome, *Aboriginal Australians*, NSW: Allen & Unwin, 1994, p. 63.

也逐渐式微,土著面临着被基督教同化的危险。特别值得关注的是,在文化殖民的过程中,土著社会走向了内部分化。一部分人坚持传统,而另一些人随波逐流、在土著文化和异族文化间徘徊。在亲近异族文化的人中,土著妇女往往居多。她们比土著男性表现出和侵略者更为合作的姿态,因而成为殖民者的首要征服对象。在好奇心的驱使下,不少土著妇女被欧洲殖民者提供的漂亮衣服、丰富食品等物质条件所诱惑,心甘情愿地成为他们的女人。但是在马德鲁鲁看来,这种交换是危险的、不稳定的,因为白人对性的攫取是贪婪的、自私的。他们既不会与土著妇女形成一种土著人所期待的长期互惠关系,也不会改变白人在政治和家庭生活中的权力关系。例如,特鲁卡娜娜的姐姐"嫁"给了一个白人,但是"他经常不在家,而且他总是希望,当他回来时袋鼠皮的数量又增加了"[①]。当土著妇女忙于照顾孩子,不能捕猎到足够多的袋鼠时,白人残忍地夺走孩子,并扔进海中溺死。土著的游击队领袖薇莉儿(Walyer)就是遭受了如此不幸,才奋起反抗白人的压迫。不难看出,早期的白人殖民者和土著妇女的关系并非是真正的伴侣,而是雇主与廉价的劳动力的关系,是剥削者与被剥削者的关系,是种族社会的权力结构在家庭生活中的真实反映。通过女性被物化、被他者的形象,马德鲁鲁尖锐地批判了中心话语对边缘群体的压迫和欺骗,对迎合和顺从白人殖民男性、并全盘接受白人文化的土著女性进行了贬低和讽刺。

虽然种种文化特征似乎表明在强大的帝国殖民话语下,土著文化正逐步走向没落和灭亡。但是在马德鲁鲁的眼中,沃拉迪医生代表着神秘而永恒的土著文化精神和文化传统。他深深热爱着古老文化和传统,并在压倒一切的殖民话语中,选择了隐忍和坚持。此外,他还兼收并蓄,努力学习"鬼佬们"的一切:语言、生产方式、社会结构、宗教等等。如同罗宾逊对土著社会的渗透一样,他对帝国中心话语进行了有力的反渗透。例如,在沃拉迪一行准备离开布鲁尼岛时,特鲁卡娜娜的父亲曼卡纳去世了。罗宾逊想趁机引入基督教的葬礼仪式,指导土著们将其土葬。但是当夜,沃拉迪及其族人又重新将曼

① Mudrooroo, *Doctor Wooreddy's Prescription for Enduring the Ending of the World*, p. 103.

卡纳的尸体挖出，进行了传统的火葬。火在土著文化中是重要的象征和文化符号。“火代表着生命，代表着生命延续直至生命的尽头。浴火而生的人会在火里涅槃。它会将他的魂灵带到死人岛上，与他心爱的人过着食物充足、快乐无忧的生活。”[①]因此，代表祖先精神的火与代表着邪恶的水成了相抗衡的主体。它们之间的对立关系象征着殖民者与被殖民者、白人与黑人、男人与女人之间的二元对立。马德鲁鲁借用火与水的不同，宣扬了土著文化的独特性和差异性，否定了帝国中心话语对土著的滞定的知识经验，抵抗了白人殖民者控制、压迫并瓦解土著文化的企图。正如曼卡纳所言，“一个经历过土著入会仪式的男人是永远不会臣服于鬼佬的，他知道如何穿过五彩道路，走上通向圣火摇曳的祖先营地的金光大道。鬼佬们将被止步于那里。甚至现在，我都在生着火”[②]。除了火与水的二元对立象征外，马德鲁鲁还利用土著特有的仪式感来解构欧洲中心主义对土著人的身份设定的话语藩篱。在佛林德斯岛的保护区里，罗宾逊强迫土著们耕种、纺织、造房、修建教堂，甚至给他们洗礼更名，禁止他们唱歌、跳舞或是进行任何与过去和传统相关的文化生活。在罗宾逊们的眼中，土著人是野蛮的、落后的，而他们是先进的、文明的群体，因此，通过宣扬白人世界的“秩序”和“文明”，可以强化他们身份上的优越感。但是沃拉迪和其他土著们仍偷偷建造了自己的仪式场地，并在深夜里举行神圣集会。“他们摆脱了制服的束缚，用偷来的白色粉笔在身上涂抹，用红色粉笔突出伤口，显示出入会级别的高低。”[③]通过传统的舞蹈和方言咏唱宗教仪式，丧失家园的土著重新建立起与土地的精神联系，并形成一个新的联盟。这个联盟突破了白人殖民者对他们的文化限定，标志着原本分化的土著有了新的凝聚力，并在回归传统中寻找到新的意义，从而有效地颠覆了白人的同质化统治。

在马德鲁鲁看来，土著独特而神秘的文化属性是超越时空的，是不受欧

---

① Mudrooroo, *Doctor Wooreddy's Prescription for Enduring the Ending of the World*, p. 5.

② Mudrooroo, *Doctor Wooreddy's Prescription for Enduring the Ending of the World*, p. 23.

③ Mudrooroo, *Doctor Wooreddy's Prescription for Enduring the Ending of the World*, p. 159.

洲殖民主义的现实时间所限制的。它不仅存在于过去和现在,还会延续至将来,“因为,即使在今天,扒去一个土著男性或女性的现代服装,或是撇开他们在白人世界里的表现,你还是能发现他们身上有着古老的猎手和采集者的影子”①。因此,当后殖民社会不可避免地走向多元文化融合时,本土文化依然有“在场”的意义。

三、语言的变形和挪用

在后殖民的语境下,语言是一种权力媒介,代表着一种特定的文化身份。语言的选择往往被视为反对殖民化运动的重要策略之一。在语言的使用上,一些后殖民作家主张用自己的民族语言对抗殖民者语言,对西方殖民文化,包括语言进行清算;另一些则通过挪用和改写的策略,颠覆和动摇殖民话语。作为一名后殖民作家,马德鲁鲁清醒地认识到文化差异和文化融合的趋势,因而强调杂交性,用白人的文本形式讲述土著自己的故事。他以英语为创作语言,但是同时弃用了殖民者语言的权威性,对语言进行巧妙的变形,渗入了大量土著的语言特色。这种混杂的语言方式破坏了西方语言的纯粹性,使得标准化、规范化的英语从内部出现了裂缝,有效地消解和抑制了主流话语。

在小说《沃拉迪医生忍耐世界末日的良方》中,马德鲁鲁对语言的标准规范始终是抗拒的。在他看来,不同的文化孕育出不同的语言,而不同的语言代表着不同的文化。当殖民文化与土著文化交织在一起时,他们的语言因为混杂而不可避免地发生了变形,从而形成一片模糊地带。例如,在小说中,马德鲁鲁使用了土著文化中的特有词汇,但并不提供注释或翻译,如“Nunganh”,“Num”,“Ria Warrawah”,“Parllerde”等。这些词汇在英文中没有对等的词汇,需要读者通过上下文来判断其意义。又如,土著们在举行神圣仪式时所唱的歌咏,时而英文、时而土语,且没有任何注解和翻译,完全置白人读者于不顾。通过这种“含混”,马德鲁鲁打破了殖民者与被殖民者之间的关系,

---

① Mudrooroo, *Doctor Wooreddy's Prescription for Enduring the Ending of the World*, p. 39.

代之以一种互补性关系,一种新的意义不断生成的关系。在他看来,只有通过这种方式,殖民者的身份才能被真正搅扰,殖民者的权威性才会受到挑战。在"为征服了他们的人民的人"[①]进行写作时,马德鲁鲁时常以土著语言解构殖民话语疆界的稳定性,从而更有效地传递本土经验。当探险队与土著部落正式会面时,罗宾逊试图用他认为是土语或是接近的方言和土著交谈。可是任他说得天花乱坠,土著们只是微笑点头。他以为他们完全明白他的意思,谁料他们什么都没听懂。具有讽刺意义的是,他们随后和沃拉迪交谈时,罗宾逊却一个字都没有听懂。通过异质语言的介入,马德鲁鲁成功地对宗主国的语言进行干扰,间离了殖民者的中心地位,将他们置于文化的夹缝中,成为被边缘化的他者。

此外,马德鲁鲁还将宗主国的语言直接进行挪用和改写,"使得主子的语言变得混杂了"[②]。根据后殖民地经验,当英语跨越民族国家的疆界,进入异质文化后,必然产生有别于标准英语的某种变体。这种语言变体保留着宗主国语言的交流价值,也包含自己的独特经验,因而被称为小写的地方英语。例如,土著长者曼卡纳对白人殖民的控诉就是一个地方英语的最好例子。"The num think they have me — but an initiated man is never had. He knows how to walk the colored path to the sparkling path which leads to where the fires flicker in Great Ancestor's camp. There they are forbidden to come, and even now I am building up my fire there."[③]从语言形式上看,曼卡纳的英语受到土著口述传统的影响,句法结构不够紧凑严密,有一些语法错误,显得较为松散。从内容上看,曼卡纳使用了带有土著特色的词汇,如 num, initiated, Great Ancestor 等等,有效地传达了本土经验。可见,在土著文化语境中,英语的标准性受到口语的影响,从而产生英语的变体,用以弥合语言与文化之间的差异和距离。

---

① 艾勒克·博埃默:《殖民与后殖民文学》,盛宁等译,沈阳:辽宁教育出版社,1998年,第207页。

② Homi Bhabha, *Location of Culture*, London and New York: Routledge, 1994, p. 33.

③ Mudrooroo, *Doctor Wooreddy's Prescription for Enduring the Ending of the World*, p. 23.

此外,不同的命名机制也是马德鲁鲁对主流语言进行干扰的重要策略。在土著文化中,姓名包含了丰富的文化内涵,体现了部落关系、亲属结构或是与自然的联系;而白人的命名只是一个文化符号,没有意义上的关联,因此,土著文化与西方文化之间有着未被填补的空间。罗宾逊将土著带到保护区后,开始从思想、行为和语言上对土著进行教化。其中一项重要的内容就是给土著洗礼并赐予"神圣的教名"。在罗宾逊看来,新的白人名字将代表一种新的身份,一种自我定义。因此,更名这一仪式化的行为,可以强行抹去土著姓名上承载的民族记忆。但是这种极具政治性的语言符号对土著群体完全不起作用。沃拉迪一点不在乎自己被叫作布朗先生,还是其他什么名字,因为这些名字只是白人的殖民意识反映,并不能真正消弭植根于"梦幻时代"的土著文化。相反,土著在不同阶段对罗宾逊的命名,从被殖民者的视角,定义和修正了与白人入侵者之间的关系,赋予了这些名称不同的语言内涵。一开始,罗宾逊的彬彬有礼和友善隐蔽了殖民者的身份,赢得了土著的信任和 Father(父亲)的称号。"Father"一词具有强烈的殖民色彩,表现了殖民者视土著为弱小、无助的孩童,需要成熟、理性的成人的保护。而土著也不自觉地将其内化成对自我的定义,如淳朴善良的特鲁卡娜娜就把罗宾逊当成了父亲一般的保护人。但是随着罗宾逊的探险动机的进一步暴露和殖民活动的不断扩张,土著自觉地与殖民者保持了距离。Meeter Ro-bin-un(罗宾逊先生)的称号体现了罗宾逊代表殖民者的权力和话语。当罗宾逊率领探险队深入丛林,脸被暴晒成土褐色时,他被称为 Ballawine(赭土色),昭示着白人殖民者在丛林里的被边缘化和异化的经验。最后,在保护区里,大肆推行西方文明和基督文化的罗宾逊现出了原形,成了土著人口中的 Commandant Robinson(指挥官罗宾逊)。至此,罗宾逊彻底完成了从伪善的文明使者到官方话语的代言人,从丛林的边缘者到凌驾土著的侵略者的形象转变。从名称的不断变化中,不难看出,随着殖民程度的不断深入,土著对白人殖民者的侵略本质的认识也越来越清晰,对土著部落所处的文化属性和身份困境也有了更深刻的认识。总之,通过挪用和改写,以及命名策略,马德鲁鲁成功地疏离了主流话语,再现了那段黑暗的历史,对如何在新的语境下重新建构民族文化身份提出了自己的思考。

从主体性到文化意象，再到语言的挪用，马德鲁鲁用不同的策略有效地改写了官方历史，颠覆了滞定的白人英雄形象。但是同时，他也清醒地意识到，逆写历史、表现本真的民族叙事并不能真正抵挡白人入侵者的脚步。如沃拉迪医生所言，“我们现在必须变得圆滑活络一些，多找同盟军，而且认天命”[1]。因此，在他看来，文化的同质化抑或拘泥传统的做法都是狭隘的，土著民族唯有与白人入侵者建立一种文化共谋关系，在冲突中不断修正和构建自己的民族文化身份，才是土著在多元化的澳大利亚社会中的唯一出路。

---

① 艾勒克·博埃默：《殖民与后殖民文学》，盛宁等译，沈阳：辽宁教育出版社，1998年，第263页。

大爱无疆

——从《浅滩》看温顿的生态伦理观

朱蕴轶①

摘要: 蒂姆·温顿是当代澳大利亚文坛最受瞩目的作家之一。《浅滩》是温顿的早期代表作,是一部致力于反捕鲸的环保题材小说。本文从生态伦理学批评的角度出发,通过《浅滩》中所展现的自然、社会和精神三重生态危机的论析,来探讨作者深刻的生态伦理意识,指出生态危机的根源在于"人类中心主义",人类只有首先走出自身的精神失衡的状态,学会关爱他人,关爱自然万物,才能解决其他生态危机,最终达到人与自然的和谐共处。

关键词: 蒂姆·温顿;《浅滩》;生态伦理学;爱

Abstract: Tim Winton is one of the most remarkable writers in contemporary Australian literary arena. *Shallows* is a representative work of his early fiction about anti-whaling and environmental protection. This paper, from the perspective of eco-ethics, aims to interpret Winton's eco-ethical vision with the analysis of ecological crises at the natural, social and spiritual level in *Shallows*, arguing that the root of ecological crises is "anthropocentricism", and only after getting out of the spiritual crisis and learning to care and love everything in nature can human beings solve other ecological crises and achieve a harmonious

---

① 朱蕴轶,安徽大学外语学院讲师,安徽大学大洋洲文学研究所成员,研究方向为澳大利亚文学。本文系安徽省教育厅人文社科研究项目"生态批评视阈下的当代澳大利亚小说研究"(SK2012B037)研究成果。

state with nature.

Key Words: Tim Winton; *Shallows*; eco-ethics; love

蒂姆·温顿(Tim Winton,1960—),当代澳大利亚"最多产、最负盛名"[①]的作家,他的作品多以澳大利亚的西海岸为背景,描述海边小镇上普通人的平凡生活,因此,很多评论家称温顿是位"地域性作家"。温顿本人也曾说过:"在我创作时,首先出现在我脑海中的是大海和沙滩,然后才是城镇。我很庆幸我居住的地方离大海从未超出过十分钟的车程。"[②]但这位植根于澳洲本土,看似"拘泥于地域和工人阶级传统"[③]、缺乏国际视野的作家在"平淡之中显大义"[④],用近乎白描的手法,通过一个个寓言式的故事,揭露了人类不断膨胀的欲望所引发的环境恶化,社会繁华表面下的现代人的孤独、冷漠、迷失和道德沦丧,以及澳大利亚原住民的文化和权益的保护等全球性重要社会、历史和文化问题。

《浅滩》(*Shallows*,1984)是温顿的早期代表作,作者通过一个海边小镇居民赖以生存的捕鲸业在过去一百多年中的兴起、繁荣和最终遭到抵制,描绘了人类在现代文明中所遭遇的多重生态危机,并为如何解决这一危机积极地探索着,表达了作者深切的人文关怀和强烈的社会责任感,是"一部可以和《白鲸》比肩的伟大作品"[⑤]。鲁枢元指出:"人不仅仅是自然性的存在,不仅仅是社会性的存在,人同时还是精神性的存在"[⑥]。本文从生态伦理批评的视角出发,围绕作品中所揭露的自然生态、社会生态和精神生态危机三个方面

---

① 黄源深:《澳大利亚文学史》,上海:上海外语教育出版社,1997 年,第 469 页。

② Beth Watzke,"On the Verge: Place in the Early Fiction of Tim Winton", *Reading Tim Winton*, eds. Richard Rossiter and Lyn Jacobs, sydney: Angus & Robertson, 1993:15.

③ Robert Dixon,"Tim Winton, *Cloudstreet* and the Field of Australian Literature", *Westerly*, 2005 (50 November).

④ 徐在中:"平淡之中显大义——解读蒂姆·温顿《云街》的'和解'主题",《当代外国文学》,2010 年。

⑤ Carolyn See,"Young Men and the Sea", *The Washington Post*, June 27, 2008, p. C05.

⑥ 鲁枢元:《生态批评的空间》,上海:华东师范大学出版社,2006 年,第 20 页。

来探讨温顿深刻的生态伦理意识,指出生态危机的根源在于“人类中心主义”,人类只有首先走出自身的精神失衡的状态,学会关爱他人,关爱自然万物,才能解决其他生态危机,最终达到人与自然的和谐共处。

一、鲸殇:自然生态危机

温顿出生在珀斯(Perth),12岁时随父母迁往奥尔巴尼(Albany)。温顿一家虽然只在奥尔巴尼待了三年,这个小镇却让他逐渐意识到保护自然环境的重要性,对他日后的生活和创作都产生了重要的影响。除了《浅滩》,《露天游泳者》(*An Open Swimmer*,1982)、《天眼》(*That Eye,the Sky*,1986)等早期作品中都有奥尔巴尼小镇中的元素;《蓝背鲸》(*Blueback* 1997)、《云街》(*Cloudstreet*,1990)和《土乐》(*Dirt Music*,2001)等都从不同层面反映了温顿的生态伦理思想。在这三年中,随着年龄的增长和思想的成熟,温顿的社会责任感逐渐加强,积极地为当地绿色和平组织筹集善款。奥尔巴尼的捕鲸业也给温顿的青少年时期留下了不可磨灭的印象:“在奥尔巴尼我有生以来第一次亲眼看见这一场景——一个庞然大物被拖上剥皮台,像一台已经损坏的机器一样,任人宰割。从它的身体内可以提炼出鲸油,可以制造肥料。我惊讶于大海给我们提供的产物,但人类对这些产物的所作所为更是让我目瞪口呆。”①

《浅滩》的故事与作者在奥尔巴尼的生活经历有着密切的联系,作品讲述了发生在以捕鲸为主业、名叫安吉勒斯的澳大利亚西海岸小镇,以库帕家族为代表的小镇居民从1831年到1978年间所经历的风风雨雨。以陆地为基地捕鲸在安吉勒斯已有一百五十多年的历史,而巴黎湾运作中心是澳大利亚保留的最后一个陆上捕鲸企业。据史料记载,在十九世纪三十年代以前,捕鲸

① Michael McGirr, *Tim Winton: the writer and his work*, South Yarra, Vic: Macmillan, 1999, p. 10.

业是澳大利亚的第一产业，是第一批定居者最重要的收入来源。[①] 因此，正如很多澳大利亚人一样，故事中的很多人物如明星酒吧老板哈萨·斯塔茨都认为“正是这些捕鲸工创造了这个国家”[②]，或者像女主人公昆尼的丈夫克利夫·库克森所说：“这些鲸鱼又怎么了？不过是一种动物……我们都吃鲸肉。宰了一些动物，我们才能生存”[③]。这种赤裸裸的表白无疑把自然界放到了人的对立面。在这种对立关系中，人类是万物之尊，其他物种只不过是为人利用和提供服务的工具。因此，人类可以为了一己之需肆无忌惮地屠杀动物，疯狂地掠夺大自然有限的财富和资源。当然，温顿是非常反对这类言论的，在他的描绘中，这曾经让澳洲人引以为豪的支柱产业是一幅血腥的、令人作呕的画面：“低处的鲸鱼剥皮台上，有一个很长的斜坡，通到血淋淋的浅滩……几个男子穿着橡胶靴和血迹斑斑的汗衫，用水龙头冲洗着平台……在弥漫的臭气中，其余几个穿橡胶靴的男子冷漠地闲逛着……这头抹香鲸像一条打捞起来的船，被一步步地、血淋淋地肢解着。”[④]寥寥几笔，我们不难发现作者对捕杀鲸鱼的批判。在创立了以“敬畏生命”为核心的生命伦理学的阿尔贝特·史怀泽(Albert Schweitzer)看来，人类的同情如果“不仅仅涉及人，而且也包括一切生命，那才是具有真正深度和广度的伦理”[⑤]。世间万物之间并无高低之分，动物也有苦乐感知的能力，人类应该善待它们，自觉维护生态的多样性和稳定性。在温顿看来，鲸鱼“忠诚、聪明、智慧、有同情心”[⑥]，可这些捕鲸工却如此地无视它们感受生命的能力，残忍地剥夺了它们的生命权，他们是双手沾满鲜血的刽子手！

奥尔多·利奥波德(Aldo Leopold)曾在生态伦理学中明确提出了最基本

---

① John P. Turner, “Tim Winton's *Shallows* and the End of Whaling in Australia”, *Westerly*, 1993 (1 Autumn), p. 79.

② 蒂姆·温顿：《浅滩》，黄源深译，上海：上海译文出版社，2010 年，第 40 页。

③ 蒂姆·温顿：《浅滩》，第 64 页。

④ 蒂姆·温顿：《浅滩》，第 35 页。

⑤ 史怀泽：《敬畏生命》，陈泽环译，上海：上海社会科学院出版社，1996 年，第 23 页。

⑥ 蒂姆·温顿：《浅滩》，第 156 页。

的价值判断标准:“当一个事物有助于保护生物共同体的和谐、稳定和美丽的时候,它就是正确的,当它走向反面时,就是错误的”①。人类如果为了满足自身的利益和需求不断地向自然界索取,破坏了这种“和谐、稳定和美丽”,势必要为自己不负责任的行为承担后果。在《浅滩》中,奥尔巴尼小镇居民数以百年地屠杀可能是“地球上最聪明的生物”②,势必自身也会受到严重的教训。终于有一年鲸鱼不再光顾这个小镇了,间或它们又大批大批地来,搁浅在沙滩上。这是鲸鱼向人类发出的警告,不仅预示着鲸鱼的生存环境已受到了巨大的威胁,数目严重下滑,濒临灭绝,也暗示了人与自然的疏离和对立。作者显然也更加清醒地意识到这一疯狂捕杀行为的恶果,并借昆尼的外祖父——丹尼尔之口表达了深深的忧虑:“土地要呻吟多久?每块地上的草要多久才枯萎?因为那些居住者的罪过,野兽和飞禽都一扫而光。”③“鲸类的‘集体自杀’应是对人类无声的抗议,这无声的抗议分明在告诫人类,它们不过是生态失衡的最先牺牲品,面对大自然,人类若再不惭德愧行,遏制无边的欲海,那么,人类无疑也在进行着一场慢性集体大自杀。”④

二、冷漠和对抗:社会生态危机

美国当代生态批评家劳伦斯·布伊尔(Lawrence Buell)认为我们通常所说的环境不仅包含“自然的”也包括了“人为的”的环境。⑤ 如果说人类为了一己之需已经破坏了自然环境,改变了人与自然之间亲密、和谐的审美关系,引发了日趋严重的自然生态危机,那么处于一个社会整体中的人与人之间的

---

① 奥尔多·利奥波德:《沙乡年鉴》,侯文蕙译,长春:吉林人民出版社,1997年,第213页。

② 蒂姆·温顿:《浅滩》,第145页。

③ 蒂姆·温顿:《浅滩》,第75页。

④ 李存葆:《大河遗梦》,北京:解放军文艺出版社,2002年,第84页。

⑤ Lawrence Buell, *Writing for and Endangered World: Literature, Culture, and Environment in the U. S. and Beyond*, Cambridge: The Belknak Press of Harvard University Press, 2001, p. 3.

冷漠、敌对和斗争则正在悄悄地改变着我们的人为环境，形成了一种社会生态危机。

在《浅滩》中，这种社会生态危机体现在个体和群体两种层面的关系上。个体之间所反映的危机表现为冷漠、缺少关爱、沟通和信任。比如：昆尼和克利夫对捕鲸的分歧让这对深爱对方的夫妻从争执走向隔阂直到分居。当昆尼因为加入抗议者的反捕鲸活动，觉得一生中第一次做了一件有益的事情时，克利夫却认为整个小镇都在议论她，她让自己丢了脸。纳撒尼尔在明知一些船员对当地土著居民妇女以及他的同伴丘林施暴时，却没有伸出援助之手。丘林因此而自杀后，他还一再为自己开脱："人不应该替同伴负责。我没有同流合污。我是清白的。"丹尼尔在和普斯特林家族的斗争失利之后，刻意疏远他人，连自己的妻子和女儿也没能给予应有的关爱。德斯·普斯特林更是一位自私、冷血的无耻之徒，从不考虑别人的感受。他的情人兼秘书玛丽恩因一时糊涂而受他束缚，他却从未给过她一丝怜悯和关心，玛丽恩时常想："这家伙那么糟糕，连让人讨厌的资格都没有。"①

除了个体层面上的危机，《浅滩》中的不同群体为了各自的利益或理想，产生了种种对抗，有以丹尼尔和神父佩尔为首的民众为了抵御普斯特林家族控制小镇而发起的斗争，也有捕鲸者和反捕鲸者之间的冲突。在温顿的笔下，这些斗争都以代表整体利益一方的失败而告终，这不能不说是更严重的社会生态危机。德斯·普斯特林的父亲本杰明·普斯特林1929年来到安吉勒斯，立志要在这发家致富。他利用大萧条时期土地贱卖，买进农民手中的每一寸土地。为了减缓普斯特林家族的进程，丹尼尔带领一部分当地居民焚烧农场，开展反饥饿游行、食品包裹计划和抵制房租等行动。但很快精明的本杰明买通了当地的报纸、电台和教会，于是人们起了疑心，随即偃旗息鼓了。仅仅十年时间，普斯特林家族便占有了整个小镇，而库帕家人从此不再拥有土地。在家族掌控了安吉勒斯的经济命脉之后，德斯·普斯特林又瞄上了教会长老的位子，企图让佩尔在退休后把位子让给他。虔诚、善良、圣洁的

① 蒂姆·温顿：《浅滩》，第60页。

佩尔明白他只是在利用教会谋取更多的财富,于是便想尽各种办法与其周旋、抗争,力争不让他的阴谋得逞,可最终德斯还是如愿以偿,而佩尔只能无奈地以烧钱的方式来削弱德斯的经济大权。

温顿的生态伦理意识不仅仅限于对鲸鱼苦乐感知能力的认同,环境恶化的担忧,以及对人类唯我独尊、滥杀动物的批判,更表现在他为拯救鲸鱼,保护环境所付出的努力和行动。《浅滩》的故事以1977年发生在奥尔巴尼的反捕鲸运动为背景,展现了捕鲸者与反捕鲸者之间一系列的对峙和斗争。书中的女主人公昆尼·库帕就是反捕鲸者的代表,她是库帕家族的第六代。1831年,她的祖先纳撒尼尔·库帕随美国捕鲸船"男人之家号"来到安吉勒斯,无意中被落下,不得不安家于此。虽然出生在一个捕鲸世家,生长在一个捕鲸小镇,昆尼却显得与周围的一切格格不入。从孩提时代起她就爱和老师同学们讲些同海豚说话、在海贝里听到上帝的声音等等稀奇古怪的事情,是个"令人称奇的怪人"①。她认为鲸鱼是"上帝指派的信使"②,她能听见海湾里上帝的呼唤。而在克利夫看来,他的妻子不该生为陆地哺乳动物,在水里的她仿佛更自如、更惬意。昆尼对大海以及鲸鱼等自然界万物的亲近感使她对捕鲸自然而然地产生了反感,所以当她发现克利夫赞成捕鲸,并在阅读她的祖先留下来的航海捕鲸日志时,双方便发生了激烈的争执。很快,当一群外地游客参观巴黎湾掀起第一波反对捕鲸的浪潮时,昆尼也毫不犹豫地参与了进来,"人都拥到了鲸鱼肢解台上,纷纷躺在血泊中,躺在水龙带喷出的水中,以及一块块鲸肉中间,胸上盖着标语牌硬纸板……上面写着:巴黎湾和屠夫们。停止屠杀,别让鲜血染红你们的头颅……昆尼·库帕硬挺着往前挪动脚步,踏着血浆,朝外国人躺的地方走过去……昆尼坐了下来,随后躺在粉红色的血浆上"③。这次加入可以说是昆尼潜在生态伦理意识的觉醒,不久,昆尼又来到议会大厦前和一群外国环保人士进行游行示威,号召人们拯救鲸鱼,停

① 蒂姆·温顿:《浅滩》,第8页。

② 蒂姆·温顿:《浅滩》,第16页。

③ 蒂姆·温顿:《浅滩》,第38页。

止捕杀。在当地人看来,捕鲸产业是他们的重要收入来源,捕鲸工也是他们的骄傲。因此,他们无法理解昆尼为什么要联合外来人来反对自己的家乡和同胞,于是他们也掀起了激烈的对抗,大叫着:“嬉皮士滚回去!美国佬滚回去!娘儿们滚回去!”[①]昆尼等人没有就此停下斗争的脚步,她们开着充气船在海面上与捕鲸工进行了好几个回合的、更直接的交锋。但遗憾的是,她们最终只救下了因捕鲸鱼而奄奄一息的特德·贝尔,却并没能阻止捕鲸工,也没能救下一条鲸鱼。昆尼等人的反捕鲸活动虽然最终没有取得胜利,却让人们认识到安吉勒斯地方经济的脆弱性,使整个小镇陷入了恐慌、不安和对未来的焦虑中。

在温顿看来,普斯特林家族和捕鲸工的胜利以及人们之间的相互漠视、缺乏关爱和信任正反映了严重的社会生态危机。在现阶段,这种生态危机还有愈演愈烈之势,人类要想最终走出这种危机,还得正视自己,树立正确的生态伦理观,给予自然界所有生物应有的道德关怀,不要为了满足自身的贪欲而去牺牲整个自然环境和社会环境的利益。

三、贪婪和迷茫:精神生态危机

自工业革命以来,人类开始进入科学技术和物质生产的快速发展时期。人类为了自身的进步和发展不断逾越生存环境可持续承载的限度,引发了严重的自然和社会生态危机。反观这些危机的产生,都与人类价值追求的偏差不无关系,归根结底是源自“人类中心主义”的价值取向,以及现代工业文明所带来的精神生态困境。佐哈尔(Zohar)和马歇尔(Marshall)指出:“我们现在生活在一个精神麻痹的时代中,这个时代以崇尚物质、自私自利、缺乏理想和承诺为主要特征。尽管我们的物质财富与日俱增,我们的精神世界却日益

① 蒂姆·温顿:《浅滩》,第146页。

贫瘠。”①

人类精神生态危机的重要表现之一就是他们贪婪的物欲、权欲以及随之而引发的道德沦丧。《浅滩》中支持捕鲸的一方以及普斯特林家族就是人类不断膨胀的欲望的代表。“人类中心主义”认为道德只是对人才存在的,只有人才应该得到道德上的尊重和关怀;强调人是自然的主人,人可以为了自身的利益无限度、无休止、肆无忌惮地索取和掠夺自然资源。正是为了满足他们在物质和身体上的欲望,捕鲸产业成为安吉勒斯的重要经济支柱,获得了小镇大多数居民的支持,他们也因此丧失了最起码的“敬畏生命”的道德底线。哈代曾指出了这个“悲哀的事实——人类在满足身体需求方面的发展走向了极端”②。普斯特林家族自从在安吉勒斯安家起,就发誓要占有这个小镇。本杰明·普斯特林是个“懂得竞争乐趣的人”③,他的精明、算计以及对财富的渴望,让他这个外来者很快便在这儿站住了脚,成了这儿的主宰。他的儿子德斯·普斯特林更是有过之而无不及。他想方设法坐上教会长者职位,可是他从未想过要为教众服务,而是要把“教会用作某种经济上的掩饰,骗税的手段,为了更好地控制钱”④。普斯特林家族对安吉勒斯的占有和控制也从一个侧面反映了当初欧洲殖民者对澳大利亚这块土地和居民的掠夺和剥削,他们为了满足自己的欲望,不计后果地盘剥和榨取当地各种资源,引发了不可估量的生态危机。

现代社会物质文明高度发展的同时,随之而来的是人类精神上的孤独、空虚、迷茫和绝望。《浅滩》跨越了一个西澳海边小镇一百五十年的历史,在这一个多世纪里,小镇从封闭逐步走向开放,人的精神世界也随之经历了巨

---

① Danah Zohar and Ian Marshall. *SQ*: *Spiritual Intelligence*: *The Ultimate Intelligence*, London: Bloomsbury, 2000, p. 18.

② Richard Kerridge, “Maps for Tourists: Hardy, Narrative, Eoclogy”, *The Green Studies Reader*: *From Romanticism to Ecocriticism* ed, Lawrence Coupe,. London: Routeledge, 2000, p. 269.

③ 蒂姆·温顿:《浅滩》,第57页。

④ 蒂姆·温顿:《浅滩》,第113页。

大的变化。正如托马斯所说:“在这一百五十多年的时间里,澳大利亚经历了早期定居者的拓荒时代和二十世纪七十年代的又一波移民潮,在这些历史背景下,故事中的人物出现了不可避免的精神失衡。”①作为故事三条时间主线之一的航海日志不仅记录了捕鲸船员对鲸鱼、土著居民以及同伴的血腥屠杀、野蛮行径和麻木不仁,更承载了它的主人的内心世界,真实地反映了纳撒尼尔的孤独感和失败感:“1831 年 5 月 28 日,我们一大群人,二十五人之多,到了这个远征渔场,离最后停靠港霍巴特数千英里。我孤单一人。我无意在日志上谈论内心的孤独,只不过记录一下自己的情绪以及事情的经过,为了不至于忘却,也为了不让脑子闲着。”②纳撒尼尔自负地认为自己处处高人一等,不屑也无法和他的同伴沟通,因此只有通过日志来诉说自己的内心世界。在他发现最后只有他被遗弃在安吉勒斯,他感到了绝望,因为“上帝抛弃了他”。纳撒尼尔的精神失衡状态贯穿了他的一生,在最后几篇日志中,这种孤独、绝望的精神危机展现得一览无余:“我这一生并没有如愿以偿……我已经停止了生活,只不过继续生存下去而已。生活让我失望。”③“我离开了这个腐败的地方,梦游似的往西走去。是我遏制了精神恍惚,还是精神恍惚遏制了我呢?”④纳撒尼尔这个骄傲自负的人一直生活在挫败感中,他活下来了,却从未好好地生活过。这些航海日志作为家族的遗产,代代相传,对库帕家人产生了重大的影响,丹尼尔也因此一直被笼罩在祖先留下来的阴影中。他讨厌这些日志,祖辈的残酷冷血、麻木不仁和不负责任让他感到沮丧、内疚,但在与普斯特林家族的斗争失败后,他也开始封闭自己,疏远、冷落家人。他就这样一直在痛苦和自责中苦苦挣扎,直到有了昆尼,他才觉得生活有了盼头。可克利夫这个傻小子却从他这儿偷走了昆尼,从此安吉勒斯再也没下过雨。干旱的季节映衬了丹尼尔内心的不安和空虚,因为克利夫带走了他的精神寄

① Roie Thomas, “Theistic Existentialism in the Fiction of Tim Winton”, Hobart: University of Tasmania, 2007, p. 18.

② 蒂姆·温顿:《浅滩》,第 18 页。

③ 蒂姆·温顿:《浅滩》,第 168 页。

④ 蒂姆·温顿:《浅滩》,第 171 页。

托。在某种意义上,克利夫和纳撒尼尔有些相似的地方。对于这个小镇,他们都是外来者,不属于这儿;失败感也一直困扰着他们两个人。可面对一连串的失败,克利夫能想到的办法就是逃避,“把一切失败、怯懦和陈腐的记忆弃之脑后”①。他躲进自己的世界里疯狂地阅读着日志,为了证明自己不是个无用之人,他加入了鲨鱼杀手特德·贝尔的队伍,却一无所获。他迷茫,无助,因为他从来不知道自己属于哪儿,需要什么。克利夫的胆怯和脆弱常常会让昆尼产生一种既想打他又想呵护他的分裂情绪。相比较于她的丈夫,昆尼是个有理想、生活目标明确的人,可她有时也会陷入矛盾和困惑中。在她义无反顾地加入弗勒尔等人组织的反捕鲸抗议活动后,她的心情很复杂:“她的一半要保护小镇,抵制入侵者,她的另一半却让她希望成为他们的一分子。”②温顿也曾表达过这种矛盾的情绪:“我于1976年离开奥尔巴尼,那儿的捕鲸业于1978年停止。我对那些失业的捕鲸工充满了同情,但我支持环保人士的运动,终止捕鲸无疑是正确的决定。”③

温顿在《浅滩》中细致地描绘了安吉勒斯以及小镇居民的自然、社会和精神三重生态危机。作为生态系统中的三个层面,这三种危机不是独立存在的,而是相互作用,相互影响的。人的精神失衡可以引发自然和社会危机;反之,自然和社会危机也会导致人的精神危机。

四、反思和行动:生态责任

著名生态伦理学家杰·贝尔德·克利考特(J. Baird Callicott)指出:“我们时代最急迫的道德问题,就是我们所负有的保护地球的生物多样性的责任。”④人类作为地球上受益最多同时破坏性也最大的群体,不能凌驾于其他

① 蒂姆·温顿:《浅滩》,第17页。

② 蒂姆·温顿:《浅滩》,第47页。

③ Michael McGirr, *Tim Winton: the writer and his work*, p. 33.

④ 何怀宏:《生态伦理——精神资源与哲学基础》,保定:河北大学出版社,2002年,第465页。

物种之上,而是要把自己置身于整个生态系统中,调整好自身与其他万物的关系,努力维护整个系统的和谐和平衡。[①]

在《浅滩》中,温顿不仅描绘了当今社会中存在的自然、社会和精神三重生态危机,揭示了危机的根源,还积极地探索着如何走出危机,以取得人与自然、他人以及自我的最终和解。库帕家族的历史就是这样一部探索史。从纳撒尼尔的以捕鲸还债,到丹尼尔的不参与、不支持捕鲸,再到昆尼的反对捕鲸,他们对待生命、对待环境的态度发生了翻天覆地的变化。在纳撒尼尔临终前还为自己对丘林的死推卸责任时,这种"不作为"的罪恶感却一直困扰着丹尼尔,让他感到愧疚和不安:"某些夜晚,手和胳膊停止血液循环,失去了知觉。他醒了过来,觉得胸口靠近咽喉的地方爬着好多虫"[②]。"丹尼尔身上具有《圣经》中先知的特质"[③],在母亲送给他的《圣经》中,丹尼尔找到了生活的意义,那就是爱。只有爱才能让这个世界更加美好,使我们的生活更有意义。可丹尼尔却悲哀地发现库帕家的男人"充满激情,唯独没有爱"[④]。在发现自己走不出心灵的困境后,丹尼尔把希望寄托在了年轻人身上。他把航海日志交给克利夫,希望他能"读一读,了解些日志以外的东西"[⑤],用爱承担起一个男人的责任。当然,作为最后一个库帕家人,昆尼身上未知的另一半承载了丹尼尔更多的希望:

"他想起了外孙女,希望能再见到她。他感觉到了她的长处。他以一个人最后冲刺的热诚,希望能给外孙女注入某种补药,某种药剂,让她眼目清亮。他想,她很强壮,总体上很诚实,能做好事,但是很傻。他希望把自己的岁月和知识,把接触过的、闻到的、听见的、看到的、唱过的、真实感受到的东西,统统输到她身上;希望自己的经验变成她的;祈祷她会突然开窍,把自己

---

① 王诺:《欧美生态文学》,北京:北京大学出版社,2003 年,第 59 页。

② 蒂姆·温顿:《浅滩》,第 94 页。

③ John P. Turner,"Tim Winton's *Shallows* and the End of Whaling in Australia", *Westerly*, 1993 (1 Autumn), p. 83.

④ 蒂姆·温顿:《浅滩》,第 16 页。

⑤ 蒂姆·温顿:《浅滩》,第 16 页。

从她的迷茫中解救出来。上帝呀，要是你让她现在开窍，我会把她的痛苦，她一生的痛苦，甚至连同她的困惑，都担在自己身上。"①

虽然昆尼不可能像丹尼尔所期待的那样突然开窍，她却一直在为自己的理想努力着，积极地探索着生活的真谛。她的追求是和一系列的反捕鲸活动紧紧联系在一起的。纵然昆尼自己有时也很矛盾，但她却从来没怀疑过自己所做的是"一桩光明正大很有意义的事情"②。她不在乎结果是胜利还是失败，重要的是她付诸了行动，而这一行动让她认识到自己存在的价值。在小说的结尾，阅读完捕鲸日志的克利夫，对捕鲸过程的血腥和残酷有了进一步的了解，他改变了对捕鲸的态度，昆尼也在爱的召唤下回到了他的身边，两人冰释前嫌，重归于好。总之，温顿笔下这些"与众不同、内心孤独、与周围格格不入的边缘人"用不同的方式，"在一个具有象征意义的环境中苦苦地追寻着生命的意义"。③

温顿是一位有良知和责任感的作家。他不仅用文字揭露生态系统中的各种危机，探索解决危机的途径，更在现实生活中用实际行动表达着自己对大自然的热爱，支持、参与并发起了多种环境保护组织和活动。作为公众人物，他不喜欢抛头露面，自1989年在欧洲游历两年后，大部分时间都和他的妻子以及三个孩子待在珀斯附近的弗里曼特尔(Fremantle)。温顿崇尚亲近自然的简单生活，大海是他创作灵感的来源，除了写作，他每天都要来到海边，"倾听大海的声音，观潮、冲浪、潜水"④。对温顿而言，"海边的自然环境像磁铁一样深深地吸引着他，只有在大海的怀抱里，他才能真正认清自己"⑤，"只

---

① 蒂姆·温顿:《浅滩》，第279页。

② 蒂姆·温顿:《浅滩》，第234页。

③ Salhia Ben-Messahel, "An Interview with Tim Winton", *Antipodes*, 2012 (June), p. 9.

④ Marti Flanaga, "The Writer in the Landscape", *Tim Winton: A Celebration*, ed. Hilary Mcphee, Canberra: Pan.

⑤ Michael McGirr, *Tim Winton: the writer and his work*, p. 2.

有大海才是他的归属地,让他感受到身心合一"[①]。到二十一世纪初,温顿开始更加积极地投身到各种环境保护运动中。他是澳大利亚海洋保护协会的赞助人和代言人,号召环境保护主义者和当地居民抵制政府将未开发的西澳宁格罗暗礁群(Ningaloo Reef)[②]地带改造成度假胜地、提醒人们注意海洋资源的可持续发展,不能一味地捕捞和消费海洋生物、反对砍伐树木等。在2007年所做的一次公开演讲中,温顿再次强调了反对捕杀鲸鱼的鲜明立场:"捕杀鲸鱼是不人道的行为"[③]。正如美国当代生态批评家劳伦斯·布伊尔所说:"生态批评是在一种环境运动实践精神下开展的,生态批评家不仅把自己看作从事学术活动的人,还深切关注当今的环境危机,参与实际的生态运动。"[④]

作为当代澳大利亚文坛最受欢迎的作家之一,温顿深知自己的影响和责任。通过《浅滩》,他无情地揭露了现代文明社会中的种种生态危机,并为之表现出深深的忧虑。在这个科技文明和物质文明飞速发展的现代社会,类似书中的矛盾和危机无处不在,并有越来越严重的趋势。也许正暗合了这种残酷的现实,《浅滩》的结局并不容人乐观:鲸鱼一次次地搁浅在沙滩上;保护鲸鱼的抗议活动以反捕鲸者的节节败退和偃旗息鼓而结束;德斯·普斯特林最终通过令人不齿的手段,从政治上、经济上控制了小镇;捕鲸日志能不能让克利夫成长起来也不得而知;丹尼尔还在苦苦地思索着:"为什么爱那么难?被爱也那么难?遵循自然法则也那么难?"[⑤]不过温顿并未就此放弃追寻答案的

① Bruce Bennett, "A Beach Somewhere: The Australian Littoral Imagination at Play", *The Littoral Zone: Australian Contexts and Their Writers*, eds. CA. Cranston and Robert Zeller, New York: Rodopi B. V., 2007, p. 40.

② 宁格罗暗礁群位于澳大利亚西海岸,北部距离珀斯市约1200公里。该暗礁群长260公里,是澳大利亚最大的海岸边缘暗礁之一。

③ Brigid Rooney, *Literary Activists: Writer-Intellectuals and Australian Public Life*, Chicago: University of Queensland Press, 2009, p. 168.

④ 鲁枢元:《生态批评的空间》,第2页。

⑤ 蒂姆·温顿:《浅滩》,第282页。

脚步,正如他在书中所言:“我们的未来在于物种之间的交流,在于和环境共存。”[①]在故事的结尾,昆尼和克利夫在爱的感召下重新走到了一起,也给了读者一个充满希望的未来。温顿在《浅滩》中带给我们的启示和德国生态诗人彼得·赫尔德林(Friedrich Holderlin)提出的诗意生存观:“非常值得地,并且诗意地,人栖居在大地上”[②]不谋而合,同时也表达了生态伦理学是“建立在情感基础上的新伦理学”[③]的思想内涵。总而言之,人类应该摈弃“人类中心主义”,把人之外的自然环境也纳入伦理关怀的范围,认识到自然万物的“内在价值”、认同它们的苦乐感知能力、给予它们应有的伦理关爱。只有这样,人类才能构建一个与自然同生共荣的、和谐的、美好的生态环境。

① 蒂姆·温顿:《浅滩》,第48页。

② 王诺:《欧美生态文学》,第97页。

③ 刘福森:“生态伦理学的困境与出路”,《北京师范大学学报》,2008年第3期,第80页。

底层社会生活　多维历史透视

——雷·劳勒与《第十七个玩偶的夏天》

宋筱蓉①

摘　要：澳大利亚戏剧家雷· 劳勒(Ray Lawler)创作的《第十七个玩偶的夏天》(*Summer of the Seventeenth Doll*)被文学界普遍认为是澳大利亚戏剧史上最具有历史意义的一部戏剧。该剧不仅向世界剧坛宣告了澳大利亚民族戏剧的诞生,而且通过刻画澳大利亚的底层社会生活,表达了作者对作品特定的历史语境,即在澳大利亚发展中至为重要的二十世纪五十年代的阐释和反思,以及这段历史对澳大利亚人文化身份建构、女性角色选择、男性典型形象变迁方面的多维度渗透。

关键词：历史透视;二十世纪五十年代;澳大利亚人身份认同;性别角色

Abstract:*Summer of the Seventeenth Doll*, created by Australian dramatist Ray Lawler, is widely acclaimed by the literary circles as a real Australian drama with historical significance. The play not only makes a declaration to the world the birth of Australian national drama, but also through the depiction of the life of the bottom social class in Australia, expresses the author's concern and reflection of the historical context of the play, namely the 1950s, the crucial period in Australia national development, during which the construction of Australian cultural identity, the role of women, and the stereotyped image of man

① 宋筱蓉,安徽大学外语学院讲师,大洋洲文学研究所成员,主要研究方向为澳大利亚文学。

have undergone a transition and change.

Key Words: historical reflection; the 1950s; Australian cultural identity; gender's role

一、引言

澳大利亚戏剧家雷·劳勒(Ray Lawler)(1921—)不仅是澳大利亚极具影响力的剧作家,而且还是一位戏剧演员以及制片人。他创作的第十部戏剧《第十七个玩偶的夏天》(*Summer of the Seventeenth Doll*)(1955)使他声名大震,一举成为二十世纪五十年代澳大利亚最负盛名的剧作家。该剧在“戏剧家顾问委员会大奖”中获得一等奖,并于1955年由“联合剧团”第一次在墨尔本公演就大获成功。劳勒亲自饰演主角巴尼。后来,该剧由“澳大利亚伊莉莎白剧团”演出,不仅在整个澳洲进行巡演,还远赴伦敦和纽约进行演出。1957年该剧获得该年度英国戏剧评论界权威奖项“旗帜晚报大奖”中的“伦敦地区最佳新剧奖”。获得这个奖项之后,《玩偶》被翻译成多种语言,并在许多国家演出。这个戏中充满了澳大利亚方言,非常生动和真实地反映了澳大利亚底层社会普通人特有的生活面貌和精神特征。这种独特的澳大利亚风味使该剧在澳洲和英国大获成功。

文学界普遍认为这部剧作是澳大利亚戏剧史上最具有历史意义的一部戏。在二十世纪五十年代之前,在澳大利亚戏剧舞台上鲜有澳大利亚本土作品,有时一整年也没有一部由澳大利亚剧作家创作的作品进行商演。《玩偶》[①]让澳大利亚观众在这部剧中亲切地看到他们熟悉的环境,民族性格鲜明的本国人物,用自己的口音,讲自己的故事,开创了独具一格的当代澳大利亚戏剧风格。语言简明、朴素但富有节奏感,丰富的想象力和方言俚语勾勒出

① 该文中的《玩偶》均指《第十七个玩偶的夏天》。由于该戏剧在中国没有中译本,本文引用的文本和评论家的评论均由作者自己翻译。

澳大利亚的风土人情,以新的形式表现了典型的澳大利亚性格。

《玩偶》的成功不仅向整个南半球,而且向世界剧坛宣告了澳大利亚民族戏剧的诞生,从而开创了澳大利亚戏剧的新纪元:它改变了当代澳大利亚戏剧的发展方向。[①] 它彻底地摆脱了以往传统"丛林剧"的束缚,第一次把笔触对准了此前澳大利亚戏剧所忽略的背景——城市,它真实地刻画了独具一格的澳大利亚生活。剧中人不再模仿英国式的矜持含蓄,也没有了美国式的放荡不羁,而是澳大利亚式的坦率、机敏而富于感情。"据报道,有些澳大利亚人驱车数百公里,一名在北方的男性观众甚至游过泛滥的河水前来观看此剧。"[②]虽然创作于二十世纪五十年代,但是《玩偶》并没有因为时间的流逝而褪色,至今仍然受到现代戏剧界的青睐。

劳勒擅于把当时的澳大利亚社会和历史文化植入戏剧之中,常常别出心裁地以平庸的小人物担当主角,完成对澳大利亚历史的书写,凸显出小说家内心深处萦绕的历史情结和历史意识。他的《玩偶》为其历史书写提供了一个典型文本。这部戏剧不仅书写了在澳大利亚作为独立国家发展中重要的二十世纪五十年代的历史画面,而且多维度地阐释和反思了主流书写之外的关于澳大利亚人文化身份的建构、女性角色的选择和男性形象的变迁。

二、聚焦底层社会　书写五十年代

美国著名的文艺理论家朱莉・里夫金(Julie Rivkin)和迈克尔・瑞恩(Michael Ryan)认为"如今的文学研究就是无处不在的历史研究"[③]。文学与历史是分不开的。文学以自己的方式参与历史建构和传承。劳勒创作的《玩偶》

---

① Katharine Brisbane, "Growing Up in Australia", *Summer of the Seventeenth Doll*, ed. Katharine Brisbane, Sydney: Currency Press, 1978, p. xxx.

② Philip Parsons, ed. *Companion to Theatre in Australia*, Sydney: Currency Press, 1995, p. 565.

③ Julie Rivkin and Michael Ryan, "Writing the Past", *Literary Theory: an Anthology*, eds. Julie Rivkin and Michael Ryan, Malden, Mass: Blackwell Publishing, 2004, p. 505.

戏剧情节冲突、人物关系和场景变化并不错综复杂、跌宕起伏。全剧总共三幕戏、一个场景和六位主要角色。这种典型的亚里士多德戏剧模式,却巧妙地把当时的澳大利亚社会和历史文化植入该剧之中。

《第十七个玩偶的夏天》的男主人公为两个中年砍蔗工亚瑟·巴尼·伊博特和雷本·鲁·韦伯。两个砍蔗工不同于城里有文化教养的人,虽然有自己的生活目的和道德价值,却是用违背当时社会主流的判断标准去考虑问题。他们身上散发出有点粗野的农场工人的气息。他们每年夏天歇工时,从昆士兰来到墨尔本与两个城市酒吧女奥莉芙·利兹和南希约会。在奥莉芙母亲爱玛提供的房子里,他们共度五个月尽情享乐的时光。第一个夏天,鲁在一场杂耍表演中赢得了一个娃娃并且把它送给了奥莉芙。以后每一年当他来到墨尔本他都会带给奥莉芙一个娃娃。在巴尼和鲁的眼里,奥莉芙和南希就是美丽可人的丘比特娃娃。而在奥莉芙的眼里,这就是每年无忧无虑与鲁重聚的美好时光。年复一年,巴尼和鲁不断从那遥远的北方来到南方的墨尔本与这两位女郎幽会,这样整整持续了十六年。此剧因此而命名。该剧就是以第十七个夏天——1953 年墨尔本的一个郊区为背景展开剧情的。

到了第十七个年头的夏天,南希却消失了。她在几个月前跟别人结婚了,这使他们大为沮丧。为了填补南希的空缺,奥莉芙邀请了她的朋友珀尔延续他们的传统,这多少打破了原来四人的平衡,甚至产生不和。第十七年的另外一个重要的变化就是随着鲁年龄的增长,无论在工作还是体力上他已经不再是年轻人的对手。由于和年轻对手的斗殴,他现在已被甘蔗园炒掉,不得不在外做些零工来维持生计。他深感自己年华已逝,想另谋职业和相好十七年的奥莉芙结婚;但奥莉芙耽于享乐,既不想建立家庭,也不想生儿育女,只把鲁每年度假时带给她的礼物——玩偶当作自己的孩子。巴尼也不得不面对变化,那就是生活梦想的破灭。不仅南希离开了他,而且他一直仰视的老朋友鲁现在也渐渐衰老,而且还做了失去理智的事情,这点让他难以接受,甚至影响了两人的友情。他们还抱怨珀尔。珀尔是为了建立正常的家庭生活而想同巴尼结婚的,当她发现砍蔗工的度假生活只是一种临时性的取乐,便离他们而去。

巴尼和鲁都尽力想挽留过去的生活，希望一切如旧，而就像玩偶终会损坏不复存在，他们的梦想也在残酷的现实面前破灭。另外两位女性角色分别是一位二十二岁的妙龄女子凯西·布芭·莱恩。作为奥莉芙与南希的邻居，她从小到大就对她们的生活方式充满了羡慕和憧憬；另一位则是奥莉芙的那位很刻薄、脾气火暴但却颇有智慧的母亲——爱玛。女承母性，奥莉芙也是个易怒的女儿。最后，鲁向奥莉芙求婚被拒，因为奥莉芙惧怕放弃她所熟悉的生活方式，对其他的选择感到前途莫测，此剧以奥莉芙和鲁之间的一场痛苦的争斗结束。种种恼人的事在“第十七个玩偶的夏天”接踵而至，巴尼和鲁在第十七个夏天未结束之前一同提前离开了墨尔本，大家最终各奔东西。而每个角色的命运前程未卜。

二十世纪五十年代的澳大利亚通常被描述成一个保守、平静而繁荣的时期。在经历过两次世界大战的动乱和大萧条之后，表面上澳大利亚人民享受着这种经济和政治稳定带来的快乐生活。和往常一样，鲁带来了奥莉芙喜欢的丘比特娃娃，和以前的十六个玩偶和其他礼品装饰房间，是对过去美好的十六个夏天的温馨回忆。玩偶象征着季节性的浪漫。而这种表面的浪漫与平静并不能掩盖另一个事实。今年不同的是，巴尼告诉奥莉芙，鲁过去的工作季十分糟糕，在甘蔗地他的后背受了伤。他解释，鲁遭遇了年轻的对手多德，一位出色的甘蔗工。两人之间进行了比赛，但鲁受伤的后背让他在比赛中败北。鲁随后离开甘蔗园并一无所有。

劳勒细腻敏感的创作直觉，让他选择了澳大利亚的底层社会中最艰苦的行业代表——甘蔗切割工为此剧的主人公。甘蔗工一般是六到八个为一团体进行工作，每周要工作四十多个小时。直到二十世纪三十年代，他们仍住在帐篷里。战争结束后，随着运输的改进，他们的家园可以提供刀具和食物。二战期间，切割甘蔗由意大利战俘承担，一些农民在自己的家园建造营地为他们提供住宿。甘蔗切割非常艰苦，无论刮风下雨还是骄阳似火都必须工作。他们还要防着蛇、鼠和害虫的侵袭以及各种疾病的威胁。

从二十世纪五十年代开始，甘蔗必须在丰收之前烧掉以防蛇、鼠和垃圾。糖浆会慢慢渗出，此时甘蔗变得很黏难以处理。甘蔗工很快被烟熏得从头到脚都黑了。然而,糖浆又会吸引另一种昆虫——蜜蜂的到来。因此一大早当露水刚落在甘蔗时上,甘蔗比较容易切割,但也容易发生刀伤,甚至会伤到在身边工作的同伴。

每年的六月到十二月,甘蔗切割团队可以赚到当时平均工资的三或四倍。他们是按吨支付,所以团伙中每个人都要跟上步伐,否则他们将被迫离开。加入最优秀的团体,竞争非常激烈。所以鲁虽然曾经是最优秀的甘蔗切割团队的头,但因为年老和背伤败给了年轻的领头人多德,立刻从天堂到了地狱。

鲁的经历虽然是个人的,但却极具象征意义,折射了当时繁荣的社会表面下的转型和变化。真正的五十年代是一段复杂的转型和变革期,特别是在五十年代的前五个年头。随着城市化的不断加深,农村产业继续向城市产业转移。在这个意义上,巴尼和鲁象征了一个年长的、更为传统的澳大利亚形象,同时也象征了曾占主导地位的乡村生活和丛林神话比重的迅速消减。

二十世纪五十年代,澳大利亚人一方面希望生活更加美好,另一方面仍不同程度地过着焦虑和恐惧的生活。这是由于一直持续到1954年的冷战所带来的政治紧张和二战后对经济复苏的不确定性。爱玛这个人物象征并折射了澳大利亚人的焦虑。爱玛是奥莉芙的母亲,六十来岁。她精明,一辈子攒了不少钱。她保护奥莉芙,即使和女儿的每次谈话都显得尖锐冷漠。她有引以为傲的钢琴演奏演唱,定期参加社区唱歌活动,但艰难的生活经历使她一方面乐观,一方面愤世嫉俗,总是担忧最坏的事情会发生。

回顾历史,我们可以看到这一时期标志着澳大利亚二十年持续增长的开始。随着人口的增长,以及新的“澳大利亚人”拥入,即那些饱受战争蹂躏的欧洲移民,政府自信地启动了一系列的大型基础设施项目。然而,澳大利亚媒体上宣传的城市家庭生活的种种美好,以及各种现代化家电带来的便利却并不意味着所有的澳大利亚人都开始受益于这一繁荣。实际上,澳大利亚工人阶级生活并未有很大改变。政府承诺的经济繁荣确实在这个十年结束的时候实现了,但在二十世纪五十年代早期的澳大利亚仍在继续与战后短缺和通货膨胀做斗争。“1956年,在墨尔本、悉尼和布里斯班约有四分之一的家庭还没有冰箱，三分之二的浴室里没有热水，四分之三的洗衣房里没有自来水。”[①]由于住房短缺，二战后，许多工薪阶层的家庭是和别的家庭共用一套房子。这往往是因为他们别无选择，因为寄宿家庭可以带来额外的收入。《玩偶》发生在“卡尔顿，一个现在已破旧不堪但曾经光鲜亮丽的墨尔本郊区”[②]。卡尔顿在二十世纪五十年代主要是工人阶级的郊区，以及许多战后的移民目的地，特别是意大利和希腊移民。

劳勒创造了“一个让人讶异不已的成功……他写了一部如此真实表现澳大利亚思想及澳大利亚场景的剧本，戏剧传统烟消云散。‘巴尼’‘鲁’‘珀尔’和‘爱玛’是真实的人物。我们熟悉他们的脸庞，他们的声音，我们分享他们的梦想，我们理解他们的失败”[③]。

劳勒的《玩偶》通过刻画澳大利亚底层人民的生活面貌，书写了新的澳大利亚历史画面。“从展示皇家贵族主题变成展现一个纯粹的蓝领阶层的剧本，……他们也有人的七情六欲，会欣喜若狂，也会黯然神伤……英国剧作家只有饱受艰难和一筹莫展后才表达他们对普通人民的尊重，而这一点劳勒天生异禀。他创作的戏剧之精彩来源于生活之精彩。”[④]

三、澳大利亚人文化身份的建构

二十世纪澳大利亚文学在澳大利亚人文化身份的建构上具有一定的影响力。它们或者崇仰或者挑战了民族认同和民族建构的神话。这些神话包括：两次世界大战期间，厄内斯特·斯考特提出了进化式的澳大利亚—英国自由主义和进步等范式；到二十世纪中叶，出现了文化上与众不同的澳大利亚民族主义；最近几十年，人们在民族认同、种族和性别等问题上出现了彼此

① John Murphy, *Imagining the Fifties*, Sydney: UNSW Press, 2000, p. 6.

② Katharine Brisbane, "Growing Up in Australia", *Summer of the Seventeenth Doll*, p. 4.

③ Katharine Brisbane, "Growing Up in Australia", *Summer of the Seventeenth Doll*, p. xiii.

④ Katharine Brisbane, "Growing Up in Australia", *Summer of the Seventeenth Doll*, pp. xxxiii-xxxiv

竞争十分激烈的修正性观念。[①] 澳大利亚历代历史学家们孜孜以求的主题包括:伙伴情谊、平等主义、白澳、具有男子气概的进步斗争以及战争中的牺牲。从二十世纪中叶,这种为同质性民族建构的需求而服务的文学遭到了挑战。1901 年建立联邦以来,澳大利亚社会始终以经济和文化上的保护主义为特征。但受到战后移民和经济自由化的影响,这种特征开始破裂。劳勒的《玩偶》挑战了传统的民族身份建构,希望对不断发展的民族身份认同的价值进行更为批判性的分析。"终于有人写出一部真正的澳大利亚戏剧,里面不再有袋鼠,不再有赶牲口的鞭子,取而代之的是真正的澳大利亚本土的城市居民。"[②]

伙伴情谊实际是二十世纪九十年代以来澳大利亚民族性格的重要组成部分,是理解澳大利亚民族性格和精神特征的关键词。它含有患难与共、永不背叛对方的意思。这种伙伴情谊已经组建形成澳洲民族性格的主要特征之一,成为澳大利亚人身份认同的核心部分。这与澳大利亚的早期移民生存的恶劣环境息息相关。澳大利亚的开拓始于荒芜的丛林,开拓者在艰苦奋斗中陶冶出许多优秀品质,被誉为"高尚的丛林人"。而随着时代的不断前进,伙伴情谊的内容也在不断地变化着。五十年代是澳大利亚从乡村生活向城市生活的转型期,伙伴情谊也受到了挑战。从同甘共苦谋求集体的利益转变为个人反思并寻找适合自己的天地。

巴尼和鲁是典型的澳洲的肝胆相照的"伙伴"。他们是一起在甘蔗园里摸爬滚打多年的好朋友,肩并肩,然后前往墨尔本度假。不幸的是,巴尼破坏了伙伴情谊不成文的规则让鲁十分沮丧。当鲁离开甘蔗园的工作后,巴尼不是跟着他,而是留在了甘蔗园中的新团队里。

---

① [澳]马克·希恩,孟钟捷译,"在澳大利亚书写民族:澳大利亚的历史学家们和民族的叙述神话",《学术研究》No. 11,2013,pp. 94-110.

② Katharine Brisbane, "Growing Up in Australia", *Summer of the Seventeenth Doll*, p. xxvii.

> 巴尼:鲁跪下了。从来没有见过那样的情景:他们压着他,他就在那里躺在地上。这在多德看来是在搞笑,看,他开始笑。嗯,就是那样。鲁走向他,拿着甘蔗刀然后就扭在一起。六个人才把他们分开;否则有可能犯了谋杀罪,我认为。当然年轻人都指责鲁,导致他再次不快,收拾自己的装备,走了……打那以后我没有见到他,直到我一周前在布里斯班去警察局接到他。①

当奥莉芙发现巴尼没有和鲁一起离开是十分震惊的,因为在过去的十六年里她见证了他们深厚的伙伴情谊,所以她质疑他不跟随鲁的决定。因此,鲁和巴尼的伙伴情谊关系到达墨尔本之前就改变了:

> 奥莉芙:你不跟他走? 当他——
> 巴尼:摇摇头。
> 奥莉芙:为什么不呢?②

当那一帮甘蔗工来到墨尔本,巴尼遇到他们喝酒。多德告诉巴尼,他们在讨论到莫里采摘葡萄。他邀请鲁同去,但不明白多德对鲁意味着什么——一位鲁永远不愿再见的人。巴尼似乎将他的忠诚的伙伴情谊传递给了另一位新男性,多德·奥多德。鲁认为这是背叛,伙伴情谊也到此结束。不过,我们看到的是最后时刻,巴尼仍愿将他的命运和他深受伤害的好友连在一起,"来吧,鲁——来吧,兄弟"。

伙伴情谊不仅产生在男性中,女性中间也很看重。奥莉芙和南希之间伟大的伙伴情谊是显而易见的。十六年来,她们每年在一起等待鲁和巴尼回来度假。奥莉芙对南希选择离开并结婚表示轻蔑,认为这是对友谊和梦想的一种背叛。

---

① Ray Lawler, *Summer of the Seventeenth Doll*, Sydney: Currency Press, 1978, p. 24.

② Ray Lawler, *Summer of the Seventeenth Doll*, p. 2.

奥莉芙:我想问她。现在,和他们在一起的每一分钟比她坐在那个卖书的身上,我想问问她,她是否认为她的选择是值得的。我敢打赌,这是一个她不能一笑了之应付的问题。①

奥莉芙对伙伴情谊以及在她心目中神话般形象的鲁的热爱如同大多澳洲人民对民族精神和民族神话的崇拜一样。即使当她意识到她的“澳大利亚英雄”前进的步伐变缓,她也不想让他成为城市工厂里的一名工人,或背叛她的理想定居下来生活在城市里。她只知道她的青春不仅已经逝去,当鲁求婚时,她失去了一切。她多么希望如果他一如既往地过着从前的生活回到甘蔗园,所有的一切下一次都会神奇地回来。但鲁彻底改变了,决定放弃在甘蔗园的工作和生活,并留在了墨尔本。奥莉芙无法适应这种改变,只能伤心绝望。

四、性别角色的认知变化

性别角色是指社会所期望的具有男性和女性特有行为模式的人。随着社会的发展,性别角色的行为模式则随着社会经济的发展、文化内涵的变化和男女两性社会分工的不同而演变。

二十世纪五十年代作为澳大利亚发展中的过渡期,也体现在澳大利亚男性和女性如何看待自己的角色和两性关系上。这是《第十七个玩偶的夏天》的一大主题,并贯穿全剧。观众和读者看到的主要人物一直在他们是谁,和别人如何看待他们的问题中反思他们自己的性别角色以及形象的再构建。

二战后,社会对澳大利亚的妇女的期望是回归家庭去处理日常家务。尽管还有一些女性继续工作,如从事美容零售行业,但是媒体鼓励女性回归传统角色,如慈爱的母亲、勤劳的家庭主妇和顺从的妻子。

---

① Ray Lawler, *Summer of the Seventeenth Doll*, p. 2.

二十世纪五十年代，女人生活要以家庭为中心，最理想的女人应该待在家里，养育子女，做一个能执行丈夫命令的好妻子，而且不跟丈夫唱反调。女人上大学被认为是异常之举，因为大部分已婚女性最多只读过高中。丈夫负责养家糊口，白天工作晚上回家。

然而一些妇女挑战传统的价值观，仍然在工作。她们和男人做同样的工作，但通常比男人工资拿的少，从事的也常常是技术含量不高，地位较低的工作。此外，在公共服务领域的妇女一旦结了婚通常会辞职。即便如此，二十世纪五十年代已婚妇女仍然工作的人数大大增加：从 1947 年的 8.6% 到 1954 年的 13.6% 。[①]这一增长折射了当时社会更大的变化，即女性看待自己性别角色以及社会对女性的期望都发生了重大演变。二十世纪的五十年代澳大利亚女性运动开始兴起，在六十年代到七十年代得到巩固并日益活跃。

同时因为在第二次世界大战期间，许多妇女去工作来帮助保持澳大利亚的经济发展。这意味着女性更加独立，很多人不愿意放弃工作做家庭主妇。澳大利亚人也接触到更多的美国思想与"性"的觉醒，并发现女性不一定要结婚。《玩偶》反映的就是这种对婚姻的排斥现象。鲁，巴尼，奥莉芙和布芭和很多他们同时代的男性女性一样，拒绝扮演社会对他们性别的期望之角色。

在第一幕第一场奥莉芙向珀尔明确表达了她的两性观。她清楚地知道其他人如何看待她与鲁不同寻常的关系：

> 奥莉芙：那是不同的，真的。比起我所知道的婚姻，我所得到的是每年有五个月的天堂。……你以为我没有和那些结了婚的女人比较过？我每次都笑她们看不起我。即使等待鲁回来就比她们平庸的生活令人兴奋得多。[②]

---

① John Murphy, *Imagining the Fifties*, p. 48.

② Ray Lawler, *Summer of the Seventeenth Doll*, p. 2.

珍珠是年近四十的寡妇。她有个女儿十八岁和亲戚住在一起。她被奥莉芙邀请参加今年夏天与两个男子共度假期。但她显然是一个局外人。她有点保守,从她的观点和服装可以一览无余。珀尔对奥莉芙的生活忾然叹息,认为是极不体面的。她对非传统的生活方式,看到两个丛林男人南下旅行与两位墨尔本酒吧女度过夏天持有保守态度。她的观点和态度为观众和读者提供了一个关键的角度透视其他人物的观点和行为准则。

> 珀尔:没有人会说这是一种体面的生活方式。
>
> 奥莉芙:不会吗? 我会! 我十四岁的时候,就已看尽人生百态。
>
> 在我的生命中,我还从未遇到过更体面的活法。体面是……它取决于人。
>
> 你说不是吗?
>
> 珀尔:我说的体面是指婚姻。这是不同的,你自己也曾这么说。
>
> 奥莉芙:[微颤][1]

珀尔是女性传统角色的维护者,而奥莉芙则是"新女性"的代言人。劳勒精心设计的许多珀尔和奥莉芙之间的对话使观众重新探索性别传统形象,在重新审视中再构建女性角色。

《玩偶》里呈现的鲁和巴尼之间的争执也折射了二十世纪五十年代澳大利亚男性形象认同危机,而这种认同危机也反映了这个年代澳大利亚社会更为广泛的文化渗透和演变。二十世纪的前五十年对澳大利亚男性形象的塑造都是基于个人主义思想,充分的自信,强壮的体魄和伙伴情谊。[2] 这些品质往往与澳大利亚荒芜的内陆联系在一起。鲁和巴尼似乎拥有所有这些品质,正是如此,使他们对奥莉芙如此有吸引力。她形容他们为"两只老鹰飞下来晒太阳"。

---

① Ray Lawler, *Summer of the Seventeenth Doll*, p. 13.

② Lawson Glassop, *We Were the Rats*, Sydney: Angus & Roberston, 1992.

社会越来越认可的男子汉形象正在远离传统观念中的男人形象——身体强壮和内心强大，具有开拓精神和独立思想；取而代之的是一个心系家庭并拥有家庭生活的现代男子。一个男人的义务与责任是工作挣钱，为家人提供保障。当时澳大利亚社会对男性形象新的阐释是："成熟的澳大利亚男子是一位发现他对自己的家庭最满意的那位。他的雄心应该就是结婚，有一个家庭，购买一套房子，拥有一辆车，然后安定下来享受生活。"[①]可并不是每一个男性和女性都接受这种新定义。

> 奥莉芙：……他们是真正的男人。不是我们看到的一到晚上就回到家找老婆的那种男人，而是真正的男人。
>
> 珀尔：我知道，你一直告诉我。我不知道有什么不同。
>
> 奥莉芙：你永远不知道！［停顿一下，然后带着挑衅的骄傲］南希以前说过，他们走进酒吧的样子就像是酒吧的老板——即使就是看看他们走路就可以发现。酒吧坐满了常客——都是娘里娘气的城市人喝着饮料抬几句杠，当鲁和巴尼出现的时候，他们什么也没说，也无须说什么。只要他俩走两步，然后等一两秒钟，立刻安静下来。之后，无须一个字，常客们自动站到一边去，让路给他们，就好像他们是两个国王。她总觉得恶棍见了他们也立刻变乖。[②]

通过这段对话我们看到奥莉芙理想中的鲁和巴尼是代表她的心目中"真正"的澳大利亚男子——"丛林男性"理想化的形象代表，也是当时普遍的澳洲典型男性形象。在奥莉芙眼里，鲁和巴尼代表了内陆人在澳洲最苛刻艰苦的条件努力工作的男性形象，代表了自由和伙伴情谊。然而在剧中，劳勒重新审视了男性形象问题，我们不难发现两位男性对挑战他们男子气概的人和事非常不快并给予坚决的回击。鲁是一个骄傲的工人，在工作中是需要体力

① Ray Lawler, *Summer of the Seventeenth Doll*, p. 35.

② Ray Lawler, *Summer of the Seventeenth Doll*, p. 14.

和耐力的“大佬”的角色。他总是受到伙伴的仰望,但当他变老,体力随着年龄的增长逐渐减弱,看到年轻的多德充满青春活力,他对他自己和自己的能力都失去了信心。巴尼也发现他在女人中的名气也因年龄逐年降低,失去了性魅力,那是他曾经拥有的魅力。传统意义的男性形象在衰减。劳勒通过鲁和巴尼形象的改变书写了澳大利亚社会对男子形象的再构建和再认知的过程。

五、结语

虽然看起来“五十年代已经不再是简单的时间概念。它已经是一个形容词,成为单一文化、传统的男女角色和市侩庸俗的现代隐喻”。但劳勒敏锐地发现澳大利亚在这个特殊的历史时期的转折与改变。从广义上讲,二十世纪五十年代对澳大利亚来说是一个“在澳大利亚身份认同发展中最为关键的时期”[①]。在政治层面上有一个重要转变,就是开始脱离澳大利亚母国——英国的影响;而在社会发展和文化建构层面,澳大利亚变得越来越复杂和多元化。劳勒的戏剧映照、构建着历史,并对二十世纪五十年代进行了反思和再阐释,探讨了历史与身份和性别的关系,展现了一个澳大利亚本土戏剧家的历史情怀和隐喻模式中的历史投影。《玩偶》被视为一部成熟的戏剧,一个民族的宣言:澳大利亚终会以其独特的身份“成长”,在世界民族之林中占据一席。

① Katharine Brisbane,“Growing Up in Australia”,*Summer of the Seventeenth Doll*,p. ixx.

权力的实施

——论《历史上的胖子》中“圆形监狱”意象

陈丽慧①

摘要：在《历史上的胖子》中封闭的空间是圆形监狱的意象。这个故意选择的封闭空间是南茜实现她对胖子们控制的场所。这个空间使南茜能够对他们进行肉体规训，检查、监视以及实行匿名管理，从而使自己的权力得以实施。而这些是符合对福柯“圆形监狱”概念的理解的。

关键词：《历史上的胖子》；圆形监狱；规训；检查；实验室

Abstract: In *The Fat Man in History*, the closed society represents the image of Panopticon. Deliberately chosen, the closed and separated space in the story is the place where Nancy's control over the fat men can be fulfilled. The space enables Nancy to exercise her power by disciplining the body, inspecting the fat men and preserving anonymity, which is the interpretation of Michel Foucault's Panopticon.

Key Words: *The Fat Man in History*; Panopticon; discipline; inspect; lab

一、引言

《历史上的胖子》是彼得·凯里的第一部短篇小说集《历史上的胖子》中

① 陈丽慧，安徽大学外语学院讲师，安徽大学大洋洲文学研究所成员。

的最后一篇,也是最长的一篇。小说讲述了一个看似荒诞不经的可怕故事:一群胖子,反革命的社会边缘人物,在一个封闭的空间里杀死组织头目并分享了他的尸体,随后新头目登堂入室。当读者都认为故事就以这么令人作呕的方式结束时,他们又大吃一惊:这一切竟是一个科学研究项目的研究过程。项目的名称是"封闭社会里的革命——在胖子中进行的领导权研究(Revolution in a Closed Society—— A Study of Leadership among the Fat[①])"。在由南茜主导的这个研究中,这些胖子们像实验室里的小白鼠那样被用来当作研究个体,目的是研究在封闭的空间里权力如何实现更迭。在结局揭晓之前,故事的叙述看似平淡,但仔细读来却汹流暗涌:监控、煽动、密谋、背叛和谋杀等行为在读者意识到之前都已悄悄地进行了。更让读者惊心的是,仿佛有种神秘的力量在操控着这一切。当然看完故事的结尾,读者也就释然了,原来这是个研究项目。既然是研究,那么肯定就会有设计者和研究目标以及研究方法。设计者和目标都已清楚,那么方法是什么呢?研究设计者南茜是怎么主导这个实验的呢?她必然拥有某种权力。显然,在故事叙述中权力运行的过程悄悄地被展现了出来:南茜运用手中的权力时刻观察着并控制着所发生的一切。但读者会不禁疑问:作为研究者,南茜,一个高高在上的学者,怎么会和一群无家可归的流浪汉们打交道呢?她是怎么洞悉并控制着被封闭隔离的地方发生的一切的呢?在笔者看来,她采取的策略是由规训所生成的权力控制和实施:通过空间安排,对肉体进行监视从而施展自己的权力。故事中作者对空间的安排确实耐人寻味。从某种程度上来说,故事中封闭的社会可以看作是"圆形监狱"的隐喻。

二、 圆形监狱理论

在边沁之后,米歇尔·福柯(Michel Foucault)开始了对圆形监狱的哲学

① Peter Carey, *The Fat man in History*, Brisbane: University of Queensland Press, 1974, p. 140.

思考,提出了全景敞视理论(Panopticism)。边沁倡导的圆形监狱,即全景敞视式监狱(panopticon),其基本结构是:圆形监狱由一个中央塔楼和四周环形的囚室组成,环形监狱的中心,是一个了瞭望塔,所有囚室对着中央监视塔,每一个囚室有一前一后两扇窗户,一扇朝着中央塔楼,一扇背对着中央塔楼,作为通光之用。这样的设计使得一个监视者就可以监视所有的犯人,而犯人却无法确定他们是否受到监视。因此囚徒不敢轻举妄动,从心理上感觉到自己始终处在被监视的状态,时时刻刻迫使自己循规蹈矩。这就实现了"自我监禁"——监禁无所不在地潜藏进了他们的内心。此外,牢房之间是封闭和隔离的。这样可以保证监视者与被监视者之间没有直接的身体上的接触,不会轻易发生暴力事件。福柯认为监狱是权力实施的工具,而边沁所设计的圆形监狱正是他所阐释的规训机制的微缩模型。圆形监狱按照空间隔离与封闭、不间断的监督与检查,以及对犯人区别登记等原则,实现了对个体的全面监视和类别区划的目的。在福柯的眼中,圆形监狱将监视的功能充分地发挥出来。边沁设计的"全景敞视监狱",重在监视,而不在惩罚。在这个全景敞视监狱中,瞭望塔中的监视者不仅是管理知识和真理的拥有者,更是游戏规则的制定者和权力的执行者(故事中南茜即是这样的人物)。他认为,圆形监狱不仅有物质形态的权力意义,更有一种形而上的意义:即他认为边沁圆形监狱当中展现的监视者与受监视者的特殊关系,活生生地上演于现代社会当中。在《历史上的胖子》中,这场权力游戏的主导者和实施者南茜通过对胖子们居住地的安排,以监控作为手段,渗透、侵入那个封闭的空间,从各个层面对其进行无所不在的彻底监视,从而保证自己的权力得以施展,达到自己的目的。

三、规训

权力要在圆形监狱得到体现首先必须划出一个与众不同的,自我封闭的场所来贯彻它,因为它首先要对居住者的肉体进行规训。故事的作者将故事主要发生空间放在一个几乎密闭、与外界隔绝的地方——几间出租房内。这样的安排有点类似监狱里的牢房。“这是看起来相似的六间房间中的一间,周围是几个混凝土公寓的街区和一些废弃的土地。”①故事中每个人都被分配住在自己独立的房间里,互不侵犯。在这种看似理性和人性的分配中,实际上居住者的空间有意识地被密闭和割裂了。同时这样也对他们的肉体进行了规训:待在被分配好的房间,不能随意改变。福柯认为肉体作为一种生产力受到权力的控制:只有肉体受到控制时,它才能成为一种生产力;只有肉体既具有生产能力又被驯服时,它才能变成一种有用的力量。故事中胖子们的肉体实际上是被塑造和被规训的。他们言行和举动都得高度服从和配合:表面上服从于凡托尼的领导,实际上服从于南茜的设计。除了在空间上身体的位置被固定外,胖子们在情感上尤其是性心理上对弗洛伦斯有所依赖。而之所以会这样也和这个密闭空间不无关系。弗洛伦斯是他们在与世隔绝的状态里所能近距离接触的唯一女性。在某种程度上,她对他们在心理上实行了规训。这种规训权力从肉体到灵魂的浸入确保了南茜的权力效应得以稳定、持久和深入。其结果是制造出训练有素的、“驯顺的”肉体——胖子们和她进行合作,服从她的指挥。这在密谋杀死凡托尼时表现得尤其明显。当凡托尼准备在危险来临之前杀死弗洛伦斯时,规训所产生的权力就及时、有效地进行了干预。出于对弗洛伦斯的喜爱和依赖,其他的胖子们一致选择杀死凡托尼来保护弗洛伦斯。在接下来的叙述中读者更震惊于规训所产生的威力了:在被要求吃凡托尼的尸体时,让人难以置信的是,胖子们都很配合地完成了任务。尽管恶心厌恶,也没人公然反抗。“格利诺从黎明就开始呕吐,而现在天都黑了,他还在吐。费驰说他(格利诺)不应该吃,因为他是个素食主义者,但‘不愿透露姓名的人’坚持让他这么做。所以他们让格利诺吃了点。”②当新头目上台时更听不到他们任何反对的声音也看不到任何反抗的行动。规训产生的权力可想而知有多强大——人体因为顺从而变得更有用:在这个密闭的空间里,新旧权力顺利地实现了更迭。

---

① Peter Carey, *The Fat man in History*, p. 118.

② Peter Carey, *The Fat man in History*, p. 139.

四、监视 检查

在封闭的空间里,人们各安其位后,规训通过监视、检查来行使权力。这有利于监视者对居住者进行监视而不被察觉。在故事中,在结局开启前,作者用全知全能的叙述角度,牵引着读者深入每个场景(胖子们的房间,厨房等),观察每个人物的所思所想所行,没有一丝遗漏,就像有部摄影机全方位无死角地记录一切。按福柯的观点来说这就是监视。而监视之所以能够成功,这得归功于故事的主要发生场所的设置。把主人公们安排在封闭的空间里能够保证南茜的监视权力很容易行使,而且可以持续不断并不担心被发现。这也是为什么读者一直到故事的最后才发现真相。而更有趣的是,那些胖子们直到最后也没有发现他们被监视甚至被控制了。所以弗洛伦斯才能自由地出入凡托尼、费驰等人的房间,对他们说不同的话,做不同的事,进行离间和煽动,而不担心被揭穿。对南茜来说,那里的一切毫无秘密可言,皆在掌控之中。所以当凡托尼准备采取行动杀死弗洛伦斯以捍卫自己的权力时,他就被杀了,以他为代表的旧权力体系被摧毁了。这种监视技术通过故事空间的安排才得以实现。在这里,肉体的一切言行和存在都被一种高度显微观察的监视射线所环绕,这种无处不在的监视是规训权力实施控制的重要前提。

封闭的空间的安排也有利于权力的掌控者随时派人去实地检查和监视居住者。在福柯的眼中,边沁圆形监狱建筑理念确保了权力渗透到社会的每个角落。时时都有监督,处处都是“监狱”。社会的监狱结构确保了对人的真正拘留和永久监视。检查把可见状态转换为权力的行使,这样,它无须使用暴力就能自动地使其对象产生出一种真实的驯服。检查不仅使人置于被监视领域,也使监视者对被监视人的个性、喜好等有详细的了解。在对待他们时监视者就能因人而异,因时而动,把自己的权力发挥到极致。故事中弗洛伦斯打着收房租的旗号,进入不同人的房间,暗地里对他们进行监视和检查。在和他们的交流中她知道了他们的需求,并尽所能地理解他们、靠近他们,甚至利用自己的身体去诱惑他们,使他们驯服于自己。弗洛伦斯是这场"政变"的关键人物,是"政变"的催化剂。表面上她只是一个收房租的。她同情、体贴这些胖子们。"弗洛伦斯是他们的朋友、知己、收租人,也是他们的恩人"①。是她给无家可归的凡托尼和格利诺找到了栖身之地,而其他人的入住也或多或少和她有点关系。他们喜欢她,甚至对她充满了性幻想。实际上她是南茜的化身、变形。她化作收租人,很便利地出入每个房间,检查每个房间的变化,打探消息,近距离地掌握那里的动态,及时阻止了凡托尼的杀戮。比如当她在费驰的房间时,她的眼睛总是到处看,还假装随意地问有关凡托尼的情况、关于他们计划的进展情况。再比如她和"不愿透露姓名的人"的关系直到其他胖子们进入他的房间才被发现。她利用自己的身体拉拢他,使他为其服务。作为故事里唯一的女性,她充分地利用了自己的性别优势,不露声色地检查、监视和收取情报以便在危机时处于优势地位。当她知道凡托尼要杀死她时,她秘密联络了"不愿透露姓名的人"和其他的胖子们把他杀了,并让"不愿透露姓名的人"取代了他,实行了领导权的更新换代,挽救了自己生命的同时也宣告了自己的权力不容侵犯。这样,南茜的监视检查权力便自动起作用了。可以这么说,没有这么刻意安排的密闭空间,她是不可能完成和胖子们(凡托尼除外)的密谋的。由此我们可以看到建筑能使权力的拥有者便利地进行检查和监视,能使权力在任何时刻进行干预,甚至在过失发生之前不断地施加压力,使其要么保持原样要么有激烈的变革——故事中权力实现了更迭就是证明。这使权力运作变得更轻便而迅捷有效。

五、 实验室 匿名

除了监视功能,福柯认为圆形监狱还是一个实验室。它可以被当作进行试验,改造行为的机构。② 这是个施展规训权力的实验室。而这个故事的结

① Peter Carey, *The Fat man in History*, p. 127.

② 米歇尔·福柯:《规训与惩罚》,北京:三联书店,2003年,第228页。

尾也明确地告诉读者这个封闭的空间——这些出租屋,是南茜研究权力更迭的场所。而且研究的结果也被公布出来了。既然是实验,实验的对象也应该是事先选定的。所以租客们的来源也值得研究:"不愿透露姓名的人"是最早的住户,没人知道他是怎么来到这里的(至少读者一开始不知道)。但其他几个人交代得就比较清楚:凡托尼接受弗洛伦斯的建议住进那里,进而凡托尼又把费驰等人变为其他房间的租客,而有意思的是格利诺来时竟然还带了弗洛伦斯的介绍信。从结局来看这些租户,也就是研究对象,实际上是被刻意、有选择地安排住进来的。故事开始时那里的秩序已被确立:凡托尼是头,其他人则听命于他。"凡托尼是反革命胖子的领导者,其他人就像是他的雇佣军队,为他的事业而奋斗……"[①]他之所以能成为领导者因为他发动了一场"革命"把其他租户赶走了。而且他有关系,可以为饥饿的胖子们获取食物。这种权力秩序也应该是事先设定好的,为后来的挑战做准备。而挑战秩序同样也是实验的步骤之一。所以他们内部的权力秩序注定要受到挑战:"不愿透露姓名的人"就是凡托尼的潜在威胁。对"不愿透露姓名的人"和凡托尼的外貌描写也体现了刻意选择的蛛丝马迹:"不愿透露姓名的人"比凡托尼包括在内的其他人要高,要重,要壮。他有一张大而粗糙的脸,鼻梁断了。浑身毛发……[②]。他和凡托尼的形象截然相反,他就是作为潜在的反叛者而被安排进来的。因此这群胖子从一开始就是权力运作的对象,就是刻意安排好的实验个体。他们注定无法选择自己的命运,只能在权力的规训和安排下接受它。这个实验表明封闭的空间可以影响和控制其居住者。通过监视这些胖子们南茜掌控着局势的发展,及时阻止了局势的恶化,并让事情朝着自己想要的方向发展。

实验也表明匿名也是权力实施的手段之一。福柯认为权力是匿名非主体的。权力的主体是匿名的,不确定的。每个人既是权力的实施者又是权力的实施对象。这种匿名权力用一种简单的形式实践一种庞杂而持久的监视。

---

① Peter Carey, *The Fat man in History*, p. 119.

② Peter Carey, *The Fat man in History*, p. 121.

"它的力量表现在它从不干预,它是自动施展的,毫不喧哗,它形成一种能产生连锁效果的机制。除了建筑学和几何学外,它不使用任何物质手段却能直接对个人发生作用。"①故事中"不愿透露姓名的人"是个神秘的存在。从始至终胖子们、读者都不知道他的真实姓名,当然也不知道他的真实身份。当然在故事结束时读者也知道凡托尼其实也不是那个凡托尼的真名字,只是南茜对实验中每任领导人的固定的叫法。"以下是对二十三个连续的凡托尼们的进行试验的结果"②。看来在研究中所有领导者们都是匿名的,身份是不可知的。有趣的是当新的凡托尼上位后,弗洛伦斯又介绍了一个人住进来,大家也不知道他的名字。这是否意味着新一轮的实验又将开始了呢?所以说命名权是由权力的掌控者所有的。弗洛伦斯是另外一个例子。读者到最后才知道她其实就是南茜。作为一个检查者、监视者、游戏规则的建立者,由于她在胖子中间采取了匿名的策略,这才使她能有可能接近费驰,接近"不愿透露姓名的人",并联合他们推翻了凡托尼。这种匿名状态可以使她随时了解动态,掌握主动,使其权力能够得以保持。匿名传递出的信息是:作为监视的手段,匿名具有广泛的代表意义,使监视更广泛,更容易行使权力。南茜把研究中所有领导者的名字都叫凡托尼也说明了权力的关键不在于谁掌握权力,而在于权力内在的一种机制。任何一个主体只要利用这种机制,都可以产生权力效应。匿名的权力实施者越多,权力效应表现越充分。匿名之下,权力控制可产生一种自动驯服的隐性奴役:胖子们直到最后也没意识到他们被监视和控制了。

六、结语

《历史上的胖子》中密闭的空间帮助权力的主导者南茜实现对胖子们的肉体的规训、检查和监视,从而完成实验。这个实验展现了权力运作的微妙

---

① 米歇尔·福柯:《规训与惩罚》,第238页。

② Peter Carey, *The Fat man in History*, p. 141.

过程。故事发生的空间符合“圆形监狱”的意象。它也说明“圆形监狱”是自动的权力机器:谁掌握权力并不重要,重要的是监狱所形成的机制能使权力得到有效的控制和实施。

《探险家沃斯》的存在主义解读

黄丽伟①

摘要： 本文从存在主义哲学视角解读帕特里克·怀特的小说《探险家沃斯》，发掘了沃斯和劳拉从信奉唯意志论，到在探险途中遭受的苦难体验中转变信仰，寻求本真存在这一过程的哲学内涵。本文认为，怀特批判了沃斯和劳拉信仰中的理性主义哲学中隐含的虚无主义，倡导追寻人的本真存在状态，并以沃斯与劳拉的精神结合与沃斯的死亡展示了存在主义"向死而生"的死亡观对人寻求本真存在的重要意义。本文揭示了《探险家沃斯》中怀特的哲学观点与存在主义的相合之处，指出这是一本具有深刻的存在主义意识的小说。

关键词： 怀特；沃斯；存在主义

Abstract: This Paper analyses from the perspective of existentialism the novel *Voss* by Patrick White, in which Voss and Laura are converted from voluntarism to the pursuit of their authentic existences by the sufferings in the expedition. This paper concludes that White criticizes the nihilism inherent in the philosophical tradition of rationalism, promotes the pursuit of man's authentic existence, and explains the importance of the existentialist view of "being-toward-death" to man's authentic existence illustrated by Voss and Laura's spirit-

① 黄丽伟，北京外国语大学英语学院澳研中心2014级硕士生。

ual marriage and Voss' death. This paper points out that some of the White's philosophical ideas in *Voss* resonate with existentialism and, therefore, *Voss* is a classic novel with profound existentialist thoughts.

Key Words: White; Voss; existentialism

一、背景介绍

帕特里克·怀特在其1957年出版的小说《探险家沃斯》中，根据十九世纪来澳探险，最终于澳大利亚腹地失踪的探险家莱克哈特的探险记载，塑造了一位傲慢而狂妄自大的探险家——德国人沃斯。沃斯在其最后一次打算横穿澳大利亚的探险中，经历旅途艰险和队伍分裂等种种磨难，最后除一名脱队者透纳、一名土著人杰基幸存外，其余队员全数葬身荒野。

这部小说描述了沃斯在探险出发前和探险途中的精神体验和信仰变化，以及他与这次探险的资助人之一——邦纳先生的侄女劳拉相爱并共同完成精神旅程的过程。沃斯与劳拉相识于沃斯探险出发前，在探险出发后，沃斯向劳拉写信求婚，两人以书信往来和神秘的心灵感应交流，互相以夫妇相称。最后在劳拉急病中，沃斯与劳拉在精神上短暂相会，随即沃斯被原住民杀死，而劳拉过起了近似自我放逐的女教师生活，保持独身，养育被她视为她和沃斯爱情结晶的已故女仆的女儿——莫西。小说以寻找沃斯一行人的搜救队搜索失败而告终。

《探险者沃斯》是一部描述人类历经磨难，追索精神的完满存在的悲剧性小说。然而这部小说同样体现了二十世纪前半段西方思想史的时代主题之一：在一个理性被宣告远非最高且万能的时代，人类对自身力量的确信也被两次世界大战证明是毫无依据的。在这个人类自身存在被深刻质疑的时代，人类该如何追寻自身的存在？

虽然怀特宣称他“厌恶存在主义者”①,但他在《探险家沃斯》中,对于沃斯探险途中性格和信仰的转变,对于人类自身存在的完满状态的思考,都有存在主义思想的印记。本文从存在主义哲学的角度,分析沃斯与劳拉的性格特征,以及沃斯与劳拉的关系的象征意义,解读怀特的思想中与存在主义哲学的共通之处。

二、相关研究

“苦难是贯穿怀特所有作品的主题,但比起其他小说,《探险家沃斯》是苦难之为美德的证明……怀特将自己看作是受苦的人:哮喘患者,同性恋者,异乡人,艺术家。他知道自己对于苦难的感受有时有些夸张了……但他将苦难作为生命中的一种力,让他成为他所是,让我们成为我们所是……两人都是探险者:沃斯在马背上横穿澳大利亚大陆,怀特在书桌前尝试填补澳大利亚的巨大空白。”②大卫·马尔在《怀特传》中这样写道。

书中记载了在怀特撰写《探险家沃斯》期间一次访谈中的对答。一位在怀特撰写《探险家沃斯》期间前去采访他的小说家问道:“您读过存在主义吗?”

怀特回答:“我觉得他们恶心。”③

在这部传记中,怀特叙述了他创作《探险家沃斯》的初衷。怀特阐述道,这部小说的主题是“伟大的激情”。“沃斯向劳拉求婚,部分是因为虚荣,部分是因为他发现自己已经迷失了;她接受了,部分是由于想要从他对神明的幻想中拯救他,部分是由于对宗教信仰的渴望,她觉得,只有通过爱他才能回到信仰之中……”④沃斯与劳拉有诸多相像之处,他们排斥肉体的接触,只通过

① David Marr, *Patrick White: A Life*, Milsons Point: Random House Australia, 1991, p. 311.

② David Marr, *Patrick White: A Life*, p. 311.

③ David Marr, *Patrick White: A Life*, p. 311.

④ David Marr, *Patrick White: A Life*, pp. 312-314.

精神交流结为夫妇,最后沃斯的旅程“并不是一个失败。虽然他没有发现新的放牧地,没有绘制出一张地图,失去了他的队伍搜集的所有标本,也没有到达大陆另一边的海岸,但从他在沙漠中经历的苦难,沃斯克服了骄傲”①。

学术界对这部小说的精神实质的理解主要有以下几种观点,主要集中于对沃斯性格特质的分析和对沃斯与劳拉的关系的解读。

黄源深教授从心理学的分析出发,认为怀特采用了象征手法,将“澳大利亚地理上的边缘地区比作心理的意识层,而位于中部的地区则象征着深处的无意识层,因而沃斯的探险经历成了对灵魂奥秘的探索。小说所具有的表层意义和深层意义把人类物质上的探索和精神上的探求融为一体”②。“小说刻画了两个形成强烈对比的世界”,一个是在物质上丰饶但精神上匮乏的上流社会,另一个则相反,是澳大利亚的空旷荒野。“这两个世界截然分开,一个在大都会悉尼,一个在坎坷的探险征途。小说巧妙地通过女主人公劳拉与沃斯的心灵感应,把它们连接起来,在劳拉似梦非梦的幻觉中,两个世界不但形成强烈的反差,而且也达到了相互沟通。”作品的主题被提炼为,沃斯通过自身追求信仰,探索精神世界的旅程,展示一条解决当代文明危机的出路。③

吴宝康对怀特作品的悲剧意义做了深入挖掘,指出小说具有“深厚的悲剧内涵,……反映出怀特对人生的独特诠释”④,并从“人性和神性的矛盾对立,以及人性的内在冲突两个方面来揭示这部小说的悲剧意义”。但他认为沃斯的结局是悲剧的,死亡意味着“神性的幻灭”。这部小说描写的是沃斯个人的悲剧。沃斯探险失败意味着他的“超人梦”破灭,但代表他性格中善的一面的劳拉的引导,让沃斯“承认自己凡人的弱点,既是对超人梦的醒悟与讽刺,又是他正视真实自我的表现,从而取得了积极的悲剧意义”⑤。

---

① David Marr, *Patrick White: A Life*, p. 312.

② 黄源深:《澳大利亚文学史》,上海:上海外语教育出版社,1997 年,第 311 页。

③ 黄源深:《澳大利亚文学史》,第 314 页。

④ 吴宝康:“神性的幻灭和人性的冲突——沃斯的悲剧意义初探”,《外国文学评论》,2004 年第 3 期,第 109 页。

⑤ 吴宝康:“神性的幻灭和人性的冲突——沃斯的悲剧意义初探”,第 113 页。

姚冬莲和应梅芳认为沃斯和劳拉之间存在着镜像关系,两人“彼此映照着对方的傲慢与孤立:他们都非常自负,信赖理智而拒绝情感,极其厌恶肉体和物质,他们都希望超凡脱俗,企图通过苦行僧式的自我折磨来达到道德的自我救赎和升华”[①]。“沃斯去澳洲沙漠探险的目的不是为了物质利益,而是为了锤炼意志,征服自我,最后获得道德升华,从人变成上帝,替代上帝原来在人们精神世界的绝对统治地位。沃斯在探险中经历磨难而醒悟到,当他能够放弃自己的主观意志、放弃无限膨胀的自我时,他就成了一个真正的人。”[②]劳拉“通过女佣露丝怀孕 、生产、死亡等一系列事件,不得不承认并且接受自己身上被忽略的女性特质:温柔、同情、爱心”,从而恢复了自己的爱与谦卑,并以此拯救了沃斯,两人走出“与世隔绝的自我天地,让并不完整的个体合二为一,走向完善”。[③] 沃斯与劳拉共同完成了旅程,达到了自我超越,得到了怀特所认为的人的精神世界的完满状态,也就是有对神的信仰,克服傲慢,做一个谦卑的、只能依赖上帝的人。

三、 沃斯信仰转变前的形象

沃斯在他和劳拉最终的精神结合之前,大部分时间,他展现出了一个尼采式的“超人”形象。他崇尚意志,认为自己没有软弱之处,也不需要爱、谦卑和各种属于一般人的感情,认为这些是弱点。沃斯信仰神,但他对神的敬拜并非偶像崇拜式的、教会般的信仰,而是出于心灵的伟大,他能够感受到完满的存在状态,也就是上帝的存在。然而由于他所信奉的权力意志的信条,他认为自己的理性可以达到这个完满的存在,因此尽力摈弃自己身上属于人而不属于神的缺点。沃斯及他所信奉的唯意志论,忘了存在的意义在存在本身

---

① 姚冬莲、应梅芳:“从沃斯与劳拉的镜像关系看《沃斯》的精神价值”,《浙江工业大学学报》,2007年3月第6卷第1期,第7页。

② 姚冬莲、应梅芳:“从沃斯与劳拉的镜像关系看《沃斯》的精神价值”,第8页。

③ 姚冬莲、应梅芳:“从沃斯与劳拉的镜像关系看《沃斯》的精神价值”,第9页。

之内，是体验生命，而非征服外界。因而沃斯感到空虚，感到必须追逐某个目标，必须去征服周围的人，树立自己的权威；必须征服自然，进行一场横跨澳大利亚的壮举。

以海德格尔的观点看来，这可以归纳为他所批评的在他之前的西方形而上学所忽视的存在问题。他说，所谓的意志，在这部小说中也就是沃斯所信奉的人的无限可能的意志，“已经预先设定和贬低了……存在者整体”①。海德格尔的存在主义哲学观点认为，西方自笛卡尔所确立的欧陆哲学理性主义传统以来，都在徒劳无功地追寻错误的问题，即将关于存在本质的问题，误认为是关于存在者的。作为存在者的人，要追索自身的存在，就不能仅仅在自身内部寻找答案，否则就会陷入形而上学内部所隐藏的虚无主义。形而上学之所以是虚无主义的，是因为它忽视了存在的意义。由世界和人的存在，可以从因果关系推断出一个最高的存在者——上帝的存在。上帝的存在，是人和世界存在的原因。由此，人和世界存在的意义变成了“被产生和被支配”，“存在从我们的世界和生活中撤回了自己，或者说，存在者被存在抛弃了。……虚无主义的本质就是被存在抛弃。由于我们被存在抛弃，我们忘了存在本身的意义，一心只想掌握和利用存在者。”②

由于这种潜藏的虚无主义，形而上学异化了人的存在。存在的意义变成了征服，而人的存在成为一种纯粹的理性的非经验的抽象，失去了与世界的联系，总之，成为海德格尔所说的非本真的(inauthentic)存在。而在尼采的努力中，人的完满的存在，变成了一种可以由纯粹意志努力而得到的东西，而非从日常生活中真切得到的生命体验建构的，努力实现自己的可能性的追求中得到的存在状态。

海德格尔所叙述的西方文明潜藏的虚无主义本质，在《探险家沃斯》这部小说中被怀特所展现为沃斯这个充满矛盾冲突的人物。沃斯对精神世界，对完满的存在状态，即“与神平起平坐”的状态，对个人意志的无限万能的坚信，

---

① 张汝伦：《〈存在与时间〉释义》，上海：上海人民出版社，2014 年，引言第 5 页。
② 张汝伦：《〈存在与时间〉释义》，引言第 16 页。

与他本身作为一介凡人所具有的弱点产生了强烈的对比。

这种对比在沃斯身上最明显的表现就是沃斯狂妄自大而傲慢的性格。沃斯的狂妄自大表现在,他如此坚定地相信他能完成这场探险,从未质疑过自己的目的和能力。他的坚定信念迷惑了一些人,以为沃斯真的具有能让探险成功完成的能力。但实际上,无论从沃斯自身,还是从他为旅程所确定的目标而言,他都没有完成这趟探险的能力。他拒绝了邦纳先生为他提供的一张"蹩脚的地图"[①],说道:"地图? 我要先画一张地图。"[②]这里的地图具有象征的意义。他的旅途不需要任何指引,他将是探索澳大利亚荒漠的先驱。前人的贡献于他来说是要被超越而非被作为他的旅程的参照和指引。从某种意义上来说,沃斯是正确的。"他放弃在德国的舒适生活,来到澳大利亚探险,为的是锤炼自己的意志,获得精神上的升华,进而挑战上帝在精神领域里的地位。他的探险意欲突破人的极限,证明个人意志力的无限可能性。"[③]姑且不论沃斯信仰的权力意志是否真的万能——在这部小说中我们可以看到沃斯先前信仰的幻灭——沃斯为这场探险设定的目标,和他的资助人邦纳先生,以及不属于他的派别的队员们的目标截然不同。沃斯为了"挑战上帝",无论在探险途中遇到何种困难和折磨,都将其作为磨炼自己的意志的考验来忍受。但他的队员,尤其是除沃斯的几个追随者之外的队员,在察觉到这场探险不可能达成目标——横跨澳大利亚大陆之后,开始萌生退意,最后在劝说沃斯放弃探险途中返回无果之后,退出队伍以求自保。究其原因,沃斯的目的是探险途中的苦难对他的精神的磨炼,带领队员们成功达到澳大利亚的另一端海岸将是他成功的证明,是他的精神上的旅途成功的必然结果,而非他的最终目的。沃斯和队员在这一点上有根本的分歧,而这是导致队伍分裂,探险失败的首要原因。

---

① 帕特里克·怀特:《探险家沃斯》,刘寿康、胡文仲译,上海:译林出版社,2000年,第18页。

② 帕特里克·怀特:《探险家沃斯》,第18页。

③ 吴宝康:"神性的幻灭和人性的冲突——沃斯的悲剧意义初探",《外国文学评论》,2004年第3期,第110页。

其次，沃斯不具备带领探险成功的能力。一方面，沃斯不善于管理队伍，没有调节队员之间关系的能力。嘉德尽心尽力地为了探险队打算，却被沃斯猜忌，认为他要分权。另一方面，沃斯缺乏在澳大利亚荒漠中生存的知识。探险队渡河时，沃斯下令将标本和食物放在筏子上，而嘉德懂得把食物放在牲畜背上。这都体现了沃斯其实并不具备能将探险队成功带领至终点的能力。他既不能识人用人，管理队伍，让下属执行具体事务，也不懂得如何在野外生存，不具备探险所需的知识。

沃斯对“超人”哲学的信仰，和对个人意志能够实现的无限的可能性的追寻，让沃斯在澳大利亚的荒漠中经历了苦难，并最终葬身于此。

四、劳拉与沃斯的关系

劳拉与沃斯具有同样的精神追求，但在沃斯身上表现为坚定的个人意志和傲慢与狂妄自大的性格，在劳拉身上更多的是表现出了凡人的弱点。从这个意义上说，两人存在的互补性大于相似性。

首先，从两人的信仰上说，沃斯为了实现自己的哲学信仰而坚定行动，但劳拉既缺乏行动的能力，在遇到沃斯之前也不知道如何去实践自己的信条。沃斯和劳拉同样不信神，但沃斯是出于自己可以和神平起平坐并取而代之的成为“超人”的野心，但劳拉是出于对自我的怀疑和异化：

> 比如说，最近她不能再像从前那样诚心诚意地信仰上帝了。……她想，现在她快要成为一个可以称为理性主义者的人了。如果她不是那么骄傲，也许胆子会小一些。还是一个小女孩的时候，她对宗教教条就已经有些怀疑。也许是由于它们枯燥乏味；她被大惊小怪和小题大做的宗教信仰弄得喘不过气。①

---

① 帕特里克·怀特：《探险家沃斯》，第 3 页。

沃斯并不赞同劳拉这种毫无目的也没有任何意义的无神论。他直率地批判道:“无神论者不信神,往往是由于一些可耻的原因。……他们本身缺乏崇高的思想,不能想象出有一个上帝。……不过被他们遗弃的上帝是从人类卑鄙的构思中产生的,他很容易毁灭,因为他是按照人类自己的形象构思的。这很可怜,因为这种毁灭并不能证明毁灭者强大。无神论者在毁灭自己,你不明白吗?”

在沃斯的信仰中潜藏的虚无主义,在劳拉的信仰中同样体现出来。在这里,劳拉身上的矛盾引出了西方理性主义继存在者与存在的问题之后,被存在主义批驳的第二个问题:自我疏离。

自笛卡尔的身心二元论始,物质(身体)与心灵、主观与客观、理性与感性等一系列共存的事物被抽象和分离出来。存在主义以前的理性主义哲学思想中,这几对事物的概念被独立为对等的客观实体,关注一者就几乎是必然放弃另一者。我们的存在被独立为精神上的概念,与世界的存在脱离了。人或者孤立于他人,丝毫不在意他人的注视(the Look)的生存方式,只为让自我达到更高的层次而努力,沃斯选择的是尼采提出的提升自我的方式,即成为“超人”;或者像“公众、人群,或者常人”①一般,放弃达到真正的存在状态的可能。在这后一种存在状态中,人与人之间的差异被抹消,一个人被看重的只有表面价值。“与一个人对他自身的概念或许最密切相关的信念和价值,被仅仅视为他承受着的某样东西的外在表现而已。……(一个人)生存得好像‘生存的共同体特征’就是生活的全部似的。”②这也就是劳拉所感到的信仰动摇的原因所在:如果她只需要表面上表现得敬神,那么为什么她要真的信神?

其次,在沃斯身上表现得是狂妄自大的性格特点,在劳拉身上是她的软弱。当一个人不再努力使自己变成独特的个体,忽视自己的自我,放弃实现

① 大卫·E.科珀:《存在主义》(第二版),孙小玲、郑剑文译,上海:复旦大学出版社,2012年,第133页。

② 大卫·E.科珀:《存在主义》(第二版),第138页。

自己的可能性，他才真正失去了自己的真实的存在。从这个意义上说，劳拉还没有完全沉沦。她通过不敬拜神，通过与沃斯相爱，在反抗着这样的存在方式。但是她的反抗是软弱无力的，不是沃斯那样的意志较量。她先于沃斯意识到，纯粹的意志只会毁灭自己。她对沃斯说："这次远征，沃斯先生，……你这次远征完全是凭个人的意志。……你不会让你的意志毁掉自己的。"[①]但是沃斯也向劳拉指出了她的软弱。沃斯认为自己"是个完人"[②]，不需要爱和赞美，即他不需要与他人建立关系，只需要孤立的自我，并不断追寻自我的完善；但劳拉却沉沦于常人的存在方式中。两人缺失的是对方的所有物：劳拉缺乏沃斯为完善自我甘愿经历苦难的意志和行动力，而沃斯缺乏的是劳拉在日常生活中的生命体验。因此与其说劳拉与沃斯相像，不如说他们既有相似之处，更是以互补的关系存在的。从这个意义上来说，两人的结合将为对方带来真正完满的存在状态。

在沃斯的旅途中，沃斯带领劳拉经历了他的旅途，劳拉带领沃斯承认了他的弱点，克服了他的骄傲，使他获得了对上帝的虔敬，两人共同达到了精神上的完满存在。

劳拉在疾病中领悟到了人的三个存在阶段：从神变成人，人，人重又变为神。领悟了这一点的劳拉，带领沃斯和她一起从人变为神，进入了一个光怪陆离的精神世界：

"（水仙花）是一段段的祈祷，她说，在他们后来骑向他的加冕典礼的路上，她把它们扔掉了，而当那个仪式被取消之后，这些花又长出来，使他们在寻找人的地位的长途跋涉时聊以充饥。"[③]

怀特所描写的精神上的完满存在，和存在主义的本真存在状态是有区别的。在这里，沃斯和劳拉放弃了身体的存在，离开了物质世界，以神秘的心灵感应完全进入了精神的世界。沃斯放弃了"被加冕"，因为他已经在探险途中

---

① 帕特里克·怀特：《探险家沃斯》，第69页。

② 帕特里克·怀特：《探险家沃斯》，第39页。

③ 帕特里克·怀特：《探险家沃斯》，第417页。

意识到了自己的局限性,承认了自身的软弱,并在与劳拉的精神交流中学会了谦卑。“我不再是你们的上帝了”①,沃斯对队伍成员坦陈。而这也就是沃斯重新成为上帝的开始。经受的苦难越多,自我就能越像上帝。死亡是旅途最终的失败,因此沃斯由死亡复归于上帝。

五、沃斯死亡的存在主义意义

沃斯的死亡,除了使沃斯的精神永存的意义之外,更有如存在主义所解释的“向死而生”的意义。

怀特借沃斯在临终前克服了傲慢,变得谦卑的转变,否定了尼采式的“超人”哲学,和人的意志的无限力量。沃斯的死亡是将他带上这趟旅途的“超人”哲学的失败的必然结果,但也是让沃斯永存的方法。对于沃斯的存在来说,死亡并非终结。沃斯完全抛弃了物质世界,进入纯粹的精神世界。沃斯的探险队的幸存者嘉德说:“假如你在一个地方生活和受苦的时间很长,你就不会完全脱离开了。你的灵魂还在那里。”②而沃斯一直未被确认死亡,只被宣告失踪,也证明了沃斯“还在那里,在旷野上,而永远会在那里”③。而从存在主义的角度分析,沃斯的死直接揭示了怀特对于人的存在的认识。

存在主义认为,死亡并不会让生命失去意义,相反,死亡能够揭示人类生存的真正的可能性。对死亡的恐惧,驱使人类寻求自身的可能性,并达到真实的存在。存在主义哲学论证道,首先,如果人是永生的,那么最终他将实现所有可能性,则所有人都能拥有同等的经验,会是同样的存在,也就无所谓个体性和个人的自由了;其次,死去的人一方面不再拥有生命的可能性,无法实现自我,另一方面也不再拥有以自己的行动解释自己的存在状态的权利,而是将解释自己的存在的权利完全交付给活着的人。存在主义恐惧死亡的是

---

① 帕特里克·怀特:《探险家沃斯》,第388页。
② 帕特里克·怀特:《探险家沃斯》,第473页。
③ 帕特里克·怀特:《探险家沃斯》,第479页。

它将导致人失去自己本真(authentic)的存在。

海德格尔认为,死亡在为人类的存在规定界限的同时,也赋予死去的人的生命以完整性。他将人的真正的存在,即此在(Dasein)由于死亡完整的观点归纳为“向死而生”。其一,死亡给当下的人类带来评估自身存在的价值和意义的标准。如果没有死亡,“永生的存在者将无法具有一种可能将自己从目前的纷扰中解救出来的长远的考虑”[①]。其二,在此基础上,“我”的死亡为“我”带来独特的可能性。不是别人,而正是“我”的死亡,能够为“我”建立独一无二的对“我”的所有的可能性联系起来,并赋予其整体意义,即“我”的死亡能够将“我”的个体的独特存在建构起来。只要“我”能够做到向死而生,追求“我”的本真的存在,“我”就不会被动地、不可挽回地将对于“我”的自我的评价完全托付给他人。因此,死亡时刻存在于当下,没有死亡在场的存在没有意义。

劳拉则直接说明了死亡的当下性。小说的结尾,在澳大利亚旅行的鲁德娄先生问道:“(澳大利亚)是个将来有前途的国家,不过将来什么时候变成现在呢?”

劳拉回答:“现在。……我们生活、呼吸、受苦、死亡的每一瞬间。”[②]

在这里怀特表明了他对存在的深刻理解。将来即是当下,要实现未来的可能性,人要体验世界,“生活,呼吸,受苦,死亡”,并以此得到生活的本真体验。“知识从来就不是一个地理的问题。恰好相反,它突破所有现在的地图。”[③]将来的无限性有待于人的追索,而这种追索只能在当下的生命体验中才能得到。探险途中不需要地图,罗盘和仪器坏掉了,搜集的标本也全部失落了。这些都不能留存,因为它们只是存在于经历过的事物之中,存在于历史中而非当下,所以不能指示人的存在。唯独留存的是沃斯经受的苦难和于苦难中得到的精神体验。

---

① 大卫·E.科珀:《存在主义》(第二版),第168页。

② 帕特里克·怀特:《探险家沃斯》,第479页。

③ 帕特里克·怀特:《探险家沃斯》,第476页。

六、结论

虽然怀特表明自己并不认同存在主义哲学,但由于所处的时代和所思考的主题相同,他的思想和存在主义哲学不可避免地有着共通之处。怀特对于人的存在问题的追索,对于人的非本真存在状态的批判,对于人的真正理想的存在状态的思考和描述,都有着存在主义的影子。从这个角度来说,怀特的作品体现了时代的思潮。《探险家沃斯》可说是一部真正从现代人的角度审视和反思人的存在的小说,具有深刻的存在主义哲学意识。

《祖先游戏》中浪子的艺术情结解读

杜燕萍①

摘要:《祖先游戏》是澳大利亚当代著名作家亚历克斯·米勒的代表作,讲述了中国福建冯家四代移民澳大利亚的家族史,其中冯氏第四代浪子一生都与艺术相伴相随。通过人本主义心理学家埃里希·弗洛姆人格理论中人的需要这一思想,即亲和需要、超越、觅根、同一性感觉、定位框架,解读主人公浪子的艺术情结,旨在提供另一视角品味这部优秀作品。

关键词: 亚历克斯·米勒;《祖先游戏》;浪子;艺术情结

Abstract: *The Ancestor Game* is a novel about the family history of immigrant Feng's four generation from Fujian, China to Australia with the theme of individual, land, history, thought and culture. The lifetime of the fourth generation Langtze is closely related with art. In the light of the thought of existential needs in the theory of personality by humanistic psychoanalyst Erich Fromm, readers can interpret the protagonist Langtze's artistic complex to better understand the excellent work.

Key Words: Alex Miller; *The Ancestor Game*; Langtze; artistic complex

---

① 杜燕萍,安徽大学外语学院2013级研究生,安徽大学大洋洲文学研究所成员。

一、引言

《祖先游戏》是澳大利亚当代著名作家亚历克斯·米勒的代表作,1992年出版后,在文学界引起强烈反响,获得迈尔斯·富兰克林奖等四个重要文学奖,在澳大利亚文坛占据独特地位。小说具有多元性主题思想,讲述了中国福建冯家四代移民定居澳大利亚的故事,是一部超越时间与空间、跨越文化与国家的优秀作品。亚历克斯·米勒(Alex Miller,1936—)出生于英国伦敦,后移民澳大利亚。特殊的经历和身份,使得米勒对多元文化的澳大利亚十分了解,对于周围事物的洞察力和判断力也有所影响,看待事物的视角也会不同,从而使其作品具有独具一格的韵味。

米勒在其序中写道:"小说主题是将个人、土地、历史、思想及文化形态交织成的一个情感与理念的综合体。"[①]因而研究者对该小说的研究大都从文化、身份、地域及叙事模式等方面进行,探究《祖先游戏》中反映的后殖民文化,移民寻根找寻民族身份及空间叙事模式等方面来探讨和分析其写作艺术和文学价值。通过文本细读发现,浪子从童年时期开始就一直接触艺术,学习国画,感受古典文化艺术,成年后在澳大利亚成为一名艺术家。浪子的一生可谓都和艺术紧密相连,生活一直都与艺术息息相关,这种现象可以看作一种艺术情结。本文运用人本主义心理学家埃里希·弗洛姆(Erich Fromm,1900—1980)人格理论中人的需要这一思想,解读主人公浪子的这种艺术情结,从另一个新的视角来观照这部杰出的文学作品。

二、弗洛姆人格理论及情结内涵

现代人格理论繁目众多,其中弗洛姆的人格理论独树一帜。大致思想

---

① 亚历克斯·米勒:《祖先游戏》,欧阳昱译,台北:麦田出版股份有限公司,1996年,第4页。

为：人格是一种特殊的行为模式，是个体在同化与社会化的过程中形成的，它深受社会和心理因素（情感、需求）的影响，是两者交互作用的产物。[①] 弗洛姆的人格模式中既有先天因素，也有后天成分。弗洛姆指出："我所谓的人格是指某一个体所特有的、独一无二的、它具有所有先天遗传的和后天获得的精神品质。"[②]弗洛姆认为，人格发展的主要影响因素有两个方面，一方面是人的外部社会条件，另一方面是人的内部主观需求。"任何个体都不是独立于外界的，不会单独出现，而是社会中的个体，出现在一种既定的文化中，这时他既保留有自己独特的个性，同时又会受到周围社会环境的影响，进而会有些许改变，这种性情具有特殊性的同时也兼具普遍性，是当时社会的特定产物。"[③]弗洛姆特别强调人的性情与其生存的特有状况之间有无可厚非的紧密关系，个体因为存在自我意识、理性与想象力因而超越动物界，因而与动物界不同。个体因为意识到自我必须面对无法克服的生存两歧性并由此产生了种种精神需要：亲和需要、超越、觅根、同一性感觉、定位框架。弗洛姆认为："这些精神需要是人之所以成为人的唯一因素。个体行为的最明显特征正是其表现出的极其强烈的情感和追求。"[④]所以每个社会中的个体在成长的过程中，保持自身独立的同时，都或多或少受到社会文化的影响，又因为自己的独特性，每个人都会产生不同的兴趣爱好，表现出不同的情感和追求，对某些事物产生独特的浓厚感情。

瑞士著名心理学家荣格认为，情结可以看作是一簇心理丛，它由一组组的心理内容聚集在一起而形成。个体的潜意识之中存在着其高度重视的一些观念或思想，这些观念和思想相互关联并深受情绪影响，最终聚集在一起形成比较稳定的情结。这种情结存在于人的潜意识领域，是一种个体无法控

---

① 罗继才："现代人的人格发展趋势——弗洛姆的人格发展理论述评"，《华中师范大学学报》，1997 年第 5 期，第 93—98 页。

② ［美］弗洛姆：《为自己的人》，孙依依译，北京：三联书店，1992 年，第 34 页。

③ 弗洛姆：《健全的社会》，孙悄详译，贵阳：贵州人民出版社，1994 年，第 11 页。

④ 胡经之：《西方文艺理论名著教程》（下卷），北京：北京大学出版社，2003 年，第 11 页。

制的心理内涵,是个体行为的内在驱动力。“有时个体可能会不由自主地产生某种情绪,而沉溺其中无法自拔,此时作为行为内在驱动力的情结并不一定会成为人的调节机制中的障碍,却可能恰恰相反,成为个体灵感和动力的源泉,促进个体走出这种持续的不良情绪的阴霾。”[①]艺术正是浪子生活的动力源泉,是他一生执念于艺术人生的驱动力。

在整部作品中,纵观浪子四十九岁短暂的艺术人生,除去出生时的戏剧性,这种戏剧性的开场也预示着浪子人生的艺术性,从童年在中国跟着外祖父学国画到最终在澳大利亚成为一名美术教师,这些并不是他刻意追求的结果,而是潜移默化自然而然的产物,他的行为或隐或现地表明一种艺术情结。而这种艺术情结与弗洛姆人格理论中人的需要思想基本吻合。

三、浪子艺术情结与弗洛姆人的需要

1. 亲和需要

亲和需要是一种与一个或几个人联合起来的驱动力。一个人为了能成为世界的一员,融入周围的大环境,可能会顺从和接受一个人、一个群体或一个机构。[②]“通过这种方式,成为某个比自己强大的人或物的一部分,他可以超越他个体存在的孤独,并切身感受到他的身份与他所顺从的力量联系在一起”[③]。这样能体验到集体的力量而不感到孤独,不再是孤军奋战,从而满足亲和需要。

“回到杭州,和外祖父一起站在凉亭里,看第一缕阳光照耀寒冬怒放的红梅,浪子感到一种从未有过的自信在胸中涌动。他觉得终于看到自己和自己处境的真实的一面。那是一种永久的东西,不会因为他和母亲回到上海之后,父亲对中国人价值观的轻蔑而不复存在。……他怀着一种激情在心底默

① [美]弗洛姆:《为自己的人》,第61页。

② 费斯特:《人格理论》,李茹译,北京:人民卫生出版社,2011年,第163页。

③ Erich Fromm, *On Disobedience and Other Essays*, New York: Seabury Press, 1981, p. 2.

念着自个儿编的诗。为了让外公高兴,他大声朗诵十一世纪著名的政治家王安石的诗。”[①]在杭州老家,外祖父具有绝对权威,此时的浪子尚居幼年,外公高兴了,他自己也会不由自主地开心,感觉融入了这样的新环境。因此,这段时间浪子努力做一些事尽量使得外祖父和母亲开心。“他用隶书写下这四行诗。书法是妈妈教的。自从能够握笔,莲就让儿子每天练两个小时毛笔字。……站在妈妈面前,浪子心花怒放,他觉得自己终于做了一件不会因为时间的流逝而黯然失色的大好事。”[②]此时的浪子只有六岁,随母亲经常往返于上海和杭州,外祖父是中国国画家,母亲也从小就学习绘画书法,浪子可谓出身于书香门第艺术世家。在浪子心目中外祖父和母亲的形象是高大的,他们也是最亲的家人,他们就是权威,是自己应该亲近的大集体。而能让他们喜欢自己,让他们高兴的事莫过于画画写字即艺术,通过学习画画和写字,能够融入周围的大环境,能顺从权威和群体。通过这种途径可以成为比自己强大的人或物的一部分,可以超越孤独的个体存在,能切实体会到自己的身份和权威力量的联系,这就达到了亲和需要。由于先天遗传和后天熏陶,艺术已潜移默化慢慢地植入幼年浪子的脑海和生活中,同时也预示着浪子将与艺术有难舍难分的情结。

2. 超越

弗洛姆人格理论中的所谓超越是“指超越被动、受偶然因素摆布的存在,进入有目的的、自由的王国的驱动力”[③]。正如人们或许采用建设性的方式或采用非建设性的方式追求亲和需要一样,超越也同样可通过以积极的或消极的方式来寻求。

“第二天,黄老先生忍不住去看浪子画画儿。他站在外孙身后看了好大一会儿,才从他手里拿过画笔,只简单的两笔便在浪子刚刚画好的一只百舌鸟旁边又画了一只。黄老先生的百舌鸟画得神态逼真,比浪子那只显然技高

---

① 亚历克斯·米勒:《浪子》,李尧译,重庆:重庆出版社,1995 年,第 151 页。

② 亚历克斯·米勒:《浪子》,李尧译,第 154 页。

③ Erich Fromm, *On Disobedience and Other Essays*, New York: Seabury Press, 1981, p. 9.

一等。老人和男孩看墨渐渐变干,然后,浪子提起笔饱蘸浓墨,学着黄老先生的样子,信心十足地画了两笔,似乎他已练习多日。黄玉化的心快乐地跳动着,他又提起笔向外孙介绍另外一种运笔的方法。浪子学着外祖父的样子又画了几笔,动作非常自如。"[①]也许在一开始接触画画写字时,浪子并不是出于自己对其的热爱和兴趣,只是出生在这样的艺术氛围浓厚的家庭中,在家长和长辈们的要求下不得已而为之,不情愿地跟在外祖父后面学习画画和写字。而随着时间的推移,浪子在艺术中找到了乐趣,满足自己的精神快感,因此逐渐地积极主动学习画画和写字。在得到外祖父和母亲对自己画作的褒扬后,浪子对艺术的热情更加高涨,他不再是之前可能被动的学习画画,受偶然因素摆布的存在,而是主动开心地向外祖父学习,希望超越外祖父,这时追求艺术的方式是积极的、自由的。艺术的喜爱之情已经慢慢地在心中蔓延。超越了被动、受偶然因素摆布的存在,而进入有目的的、自由的王国的驱动力。这是一种自己思想上的重大转变,如果说想达到的结果是超越外祖父的艺术造诣和成就,不如说其实真正超越的是自己,自己的意识和想法,对待艺术的态度。自己当初的拒绝被动的学习态度已经转变为积极主动的学习,在学习过程中发现到其中的乐趣,同时也加深了对艺术的热爱,预示着艺术俨然以后会成为浪子生活的重要部分。

3. 觅根

觅根是确立根基的需要,或需要在这个世界上再次有家的感觉。当人类作为一个分离出来的物种进化时,他们失去了自然的家。同时,他们的思维能力使他们意识到他们无家可归,没有根基。随后产生的孤独感和无助感使他们无法忍受。觅根同样也可以采用建设性的策略或非建设性的策略。采用建设性的策略,人们脱离了他们母亲的怀抱,获得了真正的诞生,也就是说,他们积极地、创造性地与世界建立联系并成为一个完整的或整合的人。这种与自然界的新联结给予人们安全感并重新确立了归属感和根基感。[②] 正

① 亚历克斯·米勒:《浪子》,李尧译,第181—182页。

② 费斯特:《人格理论》,第164—165页。

因为这种归属感的存在,人们会尽其所能地去觅根。

当浪子对于外祖父和母亲不带自己去朝拜祖宗表示不满和反叛时,他去了外祖父的书房,拿走了家谱和祖传铜镜。当看着家谱中的书法时,热爱艺术的浪子深深为之所动,"这一页用非常流畅、漂亮的草书写成,那是宋朝大诗人兼书法家黄庭坚的笔迹。浪子的心被那无法形容的美撼动,情不自禁地哼哼了一声。……浪子被黄庭坚的书法完全迷住了,忘了自己身处何方,正干何事。他仔细揣摩那如同高山流水,骏马奔驰般潇洒、飘逸的书法,把自己的使命忘到了九霄云外。……他以一个学者的严谨和爱好者的狂热思索那一笔一画最初蕴含的意思。……他完全沉醉于对大学者黄庭坚书法艺术的遐想之中。……浪子从家谱上撕下黄庭坚写的那篇文字,穿在短剑上,扔进熊熊燃烧的篝火,他一页一页撕着家谱,一页一页扔进火堆。……等到再没有什么可烧的时候,便站在那儿呆呆地望着渐渐熄灭的火,直到碧绿的草地上只剩下一堆死灰。他的脑子一片空白,只有寂寥和空旷在呼啸。"①

寂寥和空旷也是此阶段浪子的感受,浪子意识到外祖父之所以不带他去朝拜祖宗是因为自己的西化身份,自己的不同,意识到自己情感上的无家可归,没有根基。孤独感和无助感使浪子无法忍受,从而做出这样的行为,采用这种非建设性的方式来释放心中的压抑,潜意识里表达的是对觅根的需要,对根基的确立,对归属感的把握。在与艺术达到了亲和和超越的需要后,随着周围环境的变化以及自己年龄的增长,明白的事情和觉悟能力也随之增强,当与艺术的感情和寻根的需要发生冲突时,浪子的表现是采用非建设性的方式,下意识地用自己最热爱、感情最深的艺术来表现这种寻根的需要。浪子从小就开始接触书法和画画,耳濡目染,艺术已经成为生活中不可或缺的必备品,因此艺术对于浪子的意义可见一斑。而家谱中文字的书法是那么的令浪子倾心,那么的着迷,那么的热爱,足以看出艺术在他心中的地位,与之后的忍痛割爱撕毁家谱形成鲜明对比,不是到无法忍受,不是到深受打击,不是到无可奈何,任何人应该都不会将自己最心爱的东西摧毁。而浪子却这

① 亚历克斯·米勒:《浪子》,李尧译,第169—171页。

样做了,他的反抗也是和艺术的物品有关,他用这种极端的表现方式表达着自己的觅根需要。而这种具现形式与他的艺术情结紧密联系着,所以浪子潜意识中选择了用自己最爱的艺术来表达对觅根的需要。

4. 同一性感觉

同一性感觉就是说人有能力认识到自己是一个独立的实体。"一个新的群体同一性形成了,将以前的个人宗族同一性取而代之,这种同一性感觉依附于毋庸置疑的群体归属感。这种一致性和顺从性本身常常不被人觉知,常被个人的错觉所蒙蔽,而这些并不能改变事实。"[①]换言之,随着阅历的增加、意识的觉醒和思想的逐渐成熟,个体不再像以前那样追随集体向集体靠近,而是保持独立性,尽量做自己。

艺术家都是想象力丰富的,当浪子从外祖父书房走出来时,心底升起一种不可名状的热情。"他看见,或者是在想象之中看见,前面有一扇隐藏着的门,……当他走过这个门洞的时候,一股快乐,一种期待,占据了他的心。……满怀信心地向他的家乡奔驰而去。他深信,那里的居民一旦认出他,就会热烈地欢迎他荣归故里。……但是没有什么喇叭唢呐,也没有前来迎接的人群。……浪子非常沮丧,他终于明白,这里没有朋友,没有希望,也没有鼓励。他终于明白,不会有人欢迎他,不会有人知道他的鼎鼎大名。"[②]艺术的熏陶和影响,浪子的想象力也得到了很大的提升,作品中的这一情节,很好地反映了他当时的心境和潜意识的最真实的想法和感受。他终于明白,这里没有朋友,没有希望,也没有鼓励。他终于明白,不会有人欢迎他,再怎么改变自己去追随他人都无济于事,都不能长久地得到别人的接纳。之前浪子觉得艺术是沟通自己和外祖父关系的桥梁,外祖父是权威是大集体,必须和他保持一致,这样才有归属感和安全感,这才是正确的事。而浪子也确实这样努力地做了,勤奋地学习画画和写字,以博得外祖父的欢心,成为统一战线的人,而后来因为自己身份的原因,发生的一系列事情令浪子难以接受备受

---

① Erich Fromm, *On Disobedience and Other Essays*, p. 4.

② 亚历克斯·米勒:《浪子》,李尧译,第209页。

打击。同样也是通过艺术,浪子意识到自己是独立的实体,不必为了取悦任何人,而改变自己,即使尽力向他人的要求靠近,最终还是难以满足他人,还是难以长久地受欢迎,反而会令自己不开心。此时的浪子已经在思想上与外祖父划分开,而不在同一个群体中,保持着自己的独立性,普遍性中的特殊性。

5. 定位框架

定位框架能够使人们组织作用于他们的各种不同的刺激。拥有这样一个坚实的定位框架的人能够理解这些事件和现象的意义。一个没有目标或目的地的路线图是毫无价值的。人们有心理想象能力,想象出许多可以选择的道路。然而,为了保持清醒,他们需要一个最终的目标或"献身的客体"①。在弗洛姆看来,这个目标或献身的客体将人们的精力集中于一个方向,使他们能够超越孤立地存在,并使他们的生活有了意义。②

奥古斯特·斯比斯医生了解浪子对于艺术的热爱与追求,因此当浪子在人生定位地图上有些许迷茫之时,他给予浪子衷心的劝告、建议和指导。"艺术也是一只凤凰。艺术抹杀了寻常意义上的生与死的界限,创造了一个纷繁复杂,丰富多彩的世界。艺术是我们对于现实的抗争。……最终,我们认为艺术是美好的,并且深深地爱上了它。但是我们无法拥有艺术创造的那些事物,也说不清这些事物属于哪个国家,哪个民族。艺术没有国籍。艺术是替代物,无法用国籍的标签确定它的属性。……你是一个无名之人,因此在中国不会得到人们的承认。从某种意义上讲,你在这里是个陌生人。可是在澳大利亚,你会发现有几个受东西方之间影响的人欢迎你。如果你真的下决心当个艺术家,浪子,澳大利亚是最好的去处。作为艺术家,在澳大利亚,有足够的用武之地。你有做不完的事情。"③而浪子也把朋友对他的忠告着实地听进心里了,最后选择了踏上澳大利亚追寻艺术的道路,最终在澳洲成为一名艺术家。但是浪子仍将自己定位为中国人。当浪子向斯蒂文介绍自己时说:

---

① Erich Fromm, *To Have or to Be*, New York: Harper and Row, 1976, p. 137.

② 费斯特:《人格理论》,第 166 页。

③ 亚历克斯·米勒:《浪子》,李尧译,第 237 页。

“当然！我是中国人!”[①]他家里挂的很多画像里的人物都具有中国血统。在面对身份这种刺激时,拥有这样一个坚实的定位框架的人能够理解这些事件和现象的意义。为了保持清醒,他需要一个最终的目标或“献身的客体”,对于浪子来说这个献身的客体就是艺术,因为艺术不分国界,在艺术的世界里他是独立自由没有烦恼的,在那里他可以获得快乐,找寻到生活的意义。

四、结语

人格是某一个体所特有的并使之与众不同的、所有先天遗传的和后天获得的精神品质。人性与人特有的生存状况的关系,自我意识、理性与想象力的出现使人超出了动物界,使人意识到自我以及必须面对无法克服的生存两歧性并由此产生了种种精神需要,而表现出极其强烈的情感和追求。个体的潜意识之中存在着其高度重视的一些观念或思想,这些观念和思想相互关联并深受情绪影响,最终聚集在一起形成比较稳定的情结,对于浪子而言,这种情结体现在对于艺术的热爱上,是一种艺术情结。这种情结存在于人的潜意识领域,是一种个体无法控制的心理内涵,是个体行为的内在驱动力。

纵观浪子的一生发现,由于先天遗传和后天培养,浪子的生活一直与艺术息息相关。不论是小时候的学书法和画画,还是成年以后在澳大利亚从事艺术工作成为艺术家,在浪子的潜意识里自己早已与艺术紧密相连。随着年龄增长,周围环境的变化,自我意识的增强,艺术恰恰能提供他所需要的亲和需要,超越、觅根、同一性感觉、定位框架,这些根据弗洛姆人本主义个体必须具备的需要。一方面,这些需要促进了浪子艺术情结产生与进一步发展,另一方面,正因为这一艺术情结导致这些需要的迫切以及影响着他的生活方式和一些选择。因而,这一艺术情结相伴浪子一生。

---

① 亚历克斯·米勒:《浪子》,李尧译,第18页。

论克里·休姆《骨头人》的文化间性

胡健[①]

摘要： 本文以当代新西兰著名女作家克里·休姆的代表作《骨头人》为研究对象，以文化间性理论为研究方法，在考察二十世纪八十年代新西兰毛利文化和白人文化自身视界的背景下，重点发掘休姆在《骨头人》中建立搭建两种文化“意义关联”时所体现出来的间性思维，以及在这种间性思维的引领下，《骨头人》呈现出的两种文化的“视域融合”及因此带来的文化间性特质。文章发现，当休姆以“他者”的眼光审视新西兰文化时，就是“双重视域”的融合过程。对毛利人而言，她是代表白人文化视域的“他者”，而对白人来说，她又是代表非白人视域的毛利文化。当休姆再现毛利的历史、神话和传奇以及白人文化的现实、创伤和困境时，这两种视域互相融合，进行了文化对话。通过这些间性考察，以期丰富、深化休姆《骨头人》的文化意义。

关键词： 克里·休姆；《骨头人》；文化间性；意义关联；视域融合

Abstract: Based on the theory of the inter-culture, this paper will study Keri Hulme's most outstanding novel *The Bone People* and give the background

---

① 胡健，安徽大学外语学院副院长，安徽大学大洋洲文学研究所教授、博士、博士生导师；主要研究方向为应用语言学、认知语言学和大洋洲文学。

of New Zealand cultures in the 1980s, the Maori culture and the Pekeha culture in particular. The intermediary thoughts embodied as Ms. Hulme built up the meaning association between the two cultures are focused on, and the cultural fusion of horizons reflected is elaborated, together with the intercultural characteristics it thereby brings. It is hoped that this study will enrich and deepen the understanding of the cultural significance of *The Bone People*.

Key Words: Keri Hulme; *The Bone People*; Inter-culture; meaningassociation; Fusion of Horizons

《骨头人》(*The Bone People*)是当代新西兰女作家克里·休姆的代表作。1984年,该小说一经出版,就获得广泛好评。1985年,《骨头人》荣获布克奖(The Booker Prize)。休姆也因之而成为少数具有较高国际知名度的新西兰作家之一。

文化间性(Intercultural)由德国哲学家哈贝马斯提出。文化间性理论是考察跨文化背景下的文化碰撞和文化交融的元理论。构成文化间性必须具备三个要素:"文化A,文化B,及它们之间的交互关联。"[①]事实上,文化间性现象早就存在,但随着当今社会越来越频繁的文化交流,文化间性问题日益受到关注。特里·伊格尔顿曾指出,二十世纪的伟大英国作家几乎都跨越了两种或多种民族文化[②]。新西兰文学产生的历程,受其鲜明的历史与地理特点的影响,生动地反映了新西兰的历史、社会与文化。新西兰有别于其他任何国家的显著特征在于,新西兰有"两个种族、两种文化传统和两种语言""两者间的抵制与排斥同融合与渗透并存"[③]。

克里·休姆只拥有八分之一的毛利血统,但她一直坚称自己是毛利作

---

① 蔡熙:"关于文化间性的理论思考",《大连大学学报》,2009年第1期,第80页。

② 特里·伊格尔顿:《理论之后》,参见曹顺庆主编,《中外文论与文化》,成都:四川大学出版社,2006年,第197页。

③ 虞建华:《新西兰文学史》,上海:上海外语教育出版社,1994年,第15页。

家，其作品以英文写成，大都描写传统的毛利文化，尤其关注毛利信仰和白人文化的冲突，其作品生动地体现了休姆对这两种文化敏锐的洞察和感悟，表达了自己的思考和关注。对这两种文化不同的熟悉程度，意味着作家面对它们时会做出不同的选择，而这又会给作家的创作带去不同程度的影响。这些文化与文化之间的碰撞、交融，以及作家在两种文化间如何抉择等问题，正是文化间性理论考查的重点内容。本文拟从文化间性角度，考察《骨头人》这部当代新西兰文学最有影响力的作品之一。

一、文化间性的生成逻辑：二十世纪八十年代新西兰社会的文化态势及看向“他者”的特定视界

自一种文化诞生之日起，其本真意义就在发生变迁，因此文化同它自身的“差异”一直存在且不可避免。跨文化传播使得这种“差异”发生的历史背景变得更加复杂。1840 年 2 月 6 日，新西兰毛利部落首领签署了《怀唐伊条约》，新西兰正式成为英国王室管辖的殖民地。该条约给予定居者在新西兰的居住权，亦承诺毛利人将继续拥有他们的土地、森林和渔业资源。该条约还承诺毛利人享有与英国国民同等的权利，英国将组织政府以维护全体人民的和平和秩序。《怀唐伊条约》的签订，使毛利文化精粹得以保存。而曾经作为英国殖民地的历史，使得新西兰深受欧洲文化，尤其是英国文化的影响。经过几代人和几届政府的共同努力，新西兰建起了健全的社会保障制度，并以“福利国家”而闻名于世。白人与毛利人之间的种族关系也相对和睦融洽，以至于官方宣称，新西兰拥有“世界上最成功的种族关系”①。

在新西兰文学作品中，充斥着对毛利人的描写。早期的文学作品中，毛利人往往被白人作家刻画成“丛林荒原的野蛮人”②，另一些作家则将之描写

---

① David P. Ausubel, *The Fern and the Tiki*, New York: Holt, Rinehart and Winston, 1965, p. 150.

② 虞建华：《新西兰文学史》，第 259 页。

成“令人羡慕的‘自由人’和‘高尚的蒙昧人’”①。二十世纪六十年代以后,一些白人作家,如诺埃尔·希利亚德等,开始试图在复杂的社会环境中比较客观地探索毛利人的处境、思想和行为等。与此同时,第一代毛利作家登上文学舞台,开始了“毛利人写毛利人”的时代。二十世纪七十年代以后,毛利作家不断涌现。“新西兰文学在形式、内容和方向上,都产生了前二三十年所无法预见的巨变。”②毛利作家从自己独特的视角出发,从不同侧面反映了毛利人在白人社会的经历。进入二十世纪八十年代以后,殖民化的影响犹在,而全球化的影响席卷而来,新西兰社会面临前所未有的机遇和挑战,传统的毛利文化和白人文化之间的冲突和融合不断加剧。

文化自身总处在不断的生成和变动中,但是无论怎么生成和变动,它还是会形成一个自身所特有的特定视界,这种特定视界可以被视为通俗意义上的文化传统以及这个传统所决定的看向“他者”的自在视界。毛利文化注重族群,注重精神世界。毛利人极重视他们的传家宝物,如权杖、绿玉项链等,深信它们蕴藏着祖先的灵气。新西兰的白人文化则以英国文化为基础,同时由于全球化的作用,深受美国文化及澳大利亚文化的影响,其核心是倡导人本主义和个人主义,强调自由和民主。

二十世纪七十年代开始,以英国加入欧洲共同体为发端,新西兰失去其传统的出口市场,随后出现失业和很多其他社会问题。二十世纪八十年代的新西兰,经济持续恶化,社会矛盾和社会问题日益突出,这些无疑对当时的新西兰文化和文学产生了影响。《骨头人》历经作者十二年的艰辛打磨,在1984年横空出世,立刻引起强烈反响。

文化间性的生成逻辑离不开“差异理论”“‘他者’理论”和“视域融合”。一种文化特定视界的形成,实际上来源于其自身视界与他者视界的融合。“他者”在间性理论中举足轻重。“巴赫金以两人面对面而立为例子做了详细解说”,他说,“我面对着你,能看到你所看不到的东西:你背后的高墙,天空中

① 虞建华:《新西兰文学史》,第260页。

② 虞建华:《新西兰文学史》,第265页。

的云彩,你的前额,反之亦然;正如你把我置身于空间中的某个位置一样,我也把你整个地置身于空间中的某个位置,但是我不能看到整个自我(如前额),没有你(他者)的视域的帮助,我就不能确定自己身置何处","简言之,为了产生自我意识,我不能没有他者,没有他者做参照,自我也就不存在。因此,在巴赫金那里,存在即共存"。[①] 文化间性因两种文化的文化交互作用而产生,自然二者之间就成为彼此的他者。一方面,文化只有在与"他者"的交往中发生意义重组才有价值;另一方面,文化间性要求进行文化对话,倘若没有"他者",那就只能是独白话语。

克里·休姆是毛利文化的"携带者",同时她长期以来接受的传统欧洲文化教育使得她成为白人文化的"观察者"和"学习者"。她看向白人文化自然是出于自身文化的视界,也即自身视界决定了她看向白人文化时会看到的内容。而她"会看到的内容"又与她的自身视界发生融合,而对于白人文化而言,道理也是相同的。从"视域融合"的视角考察《骨头人》,我们无疑会进一步了解,为何《骨头人》一面世,就取得了巨大的成功。

二、《骨头人》中两种文化的"意义关联"和"视域融合"

无论是毛利文化还是白人文化,都是以自身特定视界来梳理对方文化,因此在"看待""关注""吸收"对方文化时,往往基于自身的理解,所呈现出来的意义就不再是源文化静态的意义,而是由对方"理解"过的意义。文化间性理论强调,两种文化互为"他者"且通过"他者"发现自身,同时这个"他者"文化中的"侧面"和"部分"也必然为自身文化所关注,自身文化视界与他者发生视域融合,建立意义关联,文化间性因之产生。

"在作品中和作品外,(休姆)都极力凸显自己'毛利作家'的特色。"[②]《骨

---

① 蔡熙:"关于文化间性的理论思考",第 81 页。

② 虞建华:"民族文学 vs. 全球化",《大洋洲文学研究》(第 1 卷),合肥:北京师范大学出版集团安徽大学出版社,2014 年,第 106 页。

头人》的小说题目与毛利文化密切相关。毛利人无论是进行艺术作品创作还是制造工具,都大量地使用骨头。作家还暗示小说将会对主人公进行"深入骨髓"的剖析。

《骨头人》中,两种文化的意义关联集中体现在小说的主题和人物塑造上。在这部长达464页的小说中,休姆呈现了众多的人物形象,但主人公则是三个游离于白人社会之外的人。女主人公克勒温曾是名画家,是白人和毛利人的混血后裔,但她丧失了创作的能力。男主人公乔是位工人,拥有纯正的毛利血统,他在一次轮船失事中救了丧失双亲的白人孩子西蒙,并收养了他。在一个雨天,西蒙擅自闯入了克勒温隐居的塔楼。三个人相识后,出于各自的需要生活在一起。然而,由于种族、文化和经历的不同,他们分道扬镳,克勒温身染沉疴,西蒙住进了医院,乔则因虐待西蒙而锒铛入狱。但小说的结尾出现了戏剧性的转折,三个人重归于好。

《骨头人》塑造的三个人物各具特色。克勒温是有着毛利血统的白人,乔是毛利人,而西蒙是白人。克勒温因彩票中奖,在经济上获得了独立,在小说的一开始,她就与家人断绝了联系,隐居在塔楼里面。克勒温身上有着女权主义的痕迹,她自称是无性欲望的中性人,"讨厌亲密的接触"[①],尽管有着正常女性的身体,但"没有一点对性的渴望或欲望"[②]。乔不愿在白人工厂干活,但失去了土地的他出于生活的压力,又不得不为白人卖力。一方面,他希望保持毛利的文化和传统;另一方面,他觉得自己"像别人戏里的玩偶一样"[③]被操纵。西蒙的人生充满了不确定性。他的父母、身世、年龄甚至名字都不得而知。虽然休姆早期的短篇小说《漂移在梦中》描述了年仅两岁的西蒙在其母亲去世之后跟着父亲一起出海的情景,但为何他在一艘失事的船只中出现,而父亲却不知所踪,这些都不得而知。他自己和他的养父将他形容为"蓄

---

① Keri Hulme, *The Bone People*, London: Picador, 1986, p. 265.

② Keri Hulme, *The Bone People*, p. 266.

③ Keri Hulme, *The Bone People*, p. 62.

意破坏者”“任性顽劣的孩子”“罪犯”和“流氓”①。

毛利文化和白人文化的意义关联在这三个人物身上得到了明显的体现。克勒温是有着八分之一毛利血统的白人，从血缘到思想都受两种文化的影响；乔是毛利人，却不得不为白人干活；西蒙是白人，却为毛利人所收养。

《骨头人》的主题包括孤独、暴力和“回家”。在小说中，克勒温选择独自一人居住在荒无人烟的地方，与世隔绝；西蒙因为丧失语言能力，几乎被全世界遗弃；而对乔来说，妻子哈娜和孩子的去世对他的打击是毁灭性的，他终日沉溺于悲伤中。休姆使用了大量的篇幅来描绘他们的精神世界，生动地展示了孤独如何导致了他们彼此之间误解的产生。孤独是现代社会人的通病，这在传统的毛利文化中几乎不存在。毛利人重视家庭关系和社会关系，强调个人对集体的贡献。但是，在这部小说中，有着不同文化背景、来自不同种族的三个人却都深受孤独的困扰。

暴力，尤其是对孩子的虐待是小说的另一个主题。休姆在小说中，对此有着十分生动而具体的刻画与描写。这种虐待有身体层面的，也有精神层面的。例如，西蒙的老师们本应该深入他的内心深处，了解他的真实想法，但是他们没有，而是将西蒙看成个捣蛋鬼，因此迫不及待地开除了他。乔对西蒙的虐待是肉体的，每当西蒙一做错事，乔就对他拳打脚踢，并声称这是唯一有效地和西蒙进行沟通和交流的方法。而当西蒙发现别人无法明白他的意思时，他的应对方式也是暴力的。休姆曾表示，之所以对暴力行为有那么多的描写，正是因为在这部小说创作的年代，暴力行径和对儿童的虐待已经成了整个社会不得不面对的严峻问题，她希望以那些血腥的描写，唤起读者对这个问题的重视。值得注意的是，毛利文化不允许打孩子。因为毛利人认为，这样会让孩子丧失自己的心智和精神力量。而在这部小说中，虐待孩子的却是毛利人乔。休姆想借此说明白人文化对毛利文化某些方面的深远影响，毛利人已经越来越白人化，其后果是灾难性的，“他们已经不再是毛利人了，他们只空留下一副毛利人的皮囊，心里已经没有东西了，他们机械地模仿着白

① Keri Hulme, *The Bone People*, pp. 36-37&49.

人的行为和习俗。外表看起来是毛利人,但他们的内心已经没有一点毛利人的东西了。那时候毛利人都被要求变成白人。"①

《骨头人》另一个鲜明的主题便是家庭观念。在小说中,休姆花费了大量的篇幅,描述了三个主人公如何"回家"的历程。小说开头,克勒温切断了与家人的联系,建了一座塔,自己隐身其间,任何试图同她亲近的闯入者,都会受到她的责骂。此时,她所谓的家在某种意义上成为她通向外部世界的屏障和阻碍。克勒温希望这座塔能成为她的家,但即便是在小说的开头,她也将之称为"一座监狱"。在海滨小屋,克勒温开心地发现自己有种归属感,并欢迎乔和西蒙来到她"真正的家"。当她回到塔楼之后,她精神萎靡不振,身体也倍觉不适。而当她重返海边,命悬一线之时,她却奇迹般地康复了。她意识到家庭的重要性,与家人重归于好。乔有着相似的经历,在小说中,他先后失去了父亲、母亲、怀孕的妻子哈娜和儿子,乔心中充满了对命运不公的愤怒感,而与西蒙沟通上的问题又让他充满了无力感。他觉得自己的人生一败涂地。当西蒙因受到乔的痛殴而拿出玻璃片刺伤了乔时,乔生命垂危,后因虐待罪被判入狱。在狱中,乔对自己的情感和生活进行了反思。出狱后,乔企图自杀,但他邂逅的一位毛利老人玛拉救了他。玛拉守卫着一块神圣石头,他说这是新西兰土地的灵魂所在。玛拉让乔重新认识到了自己的毛利血统,并赋予他守护这块石头的职责。在玛拉去世之后,乔带着石头回到了克勒温和西蒙的身边。可以说,毛利传统文化是乔的精神家园。小说中的西蒙也怀揣回家的梦想。在小说的结尾处,正是源于他希望回家的强烈愿望,他才能够苏醒过来。尽管他患上了健忘症,却在刚一苏醒时,就询问自己何时能够回家。彼时的他尚不清楚克勒温和乔在哪里,但已下决心要去找他们,和他们重聚。历经种种磨难之后,小说中的三个主人公在小说结尾,都实现了自己"回家"的梦想。

《骨头人》的结尾反映了休姆乌托邦式的理想世界:在新西兰,毛利文化和白人文化能够实现共存和融合。休姆不像当代其他一些描写文化冲突或

① Keri Hulme, *The Bone People*, p. 359.

文化间性的作家,如"非洲现代文学之父"、布克国际文学奖得主钦努阿·阿切贝(Chinua Achebe)等,他们完全从后殖民主义角度出发,反对一切白人文化和西方哲学。休姆强调文化的和平共处。在她的小说中,乔和西蒙也可以被视为后殖民语境下的文化象征:乔代表着毛利文化;西蒙代表着白人文化;克勒温作为一个混血儿,代表着二者的冲突和融合。在这样的背景下,这部小说中主人公身患的各种疾病可以被视为各自所代表的文化的病痛。而小说末尾,主人公的团聚可以理解成文化病痛的康复。

休姆在描绘故事人物思想变化的真实形态时,遵循了文化与文化之间发生交互作用的特点,即这种作用绝非由人主观决定,绝非来自人的预想建构,因此她只是把自己当作了"文化与文化之间会建立怎样的意义关联"的"呈现者"。

三、文化间性特质:《骨头人》呈现的文化传统和"视域融合"

文化间性理论认为,某种文化的特定视界在不同的时间点,会表现出对另一种文化不同的指向和侧重。即便是对另一文化的同一方面,不同时间点也会呈现出不同的指向和侧重。一种文化与另一种文化进入彼此视界、受到彼此关注所产生的文化间性,从来都不会是对方文化的整体,而只会是对方文化的一些"侧面""部分",而这些"侧面""部分"是通过自身作为"他者"的存在"证明"了对方文化的存在,且往往是对方文化所需求的。通过对文化间性的分析,我们可以发现作家在作品中所发掘出的文化传统的传承与变迁,以及作家的文化身份选择。

如前所述,休姆一直以毛利作家自居,虽然"她只在假期中去过她母亲亲戚的毛利居住区,但她说:'地球上我最爱的莫过于这个地方。这是我心灵停泊的土地。'"①在《骨头人》中,休姆将她所理解和热爱的毛利文化呈现给读者。《骨头人》是一部以英文写成的毛利文学作品。在《骨头人》中,休姆一方

① 虞建华:"民族文学 vs. 全球化",第 106 页。

面从语言形式上呈现毛利文化,如小说的女主人公克勒温经常用毛利语进行思考,小说中有着大量的毛利语。克里・休姆附上注释以方便读者阅读和了解。另一方面,她的小说中有着很多的毛利传说和神话故事。

在《骨头人》中,休姆呈现了毛利文化的方方面面。但她最看中和强调的是,毛利文化中的一些传统思想。她所呈现的毛利文化的"侧面"和"部分",是她认为最能吸引白人读者所关注的内容。与此同时,她也努力向毛利同胞传递白人文化的思想和传统。

毛利文化十分看重家庭、家族和部落。他们对族人聚首的时刻十分看重。毛利人有着极强的家族和家庭观念。如在小说中,乔的堂兄本整天待在家里的农场上,默默地帮年迈体弱的父母干活。乔的亲戚都不认同他对西蒙的暴力行为,但他们都自觉地承担了照顾乔和西蒙的责任。比如,瓦拉哈寇和玛拉玛是乔的叔叔和婶婶,在乔心目中,他把他们当成了自己的父母。玛拉玛充当着西蒙祖母的角色,照顾着西蒙,对他甚至是溺爱的。瓦拉哈寇总是在乔感到沮丧时,对他如何抚养西蒙提出建议。乔的另一个堂兄皮里,总是在乔喝醉的时候,帮他照顾西蒙。当他发现乔虐待西蒙之后,严正地发出警告,并威胁乔要带走西蒙。这些细节都与传统的白人文化大相径庭。以人本主义为核心的欧洲文化,强调个人至上。而在《骨头人》中,休姆则极力向读者传递着集体主义的思想。她甚至通过西蒙对痛苦和暴力的忍耐来传达这样的理念:群体的利益(三人的良好关系和可能的家庭重组)永远居于个人的需要之上,这与毛利传统文化中看重对部落的忠诚不谋而合。

在《骨头人》中,有多处关于毛利神话的描写。毛利人强调精神生活和精神世界的重要性,而这在白人文化中几乎已消失殆尽。《骨头人》书名的由来,可以归结于毛利文化中"骨头代表祖先"这一思想。毛利人认为,在自己所处的物质世界中,他们祖先的精神无处不在。上帝、祖先和当今的世人在创造"现在"中都扮演着自己的角色。所有的人,都只是基因链条上的一环。休姆在描述克勒温如何从重病中康复时,特别强调了祖先在精神支持方面的作用。在《骨头人》中,有多处超自然元素的描写。如克勒温能听见石头说话的声音,西蒙能看到人周围的灵光。石头是毛利文化的重要元素,新西兰的国石是绿石。克勒温说石头是毛利的“沉淀者”,玛拉守护的石头包含着新西兰的精髓。西蒙能听见普通事物发出的轻微声响,看见脸上画着蓝条的毛利老人。音乐在毛利人的生活中发挥着举足轻重的作用,对毛利人而言,音乐是表达感情的一种方式。克勒温为西蒙作词作曲并弹唱,表达对西蒙的爱。

毛利人则往往关注白人文化中对他们的生存和发展产生影响的要素。休姆从两个方面对此进行了描写。从物质层面看,白人文化所推崇的享乐主义和物质至上的思想,对毛利人的生活环境产生了巨大的影响。当克勒温驱车前往海边时,她注意到那些需要几百年时间才能成材的罗汉松已经被砍掉,取而代之的是生长迅速的松树,能够满足人们赚钱的需要。从精神层面看,将白人文化强加给毛利人带来了灾难性的后果。在传统毛利文化中,每个成员都有着自己明确的定位,都能为集体做贡献。而殖民主义打破了这样层级分明的结构,白人为了获得毛利人的土地,总是从思想上麻痹他们。失去了土地的毛利人只能进入工厂打工。他们逐渐发现,要想得到社会的认可,就必须抛弃自己的毛利传统,接受白人的文化准则和行为规范。占据主导地位的白人文化控制了所有成功和权力的象征。毛利人在白人世界中的地位越高,他所放弃的毛利传统就越多,他也就越远离毛利人群。通过对乔的描写,休姆向她的毛利同胞表明,毛利人已经越来越都市化,越来越依赖物质条件。在这个过程当中,他们牺牲了自己与毛利文化、毛利族群甚至是与家人的联系。

文化间性强调,在一种文化进入另一种文化时,彼此会关注的往往不是文化的整体,而总是一些“侧面”和“部分”,这些“侧面”和“部分”不是由人的主观臆想或随意组合得来,而来自文化自身视界的自为观照,也可以说是文化与文化自然相吸之处。休姆没有将所有的毛利文化传统全部呈现给她的英文读者,也没有向她的毛利同胞展示所有的白人文化精髓,而是呈现给读者来自不同文化的“侧面”和“部分”,正如她自己所言:“懂得两种语言就像长了一双眼睛和耳朵,你能以不同的方式看待问题。”[①]德国知名学者卜松山教

① 虞建华:《新西兰文学史》,第277页。

授指出,跨文化交流的关键就是要努力“选取一个介于两种文化之间的立足点”,通过这个立足点,可以超越自身文化的界限,同时还能进入其他文化的“意味视界”[①]。休姆就具备了这种文化间性的思维,同时还找准了这个“立足点”。她没有将所述文化作为自成一体的系统看待,而是力图通过“对该系统尽可能客观、详尽的描写,去揭示它与其他文化的关联”[②]。

四、结语

跨文化传播使得两种文化之间发生了交互作用,这必然带来各自文化传统的动荡。当休姆以“他者”的眼光审视新西兰文化时,就是“双重视域”的融合过程。对毛利人而言,她是代表白人文化视域的“他者”,而对白人来说,她又是代表非白人视域的毛利文化。在休姆再现毛利的历史、神话和传奇以及白人文化的现实、创伤和困境时,这两种视域互相融合,进行了文化对话。《骨头人》这部小说,同时荣获颁发给毛利作家的飞马奖(The Pegasus Award)和颁发给英语作家的布克奖,就是对其间性思维及其在小说中呈现的间性特质的最大肯定。

---

① 王才勇:“跨文化语境中的中国文化——由卜松山教授上海系列讲演引发的思考”,《社会科学》,2004年第3期,第119页。

② 王才勇:“文化间性论要”,《江西社会科学》,2007年第4期,第43页。

《魔法人家族》中的诡异叙事

俞莲年①

摘要： 新西兰著名儿童文学作家梅喜的代表作《魔法人家族》以诡异作为其叙事逻辑和美学追求，对儿童文学的题材和技巧做出了大胆的实验性的创造。本文以弗洛伊德的《论诡异》作为理论支点，系统分析并解读小说中的诡异现象的叙事特征，阐述其内蕴的文化和心理价值，说明儿童成长中的心灵与社会的冲突这一主题意义，旨在更好地理解这部作品的艺术特色。

关键词：《魔法人家族》；弗洛伊德；诡异叙事

Abstract: Margaret Mahy, the Children's Literature writer of New Zealand, made an audacious experiment in narrative themes and techniques in *The Haunting*. The present paper draws on the Sigmund Freud's theory of uncanny to present a systematic analysis and reading of the uncanny phenomena represented in the novel. It is to elucidate its cultural and psychological value and interpret the theme of mind Vs. society conflict so that it may help readers understanding the artistic features of this narrative.

Key Words: *The Haunting*; Sigmund Freud; uncanny narrative

新西兰著名儿童文学作家玛格丽特·梅喜(Magaret Mahy, 1936—　)

---

① 俞莲年，安徽大学外语学院副教授，大洋洲文学研究所成员，研究方向是翻译和新西兰儿童文学。

1982年凭借《魔法人家族》[1]一书获得了英国儿童文学最高奖卡内基奖。该故事围绕小男孩巴尼展开:他在一个星期三,碰到了一个四五岁的小娃娃,用沙哑的声音叫道:“巴纳比死了!我会很寂寞的!”并随之消失。巴尼回到家后得知,家族中有一位叫巴纳比的舅公刚刚去世。随后他在拜访巴纳比舅公家时与另几位舅公和祖外婆相遇,从而一步步揭开了斯卡乐家族魔法人的一段秘史。

这部当代世界儿童文学的典范之作,以恐怖作为全篇的情感基调,在当代该题材的小说中较为罕见。因为在当代,儿童作为被成年人保护的对象,鬼魂等恐怖题材常常在当代儿童小说中被谨慎地对待,其恐怖的艺术效果被充分控制。这使得该作的题材显得非常突出,故而也构成了本文所要讨论的中心。

本文以“诡异”为突破口,分析小说中诡异作为叙事结构的宏观布局和小说各种微观意象的建筑材料,指出梅喜所引入的“诡异”诗学和叙事手法使得作品艺术地再现了儿童成长发展中自我和家庭与社会的矛盾冲突,细腻地展现出现代人的精神问题。

一、弗洛伊德论诡异

所谓“诡异”概念,是弗洛伊德在1919年的《论诡异》一文中提出,又译为“暗恐”“非家幻觉”[2]或“神秘和令人恐怖的东西”[3]。弗洛伊德的这篇论文在现代心理分析、文学研究和文化研究中具有重大的意义,是当代研究现代文

---

① 玛格丽特·梅喜:《魔法人家族》,孙法理译,长沙:湖南少年儿童出版社,2008年。

② 童明:“暗恐/非家幻觉”,《外国文学》,2011年第4期,第106—116页。

③ 西格蒙德·弗洛伊德:《论神秘和令人恐怖的东西》,《论文学与艺术》,常宏等译,北京:国际文学出版公司,2001年,第264—302页。这里译为“神秘和令人恐怖的东西”不正确,本文改为诡异。

学中的哥特小说、玄幻小说等文类的基石性的著述。[①] 本文首先回顾弗洛伊德的论述层次，然后归纳出其论点中的四大核心要素，并在下一部分以这四大核心要素为层次，展开《魔法人家族》叙事中的诡异性的论述。

弗洛伊德分三个部分论述了德语 UNHEIMLICH（诡异）的概念。在第一部分，他追究了该词在拉丁、希腊、英语、德语等语言文字中的词源和词义的例子。在第二部分，他以霍夫曼《夜景画》中的短篇小说《沙魔》为例，阐述诡异的表现特点及其与心理历史的关联，探究文学诡异植根于文化和社会的根源。在第三部分，弗洛伊德对前部分文学中的诡异进一步阐述，说明现实中的诡异和文学中的诡异的异同，以及诡异在文化中的各种表现。

在他所着重讨论的第二部分中，弗洛伊德紧扣《沙魔》故事中的各种关键性情节，首先抓住了"诡异"中恐惧的一面，其分析紧扣住故事中"挖眼睛"的事件，说明这种对于失去眼睛的焦虑，类似于童年的阉割焦虑，"从而产生一种格外恐惧的印象，这种印象在我们心中激起奇特而又强烈的情感"[②]。弗洛伊德接着论述，小说中"玩偶复活"的情节，并不是让儿童获得恐惧的体验，而恰恰是儿童的愿望，故而"恐惧的心理"反而是"儿童的愿望"或"儿童的信念"[③]。然后，弗洛伊德重点探讨了"双重角色"和恐惧的关联。所谓的双重角色，依据弗洛伊德的解释，"故事中，通过我们称之为心灵感应的方式，将精神活动从一个人身上跳跃到另一个人身上，更突出了这一关系，因此某一个人同另一个人具有同样的知识、感情和精神。或者说一个人将自己同别人等同起来，因此他迷惑了，不知道他自己是谁，或者用外来的自我置换自身的自我。换句话说，作品中出现了双重角色、人格分裂和自我换置。最后，还有同一件东西反复地出现——在连续几代人中，不断反复出现相同的命运、相同的罪恶，甚至是相同的名字"[④]。随后，弗洛伊德重点结合奥托·兰克的研究

---

① Jo Collins and John Jervis, *Uncanny Modernity*, New York: Palgrave Macmillan, 2008, p. 1-8.

② 弗洛伊德：《论文学与艺术》，第 279 页。

③ 弗洛伊德：《论文学与艺术》，第 281 页。

④ 弗洛伊德：《论文学与艺术》，第 281—282 页。

来说明"双重角色"的问题。"双重角色"在心理发展上本来的作用是"抵制死亡""保护自己",后来成为具有"自我观察""自我批评"和"监视自我"的机制,而且还包括"其他的许多东西"[1]。此外,弗洛伊德指出,"同一东西的不断反复出现"是产生神秘与恐怖的源泉之一,故而纯属"巧合"的东西都产生了是"天定的"猜想和推论。[2] 推究其内在的心理机理,无意识受到"强迫性重复"的原则的控制,这种强迫性的重复源于本能的冲动,而且很可能为本能所固有,这种强迫性很强烈,而且可以超越快乐的原则,给思想的某些方面注入魔鬼的性格特征。[3] 弗洛伊德进一步从泛灵论的角度来论述"诡异"的文化心理根源,特别是人类对死亡的认识和恐惧。[4]

在该文的第三部分,弗洛伊德进一步探讨"诡异"的其他问题。弗洛伊德指出自己的总论点是,诡异源于"某种熟悉的但是受到压抑的东西"[5]。然后,弗洛伊德将实际经验中的诡异感和文学中的诡异感进一步地加以区分。在实际生活中的诡异感,来源很简单:或者与"思想万能,愿望的即刻满足、损害他人的神秘力量和死而复生有关",或者"源自阉割情结和孕育幻想"等等[6]。与之相对的是,文学作品中的诡异,要比实际中的诡异来得更深刻和丰富,由于其存在文类的规约和叙事情境的不同,从而其诡异的效果要更为突出。

通过对弗洛伊德论文的回顾,关于诡异,我们可以得出至少四个方面的结论:第一,诡异是一种以恐惧为核心,包含诸如不熟悉中的熟悉等各种情感的心理现象;第二,诡异的心理根源在于心理的压抑机制,是被压抑的熟悉的物或事件的持续不断地回归;第三,双重角色、性格分裂等是诡异心理产生的重要来源和模式;第四,诡异也源自泛灵论和人类对于神秘力量的幻想,有着

---

① 弗洛伊德:《论文学与艺术》,第282—283页。
② 弗洛伊德:《论文学与艺术》,第284—285页。
③ 弗洛伊德:《论文学与艺术》,第286页。
④ 弗洛伊德:《论文学与艺术》,第288—291页。
⑤ 弗洛伊德:《论文学与艺术》,第291页。
⑥ 弗洛伊德:《论文学与艺术》,第296—297页。

文化上的根源。

二、《魔法人家族》的诡异

弗洛伊德的这四种论点对于阐释诡异的心理现象有着重大的理论价值，也为我们解读《魔法人家族》的诡异现象提供了解读的钥匙。从弗洛伊德的视角来看，梅喜的《魔法人家族》中诡异叙事元素贯穿小说的整个叙事进程。但是弗洛伊德的四个方面的诡异，在小说的叙事进程的不同阶段，发挥着不同的作用。

首先，诡异起始于泛灵论的文化。小说的开篇就以“鬼”对主人公巴尼的呼唤开始。小说一开篇即提到：“一个普通的星期三，巴尼突然觉得世界好像翘了起来，正往四面八方掉下去。他知道鬼又要来了。”①叙事者以“普通”二字即预告了后面的不普通，整个世界的变形与鬼的出现，凸显出儿童主人公的不同于其他人的意识世界，同时诉诸泛灵论的世界观。然后，“鬼慢慢从空气里露了出来：是个娃娃，很小很小，只有四五岁，正在使劲往外露”②。这里，叙述者有意模糊是自己的可靠的客观叙事，还是小主人公意识世界的情景，让读者产生犹疑的心理。随后，鬼反复叙说：“巴纳比死了！”“巴纳比死了！我会非常寂寞的！”③话语的重复与语言节奏的紧凑，进一步营造出恐怖的气氛。然后叙事者诉诸主人公的视觉，具体描写鬼的动作：“它开始左右摇晃，像罗盘上那根心不在焉的针，找不着北，却在乱晃。”“鬼随即像螺旋桨一样转了起来。起初很慢，然后就越转越快，最后只剩下空中的一片模糊的亮晃晃的金色了。鬼旋转得更快了，连颜色也转得没有了，只有一片隐约的闪光，别的一律消失。然后，旋转停止了，平常的空气覆盖过来。”④这里鬼的异乎寻常

① 玛格丽特·梅喜：《魔法人家族》，第1页。
② 玛格丽特·梅喜：《魔法人家族》，第2页。
③ 玛格丽特·梅喜：《魔法人家族》，第3—4页。
④ 玛格丽特·梅喜：《魔法人家族》，第4页。

的动作,如“旋转”“闪光”“消失”等,为我们构建了一幅明显不同于活人的景象。而鬼魂的出场和离去,为小说提供了叙事情景和诡异的叙事基调。“鬼魂”的存在还表现为各种类似于超自然的事件的发生。比如在祖外婆家里,巴尼翻书时发生的诡异事件:“咦!就在他面前,就在这本剪贴簿上,一个穿蓝色天鹅绒的娃娃出现了。那娃娃的鬈发不是像烟雾一样消失到空气里,而是扎扎实实地印在纸上。”“书页顶上开始出现书写的字,字迹很清楚,圈来绕去地写着,有一只看不见的手在写着。”这是一种类似于神迹的行为,说明鬼魂具有超越活人的超自然能力,故而能让活人产生类似于阉割的焦虑和恐惧。而当小巴尼的耳畔再次响起了:“巴纳比死了!巴纳比死了!我会非常寂寞的!”[①]更是鬼魂希求陪伴的热烈倾诉。小说对于泛灵论式的诡异叙事首先表现在对于鬼的证实和证伪中。用弗洛伊德的分析就是,这种死亡和鬼魂所营造的诡异气氛,反映了人对死亡的原始恐惧,而且还暗示了一个古老的信仰,即死去的人成了生者的敌人,寻找机会要把这个人带走,同他一起分享新生活。这也是叙事作品中,小巴尼反复担心的,由于克莱尔快要生孩子了,巴尼就害怕,如果他冒昧告知自己的继母,惹她生了气,她生孩子时就可能死掉,因为小巴尼的妈妈就是生他时死的。[②] 所以说,这种泛灵论的生死观潜藏在人的心理中,反复出现,从而构成了诡异感的要件。[③] 这种诡异的要素不仅存在在鬼魂的叙事要件上,还表现在作品中柯尔舅公的巫术、魔法和思想万能的片段中。小说在走向结尾时,魔法人柯尔舅公受到克莱尔的置疑,向所有人展现自己的魔法:当时克莱尔边上的书中出现了一幅画,“一个毛毵毵黑乎乎的多脚的东西从书本上爬了出来,奔跑着,咬啮着,朝她(克莱尔)的脸扑去。克莱尔尖叫了一声,打掉了柯尔手上的书,那蜘蛛样的东西似乎在空气里消失了。掉到地上的书页照样对着房间翻开,完全是普通的印刷

① 玛格丽特·梅喜:《魔法人家族》,第34—35页。

② 玛格丽特·梅喜:《魔法人家族》,第102页。

③ 弗洛伊德:《论文学与艺术》,第290—291页。

品。”[①]这是一种完全能够无中生有，通过魔法将自己的任何思想转化为现实的超自然力量，特别是当俗世的普通人企图向这种力量挑战时，这种超自然力量在没有任何驯化的条件下，恣意妄为，构成对普通人的绝对威慑，造成了神秘而又可怕的精神压制，从而产生出诡异的气氛来。

其次，诡异源自被压抑事物的反复回归。小说中，围绕着压抑编织的矛盾冲突，主要发生在作为孩子的巴尼和以祖外婆、舅公为代表的成年人之间。对小主人公而言，他的压抑又围绕着“鬼魂”这一事件，压抑的力量来自成人世界。对鬼魂世界的害怕是孩子的天性，但是在真实遭遇了鬼魂时，小主人公却一再压抑自己的认知，原因在于没人能够相信他的这一遭遇。换言之，他对鬼魂事实的不肯倾诉，主要原因在于他所体验到的泛灵世界与现代世界中成年人通常保持的无神论世界的冲突。由于成年人具有解释世界的权力，造成了儿童对于泛灵世界的描述被忽视和漠视的结果。小说中，小主人公对鬼魂事实的压抑出现多处。在第二章，当小主人公回到家后，“往大椅子上一靠，又觉得舒服了。他无法把那鬼和它反复说的话解释清楚。没人会相信的。这种怪事他也不愿老去回忆。多少是为了把鬼忘掉吧，他又望了望家里的人。他们那平常的样子让他觉得满意”[②]，甚至于这种压抑起到了效果，“躺在床上的巴尼再也没想到舅公（不管是活的、死的，甚至放错了地点的），就连鬼也没有想”。但是旋即，这种压抑的事物，再次回归——“可他在心里却感到了一个怪东西……那东西在颤抖，在伸展，像个蝴蝶在从蛹里往外挤，试图展开它那折叠好的翅膀。一个画面正在努力形成，一张脸正在努力露出，可他一睁开眼，那东西又消失了。再闭上眼，那展开的过程又耐心地重新开始”[③]。这一诉诸视觉形象的描述与上一章中的对鬼的视觉形象的描述有所出入，上一章是真实的视觉所见，这里则是心理所见，是外界影像留在内心并进行加工处理后的回归。这种回归伴随着睡眠和梦境反复出现，其实就是逃

① 玛格丽特·梅喜：《魔法人家族》，第132页。
② 玛格丽特·梅喜：《魔法人家族》，第13页。
③ 玛格丽特·梅喜：《魔法人家族》，第19页。

脱理性的监审,是被压抑后的反抗。小说中多处提到小巴尼在入睡过程中企图防止可怕事件的再次出现。“他开始思考自己会不会做噩梦,这事他以前没想过。他有过恐怖的回忆,而未来的梦又在等他,他觉得自己受到了两面夹攻,便对着枕头沉重地叹了一口气。然后他就躺在黑暗里,闭上眼睛,尽量不往前想,也不往后想,一心只盼早点能睡着。可是他通常疲倦时的漂浮感却没有了,被站岗守卫的感觉代替了。梦即使来了也可能因为答不出口令,被自己赶走。一条条光带在他眼皮后的黑暗里闪烁,像缓慢燃放的焰火,朦胧依稀,使他无法产生睡意。”①“站岗”“守卫”“口令”等等都是心理监视机制的隐喻。而这种先压抑后回归的反复出现伴随着叙事的诸多环节。在小说第三章,叙述者说:“鬼的事实当然还在,有如记忆里的一个伤口。他只为了回忆那感觉,又想了一下,仍然感到不愉快。但那事毕竟已成过去,就像在学校里的某些倒霉日子一样。这种事你只能决心忘掉。”②小主人公感受压抑的另一个原因是他对继母克莱尔的保护。由于自己的生母是在生育自己时死去的,故而他有种对母亲的愧疚感。而自己此时所喜欢的克莱尔正怀孕多时,随时待产。

于是,小说中对小主人公巴尼的“压抑”采取了多种途径的解决方案,最终导致其压抑事件的转换并指向其他的压抑事件,在新的叙事图景下实现诡异气氛的转折和延续。小主人公从鬼魂那里经受的压抑,主要通过其小姐姐塔比莎来进行沟通,实现与成人社会的意识互动,并为解释巴尼的遭遇和压抑的来源提供了助力。从表面上,原叙事中的塔比莎是一个聒噪、爱幻想的小女孩,但是她的这种特点是叙事情节推动的最不可或缺的力量。她打破自己与巴尼不告诉任何人的协定,与舅公盖伊沟通,揭开了家族史上的重大的隐秘,即“他们这个家族是一个魔法人的家族的事实”③。依据盖伊的解释,他们家族中每代人都会有一个男性成为魔法人。当他们的母亲,即巴尼的祖外

① 玛格丽特·梅喜:《魔法人家族》,第45页。

② 玛格丽特·梅喜:《魔法人家族》,第21页。

③ 玛格丽特·梅喜:《魔法人家族》,第72页。

婆,知道自己的孩子柯尔是魔法人时,采用高压的手法,希望驯服他的魔法:"我的妈妈深信自己的意志力会取得成功。她以前一次也没失败过。我从开头就相信,她真正缺少的正是她认为对柯尔最好的东西。但是时间长了,柯尔仍然想做什么就做什么,从没有失败过,妈妈害怕了,而她不能忍受的东西正是害怕。她开始残酷地惩罚柯尔,仇恨他。一个怀着仇恨的家庭是会慢慢地毁灭它的成员的。我们都受到了那场对抗的伤害,但我们无法离开,因为尽管柯尔具有最可怕意义上的自由,我们其他几个弟兄仍然受到妈妈非常严厉的管束。她要我们在场,也许是为了帮助她取得胜利,也许更多的是为了观看她的胜利。她需要征服柯尔,需要她的征服有人欣赏,有人喝彩,我估计。"[①]其后在多次驯服无效,而柯尔毅然决然地成为魔法人时,母子最终反目,于是"第二天柯尔就不见了,我们感到屋子里空落落的,再也没有电流在它的墙壁上流动。不久以后,在南方的一条河上发现了一个少年的尸体,妈妈辨认后说那就是柯尔,我那魔法人弟弟。柯尔就这样消失了"[②]。直到巴纳比死去之后,他们才重新发现,原来柯尔并没有死,几十年来一直和他最好的兄弟巴纳比保持着通信关系。于是乎,原先缠绕巴尼意识中的鬼魂的压抑源头被合理解释为家族斗争的故事,是母亲与孩子的势力较量产生的遗留性后果。原先隐藏在家族中压抑与被压抑的暴力事实,成为揭开巴尼遭遇鬼魂困扰的事件的源头,而且原来的压抑事由置换为自己的魔法继承人的身份之谜。

再次,小说的诡异元素在小说的后半部分开始以小主人公的双重人格作为一个主要的维度展开。尽管如塔比莎所言:"巴尼跟柯尔不同,他想的是做普通人。"[③]但是由于巴尼天生的魔法人的特质,以及柯尔舅公对他一步步的诱导,特别是他自己对自己魔法人身份的顽强抗拒,导致了他双重人格和分裂人格的多次出现,使得叙事中的恐惧成分随着进程的推进呈现出新的变

---

① 玛格丽特·梅喜:《魔法人家族》,第 81 页。

② 玛格丽特·梅喜:《魔法人家族》,第 83 页。

③ 玛格丽特·梅喜:《魔法人家族》,第 83 页。

异。叙事中巴尼对于自己的双重性格和双重身份的矛盾,先是他自己茫然不知,但却由塔比莎观察到。塔比莎在向盖伊舅公叙说时,指出:“我觉得那鬼不是在跟着巴尼,而是在巴尼的身子里。每过一段时间你都能在巴尼脸上发现一种迷茫的表情。有一回我正面望他,才发现他的眼神变化很大,已经不是迷茫,而是凶狠了。很像是别的什么人在用巴尼的眼睛望着我。”①这是从他者的视角来佐证主人公巴尼双重人格的出现。其后他人格分裂的特征特别体现在他得知自己身份后照镜子的环节中。当他照镜子时,看到了自己魔法人的样子时,原文是这样叙说的:“等到他的眼睛跟镜子里影像的眼睛相遇时,他却吃了一惊。他发现他望见的眼睛并不是自己的。那眼是圆的,金褐色的,跟他的一样,但那是斯卡乐家魔法人柯尔的眼睛,猫头鹰式的,带着野性。再细细一看,又发现连那脸也不全是自己的。很相像,但仍有差异。眉毛要直一些,更像是特柔伊的,而不像是他的。”这里对于眼睛的“白描”,将眼睛形容为猫头鹰式的眼睛,典型地符合弗洛伊德对于“邪恶的眼睛”是诡异情节的重要元素的论述。尔后,镜子中的形象对巴尼自己说:“巴尼!”“你看……我们是弟兄,是超时间的弟兄。”②这样,自我的影像与自我形成了两极的反差。自我对于镜中的形象产生了距离性的认识,一方面极度抵制与镜中的影像合二为一,另一方面镜中的影像又在呼吁自我与这一影像合二为一。这是典型的双重人格的表征,事实上是借用了王尔德笔下的道连·格雷的镜中观察自我的情景。随后那个声音接着说:“请你别……”“我不过……不过想……现在,我马上就走。”于是“镜子表面火花一闪,影像恢复成巴尼自己,一张歪曲的遭到痛苦折磨的脸,在镜子里显得丑陋,与柯尔那野性的强横的目光几乎同样令人吃惊”③。这又是自我在竭力遏制刚才所鄙夷的自我的影像之后,回复到原先自我的过程,但是其“痛苦”“丑陋”恰是刚才的自我留存给此时自己的痕迹。然后,巴尼反忖道:“从第一次被鬼缠住到现在,他还没

① 玛格丽特·梅喜:《魔法人家族》,第76页。
② 玛格丽特·梅喜:《魔法人家族》,第112—113页。
③ 玛格丽特·梅喜:《魔法人家族》,第113页。

有感到过比眼前更严重的恐怖。因为他觉得自己只是一件外衣，一件夹克，柯尔舅公可以想穿就穿，想脱就脱，随便使用。他感到自己尽管裹着毛毯却还冻得发抖，同时内心也恐怖得快要融化了似的。一想起黑暗和睡眠，他就害怕。对眼前的一切，他恨不得一无所知。”①这里把自己比喻成柯尔舅公“想穿就穿，想脱就脱，随便使用”的“一件外衣”“一件夹克”，这是退回了原初自我的视域，对于自我无法控制自我的恐惧、震惊和无可奈何。

最后，诡异是一种包含恐惧、熟悉等各种情感的颇为吊诡的表达心理状态的词。正如弗洛伊德所说，诡异，并不仅仅是神秘的或者是恐怖的事情引发的情感，可能正是某种熟悉的事情的不断复现而引发了某种神秘的感觉。这种吊诡的情感在小说中的表现也随处可见。随着魔法人舅公柯尔不断预示着自己即将到来，小巴尼虽然没有与他见面，但是对他的感觉却是真实而又熟悉，这也与柯尔舅公不断地驾驭他的感觉世界有关：“他（指巴尼）不断在自己熟悉的世界里瞥见一些自己从来没见过的土地和事物。有时是一座绿色的圆圆的小山，满山是羊，像雀斑一样，或者像长满了巨大的雏菊一样；有时是风雨交加的海岸线，怒涛拍击着礁石，掀起旋转的咸水与泡沫，为灰色的天空绣出和嵌上瞬息即逝的花边和珍珠。而仅仅在十分钟以前，他看见的还是退潮时留下的辽阔的泥泞，上面满是黑色的道道——那是大动物留下的痕迹，说不定是马。而那些道道却像是拼写的文字，是动物们留下的漫游故事吧，可惜巴尼读不懂。那一切的消失都跟它的出现一样神秘，在它消失之前，巴尼只能狠狠地望着。种种画面出没无常，都是另外的人见到的东西（那人的脚步声通过巴尼传进了寂静的小屋里），都是按照承诺作为礼物送给巴尼的。因为看见的人认为它们很美丽，愿意跟他分享。”②这里柯尔舅公将其感官所经历的事情分享给小巴尼，使得二人的心灵世界呈现出共生共存的景象。需要注意的是这里罗曼蒂克式的看待世界的方式：“巨大的雏菊”，“咸水和泡沫”，“绣出”的“花边和珍珠”，“大动物们”留下的“拼写文字”，这都是基

① 玛格丽特·梅喜：《魔法人家族》，第114—115页。

② 玛格丽特·梅喜：《魔法人家族》，第90页。

于小巴尼对于心灵互通的超自然体认之上,没有恐怖的气氛,充满了美丽和神奇的诡异之气,以至于小巴尼萌发出一种预感:“是,那毕竟是他,不管他是什么样子,他就是在经过一个个的地方向我靠近。他事先送来他的意图,对,不是鬼,倒像是影子,穿越过一个世界,越来越近了。”①“他任何形象都是可能的,我想。但是我认识他那两个手掌和猫头鹰一样的眼睛,声音我也知道。我什么时候都能认出他来,不是认识面孔,而更像是辨别出香味。”②所以,最终,当柯尔舅公出现在他家门前时,“他知道这是他第一次见到柯尔舅公,不是作为一个幻觉,一个梦,一个鬼,而是作为一个现实的人见到他”③。小巴尼丝毫也感觉不到他的陌生,而是某种熟稔。

从以上四点来看,梅喜的《魔法人家族》把诡异作为这部小说中的核心的叙事元素和审美美学加以塑造,成功地调动了各种诡异的叙事技巧,达到了引人入胜的艺术效果。但是,值得一提的是,以如此之长的篇幅来反复营造诡异的艺术氛围,在当代儿童文学中,是较为罕见的。因为,当今社会既以无神论和科学作为主流的意识形态,又强调对于儿童的心理保护,以免在其早期受到过多的恐惧类的心理创伤,所以,以这么强的力度来进行儿童诡异文学的创作,并不太常见。但是许多儿童文学,正如童话和神话,它们的叙述语言是象征和意象,并将之融为一体;它们的性质都接近于梦,接近于一般潜意识的过程,隐藏着难以名状的东西,而且表达着某一类人的自我理解。所以,它们的叙事格局都是从某种困难出发,然后展现出主人公如何与困难相周旋,并描述最终如何克服问题。④

所以,我们在分析这部作品的诡异元素时,也要关注到最终这个事件的解决的含义。事实上,小说的结局中,特柔伊作为正义的一方对柯尔进行制衡,柯尔最终能够和巴尼一家和睦相处,回归家庭,事实上也与自己的母亲达

---

① 玛格丽特·梅喜:《魔法人家族》,第92页。

② 玛格丽特·梅喜:《魔法人家族》,第92页。

③ 玛格丽特·梅喜:《魔法人家族》,第119页。

④ 魏雷娜·卡斯特:《童话的心理分析》,林敏雅译,北京:三联书店,2010年,第2—3页。

成谅解，这其实代表某种心理性的象征，说明心理稳定与各种社会关系和心理内在机制的协调密切相关，从而较为妥善地解决了诡异事件的各种生成因素，使得人能够保持心智的平衡。

不同的声音

——浅析帕特里夏·格雷斯《失目宝贝》的多角度叙事艺术

张玉红①

摘要:新西兰毛利族女作家帕特里夏·格雷斯是新西兰自二十世纪七十年代以来使用英文进行毛利文学创作的重要作家之一。她的多部作品曾在国际上获奖。2008年,格雷斯凭借长篇小说《失目宝贝》(*Baby No-Eyes*)摘取由美国俄克拉荷马大学和《今日世界文学》主办的、美国本土唯一的国际文学大奖——纽斯塔特国际文学奖(2007—2008)的桂冠。作为新西兰最有实力的女作家之一,格雷斯用她的文学创作保护了日渐边缘化的毛利文化。《失目宝贝》出版于1998年,是由四个人物讲述的故事构成的,不同的叙述主体发出了不同的声音,表达了自己的看法,产生了更加贴近现实的叙述效果。本文将从《失目宝贝》的多角度叙事技巧入手,探讨格雷斯的叙事艺术,并分析作者是如何在白人统治的社会中,运用毛利人传统的"口述故事"的叙事艺术来反映毛利人严峻的生活现状、揭露社会中种种荒诞与不公现象的。

关键词:《失目宝贝》;叙事;不同声音;毛利叙事艺术

Abstract: Maori writer Patricia Grace, one of the most important writers, has written about the Maoris in English since 1970s in New Zealand. She has won many international awards for her writing, and in 2008, her novel *Baby No-*

① 张玉红,安徽大学外语学院讲师,安徽大学大洋洲文学研究所成员,研究方向为新西兰文学。本文为安徽省教育厅人文社科重点项目"超越族裔的完整生存——美国、新西兰族裔女性创作研究",项目号SK2015A248。

Eyes won the Neustadt International Prize for Literature ——the only international literature award in the US sponsored by University of Oklahoma and *World Literature Today*. As one of the most competent writers in New Zealand, Patricia Grace protects the increasingly marginalized Maori culture through her writing. *Baby No-Eyes* was published in 1998, and through the use of four narrators, Patricia Grace weaves interweaving family history with contemporary Maori issues. This paper discusses how Patricia Grace explores the narrative structures of Maori storytelling in order to tell her stories in the Maori tradition way and manages to point out the absolute absurdity and unfairness within the bureaucracy without falling into large-scale hatred of all things Pakeha.

Key Words: *Baby No-Eyes*; narrative skills; different voices; Maori storytelling

新西兰毛利族女作家帕特里夏·格雷斯(Patricia Grace, 1937—　)是二十世纪七十年代以来兴起的毛利文学的领军人物。她出生于新西兰首都惠灵顿,从小接受了良好的欧洲传统文化教育,熟谙西方文学及其各种典故,同时也受到毛利古老神话故事的熏陶,在汲取西方文学时善于将其融合于毛利人性之中,并以独特的方式展现出来。她的作品充满着毛利人"口述故事"的鲜明特点,同时又包含了很多当代西方文学小说的形式,描述了各种各样的毛利人形象及其丰富多彩的生活,表达了毛利人的思想意识与价值观念,其叙事风格多样、描写技巧多变,被看作是"特殊的毛利语文学产生、发展过程中一个重要的、关键的人物",获得了大洋洲文学界与欧美文学界的广泛认可。①

从开始创作以来,格雷斯有多部作品在国际上获奖。1975 年出版的小说集《温泉》(*Waiariki*)是第一部由毛利妇女作家创作的作品,获得国际笔会奖

---

① 杨中举:"毛利文化传统与外来文化的承载者——纽斯塔国际文学奖得主帕特里夏·格蕾斯",《外国文学动态》,2010 年第 5 期,第 6—8 页。

(IPEN)——休伯特·丘奇(Hubert Newman Wigmore Church)最佳小说奖。《温泉》共十二篇故事,首尾相接,形成了细致的叙述技巧,特别是毛利口头传统的叙事方式,给人留下了深刻的印象。1994年,其作品《波蒂基》(*Potiki*)获得法兰克福文学奖。2001年,她又凭借《道格萨义德故事》(*Dogside Story*)获得克里雅玛环太平洋小说奖(The Kiriyama Pacific Rim Fiction Prize)和著名的布克奖(The Booker Prize)提名。2005年,小说《图》(*Tu*)赢得蒙大拿新西兰图书奖(Montana New Zealand Book Awards)小说/诗歌类大奖。2008年,格雷斯凭借长篇小说《失目宝贝》(*Baby No-Eyes*)摘取由美国俄克拉荷马大学和《今日世界文学》主办的、美国本土唯一的国际文学大奖——纽斯塔特国际文学奖(The Neustadt International Prize for Literature)的桂冠。

《失目宝贝》出版于1998年,是由四个人物讲述的故事构成的,不同的叙述主体发出了不同的声音,在同一文本空间内交错,表达着各自的看法,丰富着小说的内涵,产生了更加贴近现实的叙述效果,打破了毛利人话语在新西兰主流文学中长期缺失的状态。本文将从《失目宝贝》的叙事技巧入手,探讨格雷斯如何在白人统治的新西兰社会中,运用毛利人传统的叙事艺术来反映毛利人严峻的生活现状、揭露社会中的种种荒诞与不公,并分析她是如何在作品中赋予每个叙述者以充分的自由,不忽视任何一个声音,让毛利人摆脱白人话语的控制,成为自我言说的主体的。

一、"口述故事"——毛利传统的叙事方式

美国黑人女作家托妮·莫里森曾经说过:"我想显示我们语言的美丽;它的韵律,它的比喻,它的诗意……但他们被告知他们不得开口,这就是通常文化如何被边缘化了的。"①作为和托妮·莫里森一样具有双重文化背景的作家,格雷斯在新西兰进行文学创作时也同样面临着如何选择叙事形式的问题。

① 王守信、吴新云:《性别·种族·文化,托妮·莫里森与美国二十世纪黑人文学》,北京:北京大学出版社,1999年,第199页。

毛利人的文化是口述文化,直到近代,毛利人仍然没有自己的书写文字,口头语言是唯一的信息传递方式。对于文化和历史的记录,毛利人主要靠代代的口头相传,其形式主要有演讲、神话、传说和故事等。因此,毛利文学多为口头流传,毛利人用口述故事的方式了解历史,其中既有解释自然和历史的神话传奇故事,也有反映人类智慧的民间传说故事。玛格丽特·奥贝尔曾高度评价过毛利民间故事:"不少毛利故事属于娱乐性质,但不能与现代娱乐形式混为一谈。相对而言,现代娱乐注重现实,比较肤浅,靠新奇取胜。而毛利故事中的人物事件是心理最深层的产物,同神话和其他文化现象一样具有复杂的社会作用。"①

格雷斯认为毛利人故事的主题是关于"爱、友好、家族关系、祖先、人民的重要性、土地、大海和每一个个体的生命精神"②。她坚信毛利人的故事应该由毛利作家从毛利人的视角去书写。对毛利人来说,毛利语是他们的母语,而英语又是他们和外部世界沟通的必需工具。因此,在《失目宝贝》中,格雷斯以英语为原创语言,让书中的毛利人用带着明显的毛利腔调的英语来讲述毛利人的故事,并将毛利谚语和欧洲成语巧妙地融合起来,以毛利族的语言特色丰富了英语的表现力。格雷斯抓住毛利"口述故事"的艺术精髓,通过叙述视角的变换,对小说的中心事件进行反复叙述,展现同一事件在不同人物内心的映射,令文本具备了多种不同的声音,让她作品中的人物自由地出入在这两个不同的世界,打破了毛利人一直以来的被书写状态。

二、"不同的声音"——多角度叙事艺术

毛利人的故事通常从中间开始,然后慢慢向边缘扩散,到达一定程度之后,便会形成新的中心,开始新的故事。正如《失目宝贝》中的一个讲述者塔

---

① 虞建华:《新西兰文学史》,上海:上海外语教育出版社,1994年,第32页。

② Judith Dell Penny, *Turning the Eye: Patricia Grace and the Short Story*, Wellington: Austra DPS, 1997, p. 4.

沃拉(Rawera)所言:"老人们都是这样讲故事的,他们最先讲述的并不是故事的开始,他们讲述的最后一句话也不是故事的尾声。故事从中间开始,逐渐向外部扩散,直到形成一个新的中心,开始另一个故事。"①

和之前的作品《波蒂基》一样,格雷斯让《失目宝贝》中的每个人物,不分角色、年龄、性别、阶级,从各自的立场对过去发生的事情进行叙述。四个叙述者分别讲述了这个看似复杂其实简单的故事,每一个叙述者都是了解这部作品的窗口。《失目宝贝》的故事发生在1991年,其原型是发生在新西兰一家医院里的一个真实的故事:一个毛利女婴,由于父母遭遇车祸,胎死母腹。族人找到女婴的遗体时,发现她的眼睛不见了。经过交涉,白人医生把女婴的眼睛还了回来。围绕这个故事,格雷斯并未采取以时间为轴的线性叙事模式,也摒弃了传统的单一叙述视角,而是代之以多重叙述视角,通过人物视角的增设与转换,用毛利人的独特的言说方式,让"不同的声音"讲述了毛利人的生命故事,剖析了当代毛利人的生存悲剧,刻画了毛利族群的前景,让本来简洁清晰的故事情节变得意蕴深长。

在前言(Prologue)中,《失目宝贝》的主要叙述者之一——尚未出生的塔沃拉在母亲的子宫中介绍了故事的主要人物。母亲特·帕阿妮亚(Te Paania)被描述成一个"青蛙"一样的女人;父亲(Glen)在故事中的缺位从侧面反映了新西兰白人统治者对毛利人执行的种族灭绝政策,壮年男人要么受迫害被关进监狱,要么逃离家园,不知所终;母亲的表兄戴夫(Dave)和马哈吉(Mahaki)这一对同性恋伴侣是家族的保护人;奶奶库娜(Kura)是家族的领导者。除了这些人物,这个家族还有一个夭折了的没有名字的婴儿——"宝贝"(Baby)。

作为《失目宝贝》的主要人物,"宝贝"是特·帕阿妮亚的第一个孩子,因车祸胎死腹中,在医院里被扔进了一个垃圾箱中,后来被人发现,又归还给特·帕阿妮亚,可是婴儿没有了眼睛。当寻找回来眼睛后,库娜奶奶按照毛利族的风俗用丝绸把眼睛包起来,系在了婴儿的肚子上埋葬了。当婴儿的鬼

① Patricia Grace, *Baby No-eyes*, Auckland: Penguin Publishing House, 1998, p. 28.

魂归来安慰母亲特·帕阿妮亚时,她的眼睛在母亲的肚子上留下了阴暗的印记。后来,“宝贝”的弟弟塔沃拉出生,他生来就可以看到姐姐,长大后向姐姐描述他看到的世界。通过塔沃拉的眼睛和一切相关的事物,“宝贝”在自己的家庭和世界中找到了自己的位置。家里的每个成员都接受了“宝贝”的存在,为她在餐桌旁留了一个位置,把她当作这个家里的一员。

《失目宝贝》的核心故事就是塔沃拉和姐姐“宝贝”的关系,以及由此引出的这个家族几代人的故事。毛利人有尊老的传统,凡事讲究长幼有序,所以格雷斯在《失目宝贝》的叙事方面也是按照这一结构来进行的。全书共37章,其中库娜奶奶9章、塔沃拉8章、母亲特·帕阿妮亚13章、马哈吉7章。

1. 库娜奶奶讲述的故事

库娜奶奶的故事以毛利人的土地被白人统治者占有为背景,讲述了关于这个家族的历史。奶奶的形象是毛利文化传统守护者的象征。家族观念是毛利社会结构的中心思想,是指家族本身及其繁衍的大家庭,也是组成一个部落分支的成分,而一个部落分支正是组成一个部族的成分。即使今日,毛利人仍比较喜欢以大家庭形式生活在一起,显示了传统生活模式的持续性。家庭在毛利文化中具有非常广泛的含义,在《失目宝贝》中,所有的相互关心的邻居和有血缘关系的人们都是一个大家庭的成员。虽然殖民统治切断了婚姻与家庭的规则,而且随着都市化的影响,毛利人口之中也出现了不少小型的核心家庭,但是毛利人的家族观念在新西兰却很明显地保留了下来,以库娜奶奶和她的同辈毛利人为代表的老一代毛利人知道如何在隐忍中维持生存,他们希望能够通过对暴力统治的隐忍来维持自己脆弱的文化的完整性。

库娜奶奶管理着大家庭,她能够通过过去的事情思考问题,帮助人们驱邪,给新一代毛利人以希望。她亲手埋葬了失去眼睛的“宝贝”,透过她的讲述我们可以看到新西兰白人对待毛利人的态度,以及毛利人在历史上和当今社会被压迫被欺凌的残酷现实。“宝贝”的父母之所以遭遇车祸,也和白人对毛利人的压迫有关。“宝贝”的爸爸回家质问奶奶,为什么自己身为毛利人,却有着白人的名字。奶奶告诉他毛利人为了在白人统治的社会生存,不得不上白人的学校,说白人的语言,用白人的名字。白人除了剥夺毛利人的土地,还要剥夺他们作为毛利人的其他权利,而他们这一代人大都顺从接受,无法反抗。在和奶奶争论过后,“宝贝”的爸爸情绪激动,在开车回家的路上,遭遇了车祸。

当库娜奶奶说起“宝贝”的尸体被医生当作垃圾扔进垃圾桶时,当她看到医生将“宝贝”的眼睛放在一个塑料购物袋中拿来还给他们时,向来逆来顺受的奶奶也觉得遭受了极大的屈辱,感到医生的话像一把刀子插在她的心上。因为毛利传统文化认为,头颅是无比神圣的,所以毛利祖先经常在战争中将战败者的头颅割下,将眼睛挖掉,侮辱战败者以示报复。医生像装“馅饼、糖果、咸菜、梅子、豆子”一样将“宝贝”的眼睛装在超市购物袋中,这一行为极大地冒犯了这个毛利家族。当库娜奶奶说“宝贝”的眼睛被偷走了时,她告诉塔沃拉,也告诉读者,“宝贝”是白人企图盗取毛利人器官的受害者。后来她用丝绸将“宝贝”的眼睛小心地包裹起来,系在她的肚子上一起埋了,但是对毛利人来说,这种侮辱是任何行为都无法抵消的。[①] 通过奶奶的叙述,格雷斯告诉读者,过去的白人殖民者强占了毛利人的土地,对他们进行压榨;而今天的白人还试图残忍地盗取毛利人的器官,供白人使用。

2. 塔沃拉的故事

特·帕阿妮亚的第二个孩子塔沃拉在“宝贝”夭折四年后出生,他是文中最吸引人的叙述者。作为故事的主要讲述者,塔沃拉将其他几人的故事串联了起来。

作为姐姐的眼睛,塔沃拉替代她观察、向她讲述外部世界的一切,度过了一个特别的童年时代。他是整个事件的观察者,不停地解说着事情的来龙去脉。可是由于在故事的开头,他仅仅是个刚出生的婴儿,他也不明白自己所讲述的故事到底是什么,不知道大人们到底对他隐瞒了什么秘密。他知道家人都很爱他,但是在这个大家庭里他经常感到困惑,甚至是孤单。塔沃拉知

---

① Patricia Grace, *Baby No-eyes*, p. 109.

道很多他本不可能知道的东西，但是他不知道自己和家庭里其他成员的故事。由于事情很难三言两语解释清楚，所以当他想要知道答案时，他不得不学会了解自己家庭和文化的复杂性。

> “好吧，妈妈，”我说，“给我讲讲你和我姐姐的故事吧。她的眼睛被偷走了吗？怎么被偷的？”
>
> “她死于一场交通意外。”妈妈说，“要是我们可以讲这个事故，那我们可有很多话要说了。”
>
> “我们？”
>
> “库娜奶奶和我，我们每个人都可以以自己的方式来讲这件事。你也一样，你要讲述你的那部分。这可能要花很久才能讲完。”①

此时的塔沃拉年仅六岁，似乎正经历着某种幻听，这个声音来自他一个刚出生就夭折，并被医生挖去双目的姐姐。由于白人医生对“宝贝”遗体的不当处置，使得“宝贝”无法像自己逝去的毛利亲人一样入土为安，她的灵魂仍然逗留在活着的亲人身边。关于“宝贝”久久不愿离去的原因，老人们说，她一直待在这个家里，是想告诉他们，她是这家的孙女，是这个大家庭中的一员，不是白人医生装在袋中的垃圾或者食物。

姐姐告诉塔沃拉，因为自己失去了双眼，所以需要他替自己看这个世界并告诉自己他所看到的一切。格雷斯巧妙地抓住了这个年龄段孩子的心理，运用男孩的视角对这个世界不加评判地进行观察，吸引读者进入毛利族群的文化现实——他们具有和去世的亲人进行交流的能力。儿童具有的这种能力在《失目宝贝》里得到具体的体现。我们的视角在不停地转换：一方面，我们感到姐姐的声音作为弟弟的伙伴一直存在，弟弟需要这个伙伴；另一方面，姐姐的存在似乎又成了施与这个家族的一个魔咒。

塔沃拉在故事中是和“宝贝”一体的，密不可分的，他们之间的关系是别

---

① Patricia Grace, *Baby No-eyes*, p. 19.

人无法理解的。塔沃拉关照姐姐,总是在学校的桌椅上给"宝贝"留出空间,在茶桌上也给她让出位子,拥抱时也留有余地。他甚至说过:"当我说'我'时,我总是指'我们'。"①

虽然"宝贝"因一场意外的交通事故而丧命,并且被医生挖去了眼睛,但她的灵魂依然在这个家中。作为姐姐,她用声音控制弟弟,给他下命令,让他遵照自己的意愿行事。她希望弟弟给她解释外部世界的任何东西,包括颜色。塔沃拉八岁时,开始学会使用比喻的手法向姐姐描述这个世界。"灰色给你的感觉,就像你伸出舌头由下至上去舔窗户玻璃时的样子。""深蓝色,就是当你用手使劲将眼睑向下扒,让冷风吹进你眼中的样子。"②

当塔沃拉忘记姐姐的"存在"时,姐姐还会欺负他。"她会抱怨我把她忘了,没有在床上或椅子上给她留出空位。她不喜欢我和别的孩子玩,不让我和别人说话。如果我忘记了,她就会找我的麻烦。"③

有时,姐弟二人还会激烈地争论,尽管经常被旁人置疑在和谁说话,塔沃拉却不愿意透露这个秘密。后来,当他发现自己可以不用说话,在头脑里就可以和姐姐交流时,他兴奋极了。塔沃拉的讲述使读者也同样感受到"宝贝"的存在,而他和"宝贝"的关系将这个毛利家庭的过去与现在联系了起来。

3. 特·帕阿妮亚的故事

"宝贝"的母亲特·帕阿妮亚是连接过去和未来之间的桥梁,她代表了现在。特·帕阿妮亚曾经是一个毛利大家庭的姑娘,她的故事显示出了一个充满力量、智慧、幽默、顽强的毛利妇女身上所承载的特质,凸显了强烈的母爱。

"宝贝"夭折后,虽然特·帕阿妮亚看不见"宝贝"的身影,但是她最早感受到了"宝贝"的存在,一直觉得"宝贝"就在自己身边。所以,当儿子塔沃拉声称自己可以看见姐姐时,她很快就接受了"宝贝"仍然在这个家中的事实,

---

① Patricia Grace, *Baby No-eyes*, p. 79.

② Patricia Grace, *Baby No-eyes*, pp. 135-139.

③ Patricia Grace, *Baby No-eyes*, p. 133.

接纳了“宝贝”的存在。后来，她开始在马哈吉的工作室帮忙，帮助他处理白人盗窃毛利人器官的案件。马哈吉劝说特·帕阿妮亚“去寻找失去的眼睛，去弄清楚到底发生了什么。过去，现在，强取豪夺没有停止过……无论是土地还是海洋……还是坟墓中的战利品……还有眼睛……”①。

故事的结尾，特·帕阿妮亚成了反对器官盗窃的积极人士，她还在一个全球性的反器官盗窃集会上发表演说，用“宝贝”的故事阐释自己反对器官盗窃的立场。在她看来，“宝贝”的遭遇是成千上万个毛利人的必然遭遇，她的厄运绝非偶然的、个别的现实，而是整个毛利民族在这个历史时期的缩影，是整个社会，乃至统治阶级所持的偏见和种族歧视观念的结果。她认为基因对毛利人来说，是祖先留给他们的东西，人们应该像尊重活人一样，尊重并善待毛利人的躯体。同时她强调自己并非完全否定基因研究，而是认为在这件事上，毛利人有权说不。

4. 马哈吉的故事

马哈吉是新生代毛利青年的代表，他在法律上颇有建树，一心想通过法律与当局斗争，立志夺回属于毛利人的、被当局者抢走的土地——“圣地”。他认为年轻一代毛利人应该回到毛利人祖先所居住的村落，与当地议会争夺“圣地”的所有权。他愿意为了毛利后代的生存权而战。他们所居住的土地在政府与开发商的图谋下，面临丧失的危机。许多人发现自己已处于失业状态，毛利人的传统、语言与这片土地的联系失去了，开发商通过各种手段购买他们的土地，这使得毛利人的生活风格面临着商业化的危机。《失目宝贝》中，贯穿始终的情节之一就是以马哈吉为首的毛利人与一伙政府官员关于一块神圣土地的法律“战斗”，毛利人要保护自己的家园，而政府官员试图从这块土地上谋取私利。通过这一情节，格雷斯指出了官僚机构的不公正性与荒诞性。值得注意的是，格雷斯在表现毛利人在面对外来文化的影响时并没有完全持排斥的态度，她并不仇视一切白人的事务，而是从西方学到了一些思

① Patricia Grace, *Baby No-eyes*, p. 188.

想来有效地保护自己。

马哈吉明白作为少数族裔的毛利人的权利是受制于白人殖民统治阶层的。一方面,他要用法律武器为毛利人争夺最后的土地所有权;另一方面,他还要为像“宝贝”这样被盗取了器官的毛利人争取完整的生命权。在讨论医生为什么挖去“宝贝”的眼睛时,戴夫和马哈吉是这么说的:

> “他们想在咱们毛利人身上做实验。”
> “好给他们白人治病。”
> “他们想看看咱们毛利人到底是什么做的。”
> “他们觉得我们是蛞蝓、蜗牛、狗尾巴一类的东西。”
> “他们把眼睛挖了,好给别的孩子用。”
> “也可能是卖给他们,能大赚一笔。”①

年轻一代的毛利人非常清楚地知道白人一直以来对毛利人的压迫和剥夺,他们明白事情的真相,并开始着手去挖掘真相背后的成因。

通过这四个叙事视角,作者将毛利文化融入故事的每一个角落,与一些重要的社会、文化问题结合起来,展现了一个毛利人的家庭故事,以“边缘叙述”来对抗毛利人的被边缘化。她的人物从边缘浮现出来,带着文学话语的复杂意味,寻找通向中心的道路。格雷斯从发生在医院的个人家庭悲剧这个中心开始,让读者和书中的人物一起,通过听“故事”的方式,了解尘封多年的家族沉浮历史,看清社会进程中的族群冲突演变等等,最后到达全球语境下的少数族裔的生存困境这一中心。

---

① Patricia Grace, *Baby No-eyes*, p. 84.

三、历史的重构——逐步唤醒的民族记忆

正如美国民权运动的领袖人物鲍德温所说:“现在的一切之所以有意义全在于过去的存在,而且我们一天不去诚实地评判过去,过去的狰狞面孔就一天不会消失。”[①]对种族压迫的回避与遮掩只会阻碍毛利民族与新西兰社会前进的步伐。重构历史,唤醒失去的民族记忆便成了格雷斯创作《失目宝贝》的重要动机之一。

可是,重构一段被人刻意遗忘的历史是困难的,不仅因为它承载着沉重的内容,更因为开口诉说的困难。格雷斯采用了多角度的叙述方式,让四个人物从不同的角度与出发点,以“不同的声音”阐释和展现同一个事件,即“同样的事件被叙述多次,每次根据不同人物各自的位置现出”[②]。

故事的四个叙述者从不同的角度讲述了发生在毛利人与白人统治者之间的故事,指出政府内部的荒诞和不公,但同时也并未仇恨白人的一切东西。事实上,在作者貌似简单的叙述下,事情的真实面目在某一时刻被揭示了出来,有些嘲讽,有些滑稽,但故事的讲述者的态度却是真挚、诚恳的。历史忠实地记录了发生在毛利人身上的一切,但文学作品却给我们呈现了一个鲜活的、富有生命力的世界,让我们可以探寻这段历史对每个个体、对一个族群所产生的深刻影响。四个不同的视角给出了四种不同的声音,摒弃了以单一声音来建构故事的创作模式,与毛利人“口述故事”的文学传统相呼应。

格雷斯运用“口述故事”的艺术形式一方面可以在与殖民者的主流话语形式的对比中,找到适合毛利人自己的道德与社会的修辞模式;另一方面,“口述故事”是很早形成的民间艺术模式,它承载并积淀了毛利民族深厚的文化精神,体现了毛利人的价值观和道德观。格雷斯以“边缘叙述”来对抗主流

---

① James Baldwin, *The Fire Text Time*, New York: Dell Publishing Co. Inc. Ninth Printing, 1969, p. 111.

② 胡亚敏:《叙事学》(第二版),武汉:华中师范大学出版社,2004 年,第 31 页。

话语对毛利民族的文化殖民,让毛利人从原先的“他者”变成叙事的主体,从边缘走向中心,以“不同的声音”唤起毛利民族被淹没的种族记忆。它显示了爱德华·赛义德所说的弱势民族知识分子有意识的努力:“进入欧洲和西方话语,与之混合,将之转换,使之承认被边缘化、被压制和被遗忘的历史。”①

四、结语

近年来,由于全球化进程的加速,一些少数族裔作家的创作更加关注不同文化间的关系问题,同时,这些表现不同民族文化冲突与混杂问题的少数族裔作家也越来越受到人们的关注。在《失目宝贝》中,格雷斯从毛利人的视角进行创作,写毛利人社会与外界社会之间的关系,其作品承载着本土文化与外来文化,不仅向世界传播了别具特色的毛利文化,而且向毛利人世界真切地传达着西方外来文化,试图探索不同文化相互理解、混合而又各自独立发展的文化存在方式。这在全球化进程中无疑具有重要意义,也当引起学界的深思。

① 杨仁敬等:《美国后现代派小说论》,青岛:青岛出版社,2004年,第287页。

新西兰毛利战争小说

张青① 张明②

摘要：新西兰毛利战争是毛利人为了对抗英国政府于十九世纪六十年代发起的"毛利国王运动"，这是毛利人对土地受到来自殖民者日益增长的威胁做出的强烈反应。战争时断时续地进行了近十年，虽然规模不大，但种族之间的冲突开始表面化。毛利战争为新西兰文学创作提供了宝贵的素材，并产生了一些形式不同、风格迥异的文学作品。早期毛利战争小说写法粗糙、观点偏颇、艺术成就不高，十九世纪末便逐渐淡出人们的视线。直到二十世纪五十年代，毛利战争小说才重现新西兰文坛，其中不乏较有影响的作品。

关键词：毛利战争；战争小说；种族冲突；文学创作

Abstract: New Zealand War is "Maori King Movement" made by the Maoris against the British government in 1860s, which is the violent reaction of the Maoris to the increasing threats from the colonists to the Maoris' land. Although the war continues from time to time on a small scale, the conflicts between the Maoris and the white become obvious. New Zealand War provides valuable source materials for its literary creation, and some literary works come into being with various forms and styles. The early novels about the war are not true literary achievements because of awkward writing and extreme opinions, which leads

---

① 张青，文学硕士，合肥师范学院大学英语教学部教师。

② 张明，安徽大学外语学院教授，硕士生导师。

to their disappearance in the end of the 19th century. Up to the 1950s, the war novels reappear in the literary world of New Zealand, of which there are some quite good works.

Key Words: New Zealand War; war novels; racial conflict; literary creation

一、引言

在新西兰历史上,对其产生重大影响的战争有三次:毛利战争、第一次世界大战和第二次世界大战。第一次世界大战对新西兰人来说是为宗主国尽孝道,并为此付出惨重的代价,使殖民地与宗主国之间在政治、经济、文化等方面产生严重分化。第二次世界大战期间,新西兰同样经历了艰难的历程,新西兰军人的足迹遍及欧、亚、非三大洲,功不可没。而毛利战争则是十九世纪六十年代发生在欧洲殖民者与本土毛利人之间的一场旷日持久的战争,断断续续近十年,战争规模虽不大,但种族之间的冲突开始表面化。毛利战争为新西兰文学提供了难得的素材,产生了一些不同形式、风格各异的作品,其中不乏较有影响的文学精品。

二、十九世纪毛利战争小说

毛利战争第一次战役于1860—1861年发生在塔拉纳基,1863年又进行了第二次战役,直到1868年莫图罗战斗之后,战争才基本平息。战争的直接原因是殖民者想占有土地,这使他们不可避免地与毛利人发生冲突,再加上社会、文化的差异,更使冲突加剧,战争以殖民者征服毛利人而告终。这一时期描写战争的作品,大多以纪实为主,时而交织着虚构的故事,但笔工粗糙、观点偏激,难以产生持久的影响。

塔拉纳基战役结束前,H. B. 斯托尼(H. B. Stoney)少校出版了《塔拉纳基:战争的故事》(*Taranaki:A Tale of the War*,1861)一书[1],该书被认为开创了新西兰小说的先河,并为这一时期的战争小说奠定了基调。作者主要以毛利人与欧洲人争夺土地的史实为创作素材,将真实的军事冲突和虚构的爱情故事结合起来,血腥的战斗场面、多情的白人女子、野蛮的毛利武士,以及失实的土著神话交替出现,犹如一盘东拼西凑的大杂烩。对斯托尼来说,战争使殖民化进程放慢了步伐,但他在小说结尾所说的话,表明英国人的新西兰之梦最终会实现:英雄们将再次把荒废的土地变成鲜花盛开的田野,把损毁的住所变成新的幸福家园。由此可见,这部作品并非历史性的,而是预言性的。另外,小说一味追求新奇刺激,回避社会问题和文化冲突,蓄意丑化毛利民族,因此,艺术价值不高。

类似的作品还有约翰·菲汤(John Featon)的《最后的怀卡托人》(*The Last of Waikatos*,1873)[2],事实与虚构的界限模糊不清,以致有人认为这是对怀卡托战役的真实描述。1863 年,英国卡梅伦将军向怀卡托地区进军,旨在削弱塔拉纳基毛利军队的兵力,建立一个奥克兰周边的安全地带,占领怀卡托富饶的土地,扩大英国对毛利人的管辖权。《最后的怀卡托人》鼓吹对毛利人的毁灭战争,宣扬宗主国的侵略行径。作者像斯托尼一样,在书的结尾憧憬一片辉煌的未来:当地人现在已完全明白,新的领地很快被欧洲人殖民,道路四通八达,人人满怀信心地期待未来。菲汤真正史诗性的作品是《怀卡托战争》(*The Waikato War*,1923),但仍然存在偏见性的记述。

新西兰早期的毛利战争小说大致有一个模式,作者们争相模仿:一个当军官的主人公,一个毛利公主,或一个白人女孩,部落之间互相争斗,一两个毛利祭司,几起军事行动,令人毛骨悚然的喊叫,令人憎恶的欺诈行为。这一类小说包括:伊米利亚·马里亚特(Emilia Marryat)的《在毛利人中间》(*Amongst the Maoris*,1874),约翰·怀特(John White)的《本土毛利人》(*Te Rou*,

---

① 虞建华:《新西兰文学史》,上海:上海外语教育出版社,1994,第 60 页。

② Roger Robison & Nelson Wattie, *The Oxford Companion to New Zealand Literature*. Melbourne:Oxford University Press,1998,p. 566.

or *The Maori at Home*,1874),以及 R. P. 惠特沃思(R. P. Whitworth)的《毛利侦察兵》(*Hine-Ra*,or *The Maori Scout*,1887)等①。这些作品缺少对社会和民族问题的深入探讨,缺乏对毛利人的真正同情和理解。

也许 J. H. 克比(J. H. Kirby)的《亨利·安克拉姆,新西兰最后一战的故事》(*Henry Ancrum*,*a tale of the last war in New Zealand*,1872)②是一部有所不同的作品,既反映战事,又反映歌舞娱乐、社交晚会、时尚交际的殖民生活。主人公亨利与艾迪丝相爱,参加过塔拉纳基和怀卡托两次战役,成为毛利人的俘虏,差点移情于毛利女孩。小说虽说是战争题材,但战争似乎只是爱情故事的背景。

然而,早期也有两位作家创作了特色鲜明的毛利题材作品,深怀对毛利人的同情。一位是 F. E. 梅宁(F. E. Maning),其《新西兰北方战史》(*History of the War in the North of New Zealand*,1862)③被视为毛利主题和战争小说的经典之作。作品通过一个毛利首领希基的武士之口,叙述弗来斯塔夫战役中毛利人和欧洲人之间的冲突。作者从毛利人的视角反映欧洲人对毛利人的误解,以及他们的所作所为引起毛利人的困惑,战争场面描写出色,情感表达隐约含蓄,表现出对毛利人的恻隐之心。另一位作家是 J. E. 戈斯特(J . E. Gorst),其作品《毛利王》(*The Maori King*,1864)④分析了新西兰的社会和经济形势,描述了毛利人和欧洲人迅速恶化的民族关系,并表达毛利人要求自治的强烈诉求。作者与毛利人关系密切,了解他们的生活习惯,理解他们的思维方式,因此,能够塑造毛利人的真实形象,反映他们的真实情感。小说中的毛利人不再脸谱化,他们有血有肉,性格各异,这是作品难能可贵的成功之处。

新西兰这一时期的文学作品大都是由英国的一些出版社发行,其目的是把娱乐和教育结合起来,而在这两方面,战争和历险为年轻人提供了展示勇

---

① 虞建华:《新西兰文学史》,第 62 页。

② Roger Robison & Nelson Wattie,*The Oxford Companion to New Zealand Literature*. Melbourne:Oxford University Press,1998,p. 566.

③ "Fredrick Edward Maning",http://en. wikipedia. org/wiki/Fredrick_Edward_Maning.

④ 虞建华:《新西兰文学史》,第 62 页。

气和胆量的机会。A. A. 弗雷泽(A. A. Fraser)的《毛利首领的继承人》(*Raromi*, or *The Maori Chief's Heir*, 1888)和 H. B. 马里奥特·沃岑(H. B. Marriott Watson)的《蛛网》(*The Web of the Spider*, 1891)就是这类作品的代表。[①] 就连英国殖民主义者 G. A. 亨泰(G. A. Henty)也写过一部新西兰战争小说《毛利人和殖民者:新西兰战争的故事》(*Maori and Settler: A Story of the New Zealand War*, 1890),[②]虽然没有摆脱一贯遵循的模式,但故事情节跌宕起伏,使主人公在走投无路时,又柳暗花明。

有些小说以战争为名,但主要还是叙述毛利人和殖民者之间的各种矛盾引发的冲突,以及日常生活见闻。罗伯特·H. 司各特(Robert H. Scott)的《毛利酋长的女儿》(*Ngamihi*, or *The Maori Chief's Daughter*, 1895)[③]开篇描写毛利人的共性和迷信,并常在故事情节发展中插入各种不同的见闻,其中包括:地震、温泉、火山、猎杀野猪、航海逸事、滑稽演员、谋杀传教士、营救白人女孩等。虽然作者声称事件的描写直接来自第二次毛利战争期间所写的日记,但是小说中除了偶尔可以看到血腥的战斗场面以外,很少有战争的踪影。

罗尔夫·博尔得里伍德(Rolf Boldrewood)的《殊死战斗,坦加塔毛利人》(*War to the Knife*, or *Tangata Maori*, 1899)[④]对毛利战争开始前有大量的描述,但主要还是叙述具有贵族血统的主人公马辛杰移民新西兰,后来加入了文·坦普斯基领导的丛林突击队并与他并肩作战。文·坦普斯基是德国探险家和艺术家,投笔从戎,组织了一支丛林突击队。1868 年,在夺取泰·纳古图·奥·泰·马努要塞与塔拉纳基首领迪托克瓦鲁的战斗中,文·坦普斯基战死沙场。作者把他描绘成一个传奇式的英雄,而毛利人则是骁勇善战的敌人,

---

① Roger Robison & Nelson Wattie, *The Oxford Companion to New Zealand Literature*, Melbourne: Oxford University Press, 1998, p. 567.

② Roger Robison & Nelson Wattie, *The Oxford Companion to New Zealand Literature*, p. 567.

③ "Robert H. Scott", https://en.wikipedia.org/wiki/Robert_H._Scott.

④ "Thomas Alexander Browne", https://en.wikipedia.org/wiki/Thomas_Alexander_Browne.

更具讽刺意味的是毛利战争被比作不列颠人为保卫自己的家园,反对罗曼人的侵略。

德国作家雷弗·约兹·斯比尔曼(Rev. Jos. Spillmann)的《爱你的敌人》(*Love Your Enemies*,1891)①在德国弗莱堡出版。主人公帕特里克·奥尼尔被毛利武士打伤,昏迷中他喃喃呓语一个毛利基督徒曾说过的话:爱你的敌人。意识清醒后,他觉得这场战争不公平……毛利人多半是被人无耻地欺骗了,他们在为保卫家园而战。故事结尾,毛利人和帕特里克这样的白人纷纷来到教堂的怀抱,这正是爱敌人富有成效的结果。

三、二十世纪毛利战争小说

二十世纪初,毛利战争似乎与国家农业和平发展没有什么关联了,直到1911年,詹姆斯·科万(James Cowan)出版了《金布尔·本特历险记:新西兰丛林野外生活的故事》(*The Adventures of Kimble Bent*,1911)一书。② 作者认为这不是一本小说,但从副标题可以看出,作品意在为历险故事开拓市场。书中虽有很多史实,但与上述讨论的许多小说没有什么区别,只是处理手法上更加自然。一个有印第安血统的美国人脱离了英国军队,被毛利人俘虏,成为他们的武器专家,并与他们一道同自己的战友打仗。作品从一个参战者的角度和立场,令人信服地讲述了迪托科瓦鲁的战斗故事。

在毛利战争题材的小说中,威廉·萨切尔(William Satchell)的《翠石门》(*The Greenstone Door*,1914)③成功地把虚拟人物和历史人物巧妙地结合在同一个故事里。小说的背景是十九世纪三十年代移民开始到十九世纪六十年代毛利战争结束这段历史,重现了乔治·格雷这样的一些历史人物,反映了

① Roger Robison & Nelson Wattie, *The Oxford Companion to New Zealand Literature*, p. 61.

② Roger Robison & Nelson Wattie, *The Oxford Companion to New Zealand Literature*, p. 115.

③ 虞建华:《新西兰文学史》,第76页。

毛利社会以及毛利人的生活，描写了白人少年塞德里克·特雷贾森的成长历程。他在毛利人中间长大，成年时恰逢毛利战争，被迫加入殖民军同毛利人作战，交战双方他都有朋友阵亡，情感陷入极度痛苦之中。由于作品偏重叙述、偏重说教，忽略了人物性格塑造，因此，在评论界评价并不高，但却受到一代又一代读者的欢迎。

除了这些零星复活的战争小说以外，二十世纪前半叶毛利战争题材作为创作主题几乎不见踪影，直到二十世纪五十年代末，利奥·福勒（Leo Fowler）的《棕色冲突：白人和毛利人的故事》（*Brown Conflict：A Tale of White Man and Maori*，1959）①打破了几十年的沉寂，引发了一批毛利战争小说重现文坛。福勒模仿萨切尔的叙事手法，故事的叙述人同样处于冲突双方中间，但作者微妙地打破两者之间平衡而倾向毛利人的立场。由于作品冷峻的严肃性和学术性的腔调，令许多读者失去兴趣。

随后，奥尔加·斯特林费洛（Olga Stringfellow）的《玛丽·布拉文德》（*Mary Bravender*，1960）、弗兰克·布鲁诺（Frank Bruno）的《纳古图的黑色午时》（*Black Noon at Ngutu*，1960）和多萝西·伊登（Dorothy Eden）的《睡在丛林》（*Sleep in the Woods*，1960）相继出版。《玛丽·布拉文德》②中也有这样一个人物蔡斯·彭德米斯，他既是毛利首领的知交，也是殖民政府的朋友。玛丽是个苏格兰女孩，移民新西兰，并卷入毛利战争。她厌恶蔡斯这样两面讨好的人，但最终消除了误会，走到一起。这与类似的爱情故事有所区别，它使较为严肃的主题在感人的叙述中得到很好的展现。《纳古图的黑色午时》③讲述殖民军围攻毛利头领迪托克瓦鲁在塔拉纳基的要塞泰·纳古图·奥·马努的故事，作者布鲁诺曾经是个拳击手和机枪手，他的作品在文字上颇有特点，总

---

① Roger Robison & Nelson Wattie, *The Oxford Companion to New Zealand Literature*, p. 568.

② Roger Robison & Nelson Wattie, *The Oxford Companion to New Zealand Literature*, p. 517.

③ Roger Robison & Nelson Wattie, *The Oxford Companion to New Zealand Literature*, p. 75.

是以猛烈的头韵敲击读者的大脑。伊登的小说《睡在丛林》①具有哥特式的叙述风格,反映一个两极化性别关系的社会,充满男性暴力或武力威胁。作品从女性角度出发,认为她们很难理解男人的行为和言语,在梦魇般的偏执世界里,她们分不清敌友,终究只能成为男人的附属品。小说描写战争场面很少,惠灵顿名少追求毛利女佣的爱情故事成为作品后半部的主题。

埃尔罗·布拉思韦特(Errol Brathwaite)的三部曲:《飞鱼》(*The Flying Fish*,1964)、《针眼》(*The Needle's Eye*,1965)和《罪恶的日子》(*The Evil Day*,1967)②是重新认真处理毛利战争题材的作品。《飞鱼》描写十九世纪六十年代的塔拉纳基战役,叙述人威廉姆斯是贯穿三部曲的中心人物,他是隶属文·坦普斯基领导的丛林突击队的骑兵队队长。主人公威廉·菲普斯由于战争所迫加入了骑兵队,读者可以通过这个虚构的人物了解战争真实的形势进展。在《针眼》中,威廉姆斯和他的骑兵队加入了卡梅伦将军的队伍,小说详细描写了怀卡托河沿岸殖民军与毛利人之间爆发的旷日持久的战争,同时反映了威廉姆斯作为一个部队指挥员的内心矛盾和冲突,主要表现在对毛利人的同情和对军事行动的谨慎上,战场变成了精神和道德的雷区。威廉姆斯在《罪恶的日子》里已经退休,过着平静的市民生活,但又被召唤去援助打击毛利头领迪托克瓦鲁的军事行动。战场上,威廉姆斯与迪托克瓦鲁棋逢对手,虽然战争最终以毛利人失败而告终,但殖民当局也做出一些让步。作者对战争的描写不是一幅不白即黑的图画,而是对不同观点和认识表示不同程度的同情。

詹姆斯·桑德斯(James Sanders)在《丛林之火》(*Fire in the Forest*,1975)③中也是以文·坦普斯基和他的丛林突击队为素材,虚构一个从"野蛮

---

① Roger Robison & Nelson Wattie, *The Oxford Companion to New Zealand Literature*, p. 158.

② Roger Robison & Nelson Wattie, *The Oxford Companion to New Zealand Literature*, p. 69.

③ Roger Robison & Nelson Wattie, *The Oxford Companion to New Zealand Literature*, p. 473.

的毛利人手中解救一个被俘的欧洲人的传奇故事”。对于青少年读者来说，桑德斯在“丛林突击队”里塑造了一个15岁的少年英雄，但在一些描写战争的儿童读物中，令人印象最深刻的是R. L. 培根（R. L. Bacon）的《号角再次吹响》（*Again, the Bugle's Blow*, 1973）①，小说让一个当代毛利男孩鲁阿滑入时间隧道，进入毛利战争年代，经历了传奇的奥拉考战事，作品中过去和现在的穿越对青少年读者具有强烈的吸引力。

其他毛利战争题材的作品还包括：基思·阿伯登（Keith Aberdein）的《总督》（*The Governor*, 1977）②，作品是在电视脚本的基础上加工，把新西兰总督乔治·格雷的一生小说化，并从政治的角度叙述战争。雷·格罗弗（Ray Grover）的《科克战争：纳加蒂托人和英国使团，一段历史的陈述》（*Cork of War: Ngati Toa and the British Mission, an historical narrative*, 1982）③有插图说明，带有详细的脚注和长长的文献。故事的叙述人娶了一个纳加蒂托姑娘，在冲突双方的夹缝中惴惴不安且留心观察地生活，他的叙述听起来像个二十世纪的历史学家，对毛利人的看法具有明显的倾向性，作品偏重于对惠灵顿地区紧张局势的处理，而对塔拉纳基或怀卡托战役着墨不多。

1986年，三本书的出版表明了对毛利战争的新态度。詹姆斯·贝利奇（James Belich）的历史小说《新西兰战争与种族冲突维多利亚式的演绎》（*The New Zealand War and Victorian Interpretation of Racial Conflict*）④深入地审视了以前的记述，明确指出毛利人为什么经常在战斗中获胜，他们其实离赢得战争非常之近。作者还仔细检查了对于这些冲突报道的方法，提供了一段不是针对战争而是有关战争观念的历史。莫里斯·谢德博特（Maurice Shadbolt）

---

① Roger Robison & Nelson Wattie, *The Oxford Companion to New Zealand Literature*, p. 36.

② Roger Robison & Nelson Wattie, *The Oxford Companion to New Zealand Literature*, p. 568.

③ Roger Robison & Nelson Wattie, *The Oxford Companion to New Zealand Literature*, p. 568.

④ “James Belich”, https://en.wikipedia.org/wiki/James_Belich.

的《犹太人的季节》(*Season of the Jew*)①是新西兰重要的历史小说之一,作品通过一个当兵的作家之口,重述了特·库蒂领导的毛利人暴动,并重新评价了毛利人暴动及其后果,以及白人殖民者及其政府。威蒂·依希玛埃拉(Witi Ihimaera)是一位毛利作家,他的《女族长》(*The Matriarch*)②则是一部政治性很强的小说。女族长是个美丽、机智、冷酷的毛利妇女,她的奋斗目的就是要推翻白人的统治,在反抗殖民者的斗争和重新夺回家园的战斗中,被视为神一般的人物,小说使毛利战争再次成为新西兰广泛讨论的重大历史问题之一。

四、结语

新西兰毛利战争小说虽说数量不多,但也不乏一些文学精品。就二十世纪初期与后期的作品而言,无论是依希玛埃拉的《女族长》还是谢德博特的《犹太人的季节》都没能像萨切尔的《翠石门》那样避免种族倾向,保持心态均衡。《翠石门》通过塞德里克的叙述,试图在毛利人和白人之间寻求一种心理和道德上的平衡。《犹太人的季节》通过一个士兵之口,讲述英军指挥官比格斯少校的家庭灾难,明显带有亲白人的倾向。而《女族长》则有意回避血腥描述,似乎要证明一切后果都是由白人侵占毛利人的土地造成的。这些差别充分说明对于战争的观念,对于毛利人和白人关系的看法,白人作家和毛利作家之间还存在一些分歧。

---

① 虞建华:《新西兰文学史》,第318页。

② 虞建华:《新西兰文学史》,第272页。

南太平洋文学系列研究

——南太平洋长篇小说发展的力度

王晓凌① 刘玮②

摘要：本文是继南太平洋文学短篇小说述评之后南太平洋文学系列研究的又一不可或缺的重要部分——南太平洋文学长篇小说发展的力度。论文首先对南太平洋长篇小说发展三个阶段作一论述，即从初始阶段的以作家自身经历为体验的自传素描式的作品发展到以模仿性创作为中心的创作兴盛时期以及近年来发展的既吸纳了西方思想的精华又保留了其民族特色的独特创作，显示了这一新兴而又年轻的文学发展历程；随后在此基础上，重点对当代西萨摩亚著名作家温特独树一帜地打破单一线性叙事将神话引进现实，为读者打开多维视角的创作风格进行了评析与探讨，以表明南太平洋长篇小说的发展已日趋成熟；最后通过对温特运用象征式的美学手法和寓言式叙事手法高超糅合的创作技巧的探讨，显示南太平洋长篇小说在对艺术美感追求的同时，不仅能够突出耐人寻味的隐喻和寓言性内涵给人以思考，而且穿插运用的一些具有其本民族特色的叙事技巧如讽刺、谚语和玩笑等创作手法，使得南太平洋长篇小说的思想内涵和创作技巧都更具有南太平洋文学独特

① 王晓凌，安徽大学外语学院、安徽大学大洋洲文学研究所教授，硕士生导师，主要研究方向为圣经研究、西方文化和大洋洲文学。

② 刘玮，美国俄亥俄大学硕士研究生，主要研究方向为比较文学。

的艺术魅力及其彰显力。

关键词: 南太平洋;长篇小说;发展;象征;寓言;力度

Abstract: Following the review on South Pacific short stories, this paper is another indispensable and important part of the serial study of South Pacific literature—the dynamic development of South Pacific novels. This paper, at first, describes three phases of its development: initially, writers produce their works in autobiographical type based on their own experiences; then, it thrives to a new developmental phase which features imitative writing; recently, a distinctive writing comes into being, combining the essence of western thoughts and national characteristics. These three phases point to the progressive development of this flourishing and young literature. On the basis of this overview, this paper then puts its emphasis on the most distinctive modern Western Samoan writer Wendt who breaks through linear narrative by allowing the myth to shine upon reality so as to open a multi-dimensional perspective for readers. His writing marks the near maturity of South Pacific novels. Finally, by discussing his aesthetic technique of symbolism and allegorical narrative, this paper aims to show that in its pursuit of artistic beauty, South Pacific novels also imply thought-provoking metaphorical meanings. Besides, its unique aesthetic appeal also finds expression in some narrative techniques like satire, proverbs and jokes with national flavor. Therefore, South Pacific novels have made achievements in both profound thinking and creative techniques.

Key Words: South Pacific; novels; development; symbolism; allegory; dynamics

一、南太平洋文学长篇小说概述

众所周知，区别短篇与长篇小说的不同之处就在于“短篇小说是道德与心灵暴露的艺术，而长篇小说则是道德心灵演变的艺术”①。换句话说，短篇小说虽能准确地展示出对人物心理的观察，但它最多只能简要地成为一篇象征性的陈述或只能揭示作者人生观的某一方面，而长篇小说由于篇幅较长，不仅可以有时间、有空间来表现人物内在心理的复杂演变过程、人物性格的发展和表露作者本人的世界观，而且还是集故事、神话、逸事、骑士浪漫、寓言说教及战争史诗各个历史时期等的一个综合体。纵观南太平洋文学的问世与发展，南太平洋长篇小说大致经历了这样三个发展阶段。

第一阶段：以作者自身经历为体验，以自传素描形式进行的创作。这一时期的作品主要有巴布亚新几内亚作家毛利·基基的《一生中一万年》(*The Thousand Years in a Life Time*, 1968)和西萨摩亚温特的《回归祖国的儿子》(*Sons of the Return Home*, 1973)等。巴布亚新几内亚英语文学创作的开端，应以 1968 年艾伯特·毛利·基基发表的自传《一生中一万年》为标志。此书 1968 年由帕尔·马尔先于伦敦在墨尔本出版，这部作品代表了巴布亚新内亚甚至代表了南太平洋岛屿的人民第一次向全世界发出了勇敢自信的谴责殖民主义统治的呼声。基基在作品中以恬静而朴实的文笔描述了一个偏僻边远的森林中成长起来的新内亚人的形象：一个十岁男孩突然被拉进教会学校上学，接受全然陌生的外国教育，蒙受欧洲人的凌辱，最后认识到新几内亚的现实，投入了决定祖国命运的洪流中去。这本书当时在澳大利亚引起各种有趣的反响：一些人不相信新几内亚人竟能写书，而殖民者却对之怀疑甚至抱有敌意。有人认为此书“咄咄逼人”“尖锐刻薄”，甚至把基基定为“激进分子”。而在大学和文学界，这本书却引起同情者极大兴趣。这本书对巴布亚新几内亚人民来说，无疑是一个重大突破，它提醒新几内亚年轻一代，他们不

① Mark Schorer, *A Critical Anthology*, Englewood Cliffs: Prentice Hall Inc., 1950, p. 433.

仅有责任而且也有能力管理自己和世界的事务,在其后的五年中,人们亲眼看到越来越多的新几内亚作品,从遍及全国的学校里源源不断地涌现出来。

温特的《回归祖国的儿子》出版于1973年,是以南太平洋大学为中心的西萨摩亚的第一部长篇小说,这部小说的付梓问世,不仅开创了萨摩亚小说的历史篇章,也进一步地深化和升华了这一题材。小说以自传体为主,描写了主人公去新西兰留学,由于和白人姑娘恋爱而遭到固守萨摩亚传统观念父母的坚决反对,最后被迫与家庭彻底决裂的故事。该书深刻地反映了种族矛盾与两种文化冲突的矛盾。

第二阶段:南太平洋文学在经历了早期以自传为主的小说创作之后,又进入了一种以模仿性创作为重心的创作时期,随着民族与民主运动的深入发展,这一时期的作品主要反映的是新旧两种文化与两种生活方式的冲突。

在巴布亚新几内亚长篇小说创作方面,毕业于巴布亚新几内亚大学的文森特·埃里,由乌利·贝伊埃尔一手扶植,于1970年出版了巴布亚新几内亚第一部长篇小说《鳄鱼》(*Crocodile*)。小说集中反映第二次世界大战前巴布亚新几内亚乡村人民生活,着重描写了主人公霍伊里在新旧两种生活方式的冲突中个人思想的发展过程。这本共收两部八章,第一部四章展示了主人公少年时代的乡村生活及他对白人理想世界的憧憬;第二部四章写他成人以后,几次接触到"理想世界"的残酷现实,最后成为新旧两种社会矛盾冲突的牺牲品。作品标题寓意书中抢夺成性的假慈悲者实际上就是强食弱肉的鳄鱼。但这部小说却受到某些评论家的非议。

把基基的第一部自传体小说与埃里的第一部长篇小说相比较,不难发现,两部作品表现的是同一个主题,即向世人展示出巴布亚新几内亚真实的生活画面和改变白人对巴布亚新几内亚人及其生活方式的曲解。基基描述的是,在白人离开的地方,巴布亚新几内亚人站起来了;而埃里则通过性格内向的霍伊里把笔墨触及巴布亚新几内亚人内心的深处。基基表现的是,在殖民政治骚乱中,巴布亚新几内亚人的力量和适应性;埃里表现的则是巴布亚新几内亚人内在的脆弱性。显然,后一部作品进入更深层次的描写和探讨。

长篇小说创作在沉寂了八年之后,巴布亚新几内亚作家拉塞尔·索阿巴的《孤寂》(*Lusman*)于1978年问世,它主要描写了巴布亚新几内亚独立前夕一些青年男女进入大学前后的生活发展的三个阶段。作品通过他们之间性格的迥异、思想的悬殊以及各自不同的人生观,反映巴布亚新几内亚知识分子对民族独立的渴望与追求,展示独立前期那种从迷惘、困惑到最后觉醒这一痛苦转变的思想心态。这部小说由于表现的是独立前后知识分子迷茫困惑的心态,对于一般读者来说似乎有些难懂。正如作者在小说开端的第一句就写道:"我仰卧着,两腿伸直,默默地观察。"作者花了近七年时间写出的这部作品开始的这句话是窥探小说的内涵之门,结尾时作者又前后呼应了这句话"他仰卧着,两腿伸直,双臂展开"。随后,五十来岁,现任巴布亚新几内亚研究院院长约翰·柯利亚又发表了《已故的巴布亚先生》(*The Late Mr Papua*, 1974),通过描写巴诺伊·萨塔坞罗牧师的一生,对巴布亚新几内亚的制度、信仰、风俗习惯以及某些人物进行了机智而又玩世不恭的嘲讽。他的作品还有《一次强迫性的展览》(*A Compulsive Exhibition*,1978)、《沿河上溯到胜利汇合点》(*Walking Upstream to the Confluence of Victory*,1978)、《我那勉强传道的教士》(*The Reluctant Missionary*,1978)、《接近村庄》(*Close to Village*,1979)和《传统是这么说的》(1979)。这些作品展现了巴布亚新几内亚各种生活的画面,作者无论对过去还是对现在一律加以嘲讽。

这一时期以南太平洋大学为中心的其他岛屿国家也有值得一提的作家。所罗门群岛的作者约翰·萨纳纳的《变迁》(*Alteration*,1970)是一部中长篇小说,它具有某些小小说、短篇小说的特征,同时也具有可以扩大为一部长篇小说的潜在能量。小说长达三万四千字,并带有十八幅插图,作品通俗易懂。就其形式和主题这两个意义来看,《变迁》也意味着一种不断的变化,它伴随着一系列有限的情景而发展着。《变迁》主要表现在四个章节中:主人公玛杜鲁的军校生活,回到村子后的生活和他在普林斯·艾德华德学校的生活以及在西班牙旅馆反对种族歧视的情景。在这些章节中,萨纳纳彰显了他把叙述与戏剧性的行为以及长篇小说这一形式融为一体的潜在能力。总之,作者的兴趣既不在人物上也不在情节上,而小说的情节是由平行的几个事件组成,其都为扩大和强化主题而服务,像一篇短故事一样,中篇小说描绘出作者生活观的一个方面。显然,它需要较大一些的空间和时间的跨度来强调意识中这一重要的变化。

第三阶段:随着社会的发展,这一时期显示了多元交叉的文化背景。大多数作家由于都接受过西方的教育,所以一些作家能够从所接受的西方教育的高度来审视本民族的文化和文学。于是有些作家在本土文学创作的基础上能够借鉴西方外来文化的精华,使文学创作产生质的变化并能达到寓言的水准,因而表明南太平洋文学创作已进入成熟期。

这一时期,比较突出的长篇小说主要有西萨摩亚著名作家温特的《黑暗》(*Poululi*,1977)和《榕树叶子》(*Leaves of The Banyan Tree*,1978)。《黑暗》这部长篇小说带有寓言性质。作品描述的是耆年之际的主人公法莱阿萨这个家族族长,为了寻求自由,同时又想仍然能够控制家族的权力,以装疯卖傻为起始,最后终于沦为李尔王式的悲剧人物。作者在这部作品中力图采用超现实主义的创作手法来表现主题,即把古老之神话传说与当今的社会现实融为一体进行大胆的尝试,为作品赋予寓言的性质。

温特于1978年又出版了长篇巨著《榕树叶子》,这部巨著奠定了温特在南太平洋文学中突出的地位,并在世界范围内产生了广泛的影响。这部作品描写的是一家三代五十年的历史,作者截取了西萨摩亚一个乡村部落的侧面,描写了西萨摩区古老生活方式及其观念与外来殖民主义生活方式不可避免地形成两种激烈的思想冲突,小说是以开辟出来的"榕树叶子"种植园来命名的。从原始的灌木丛中开垦出能够带来金钱利益的种植园,这本身意味着对古老传统的摈弃,对新兴资产阶级利欲的追求,小说自始至终都贯穿着金钱、地位及权力的激烈竞争。作者把主人公的儿子塔巴依洛佩佩的人生置于三代人之中来描写,其祖父托阿萨是古老传统和权威的象征,他寄予厚望的孙子佩佩虽是个叛逆父亲的嫉俗者,可又没有能力和勇气来改变现状。小说通过年长的托阿萨之口向孙子佩佩讲述了有关"狮子与鬼"的古老神话故事。实际上,这是作者从历史—哲学的宏观上,把现实与神圣的历史并置,让历史的时代与神话的时代融为一体。瞬息读者看到,历史嘲笑着年长的托阿萨和年轻的佩佩竟成为"同时代的人",而同时现实中塔巴依洛佩佩却成为神话中被嘲讽的对象。这部小说是以两条主线来表达主题的,作者以现实主义的手法描述了一个家族的兴衰史,同时又以超现实主义的手法由年长的托阿萨来讲述神话的故事,实际上托阿萨一死,对佩佩意味着失去了中心,对萨佩佩则象征着已经分裂的世界将进一步解体,这种神话隐喻现实,现实遁入神话,不仅体现了作者独特的风格,也显示出一种魔幻的魅力,以使作品寓意深刻。作者以此使这部小说不落俗套,独辟蹊径,在西方文学和民族文学之间创造出自己独特的风格。作者在创作手法上,有意打破那种严谨的基调,通过佩佩撰写自我意识的小说而把瞬息即逝的意识流完全当作一种延续不断之客体来表现,并获得成功。这些都足以反映达到寓言水准的南太平洋文学的发展已日臻成熟。

二、南太平洋长篇小说成熟的标志——独树一帜的温特

在概览南太平洋长篇小说发展的基础上,我们可以通过对西萨摩亚作家温特创作风格的评析与探讨窥视到南太平洋长篇小说发展的成熟。艾伯特·温特(1939—)是当代西萨摩亚著名的作家和诗人。他是一个带有日耳曼血统酋长的儿子。十三岁去新西兰学习,最后在那儿获得历史硕士学位,1965 年返回西萨摩亚,任阿皮亚的萨摩亚学院院长。他以其瑰丽多姿的艺术作品和蕴涵丰富的创作特色,创造了独具风格的萨摩亚小说。他既善于汲取本民族文化的珍贵遗产,又善于借鉴外来文化的精华,从而奠定了他在西萨摩亚文学上的杰出地位,并蜚声于世界文坛。他的作品和创作风格,不仅表现了近年来南太平洋文学的风貌,而且也体现了当代文学的某些新意识与新手法。其独树一帜的创作风格体现如下三个特征:

空虚意识的表现:作家温特是个带有日耳曼血统的萨摩亚酋长儿子,温特在新西兰北岛度过长达十二年的留学生活。这一段侨居国外的学习生活,对温特的创作生涯起了极为关键的作用。在这一期间,他在思想上经历了一段孤独、惆怅、空虚和痛苦的思变过程。其本人曾感叹道:“对被西方剥夺了

灵魂的人来说,理性的孤独感竟给人以如此的痛苦。”[①]

温特在其第一部小说《回归祖国的儿子》中就把自身的体验融入作品中,这部小说描写的是一位萨摩亚的年轻人,在新西兰留学时由于和一位白人姑娘爱恋而遭到其固守萨摩亚传统观念父母的坚决反对,迫于其父母的压力,他虽回到了萨摩亚但最终还是毅然地挣脱了犹如十九世纪僧侣般的家庭锁链,奔向了新的生活。显然,在温特所塑造的这个人物形象的身上,无不显现着潜藏于作者本人意识深层中的那种孤独、困惑的自身感受。在这里,作者自身的心理意识作为情感与意识的潜流,自觉不自觉地渗透在所刻画的人物形象之中,而且这些感受也无疑地制约着对人物形象的选择和塑造。实际上,这部小说主人公“儿子”的尊严,并不是来自犹如史诗般庄严的萨摩亚传统,而是由于现实的冲突所引发的精神危机。在他们举家刚刚迁居新西兰时,主人公的母亲就开始把编织得犹如史诗般神圣庄严的萨摩亚传统灌输给“儿子”。可当二十年后他们全家再回到萨摩亚时,他的父母才发现,“儿子”已变得不可救药了。对主人公“儿子”来说,萨摩亚已不再是“宇宙的中心”,那些神圣世界的英雄都已成为历史人物,而他又发现了另一个崭新的“神圣的中心”。这时,主人公“儿子”已把对传统祖先的崇拜变为对一种乌托邦式的渴求。其实,这体现了作家本人在历经了困惑痛苦的思变之后,透过那史诗般完美的世界,看到了另一个不完美的现实世界。“儿子”的形象正是作家本人受其深层意识中那种渴求个人尊严和自我醒悟的反抗精神以及向往自由意志和人格力量的内在动因的驱使所构成。同时,作者在其后一部作品《榕树叶子》中的塔加塔这个人物身上也发现了这种空虚意识,他同样也被广袤的熔岩所包围,并且发现了“一种长在熔岩缝的小植物,就像有趣的故事从你石头的心上冒出来一样”[②];而《榕树叶子》中第三部里中出现的加卢波这个重要人物,同样也受到空虚意识的影响,所以他想成为一个“医治者”。加卢

① Albert Wendt, *Flying-Fox in a Freedom Tree*, Kyodo: Shing Loong Printing Industries Pte Ltd, 1974, p. 132.

② Albert Wendt, *Flying-Fox in a Freedom Tree*, p. 135.

波说："当人的眼睛睁开朝内窥视时，人们发现内心空虚得什么都没有，那时他就会真正地闭上眼睛。就像佩佩已经做的那样，我也会那样做的。"①

实际上，纵观先前所述的主题，我们可以看到，源于史诗般世界的那种最质朴的意识在作家温特艺术追求的一开始便被击破了。他在《一封信》中以神话和历史的分离来做一暗示：作品《儿子》与《一封信》中的作者分别暗示的是萨摩亚和新西兰。对于这两者来说，萨摩亚不再是"宇宙的中心"或"宇宙神圣的中心"，世界也是个不再神圣和完美的宇宙，而主人公"英雄"这个历史学家却在荒芜地上发现了他"神圣的中心"。显而易见，这个空虚的概念在《一封信》中开始用小"v"这字母表示，而在其后来的创作中就直接用了一个大写的字母"V"，使它成为与虚无同一个概念。

神话传说的运用：用神话传说来拓宽意境、丰富内涵是温特创作中一个引人注目的特色，也是其小说富有艺术魅力的一个重要原因。古往今来，采用神话传说作为一个完整的故事情节来构思作品，并不鲜见。但在温特的笔下，神话不仅作为一种艺术手段和艺术形式构成作品故事情节的有机组成部分，而且还作为整部作品的一个提纲挈领的契机，为情节的展开与完成起着重要的铺垫与推动作用，这一技巧的娴熟运用，充分显示了作者艺术手法的新颖、独特和富于表现力。神话寓意着哲理，历史是现实的一面镜子。温特在作品中，善于用超现实主义的手法来描绘一些神话传说，他通过把虚拟和现实融为一体，用神话来影射现实。作者用这种手法使作品蕴藉了丰富的内涵，揭示了深刻的哲理。下面我们来看一下作者是如何运用这一手法体现其创作的。

我们首先来看一下，在这一地区广为流传的玛乌依的传说。相传，在神与人之间徘徊的半神半人的动物并具有各种非凡才能的玛乌依，当他看到人类的苦难与荒唐时，便从神那儿偷了大种，并拖出一块土地供人类生存，作为赐给人类的礼物。依传说，"玛乌依"的传说一直没有一个确切的说法。相反，这一事实却给了温特创作的自由空间，使他能够按照他自己的各种设想

---

① Albert Wendt, *Leaves of The Banyan Tree*, Hawaii: Longman Paul Limited, 1978, p. 363.

来构思玛乌依的传说,并从适合他艺术构思的原始材料中来筛选和突出那些特性。既然玛乌依的传说可以适应各种不同变换的环境,那么温特在其所有的小说中都可从寓言、模仿等各种角度去自由地发挥。玛乌依传说在其作品《一封信》中,被缩减为集中在玛乌依试图去征服死亡女神,但最终以自身的死亡而告终,以表明人类追求永恒这一未成功的结局。这个神话故事所具有的重要性是:"玛乌依的死亡永远留存在我的心中,令人烦躁不安,给人以压迫感。荒唐的是,它留给我的比我所受的全部正规教育都显得更有意义。"①显然,温特在写《案件》这个作品时,意识到这一主题的潜虚性,于是在作品中注意运用这一神话传说来拓宽作品主题,使作品寓意更加深刻。尽管故事的结局是悲剧性的,但作者通过玛乌依传说展示给读者的是"善与恶"的对立冲突,而更重要的是作者在这半神半人的形象上,实际上舍弃的是神的一面,于是这样的人就无处不在、无处不有了。显然,作者意在表明凡是反抗者都无法逃避失败和死亡的命运,因而对那些惯于用殖民或其他方式凌驾别人的人给予了有力抨击。

这个传说,在其后来作品《儿子》中得到进一步发挥,但其重点放在"荒唐"上。作品通过主人公对女孩的评价点明这一点,即"生活中的荒唐是所有波利尼亚神话传说的核心,特别是在玛乌依的传说中极为明显"②。在温特传说的构思中,不可避免的有西西弗斯和卡穆的影子,并通过"英雄"把其文章递给女孩作为礼物来表达的。在《儿子》中并未得到充分表达的玛乌依传说的精华在其重要长篇《榕树叶子》中又很技巧地进一步探讨,而在《榕树叶子》中西西弗斯的神话是加卢波准备回到萨佩佩时以携带一本书的形式来体现其"英雄"式的不同,它的意义是指他的做人原则和他所经历的生活,用艺术的术语来说,当英雄出走时,美学的意义达到了。在其后来的作品《黑暗》和《榕树叶子》中,玛乌依的形象又分别以皮利和佩萨等形象出现,并根据小说

① Albert Wendt, *A Letter from Paradise*, Auckland: Auckland University Press, 1965, p. 52.

② AlbertWendt, *Sons of the Return Home*, Hawaii: Longman Paul Limited, 1973, p. 198.

的需要来赋予其内涵。

人们对神话故事的重视,无外乎有两个目的:一个是缅怀性的,力图回到理想完美的神话界中去;另一个是要表现现实生活的一种模式。作者在作品《黑暗》中,其意图更是显而易见。波利家世传说的两个部分,也就是小说着力要表现的两个主题,即法莱阿萨寻求人的尊严和他极力想使玛拉埃卢阿人能重新聚集在新的家族领导权的统治下,但这只能是他的主观意愿,最终仍未能逃脱皮利以黑暗为归宿的结局。作者通过这种神话和现实的融合,利用神话作为小说情节的动力因素,用寓言来操纵小说情节的构思,极大地提升了审美的意境,并获得成功。此外,作者还颇有潜心地借用了西萨摩亚传统神话黑暗神的名字——波利乌利(即黑暗)来为小说命名,这就使作品的深刻思想大大超越了对腐朽权欲的抨击和嘲讽,囊括了更为丰富而又深刻的思想内涵。

荒诞与现实:荒诞本身也具有超现实主义的色彩。所谓荒诞,就是把现实中的事物加以变形,使之怪异、荒唐,以拉开与现实间的距离,即在“荒谬中再现现实”。作家温特在新西兰经历了那般痛苦困惑的思索之后,又回到了西萨摩亚。可令他惊异的是,他在这固守着传统萨摩亚生活方式的故土上,也看到了一种与日俱增的功利主义在滋生、在蔓延,同时他也发现了萨摩亚文化在西方外来文化的冲击和殖民下所产生扭曲和颠倒。这时,一种荒谬感在他内心产生。他说道,为了能生活在萨摩亚,竟要奔赴异国他乡的新西兰去接受教育,这岂不是荒谬的?在功成名就之后回到萨摩亚,像个白人中产阶级一样过着上等舒适生活时,却还要在那儿高谈阔论着萨摩亚生活方式的落后与保守,这无疑也是一种荒谬。而当人类无法把握自身的存在时,这变得更加荒谬。可那些注定也难逃一死的人,竟然还企图运用殖民及其他剥削方式来压迫,驾驭或主宰别人的人,显然是荒谬至极。

在小说《黑暗》中,作者对主人公的塑造也采用了荒诞的手法,表现了一个被权力扭曲了的疯子形象。在小说的开篇,作者让主人公以一个疯癫的形象突兀地与读者见面:在一个雾雨蒙蒙的星期六早晨,法莱阿萨一觉醒来,突然有一股莫名其妙的厌恶感袭上心头,对自己一生中所取得的一切功名感到厌恶,甚至对睡在身旁的人发出的轻柔鼾声都感到厌烦……在一阵癫狂般的呕吐之后,他决定开始装疯卖傻了。主人公法莱阿萨原本是一位赫赫有名的家族族长,甚至在族长群中,也享有很高的威望权力。可面对着这样一位威慑的主人公,作者却笔锋一转,让他在垂暮之年装疯卖傻,无疑悬念油然而生。紧接着作者就让主人公以一个疯子的形象出现:疯癫的法莱阿萨在家中捶胸顿足,歇斯底里,闹得全家鸡犬不宁,整个家族都不知所措。一向威严、显赫的法莱阿萨家族族长顿时丧失了一切权威和尊严,使法莱阿萨家族在村民眼中丢尽了脸。这时,展现在读者面前的是一个从虚伪的假面具下彻底解脱出来的具有真正尊严的人,一个无须掩饰自己内心一切的真正自由人。然而,在小说中的世人面前,他却成了一个丧失理性的疯子。于是,人际间的冷漠关系就鲜明而又强烈地显示出来。作者在小说第一章中,通过前来驱邪说教的几位族长和牧师对法莱阿萨的评论,就充分地表明了这一点。当他们确信他真的疯了以后,便当着这位平素作为绝对权威的族长首领的面,放肆地狂言起来。牧师说,他是死人的灵魂附了身;一个族长说,他太独裁专制了;甚至他一向信赖的首领撒乌也竟然说,是全能的上帝为了他的过去而惩罚着他。在这刹那间里,主人公的灵魂震颤了。由于他疯癫了,利益关系的纽带也中断了,人与人之间的虚伪冷漠也无须掩饰了,逢迎趋势的伪君子终于原形毕露了。作者在这儿并不是原原本本地"摹写"客观世界的外部真实,而是试图通过荒诞,即把现实人物加以变形,使人们看到真实的本质。作者以主人公突然疯癫这一惊人的事件,把日常人们认为是天经地义和习以为常的事物加以震动,使人们的想象进入一种魔幻圈。再通过细节的真实、平静的笔调,把情节叙述完,魔幻圈无形消失,留给读者的是耐人回味的现实。

同时,荒诞的本身也是在相互的矛盾中产生的。作者通过主人公自相矛盾的心理,显示出主人公荒诞的心态。法莱阿萨在厌恶自己一生所取得的功名之后,便试图使自己从一个"食人肉者"变为一个"自由的神差"。但在这重重责任感束缚着的传统世袭家族中,要获得这种自由就得要付出巨大的代价。要想自由,就必须伪装成疯癫;要想幕后操纵权力,就必须时而忍受着饥饿和龌龊;要想获得内心的独立,却必须在更大程度上依赖于家庭和家族才得以实现……法莱阿萨就是在这样一个本能和意识的相互矛盾中生存着。从本能来讲，他厌恶数十年作为偶像被崇拜的虚伪生活；从意识来看，他又想利用这种厌恶感来获得一种自由，但这种自由不失其权力。这种既怀着企望但又充斥着颓唐的心理，诱惑着法莱阿萨去装疯卖傻，又迫使他别无选择地沦为一个真正的疯子。主人公就是在这种感觉世界与观念世界的冲突中，形成了这种荒诞的意识和心理。

作者还通过法莱阿萨的好友拉阿玛图之口，点出了其装疯卖傻的最终目的："你所追求的自由，无非是放弃对腐败和庸人的抗争，进一步巩固你的权力而已。"[①]因为法莱阿萨不愿把权力拱手让给善于计谋却又难以驾驭的大儿子来世袭，为了使头脑偏于简单却能唯命是从的二儿子能够继承家族族长的头衔，便导演了这场以装疯卖傻为起始围绕权力所产生的一系列谋划与角逐。然而，由主人公这种荒诞的意识和心理导致出来的只能是荒诞的结局：二儿子因愚忠而杀人被判入狱，大儿子理所当然地掌握了家族的首领权，一切都化为泡影。实质上，这种含有悖理、荒谬、自相矛盾的情形，正是使思维沿着非逻辑轨道滑向逻辑轨道的一个例证。作者通过主人公荒唐离奇的行为和荒诞的意识、心理，尖锐辛辣地嘲笑了腐朽权力欲的荒诞本质，从而折射出现实生活中的荒诞。

在这一连串自省意识的触动下，温特开始了冷静思考。他写道："从无限延伸的山川到大海边，世界陷入了一片宁静，在漆黑的平原上，我伫立着。我意识到，我已找到了我们生命的起点和归宿，我们的灵魂和虚无……"[②]温特认为他需要有荒芜和凄凉之地，因为只有在那儿，大脑和心脏才能得到宁静，而这宁静才能孕育自己，使自己再次得到复活。

我们从中不难看出，潜藏在作家温特深层意识中的那些心理意象，在其观察生活、选择素材时，就起着一定制约作用。当生活中符合他那"特定原型的情景出现时，那个原型就复活过来，产生一种强烈的创作欲望，并像一种本

---

① Albert Wendt, *Pululi*, Hawaii: Longman Paul Limited, 1977, p. 263.

② Albert Wendt, *Pululi*, p. 150.

能驱动力一样与一切理性意志相对抗”。在这种情况下,作者理性的创作意图和宗旨往往被抛置一边,而是一味地按着深层意识、潜在情感的意向去行事。这样一来,一个栩栩如生、性格迥异和形象鲜明的人物形象便闪现在作家笔下。在其自省意识的感召和荒谬意识的驱动下,开始运用当代超现实主义的一些创作手法,通过其人物形象的塑造来表达其内心的体验和感受。温特的荒唐并不是其最后的意义。其最终的意义是人类有能力超越自我,而最明显的证实就是超越荒唐。这样,人们就创造了历史。温特独树一帜的创作理念与风格完全可以表明南太平洋作家成长与发展的路程,而其长篇小说已达到一个成熟的发展时期。

南太平洋长篇小说创作技巧——象征与寓言融合

象征和寓言,我们有必要在象征和寓言之间做一区分。象征,是一种在理性和审美上更丰富、更含蓄的艺术手段,其有多层次、多角度的内涵。如西萨摩亚作家温特在创作中,就注意充分地运用象征及象征性的手段来表现主题并给读者以审美享受。小说《榕树叶子》中,大山、榕树叶子和瓦依佩都是象征,大山就是对地位和道德感的诠释,榕树叶子是主人公塔马依洛佩佩世俗的野心,瓦伊佩则象征着没有生气的萧条世界。而寓言是指整部作品的叙述方式,其主要利用扩大的比喻,象征和其他类比的手段来控制其内涵意义。在小说里,象征常常是为美学的结局来服务的,而寓言则源于神话寓意,大都带有说教性质,而且起到教育和启迪的目的。

象征:从艺术手法上来说,表现主义可以说从小说看到象征性情节、象征性的环境、象征性的人物以及象征性的场面。如温特的作品《山之子》(*A Descendant of the Mountain*,1974),就是一篇典型的象征性之作。小说描写的是一位家族首领独立于妻子墓前凭吊的情景。对昔日与妻子欢聚岁月的追忆,使主人公的心灵得到了暂时的慰藉,一直被藏匿在心底的那股柔情油然上浮,自然界也顿时呈出平静和谐的一面。当他情不自禁地要对来到他身旁的儿子表露他作为父亲的一片温情时,已看惯了他那冷若冰霜的面孔的儿子,无法理解他此刻的心境,竟默然地离他而去。于是他那短暂的宁静又被打破了,他又想到妻子的病亡,便再度陷入了痛苦的困惑之中。小说从题目看到全篇,虽都是在描写的平面上叙述一个情节较为简单的故事,但作品的象征性形象却又使读者不禁展开联想。实际上,作者对他所描述的一切都赋予了一定的象征意义。首先,主人公的名字——玛乌加,在萨摩亚语中意为"大地"。作者通过妻子法鲁阿的病亡来影射古老的萨摩亚大地正经受着西方入侵者——白人水手的呕吐物所带入的流行病的摧残。山脉的后裔玛乌加独自凭吊"妻子大地"法鲁阿的病亡,则表明了传统观念与外来文化之间的矛盾冲突。作者透过这表面的、暂时的、个别的情节的描写,展示给读者的却是抽象的、内在的、带着普遍意义的社会哲理问题的思考。作者一方面以抒情的笔调描绘了一个令人伤感的情景;另一方面又使人明显地感悟到一种与故事本身具有某种亲和关系的言外之意,使读者在观赏描写性作品时,联想到形象的象征意义,从而得到一种审美享受。在情节的处理上,温特也常常采用象征性的手法,为情节的展开进行铺垫与暗示。如作者在一些作品中,着意描绘一些带有预兆性或象征性的神话故事和古老的传说,以预示人物的命运和事件的结局。这些神话传说,由于它们与现实生活的情节相结合便获得了某种内涵,表达了作者自己对生活的理解和判断。作者善于运用具体的事物去暗示抽象的哲理,从而形成了这类作品哲理内容的鲜明性和表现形式的含蓄性的完美统一。在场景描写方面作家也运用了象征手法。他在描写生活和自然景色时,不是简单地模仿现实,而是对现实进行再创造。他精于创造气氛,渲染自然景色,让环境氛围来烘托人物的情感,寓情于景。如在小说《黑暗》中,作者就是以萨摩亚的神话——黑暗的故事来构成作品的基调的。他以大自然的黑暗场景作为时空背景,既点明了大自然的黑暗,又通过大自然的黑暗来暗示社会现实的黑暗;既对权力欲者的腐朽昏庸进行抨击,又对主人公内心世界的黑暗进行了揭露。作者利用大自然的"恶"景来衬托人物内心的矛盾冲突,并象征性地表现了亚势力对善良人的摧残,收到了震撼人心的艺术效果,达到了情、理、景三者交融的境界。

寓言:我们再通过温特的小说《煤灰的十字架》(*A Cross of Coal Ash*,

1975),可以看到象征和寓言之间的关系。作品巧妙地利用了一个囚禁的小男孩望着头顶自由飞翔小鸟而表现出的日益觉醒的意识而使这两者保持平衡,这个影响是美学意义上的。而当寓言很明显地进入说教时,这时故事的美学主义就被干扰了:

"谁是那个被钉在十字架上的?"

"不是耶稣吗?"母亲答道,带着疑惑的神情看着他,"怎么啦?你的手怎么啦?"

"没什么。"他嘀咕了一句。

"那么,你干吗要捂着它?"她一把抓住儿子的手翻看着。"是谁把十字架刻到你的手上?"她惊呼大叫起来。

"一个十字架,"他低语着,"一个男人把它刻在手上的。"

"是什么人?"这时,她第一次注意到当她对他的儿子表示愤怒时,他已不再用惧怕的目光直视着她。他长大了,已经变了。

"什么男人?"她问着,不再愤怒了。

"耶稣,"他口中答道,眼睛却在端详着手上的文身。"他绝不会回来了,绝不会了。他只给我留下了这了。"他自豪地举了自己的手。[①]

值得注意的是,温特像一个故事和寓言的编撰者,很少追求完美的"隐喻"。其艺术一个很重要的部分就是有意识地把目标定在嘲讽和寓言的水准上。上面引述的问题并非说教主义,而是以一种含糊不清也许有些累赘的叙述方式使作品朝着一种比喻的意义去发展。它暗示了一个男孩在希冀和渴望的同时却丧失了天真与单纯,因为他想要一个五角星但是却得到了一个十字架,尽管这个男孩对基督降临表示反对。由此可见这种描述方式的独到之处和内涵意义的丰富和深刻。这一点在小说《榕树叶子》中耶稣降临那一章中,也得到进一步的深化。

---

① Albert Wendt, *Flying-fox in a Freedom Tree*, p. 70.

模仿和寓言的格局:在当代南太平洋小说中,温特因其引人注目的模仿和寓言这两种格局的相得益彰的平衡而取得了斐然的成就。温特在其著名小说《榕树叶子》中,就娴熟地体现了这一点。例如,在模仿的水平上,小说按三代系谱的跨度描述了塔马依洛佩佩人生的履历表,小说的前半部是描写了一个家庭的毁灭过程,后半部则把前两卷中截然分明的过去、现在和将来融为一体来表现。而在寓言的含义上,作者描述了体现家世小说的一个神话故事,这个神话故事有两层意义:第一层意义是家族首领的精神死亡及其土地的丧失;第二层意义表明了一个史诗般英雄对神话的向往与追求,后者是以"萨佩佩的神话传说"来布局的。因此,这部小说就是以半历史半神话的一种文化上的精神缺陷来定调的。这样,作者就从模仿和寓言两个水准上达到了效果。

人物塑造上的体现就在于对小说人物的塑造,作者也力图在模仿和寓言这两个水准上达到统一。如作者对小说《榕树叶子》中塔马依洛佩佩和加卢波两位主人公的塑造,就体现了这一点。首先,我们看到,作品的情节始终保持在模仿描述的框架上,这就使得读者在模仿叙述的平面上去体会人物的心理和事件的发生;但在人物的塑造上,又采取了寓言的格局,当塔马依洛佩佩推卸自己的责任引起萨佩佩进一步堕落时,他自己也成了荒谬世界的一个组成部分。这就从现实意义和隐含意义这两个层面上达到了效果。他实际上控制着萨摩亚的经济和社会的权利,但他却几乎从未站在这一位置上对这一切进行着思考,正是他理解上的失败,才使他注定不可能实现他的梦想。

另外,作者在作品的构思上也形成一种寓言的格局。如在其《榕树叶子》第三卷,作品的倾向是趋于和谐,作者——叙述者在此再一次地控制了叙述,他是典型的寓言形象的审美体现:第三卷的前半段是把萨佩佩文化和生活融为一体来表现的;在其后半部,加卢波的言行又控制了小说的整个世界。随着加卢波的复出,作者——叙述者的个性也随着加卢波的个性显现出来。模仿和寓言结构一直保持着平衡,直到最终才让位于寓言。而当寓言占主导地位时,传记者又兼历史学家的作者——叙述者,又变成一个研究神话学的学者。

小说所取得的这种和谐的统一,只能是局部的,绝不可能是全面的。实际上,温特把现实世界中的这种神话与历史的融合,不仅超越了时空,而且更重要的是想表明人们要想恢复到那种史诗般的团结统一,已经完全不可能了。从思想意识上来看,作者是要通过《榕树叶子》中加卢波这个人物塑造以表现个人自由和责任感这两种结合的可能性,并通过他们努力的工作和行为来表现一个可能实现的现实世界。由此我们可以窥视到温特的创作动力和创作思想的流程。

我们说,温特作品的独特之处,在于他善于讲故事,这一手法是为了给小说赋予文学性所进行的一种探索。借用作者本人的话来说,"我要大胆地……不怕失败地进行开拓。我不甘停留在安全、舒适的小说描写上,我知道我在冒险,但我还是要这样做。"①总之,温特所取得的最大成就是,他独辟蹊径地运用了南太平洋人的想象,运用了南太平洋的神话和传说、方言和俗语,创造了南太平洋风格的作品,并通过对口头文学多种文学风格的借鉴,丰富了小说的形式。

实际上,温特的创作是在南太平洋没有共同认可的文学模式或更多的语言技巧这样一种背景下开始的,正是温特发明了这种集南太平洋神话、想象以及源于口传文学和书面文学各种叙述文体为一体的带有寓言性的文学创作形式。艾伯特·温特在回答约翰·贝斯顿和罗思·贝斯顿访问时曾说过的一段话:"我是属于两种世界的人。不过,我的确属于南太平洋。就我个人来说,我是萨摩亚人,我写萨摩亚;但作为两个世界的产物,我能够客观地看待那两种文化。一个作家如果太紧密地与自己的文化合为一体,那他就有可能变得偏狭而不容异说。然而,萨摩亚却给我提出了创造力。"②因此,他的成功得益于他善于从历史、民族神话和口头传说中汲取养料,并将与当代西方

---

① Albert Wendt, *In a Stone Castle in the South Pacific*, Fiji: *Mana Review*, No. 2, December, 1976, p. 30.

② Albert Wendt, *Towards a New Oceania*, Fiji: *Mana Review*, No. 2, December, 1976, p. 58.

文学的某些新意识、新流派以及他个人独特的文学视野融为一体而获得成功，是他发明了萨摩亚小说，也正是他的成就体现出南太平洋长篇小说发展的力度。温特同卢卡斯一样意识到，“现代小说的单调乏味就在于作品大都源于同一种风格”①。因此他在创作中，首先在民族文学的土壤上辛勤地耕耘并广为采撷，从而创造出独具风姿的萨摩亚小说，同时又注意吸取西方的文学观念和文学技巧，使南太平洋文学作品在现代世界小说之林中熠熠生辉，闪耀出夺目的光彩。

① Stephen E. Lucas, *The Theory of the Novel*, New York: Dell Publishing Co., 1973, p. 93.

艾伯特·温特的诗集《照片》评介

周芳琳①

摘要: 南太平洋作家艾伯特·温特不仅以小说著称,其诗歌创作也造诣甚高。温特的第三部诗集《照片》赞颂了自己的家人、朋友和祖先,思考了权力与历史对萨摩亚民族的影响。在诗集中,家人生活图景的亲切熟稔与南太平洋史诗的宏大神秘形成鲜明对比,二十世纪后期的环球旅行得到印象主义的蒙太奇呈现。《照片》通过多种多样的语气、语调和形式,显示了温特诗歌创作的多样性和宽广度,显示出作家对萨摩亚生活方式的深刻理解和高度热爱。

关键词:《照片》;家族谱系;历史;传统;萨摩亚生活

Abstract: Samoan writer Albert Wendt is not only famous for his novel writing, but also enjoys accomplishments in poetry. Wendt's third collection of poems *Photographs* not only celebrates grandchildren, family and ancestors, but thinks about power and history for Samoan people. In it, snapshots of the close and familiar are contrasted with strange and mythical sequences from a vast Pacific epic, together with a vivid impressionistic montage of global travel in the late twentieth century. Through a variety of tones, voices, and forms, *Photographs* presents the readers with a rich diversity and wide range of the writing.

① 周芳琳,安徽大学大洋洲研究所成员,安徽大学外语学院讲师。

The collection of poems shows a profound and compassionate understanding of the ways people now live in these Pacific islands.

Key Words: *Photographs*; genealogy; history; tradition; Samoan way of life

艾伯特·温特被认作南太平洋文学的领军人物,不仅因为他创作出《榕树叶子》这样广受赞誉的长篇巨著,还因为他也是南太平洋文学界最多产、涉猎形式最广泛的作家。除了多部长篇小说,温特还创作了很多短篇小说,出版过一部戏剧、三部诗集,以及若干论文,并编纂过多部文集。目前,国内对温特的研究仅止于他二十世纪八十年代以前的作品,且以小说为重点,尚无一人对其八十年代以后的创作有所探讨。诗集《照片》(*Photographs*,1995)发表于1995年,是温特继《我们心中的死者》(*Inside Us the Dead*,1976)和《幻影萨满》(*Shaman of Visions*)之后的第三部诗集。《我们心中的死者》发表后受到国内外学者的关注和好评。对于《幻影萨满》,国内尚无原著可读,无法评介。故此,笔者尝试对温特的第三部诗集《照片》做一初步评介。

诗集不到100页,但是诗集的多样性和宽广度令人惊异,因为这位深邃的作家运用多种多样的语气、语调和形式,轻松自如地穿越古老的波利尼西亚,走进当代中国,又转至奥克兰花园、萨摩亚庭院参加家庭庆祝聚会,歌颂了他的孙辈、家人、祖先以及可以回溯到 *atua*① 的文化传承。诗集是继《我们心中的死者》之后又一部南太平洋诗歌巨作,充分显示出作家对南太平洋岛屿生活方式的热情而深邃的理解,同时展现了诗人高超的诗歌创作技巧与丰富的诗歌表现形式。

一、主题内容简介

诗集由"芒格法奥(Maungawhau②)""维拉的历险(The Adventures of Ve-

① 萨摩亚语,意为:土著部落;团体或部族。

② 毛利语,"伊甸园"之意。

la)""夜航(Nightflight)"以及"照片(Photographs)"四章组成,总体上,温特用诗歌文字展现了一幅幅自己家族里个人生活片段的图片,表达了萨摩亚人以家族团结为中心的和谐生活的意图。

第一章"芒格法奥"以"夏日婚礼(Summer Wedding)"开篇,是为他女儿的婚礼而写,色彩艳丽,气氛轻松惬意,极富南太平洋风情:

我坐在后院的阴凉处　喝着
冰镇啤酒而太阳悬在杯中
每次我摘下眼镜
帝王般的太阳在酒液中重生——
一个包覆在火中的胚胎　一幅凡·高的
《向日葵》　明艳的基纳①币的黄色

沿着后院篱笆有一棵桃树
一棵橡胶树　爬墙虎和银蕨
六只蝉:桃树上两只
橡胶树上三只　爬墙虎里一只
我凭不同的蝉鸣声数出它们的个数

整个星期我儿子和我除草
花床　修剪树篱
整理草坪　耙土扫尘
浇灌我们的波胡图卡瓦②幼苗
圣诞节后种在院子的角落里

---

① 巴布亚新几内亚货币名称。

② 原文 pohutukawa,毛利语,波胡图卡瓦树,是新西兰的圣诞树。

昨晚　睡梦中　满月
戴上了抹香鲸牙齿做的项链高悬于
芒格法奥山和我们的墨镜城市上空
芒格基基[①]山的面貌是蜥蜴王[②]
绿火的颜色　(火山早已熄灭)

我们的家和院子干净利索
如同那鸣蝉庆祝乐队
明天希纳的婚礼一切就绪[③]
……

简单的几个词:基纳、波胡图卡瓦、抹香鲸牙齿做的项链、芒格法奥、蜥蜴王、火山,诗人就涵盖了南太平洋地区若干个国家和地区,点出其地貌特征、特产及民俗传说,成功地把读者带进了他的诗歌创作背景——风情万种的南太平洋岛屿国家。随后的“童言童语(Nursery Language)”写给了诗人的外孙和外孙女,而接下来的“在你的谜团里(In Your Enigma)”则是写给他离婚后的新伴侣瑞纳。第一章的最后一首诗“系列(A Sequence)”则印证了诗人自己从年轻到年老的生活变化的一系列事件。事实上,温特拥有独特的个人经历:作为萨摩亚酋长的儿子,他十三岁获奖学金离开故土去新西兰读中学,直至在那里完成大学学业,获得硕士学位。然后他在新西兰工作、结婚、生女。1965年,温特携妻女回到萨摩亚,任职教育工作。1990年他的婚姻遭遇挫折:与新西兰国籍的妻子离婚。后来温特寻找到新的伴侣瑞纳共同生活。需要指出的是,“芒格法奥”是新西兰首都奥克兰的极具代表性的名胜,以当地土

① 原文 Maungakiekie:毛利语,“独树山”之意,新西兰首都奥克兰的景点之一。

② 原文 moko:库克群岛传说中的人物之一,蜥蜴王。

③ Albert Wendt,“Summer Wedding”,*Photographs*,Auckland:Auckland University Press,1995,p. 3.

著民族毛利人的语言命名。不难理解,“芒格法奥”在诗歌里成为作者这个土著部落的后代侨居新西兰的生活经历的隐喻。“系列”止于对瑞纳的描写则隐喻了诗人回到萨摩亚以后美好新生活的开始。

第二章“维拉的历险”在该诗集中只是节选[①],这是温特以诗歌形式写的小说[②],讲述了维拉——萨摩亚的吟唱诗人兼故事讲述者的曲折经历。其中,“竞赛”以神话的方式讲述发生在马努阿部落的最高首领、斗士阿勒皮斯和具有歌唱天赋的下属穆里阿勒发之间的歌咏比赛。穆里阿勒发最后落败,被剖皮饮血剜肉剔骨。“竞赛”散发着基督教传入波利尼西亚之前这片岛屿的原始、神奇、血腥和野性:

……

规则像矛尖一样简单:
仁爱[③]是选定的主题　每人要
轮换唱出四行歌词
　每句歌词将遵循一定的格律
然后一直进行下去　直到有一人
接不上歌词
　那么赢家可以要求
败家的任何东西(甚至他的
灵魂　意志　决心　思考力[④])
(我们环绕着他俩 注视着　等待着
其中一人累倒　流血　将自己唱
出竞赛沦入声名狼藉的羞辱中)

---

① 在2009年,温特出版了《维拉的历险》单行本。

② Albert Wendt,“A Novel in Verse”, *Photographs*, p. 15.

③ 原文是萨摩亚语。

④ 原文中四个词均为萨摩亚语。

……

随着竞赛的消息传开

所有的岛屿和部族[1]都加入

见证比赛的环形圈来为歌赛鼓劲

　　赛手晚上休息

　　我会溜进穆里阿勒发的(我们的"法雷"[2])

……

但是每天晚上他觉得日渐消瘦

仿佛白天的歌唱消耗了脂肪

　直到第十三个晚上他无动于衷

于我的安抚……

　第二天早晨在头领的刀刃下

他承认失败低下头颅……

"我要他的骨头"阿勒皮斯说

环形圈的人(包括我父亲)想要

穆里阿勒发付出公正而可怕的代价

　他们用长竹刀撕划开

他的右腿从大腿根直到脚趾

(他没有发出一声)

　剥掉肌肉外面的绷带

(草地[3]开始浸透他的血)

敲断大腿骨剥出来

扔向阿勒皮斯他捧接了

---

① 原文为萨摩亚语。

② 萨摩亚语:草屋,当地的传统民居。

③ 原文为萨摩亚语。

大声吸吮出骨髓
然后用空骨做了一支长笛
　吹出自负的曲子[1]
……

作为穆里阿勒发的爱慕者和追随者,维拉决心向阿勒皮斯发起挑战和反击。

随后的长诗"Nei"[2]较为特别,每个诗节都是五行,有史诗形式,但没有规整的音步和韵脚,诗人是在借用萨摩亚的传统口传诗歌体进行创作:

所有文明社会都会划分类别　于是
在仪式结束我盼着头领[3]来决定
我的未来于是叫他的手下人
但是　哎呀　成排的"乌有人"[4]散开了
十个一排　仿佛按着事先的计划和目的

剩下我独自被最初抓获我的人环绕着
他们等待着但不会连接
思维直到我数数
他们只有九个　于是明白了他们的意图
我走进环形圈中的第十个空当[5]
……

① Albert Wendt,"Contest",*Photographs*,pp. 20-22.
② 温特自创的词语,笔者在此姑且译为"乌有"。
③ 原文为萨摩亚语。
④ 原文为萨摩亚语。
⑤ Albert Wendt,"Nei",*Photographs*,pp. 30-31.

在这里,维拉成了一名孤独的落难者,被打发去当养猪人,潜心研究他那傲慢而又神秘的主人。历经曲折,维拉最终推翻迫害性压制,翻身成为至高无上的统治者,使所有人皈依萨摩亚生活方式。诗中的"乌有"人没有记忆,也没有历史故事,因为他们过着克隆式的集体社会生活,生活方式是十人组成一个环形圈,思维也是全体步调一致——诗人在影射受白人统治的殖民地时期的萨摩亚社会,表达了争取自主、回归传统的意图。从整体来看,"维拉的历险"融合了土著口传诗歌传统和现代西方诗歌叙事方式,不仅展现了波利尼西亚在白种人到来之前绵延数百年的南太平洋史诗,同时还借神话传说讽喻了白种人到来后殖民主义控制下的萨摩亚社会及其影响。

第三章"夜航"则是温特有关中国之行的记录,同时也是温特对历史与权力这两个主题的思考。1987 年 12 月,诗人曾经在中国访问考察,结束访问后他从广州起飞乘夜航班机回到澳大利亚悉尼要历经九个小时。诗集这一章展现了诗人这九小时间的思绪,回顾了他在中国的所见所闻,诸如毛泽东的书法,桂林山水,西安的宝塔、兵马俑,北京的长城、九龙壁等,以及由此而生的独到感受与思索。此部分最明显的特点是诗歌以强烈的印象主义蒙太奇方式加以展现:

夜航 QF93 航班　无法脱逃
　　　　从锁住的隧道
　　　夜晚的重力延伸开去
继续　继续　继续
　　　　　　　　　　　这支笔
　在我手中　记录
随着我在页面走动
　　　　　　　　　　　夜航
发自广州,一处他们自夸
　可以烹调　吃进　任何

四条腿的东西
除了桌子
我被绑定
在座位上　居于300其他人中
等着预定的时刻
终止　像个句子那样①

这是第三章的第一首诗，读者可以感受到诗句中语言的断裂、意象的跳跃，但是读者运用联想和思考，不影响对诗歌整体的理解领会。

第四章"照片"的场景转移至萨摩亚，呈现的内容与第一章类似，集中于诗人与其家人、亲属、朋友的生活点滴或片段。诗人用诗歌记录他的外孙、女儿、兄弟、婶婶的画廊、祖母的微笑；借助电视观众给自己拍摄的照片来描述萨摩亚的生活方式及世事变迁；用对"椰子树"的描写追思了出生即夭折的姐姐以及父亲对女儿的怀念。这其中，诗人还坦诚地表明诗歌"婚姻"中触及了自己个人生活的变化：离异。

在现代的波利尼西亚，满墙的肖像或照片可以代表一个家族的家世渊源。温特说过诗集的名称出自他女儿美乐给过他一张自己外孙特哈的照片，但是温特也说诗集名称还和他女儿的名字相关——"美乐"这名字取词于他的祖母——温特讲故事的动力来源："我们家族最强有力的女子……在我父亲的房子里，时至今日，墙上最中心的一张照片是我的祖母，微笑着的祖母的照片。"②

从我记事起，我祖母的照片
占据着我在瓦皮的家中最荣耀的位置

① Albert Wendt, "Nightflight", *Photographs*, p. 59.

② Albert Wendt, "Pages from Albert Wendt's Photograph Album", *Commonwealth: Essays and Studies*, 16(2), 1993, p. 15.

最初是一张黑白大照片,它已褪色
于是我父亲找人给它上了色
翻拍并且放大照片的尺寸
与美乐在我们部族的神秘地位相匹配
即使九十高龄,她厌恶
被称作老太太
因此照片是她明艳动人二十几岁的年纪
因她有着一等贵族的血统
和父亲做过英国领事的出身
每次我回父亲家造访
她告诉我们——仰慕她的臣民
从我父亲扶手椅上方
俯视我的,那才是真正的美乐
如今我头发白身形缩,关节炎渐入骨髓
可她永远芳龄二十几
并在永远微笑,微笑,微笑①

从这首诗的字里行间,我们可以读出温特的家族血统(祖母一方的欧洲血统)、萨摩亚人的传统社会形态(部族)、老人在家族中的地位、长辈与晚辈的相处关系,以及人们生老病死的循环,甚至还有萨摩亚人对美好生活的坚定追求。换个角度看,温特希望借助家人的生活图片折射出萨摩亚人的历史、传统以及现代日常生活。简而言之,诗人在第四章用自己的笔触抓拍下来一幅幅萨摩亚人的现代生活快照。

从全集来看,诗人在《照片》中表现的主题以亲情、和谐的家族关系为主,较之以前的创作主题有所改变。从发表第一部诗集《我们心中的死者》到《照片》的出版,时光荏苒二十年。当时的萨摩亚处于南太平洋民族独立运动风

① Albert Wendt,"6 Smiling",*Photographs*,p. 81.

起云涌之时，诗人在作品中表达对自己的国家和传统的深爱之情的同时，更多地展现了对过去殖民历史的醒悟和愤怒、对白人曲解南太平洋文化的谴责以及对土著文化日渐衰败的失落感。他曾经用“阳光下没有岛屿，只有牧师”①来表达对殖民社会的不满和两种文化的冲突。现在，随着作家年事渐高，个人也经历了西式与土著、传统与现代这样两种地域、两种文化的洗礼，生活态度日趋平和、开明。作品展现的主题不再有很多的文化碰撞、冲突，诗集中更多的是文化的传承、融合以及人际关系的亲和。

与此同时，诗人还延续了《我们心中的死者》中强烈的历史使命感和责任感。波利尼西亚民族有着悠久的历史，但波利尼西亚人不会忘记自己也有着苦难深重的被殖民历史。事实上，从事文学写作之前，温特首先是作为历史学家接受了专业训练，他在惠灵顿的维多利亚大学获取的就是历史学硕士学位。历史使命感和责任感促使这位萨摩亚文学天才关注民族历史，表达诗人对历史的追述和个人的感受，展示波利尼西亚民族心灵深处永不泯灭的历史感。《照片》中，温特大部分时间在述说家谱，包括老人、子女、孙儿。众所周知，家谱可以反映历史演变的进程，一定程度上就是一个民族的发展历史。可以说，温特通过第一章和第四章展示了现代波利尼西亚人如何书写自己的后殖民历史。在第二章“维拉的历险”中他则是用仿拟的手法把萨摩亚社会从史前阶段到落入殖民者手中直至今日的历史做了一番描绘和剖析。其中，“竞赛”历史性地展现萨摩亚在白种人到来之前的社会形态；“Nei”则是殖民地统治下的萨摩亚岛国的含蓄写照。即使在描述中国之行的“夜航”中，诗人表现的历史感也随处可见：笔下写的是中国的景物，心中的联想总是和历史、权利相关。因为在不同历史阶段，波利尼西亚民族总是面对着各种不同的冲突力量，这些力量因掌握和控制权力而相互争斗。而对波利尼西亚民族来说，权力又是那么难以企及。以游览长城为例，诗人写道：

---

① Albert Wendt, “No islands in the sun, Just Misters”, *Inside Us the Dead*, Auckland: Auckland University Press, 1976, p. 15.

夜航　　　　　　　　　　　城墙
囚禁　保护　断绝　阻挡
城墙隐藏　保密
防范掠夺者
城墙限制我们的视线
城墙不会自己起来
我们建造它们

长城
存在人间秦皇征服
六国　然后费力
建搭城墙穿过我们的恐惧去保护
他的所有积聚
以杀戮的方式

几个世纪后
　我的祖母建造了它
穿越我梦中的地理
　而我渴望看见
我们抵御野蛮的真相①

在这里,中国的长城引发出诗人对自己民族深重压迫历史的思绪。可以说,在整部诗集中,历史以各种角度和层面受到温特审视:死去的先人、个人、家庭、社会;神话时代、殖民和后殖民时代。深重而强烈的历史感成为温特作品的一大特征。

① Albert Wendt,"Nightflight",*Photographs*,pp. 71-72.

三、艺术特色

作为当代南太平洋最著名的作家和诗人,温特在西方文学和民族文学之间兼收并蓄,创造出了自己独特的艺术风格。通过《照片》,我们可以感受到如下的特色:

(一)独特的口语体风格

诗集中与亲和主题相对应的是显著的口语化语言表达形式。口语体风格使得我们在阅读中可以感到诗人不再像他前期作品中以一个冷峻的观察者、评论者的形象示人,更多的是以一个情感的直接参与者、释放者的形象出现在读者面前,在我们身旁娓娓道来。他不再是一个"作家",而是一个恰好正在写作的或痛苦,或快乐,甚至偶尔粗鄙的一个人。例如,第四章的第七首诗《兄长》:

还有　在我父亲房中德国制收音机上
在我出生前他买的
是我哥哥劳埃德的照片
穿着全日制寄宿学校的制服　一个人站着
左手放在大腿上　脸半遮着
对着照相机半笑半不笑
没有背景——
是我父亲把他从另一张照片上剪下来
翻拍在白纸上
他靠奖学金去新西兰读工程学
因为汽车事故死在奥克兰公路上
(我一直想知道谁是
被剪下的照片边上的那个人)

他是我父亲最喜爱的儿子①

再比如，翻看照片集，诗人不得不面对令其不快的事实：照片集里一半都是和离异的前妻共同拍摄的。若付诸笔端不慎，个人的恼怒、悲伤、困惑等复杂情绪的宣泄也许会疏远读者，但是温特坦诚而有技巧地去面对：尽管全诗用的是第三人称指称其前妻，但在中间有一句他采用了第二人称外加设问的方式来提问："你如何划分一辈子的形象？"②相比第一人称的使用，这就有效地与诗人亲身感受拉开了一点距离，同时也相对增进了与读者的亲近感。

口语化语言在诗集中的另一个重要特点，也是诗集的一个新元素，就是诗歌体小说"维拉的历险"的创作，典型体现在其中的长诗"Nei"：每个诗节都是规整的五行，形如史诗，但并不构成有规律的音步，也没有整齐的韵脚。这是温特借用了萨摩亚传统的口传诗歌作为诗歌叙述方式。此举显示出温特对萨摩亚传统文化的深深热爱和发扬光大。

曾经　在我的肚子长治不好的痈疮之前
我有过另一段冒险经历　在某个部族③
我称其"乌有"的奇怪国家　因为那里的人
不能记起他们的起源　甚或再远一步
关于起源的记忆

那是金枪鱼④季节　大海上满是
成千的肥美的金枪鱼

① Albert Wendt, "7 Brother", *Photographs*, p. 81.

② Albert Wendt, "2 Matrimonial", *Photographs*, p. 78.

③ 原文为萨摩亚语。

④ 原文为萨摩亚语，后文相同的词均如此。

我们用手钓法和渔叉捕鱼
直到海水泛红,独木舟变胖
因装满快死的金枪鱼几乎要沉没

厌恶我们的贪婪　塔加洛阿挥起
一场风暴对付我们　不需细讲
就是惩罚　力度就是掀翻了渔舟
我到了一个黑得像鬼怪[①]的怒气似的海滩——
任何渔夫的故事中最常见的事情[②]

口传诗歌在南太平洋地区是广为流传的一种艺术表现形式,口传文学在这里享有悠久的历史。温特曾经说:"我与多数孩子一样,被口传文学所吸引,诸如民间故事、诗歌、圣歌、本民族的神话传说等。萨摩亚的过去和现在都流传着很丰富的口传文学。我幸运的是有一个很好的祖母,是她引起了我听神话故事的兴趣,也是她促使我要把它写出来。她对萨摩亚文化和《圣经》都很精通,而且能够用很流利的英语来讲述。我记得她每天晚上都要给我讲萨摩亚的神话故事和传说。直到多年以后,我读到英语的《伊索寓言》和格利姆的神话故事,才知道祖母的那些故事都是源于此书,只不过是她用萨摩亚的生活方式讲述并诠释它们而已。"[③]

此外,贯穿全书,可以看出诗人所运用的语言是一种萨摩亚式英语:萨摩亚语言和英语的杂合。萨摩亚语言本身语汇不多,较为简单。对于那些承载强烈的土著文化的词语、有着浓厚萨摩亚传统的语汇,温特必然使用萨摩亚语言。因为他认为纯英语式的表达方式具有很大的局限性,不足以描述萨摩亚人的日常生活。例如,前面提到的用 atua 指"当地土著部落或团体";用

① 原文为萨摩亚语。
② Albert Wendt, "Nei", *Photographs*, p. 28.
③ 王晓凌:《南太平洋文学史》(修订版),合肥:安徽大学出版社,2006年,第62页。

aiga 指萨摩亚家庭，尤其指大家庭、家族；用 fale 而不用一般的 house 来指代萨摩亚的传统民居“草屋”；而 palagi 或 papalagi 则是萨摩亚人对白人的统称。在英语读者一方，这些虽然增加了语言阅读难度，但是大为提升了读者对萨摩亚独特历史文化传统的了解。[①]

（二）蒙太奇手法的运用

多年担任南太平洋大学的文学教授，作为南太平洋文学的扛鼎之人，温特对各种现代文学理论和手法并不陌生，并积极加以尝试。超现实主义主张艺术作品中充满着由潜意识、非理性、非逻辑状态下得来的奇思妙想，强调对幻觉的作用。其表现在诗作当中，空白点就多，跳跃性很大。蒙太奇手法可以达到这种效果。“蒙太奇”在电影艺术中意为“剪接、组合”。电影通过这种手段能把许多在时间和空间上不相承续的镜头直接组接在一起，从而产生对比、联想、隐喻、抒情等艺术效果。梅雅·德伦曾指出：“电影与诗歌有共同之处，因为它能把各种形象加以并列。”[②]也就是说，诗歌的意象组合和大幅度跳跃的方式与电影的蒙太奇方式具有相当的共同性。

温特就是抓住了这一点，在诗歌当中大胆利用蒙太奇手法，对意象自由进行组合、拼贴、切换，超越时空，连接古今，纵横东西南北，获得了感人至深的艺术魅力。其实，诗集开篇的“夏日婚礼”就有了蒙太奇技巧的运用：“包覆在火中的胚胎、凡·高的《向日葵》、黄色基纳币、满月、抹香鲸牙齿做的项链、芒格法奥”这些词带来的意象就像一幅幅远近不同的电影画面，组合所产生的效果就是人们对热情的南太平洋地区的自然联想。诗集第三章“夜航”从头至尾使用了蒙太奇的手法，这种表现形式对诗人乘坐夜航、思绪飞扬的形容极为贴切。关于桂林游览，诗人写下：

---

① Albert Wendt, “Glossary of Samon Words”, *Albert Wendt & Pacific Literature*; Manchester: Manchester University Press, 2003, pp. 1-3.

② 路易斯·贾内梯：《认识电影》，胡尧之等译，北京：中国电影出版社，1997 年，第 308 页。

夜航　在桂林
　当我们夜晚漫步
　沿着榕杉湖边
桧树展开喉咙
　借知了的嗓音　　于是
我想到了萨摩亚
因为那里也有
知了放声
向着黑暗:它们一波
又一波的哀叹是
世上不断更新的悲伤①

假如这还不够,请看下一首:

夜航　　　　　　　　一首诗是
　　　　关于其他诗歌
　　　毛被发明
　因他的诗　他创造了
一个国家通过革命
　唯一的诗人统治
　　　一亿首诗
　　　　　　　　　我　这架飞机
　这一页　这些乘客是关于
其他的我　其他飞机　其他页　其他乘客
按照多元世界的理论
现在用此解释现实
爱因斯坦无法想出

① Albert Wendt, "Nightflight", *Photographs*, p. 66.

这样诗意的物理学①

……

我们必须承认，这首诗中，蒙太奇手法的成功运用使文学语言的断裂现象表现得淋漓尽致，充分反映出诗人关注历史、现实、文学创作等多方面的深刻思想。

（三）隐喻的广泛使用

温特的诗歌可以使用多种手段准确、优美地表达他所熟悉的土著社区以及他们与外来文化的相遇及随之而来的冲突和融合，恰如其分地表达人物在不同场景的情绪、心境。广泛使用隐喻就是其典型表现手法。在温特笔下，日常生活中出现的地点、场景、人物或使用的字词被赋予独特的含义，与文化传统、历史变化、人物心境产生关联，意味深长。如前所述，开篇的“芒格法奥”这处新西兰名胜是作者这个萨摩亚土著部落的后代侨居新西兰的生活经历的隐喻。整个“Nei”所描述的社会则影射了受白人统治的殖民地时期的萨摩亚。而贯穿“维拉的历险”的塔阿乌山则暗指萨摩亚传统的中心所在。

山不能是
山假若没有谷地　沟壑
以及升起山的所在海平面
它们是
撑起的视线高处　被石头
大地和天空
它们不能是
其他任何东西（它们知道）
它们是
大地的眼睛　向外凝视

① Albert Wendt，“Nightflight”，*Photographs*，p. 67.

向内凝视　思索着未来
远处的　在深处的
旋转的视网膜

这些山　塔阿乌山　是
臂挽着臂　血通着血
活在相互的思想中
……
夜晚他们一起低语
用只有他们能听到的话语
随着黑暗将所有语言
变成语言的一种　而
贪吃的飞狐还在追逐
熟番木瓜月亮　还有
滑稽的精灵[①]在瀑布间长声尖叫
……
这些山　塔阿乌山　是
超越了自负之人的暴力的
它们完全入我的眼和心[②]
……

这里,诗人选取山谷、海洋、飞狐、番木瓜、瀑布等极富萨摩亚特征、风貌的意象词语加上“精灵”一词的萨摩亚语言使用,使得读者很快理解其隐喻,领会到“黑暗将所有语言变成语言的一种、自负之人”是抹杀萨摩亚传统的西

① 原文为萨摩亚语。

② Albert Wendt, “The Mountains of Ta'u”, from “The Adventures of Vela”, *Photographs*, pp. 17-18.

方殖民势力。

值得一提的是，曹萍在《回望萨摩亚民族的心灵——诗歌〈我们心中的死者〉简论》中评述："仔细研究他的诗歌文本，我们会发现他已经形成了独特的比喻网络……温特对环形形象情有独钟，那些形象能充分表达他对孤独、热情、完美和排斥的理解。这些循环往复出现的形象在他的下列比喻中见到：眼睛、岩石、礁石、鸡蛋……"[①]的确，在《照片》中，我们也可以觉察到环形形象和数字的频繁出现。例如：诗歌"Nei"中专门一首诗题名为"圆环"，其中人们的居住场所呈"环形"。"夜航"中，温特想到北京天坛，这样写道：

悬在
环形　方形
以及联结一切的 9 之间
在天坛[②]
其中第 18 首出现的文字是：
暂停　　　　　　　　然后在
　　萨满教徒的数学中　　　构建
　　9　18　27 的同心圆直到
　　81 块石板的第九块　　而
　　禁忌包含在内
　　完全地[③]

就上述诗而言，我们感知到温特糅合了中国元素例如风水的概念在里面，但是我们必须承认，温特关于他的环形形象和数字的隐喻体系还有待进

① 曹萍："回望萨摩亚民族的心灵——诗歌《我们心中的死者》简论"，《安徽大学学报》(哲学社会科学版)，2006 年第 3 期，第 67 页。

② Albert Wendt, "Nightlight", *Photographs*, p. 59.

③ Albert Wendt, "Nightlight", *Photographs*, p. 70.

一步研究。目前可以明确的是,这些隐喻意象的出现激发了读者去调动感知器官,建立充满想象的连接,增强审美意识,另一方面也增强了诗歌的神秘和深邃意味。

(四)貌似松散实则精巧的结构编排

围绕家人与亲情的主题呈现,平和亲切、娓娓道来的口语体风格,读者会认为诗集的组织结构也会相应地闲适随意。乍一看,的确如此:诗集起于新西兰的芒格法奥,跳至二十世纪末的现代中国,再转至殖民者到来前后的南太平洋岛屿,最后回到萨摩亚诗人的家庭聚会,四个章节之间看似松散随意,缺乏关联。然而,再思之下,我们可以看出诗人在编排上的匠心独运:

整个诗集的结构像对称的三联画:描述萨摩亚人现代生活的"系列"与"照片"前后呼应,展现其传统与历史的史诗材料位居其中。"系列"与"照片"两块分列前后是因为地点的不同而致,但因同是诗人生活经历之地而相互关联:"系列"发生在新西兰,隐含诗人侨居海外的"离散"经历;"照片"则是发生在故国家园,隐含"叶落归根,回归传统文化"之意。这种安排与诗集中间部分的史诗材料形成照应,史诗是借用神话表现萨摩亚民族受殖民地统治前后的"离散"与"回归"。也许有人会说,那么描述中国之行的"夜航"部分孤悬于诗集的结构组织外。其实,我们可以考虑这是诗人在空中居高临下、从另一空间维度进行的思考,而思考的历史与权利两大主题与波利尼西亚民族紧密相关——长久以来,波利尼西亚人民都在为追求主宰自己命运的权利不懈奋斗,而时至二十世纪末期在文明世界还处于"边缘化"地位。因此,从空间和主题的意义上,"夜航"部分与其他所有章节具有结构的关联性。

另一方面,诗集开始于田园般的南太平洋风情的家族婚礼颂歌,结束于诗人被"如此众多的朋友"①环绕在周围;诗集的结束句甚至没有用标点符号标注,如此首尾编排暗示了整部诗集令人愉悦的延续性构建,暗示萨摩亚人要世代追求、延续属于他们的美好生活。

① Albert Wendt, "In Reina's Albums", *Photographs*, p. 87.

三、结束语

赏读温特笔下一张张家人的照片，我们对这个家族的渊源、发展以及其家人目前的生活状态有了清晰的了解。而一个家族的历史、发展和现状也就是萨摩亚民族的历史发展过程。借助传说和口传诗歌的形式，温特将萨摩亚的不同社会形态和曲折的殖民历史发展过程做了隐喻性展现。综合来看，《照片》与其说是温特家人的照片，倒不妨说是萨摩亚民族的群像集，是萨摩亚民族的历史与传统的大展现，是现代波利尼西亚人真实的生活写照。

《黑暗》“戏剧化”与“图画般”的叙事分析

申梦萍①

摘要：艾伯特·温特是南太平洋岛国中西萨摩亚著名的小说家和诗人，而小说《黑暗》是温特写于二十世纪七十年代的三部长篇小说之一。小说讲述了一个受人尊严的家族首领法莱阿萨·奥索瓦装疯卖傻企图打破自己妻子和长子篡夺权力的故事，并运用了神话和传说使其具有了象征意义。本文借助现代叙事学理论，从亨利·詹姆斯的“戏剧法”和“图画法”以及小说视点的叙事理论分析作品，体现出作者运用现实主义手法揭露了当时社会中对追寻腐朽的权力欲望的辛辣讽刺、对个体自由的限制与追寻以及罪恶与忏悔等主题，表现了作者对当时社会的批判。而作者独特的叙事方式也值得后继者学习。

关键词：《黑暗》；现代叙事学理论；“戏剧法”；“图画法”

Abstract: Albert Went is a famous novelist and poet of west Samoa in South Pacific Island. And *Pouliuli* is one of his novels written in the 1970s. The novel describes a family leader, Faleasa Osovae, who pretends to be mad and attempts to break his wife and son's conspiracy. And, the novel uses some myths and legends to manifest its symbolic meaning. This paper based on modern narrative theory, uses Henry James's narrative theory and point of view to analyse

① 申梦萍，安徽大学外语学院2013级研究生，安徽大学大洋洲文学研究所成员。

it. The author tries to reveal some themes—the satire for rights, the limitation for freedom, the pursuit, the evil and the confession, which reflect author's criticism against society. Moreover, the author's unique way of narration is still worth learning by successors.

Key Words: *Pouliuli*; modern narrative theory; dramatic; picture like

艾伯特·温特(Albert Wendt,1939—)是当代西萨摩亚著名的小说家和诗人。他是日耳曼血统的萨摩亚酋长的儿子,十三岁获得奖学金去新西兰学习。在新西兰北岛度过了长达十二年的留学生活。后来于1965年回到西萨摩亚,并一直从事教育工作,同时进行艺术创作。作者以其瑰丽多姿的艺术作品和蕴涵丰富的创作特色,创造了独具风格的萨摩亚小说。他既善于汲取本民族文化的珍贵遗产,又由于自己的求学经历吸收借鉴了外来文化的精华,从而奠定了他在西萨摩亚文学上的杰出地位,并蜚声于世界文坛。他的作品和创作风格,不仅表现了近年来南太平洋文学的风貌,而且也体现了当代文学的某些新意识与新手法。

《黑暗》是温特的第二部长篇小说,作者运用超现实的魔幻手法,把神话和传说以及主人公对梦幻般往事的追忆穿插在情节之中,使作品蕴蓄着丰富的内涵,体现出不同的主题。这也是当代学者对温特作品研究的一个重要方向。《黑暗》描述了玛拉埃卢阿(Malaelua)最有权威的首领法莱阿萨·奥索瓦(Faleasa Osovae)一天早晨起来,发现身边的任何人和事物都让他感到厌恶,他也鄙视他自己以及自己得到的一切。由此,他便开始装疯,力图寻找自由,并想让玛拉埃卢阿人重新凝聚在新的家族领导下。在这部小说中,温特通过法莱阿萨的生活,并运用想象、心理分析以及幽默等创作手法,试图分析萨摩亚社会中已经形成或是正在形成的新旧力量,从而赋予了玛拉埃卢阿人鲜活的生命。

温特所运用的超现实的魔幻手法以及结合萨摩亚本土特色的神话传说故事,使《黑暗》独树一帜,成为众多学者的研究对象。而本文则借助现代小说理论的奠基人亨利·詹姆斯的叙事理论,从“戏剧”和“图画”以及小说视点的叙事理论分析作品,体现出小说对腐朽权力欲望的抨击以及对个体自由的向往与追求的主题。

一、“戏剧化”的叙事

亨利·詹姆斯被认为对现代叙事理论做出了开创性的重要贡献,他对小说内容与小说形式之间的有机结构有着充分的辩证认识。在他看来,“小说家真正要做的是把自己看作建筑师,为了建筑物的竣工要不惜一切代价”①;“小说家应该具有建筑师的能力,小心翼翼地、整齐地堆砌恰当数量的砖块,使小说成为一个拱形建筑物,成为一个文学建筑物”②。同时,他发现,“与其他文艺形式相比,真正的戏剧,其完美之处在于它精巧的结构。五幕剧——严肃的,或幽默的,诗歌,或散文——就像一只在尺度和材料两方面都很固定的盒子,它将所有宝贵的东西都装进里面”③。更重要的是,在戏剧舞台上,故事中的一切完全由人物自行演出,观众体验到的直接性直接展示了艺术的真实性。可以说,小说艺术戏剧化是詹姆斯小说理论的一个核心理念。

詹姆斯认为,小说家毫不掩饰的叙述声音无疑会破坏小说艺术的真实性。因此,小说家的叙述声音是小说戏剧化的一个重要问题。小说《黑暗》采用了第三人称的叙述模式,并结合第一人称人物对话的叙述形式。温特在小说中虽然把主人公法莱阿萨的经历事无巨细地向读者交代了,但他并不是全知全能的叙述者,对于故事的发展作者只是跟随法莱阿萨的脚步在行进。法莱阿萨才是整部小说的叙述声音。这也是詹姆斯所赞成的,他认为“小说家必须像上帝一样,从不出现在作品中而同时又让读者感觉他的身影无处不

---

① R. P. Blackmur, *The Art of the Novel*, Boston: Northeastern University Press, 1984, p. 109.

② R. P. Blackmur, *The Art of the Novel*, p. 52.

③ Henry James, "Tennyson's Drama", *Theory of Fiction: Henry James*, eds. James E. Miller and Jr. Lincoln, London: University of Nebraska, 1972, pp. 89-97.

在，并且无所不为"[①]。在小说《黑暗》中，从表面上看是作者在向读者叙述故事，而实际是故事主人公的行动牵引着故事的进程，犹如在戏剧中人物的一举一动牵引着观众的视线一样。故事从法莱阿萨装疯开始，通过自己疯癫的行为让族人相信他已经疯了。而实际与自己的好友拉阿玛图阿(Laaumatua)密谋选择新的首领，并扼杀大儿子和妻子想要篡夺首领之位的企图。而最终却因自己所喜欢的并选取为首领的小儿子的愚忠杀人被判入狱而宣告失败。在这一系列戏剧般的故事中，作者并没有介入当中，也没有不时地向读者进行解释或是发表自己的看法等，而只是充当一个隐形的叙述者。其中穿插的法莱阿萨对自己青少年时期的回忆以及和神话故事的结合，法莱阿萨都是其叙述者，作者并没有参与其中。在小说的第十章第二部分引入神话故事时，是这样表述的："有时，当他坐在悬崖边，他想到了玛拉埃卢阿的过去，这让他清晰地看到过去和现在以及将来的黑暗。[②]"通过主人公的叙述声音，自然地引出黑暗之神——波利乌利(Pouliuli)的故事。而且，小说所述的全部场景几乎全部通过法莱阿萨的眼光进行描述，他的所见所闻所成为描述的重点，法莱阿萨环顾身边的一切人和事，通过他的眼睛，读者直接看到进入他视野的事物。读者看到族人人际关系的冷漠，族长和牧师对发疯后的法莱阿萨的评价，妻子和儿女对他的冷漠态度。这样的场景都可以被搬上舞台，"活生生的事件就被展现在观众眼前，作者所做的记录以及思想从舞台上隐去了"[③]。

如此戏剧化的叙事方式使小说更为直接、真实。詹姆斯也认为，"小说艺术的真实性以及展示过程中犹如戏剧般的直接性"[④]，而且他也希望小说能够像戏剧一样，将"事件"直接展现给读者。小说以装疯卖傻的法莱阿萨为叙述声音和戏剧般的故事叙述，展现在读者面前的是一个从虚伪的假面具下彻底

---

① Henry James, "Gustave Flaubert", *Henry James: Selected Literary Criticism*, ed. Morris Shapira, Westport Connecticut: Greenwood Press, 1978, p. 138.

② Albert Went, *Pouliuliu*, Auckland: Long Paul Limited, 1997, p. 94.

③ Percy Lubbock, *The Craft of Fiction*, London: Jonathan Cape, 1928, p. 111.

④ Henry James, *Henry James: Selected Literary Criticism*, p. 138.

解脱出来的具有真正尊严的人,一个无须掩饰自己内心一切的真正自由的人。这也是作者赋予主人公声音,让其追求自由之路。

二、“图画般”的叙事

詹姆斯认为小说既要拥有戏剧艺术的直接性和客观性,又要最大限度地减少全知叙述者的叙述声音。而这一目标的达到,除了人物对话以外,他还提出通过人物意识、人物观察来展示故事事件的“图画法”模式。詹姆斯本人虽然没有对“图画法”提出明确的定义,但是他本人的实践以及对这种方法的理论阐述明确了这样一个原理:与全知叙述模式不同,“图画法”要求故事外叙述人“走到(人物)背后”(go behind)[①],通过人物眼光、人物意识展示故事中的事件。相对于全知叙述模式中那种全景叙述(panoramic),“图画法”侧重的是人物内心意识,因而缺少如戏剧一样的“事件”或人物行动。

小说《黑暗》中除了“戏剧般”的人物行动外,主要是通过主人公法莱阿萨的意识、观察来展开故事事件。而这意识展现正符合詹姆斯的“图画”理论。在法莱阿萨疯癫以后,小说的每一章中都穿插着主人公对往事的回忆,这样的回忆从表面上看是作者叙述的,其实却是法莱阿萨人物意识的体现。他回忆小时候父亲对自己的严厉,没有给予自己父爱,而是把自己当成未来首领继承人来培养,“对于要求严格的父亲,我只有无限的害怕(这是我对他所感受到的最贴切的描述),儿子只是他的延续,是他生命活力的证据,以他的形象存活,从而继承他的领导地位以及他的名字”[②]。而且母亲对自己也是漠不关心。所以随之出现的神话般的老人抚慰了他缺少爱的心灵。在他的梦中,意识之中老人对他说道:“你想哭时,就可大声痛哭;想讲时,就可畅所欲

---

① R. P. Blackmur, *The Art of the Novel*, p. 111.

② Albert Went, *Pouliuliu*, P. 27-28.

言。[①]"老人的话语,在这墨守成规的世袭家族中,犹如一股清泉滋润着法莱阿萨那颗幼小的心田。法莱阿萨从疯癫老人那里感受到了无私的爱。作者以此说明只有疯癫的老人才允许他那颗童心的流露,实在是讽刺,表明了在世袭的大家族中就连孩子都无法拥有自由,而且法莱阿萨也说"生活要想变得容易,就要成为一个阉割的宠物"[②]。同时,在现实生活中,法莱阿萨在自己意识当中也置疑过,"疯癫"真的是自由的出路吗?在所有人都相信他疯了以后,他不再被人需要,不再受人尊敬,敬仰,"但他仍然拒绝相信他所赢得的自由只是他另一个不能逃脱的陷阱"[③]。在这重重责任感束缚着的传统世袭家族中,要获得这种自由就得付出巨大的代价。要想自由,就必须伪装成疯癫;要想幕后操纵权力,就必须时时忍受饥饿;要想获得内心的独立,却必须在更大程度上依赖家庭和家族才能得以实现。法莱阿萨"在玛拉埃卢阿确立了新的领导权,成为一个自由、事事能够看清的全新自由的人。但他也完全不再被他的族人需要。也许真正的自由就是不再被人需要,即使是你最爱的人。他追求自尊自爱,但他仍然陷入在自己的困境之中,他现在仅仅是不被人需要的一个老者,毫无价值。这就是自由的真相"[④]。显然,这不是他想要的自由。他想要的自由是不失其权力的。他的好友指出"你所追求的自由,无非是放弃对腐败和庸人的抗争,进一步巩固你的权力而已"[⑤]。法莱阿萨对权力的欲望也由此可见。

在小说《黑暗》中作者作为故事外叙述人"走到了故事人物的背后",完全采用法莱阿萨的眼光描述故事,使得读者能够从法莱阿萨的角度去理解他的体验,而读者也被置于法莱阿萨的世界中,直接感受他的感受。而且,詹姆斯的弟子伯西·卢伯克(Percy Lubbock)也曾说过"图画法"就是"让事件通过某

① 王晓凌:"论《黑暗》的魔幻现实主义色彩",《学术界》,1988年第6期,第83—87页。

② 王晓凌:"论《黑暗》的魔幻现实主义色彩",第83—87页。

③ 王晓凌:"论《黑暗》的魔幻现实主义色彩",第83—87页。

④ Albert Went, *Pouliuliu*, p. 94.

⑤ 王晓凌:"论《黑暗》的魔幻现实主义色彩",第83—87页。

个接受意识屏幕得到反映"①。

三、视点(point of view)人物叙述

詹姆斯主张小说家应该尽量采用小说人物的眼光,客观地展示处于"人物观察下的现实"②,使事物在人物意识屏幕上得到最丰富的投射,"以最经济的手段创造最大限度的戏剧张力"③,使小说成为展示"意识的戏剧"④。也正是基于这样一个目的,詹姆斯对于小说视点的选择和应用给予了特别的关注。

"视点"人物必须同时充当展示人物意识和构建小说有机整体的中心点。而在小说《黑暗》中,温特选择了伪装成疯癫的法莱阿萨的活动和意识为该小说主题的中心。围绕着法莱阿萨,以他为中心,把小说最大的分量放在这里,其他的就只稍加处理。总之,对主人公意识周围的那些"卫星人物"(satellites)只需稍加给予注意就够了,如妻子菲拉,自己的儿子和女儿们以及撒乌等人。温特并没有站在全知叙述者的角度对人物意识进行全方位的交代,把小说变为一个充满细节描写的宝库,而是体现了法莱阿萨静静地观察,同时通过他的观察之眼揭示他的心理活动。为了能够客观、直接地展示观察者的所见所思,詹姆斯强调中心意识人物不能"太聪明,能够洞见命运的作弄"⑤也不能选择一个近乎愚笨的"有反射镜(reflector)和见证人(register)"。温特的中心人物法莱阿萨以为自己能够主宰一切、控制一切,然而却也不能洞见自己的命运结局,也始终逃脱不了命运的安排,最终只能以悲剧收场。他被所有人抛弃了,"他站在教堂前面的石阶上,双臂展开伸向令人目眩的苍穹,口中发出无声的哀鸣,一群孩子正向疯癫的法莱阿萨扔去石子"⑥。这时小说的

---

① R. P. Blackmur, *The Art of the Novel*, p. 325.

② R. P. Blackmur, *The Art of the Novel*, p. 325.

③ R. P. Blackmur, *The Art of the Novel*, p. 223.

④ R. P. Blackmur, *The Art of the Novel*, p. 16.

⑤ R. P. Blackmur, *The Art of the Novel*, p. 51.

⑥ Albert Went, *Pouliuliu*, p. 144.

叙述者与读者一样仅仅是故事的聆听者。小说也通过法莱阿萨这个在小说结构中的中心视点人物对某一事物和事件进行观察,他的观察之眼不可避免地成为温特小说叙事内容的一个重要组成部分,而小说所要表达的主题意义也由于观察者的观察而存在。

同时,视点的选择必须与小说的主题相吻合。虽然詹姆斯强调"客观"地展示某一特定的那个事件在观察者心中产生的心理意义,他同样感兴趣于展示同一事件对于不同人物产生的不同心理意义以及由此引起的人物关系变化。因此,持续地使用单个人物视角与变换、切换人物视角对于作品的整体结构具有同样的重要性。温特的小说《黑暗》则是采用了单个人物视角。所谓单个人物视角,就是持续性地采用故事中某一人物的观察角度对事件进行描述。在《黑暗》的整个故事中,采用了一个意识中心,那就是法莱阿萨,而且自始至终将这个中心放在了主人公的意识世界中。法莱阿萨对外界世界事物的感觉,仅仅是法莱阿萨的,这是温特表现的内容,温特通过法莱阿萨的感觉去感知事物。在《黑暗》的整个叙述过程中,法莱阿萨的眼光一直像是提供给读者观察故事世界的一个窗口,对于他本人无法了解的事实,温特也拒绝交代,读者也无从知晓。像法莱阿萨一样,读者只能在变幻的神话故事和各种场景之间揣摩各种表象背后的真相和意义,这不仅使得小说叙述结构紧凑严密,而且也使得故事富有戏剧悬念。小说在技巧方面虽然使用了第三人称叙述,但它摆脱了传统小说对人物、情节仔细交代的讲故事的特征。不再是让读者"听",而是让读者跟随着故事中法莱阿萨的眼光去看。小说自始至终采用了法莱阿萨的眼光对故事信息进行了限定,所以他的观察之眼自然是小说形式框架中的一个重要组成部分;而且法莱阿萨也是参与故事的人物,通过他的观察,读者看到了与之相关的其他人物与事件在他的意识之中的反应。因此,法莱阿萨本人以及他的观察行为也是小说故事内容的重要组成部分。

温特使用的视点人物的中心意识以及单个视角人物的叙述结构使这本小说更为紧凑严密。通过法莱阿萨这个中心点,读者能够了解温特想要表达的主题思想,即渴望追寻自由和对腐朽的权力欲望进行抨击。

四、结语

艾伯特·温特认为,长篇小说《黑暗》是他本人创作中比较满意的一部作品。他本人也说过,“我要大胆地……不怕失败地进行开拓。我不甘停留在安全、舒适的小说描写上,我知道我在冒险,但我还是要这样”①。温特在表现《黑暗》的主题时并没有直接陈述,而是结合了“戏剧法”与“图画法”以及人物视点的叙述方式,通过“严谨、慎重的叙述者向我们讲述,使讲述的内容直接摆在我们面前,让我们能够感觉到。但我们未曾察觉他在向我们讲故事,故事似乎是自己在讲述”②。温特正是通过这样的叙述方式刻画了一个深刻而有力的故事,并向读者展示了,用小说中拉阿玛图阿的话说,“继续有恐惧发生”的一部分世界。而这种“恐惧”有对自由的追寻,也有对腐朽权力欲望的抨击。这也正是叙述产生的主题。詹姆斯也曾说过,“小说是个人对生活的直接印象”,“小说家不仅应该像建筑师,还应该像画家一样‘刻画人性’”③,“小说家应该通过各种技巧使小说‘产生最强烈的感受’”④。而这些,在小说《黑暗》中,温特都一一向读者展示出来了。

---

① 王晓凌:“论《黑暗》的魔幻现实主义色彩”,第83—87页。

② Percy Lubbock, *The Craft of Fiction*, p. 121.

③ Henry James, “Tennyson's Drama”, p. 90.

④ Henry James, “Tennyson's Drama”, p. 91.

怀特研究在中国：

考察与思考

陈正发①

摘要： 澳大利亚文学泰斗、1973 年诺贝尔文学奖得主帕特里克·怀特自二十世纪八十年代初首度被引介到我国后，很快成为国内学者热衷研究的对象，研究成果丰硕并以惊人的速度激增。怀特研究的面之广、视角之多样、人员之众，均令人为之欣喜。然考察梳理发现，成绩的背后也潜藏了一些问题，如研究的混乱与无序所导致的失衡与重复、理论的生搬硬套、一味地歌颂而极少负面评价、脱离国情等。为将来我国怀特研究更好地开展，有必要尽可能予以适当引导，避免上述弊端，以提高整体研究质量。

关键词： 中国；怀特研究；考察；思考

Abstract: The Australian literary giant, 1973 Nobel Prize winner Patrick White, has been a most favorite subject of study with the Chinese scholars in related field. Since he was first introduced into this country in the early 1980s, remarkable achievements have been made, probing from different angles and covering various aspects. A necessary review, however, reveals certain weaknesses

① 陈正发，杭州师范大学外国语学院教授，主要研究方向为澳大利亚文学与英汉互译。

or maybe problems behind the flush, such as the imbalance and overlapping of research due to the lack of proper mapping or too much spontaneity, the mechanical application of theories, sheer extolment and questionable propriety of research contents, etc. For a desired wholesome development, it is advised that proper guidance be provided so that shortcomings can be overcome and the overall quality of research guaranteed.

Key Words: China; Patrick White's studies; review; reflections

帕特里克·怀特无疑是澳大利亚文学的巨擘,一面旗帜,一座丰碑。可以毫不夸张地说,正是因为怀特,澳大利亚文学在世界文坛的地位得以向前大大推进了一步。怀特于1973年获得诺贝尔文学奖,不仅使自己从此笼罩在炫目的光环里,同时也给偏居南半球的澳大利亚带来了十二分的风光,给当代澳大利亚文学的发展提供了难得的机遇。在怀特成功典范的鼓励下,一批谙熟各种文学思潮且勇于创新的年轻作家脱颖而出,相继杀上世界文坛,进一步扩大了澳大利亚文学的成就与影响。从此人们开始对它刮目相看,于是乎有了澳大利亚文学研究机构在世界范围内的建立,于是澳大利亚作家作品进入许多著名大学的课堂,成为高等学府学子学习、教授研究的对象。澳大利亚文学能有今日之辉煌,得到如此关注与青睐,怀特可谓功不可没。

不过,最受关注与青睐的,还是怀特本人,不管是在澳大利亚国内还是国外。澳立国以来,史上留名的作家成百上千,但享受最大殊荣的,还是怀特,即便是被公认为澳民族文学奠基人的亨利·劳森也没能望其项背。就澳本国的研究来说,笔者案头有一本《澳大利亚作家研究指南》,上面统计了关于澳有史以来知名作家的研究文章与著作目录,其中享誉澳文坛二百年的劳森不过仅占八页不到的篇幅,而怀特却占了二十三页。我国也不例外。从"中国知识资源总库(远程在线)"搜索可以得知,我国有关澳大利亚作家作品的研究总共不过二三百篇,其中有关怀特的研究文章就占了近三分之一,包括硕士论文十四篇，博士论文五篇[①]，而见之于各类刊物的研究劳森的文章不过三十四篇，选择劳森作为自己学位论文撰写对象的也只有一二名硕士生。由此可见怀特之受重视的程度。从怀特第一次进入我国读者与学人的视野到现在，已历时凡三十年，笔者感觉有必要对这三十年我国怀特研究的情况做一考察梳理并提出一些自己的思考与看法。

一、我国三十年怀特研究概述

出于众所周知的原因，我国的外国文学研究很长一段时期内完全处于停顿状态，正式得以开展已是改革开放之后的事。澳大利亚文学作为一个相对来说较少受关注的国别文学，自然更不例外。最先让我国读者知道怀特的是我国著名学者、北京外国语大学的胡文仲教授。胡先生是国门打开后国家第一批选送出国深造的杰出学子之一，在悉尼大学专门研读澳大利亚文学，师从澳文学权威利奥尼·克莱默教授。[②] 留学期间，胡先生就借机访问了这位澳大利亚唯一诺贝尔文学奖得主并写了专访文章《怀特印象记》，回国后于1982年发表于《外国文学》，讲述了访问的情形并就大师的一般情况做了简要介绍。同年，胡先生第一篇澳大利亚文学研究学术论文发表，也正是写的怀特，题为《介绍怀特——一位有特色的澳大利亚作家》，刊登在《世界文学》杂

① 网上统计显示仅有三篇，与实际有出入。就本人所知，迄今为止，我国怀特研究的博士论文应为五篇。有显示的三篇论文作者分别是吴宝康、陈弘与徐凯，均为黄源深教授的博士生；笔者知晓的另两篇作者分别为倪卫红与张卫红，系胡文仲教授的博士生。

② 国门开启后我国第一批外语骨干被选送国外深造，时间为1979年。据说目的地原本是英美，后来却阴差阳错地全部派去了澳大利亚，入悉尼大学。这批学子后来大多成为我国外语界的栋梁，被学界戏称为“九人帮”，除胡文仲外，包括北京大学的胡壮麟、南京大学的钱佼汝、上海外国语大学的侯维瑞、华东师范大学的黄源深、西安外国语大学的杜瑞清、苏州大学的王国富等，其中胡文仲、黄源深和王国富学的都是澳大利亚文学，回国后于1982年均致力于澳大利亚文学的研究。

志。现在回顾看来,它既是胡先生澳大利亚文学领域学术研究的开篇之作[①],也是国内怀特研究的开山之作。胡先生很谦虚,标题仅仅说是“介绍”,但实际上远非如此,文章平易晓畅,深入浅出,在简要介绍了作家背景之后,全面考察、分析、探讨了作者作品的主题关注、写作特点与风格等。最可贵的是,结合与怀特本人和澳学界朋友的交往,下笔客观,有自己的思考与看法。胡先生随后又将大量精力投入到怀特小说的译介,与人合作翻译出版了怀特两部主要作品,为我国怀特研究做出了杰出贡献。

怀特研究的另一位开拓者是原杭州大学(后并入浙江大学)的朱炯强教授。1986年,朱教授便翻译出版了怀特的一部重要著作《风暴眼》(这也是怀特的小说第一次被译介到我国),并发表了题为《剖析灵魂的手术刀——从〈风暴眼〉看怀特的写作特色》的研究文章。文章以《风暴眼》为着眼点,专门讨论了怀特的写作风格与技巧,追溯了作者所受的文学影响,展示了作者作品“不以情节取胜”,而重“心理的刻画”与“灵魂的解剖”等突出特点及“探索人生的意义和价值,寻找生活的真谛”的一贯主题。[②] 朱先生原为中国作家协会会员,国文底子深厚,无论是小说译文还是研究论文,文笔都自然优雅流畅,毫无行文欧化与滞涩的迹象,令人膺服。整个二十世纪八十年代,是为怀特研究介绍的起步阶段,主要耕耘者是胡、朱二位教授,除此之外,另只有《文化译丛》一篇关于怀特的译介以及笔者同事李宪平一篇有关怀特戏剧的浅论。然而,尽管只是起步,由于胡、朱二位大家的投入,起点却很高,为我国的怀特研究开了个好头。

二十世纪九十年代可谓我国怀特研究的巩固发展期。这期间,一个突出的成绩是怀特的重要作品基本都得以翻译出版。它们是:《人树》(胡文仲、李尧译;1990)、《探险家沃斯》(刘寿康、胡文仲译;1991)(以下简称《沃斯》)、

---

① 胡文仲教授是我国外语教学专家,澳大利亚文学研究只是他关注的一个方面,其他更多是英语教学与跨文化交际。

② 朱炯强:“剖析灵魂的手术刀——从《风暴眼》看怀特的写作特色”,《外国文学研究》,1986年第一期,第44—48页。

《树叶裙》（倪卫红、李尧译；1993）、《乘战车的人们》（王培根译；1997）以及作者自传《镜中瑕疵》（李尧译；1998）。共见评论文章十五篇，其中，胡文仲教授从新的不同侧面接连发表三篇关于怀特的文章，分别从自己亲身经历的印象、大卫·马的怀特传记以及怀特本人的书信讨论了这位澳文学泰斗，使人们看到了一个更加丰满、全面的怀特，它们是：《忆怀特》（1992）、《〈怀特传〉的成就与不足》（1992）以及《从怀特书信中了解怀特》（1996）。不谋而合的是，朱炯强教授也从另一新的侧面接近怀特，介绍了他获诺贝尔文学奖的前前后后（1994）。1997 年，与胡文仲教授一同留学澳洲并且后来一直致力于澳大利亚文学研究的我国著名澳文学研究专家黄源深教授出版了他的《澳大利亚文学史》。黄源深先生虽然并不专门研究怀特，但《文学史》中关于怀特的专章洋洋洒洒，以非比寻常的大篇幅（四十多页）介绍、讨论了这位文学巨匠和他的几乎所有作品，高屋建瓴地阐述了其突出的文学成就以及在澳文学史上的地位与影响，指出作者在创作内容和创作方法上锐意“革新”，作品具有以前作品所没有的“丰富性”“深刻性”并富于“诗意”，从而“开创了澳大利亚小说创作的新纪元”。[①] 需要特别一提的是，本时期出版了我国第一部评介怀特的专著，这便是叶胜年先生的《帕·怀特评传》（1994）。专著虽不到二十万字，但却较全面、详细地评介了大师的生平与创作，在当时来说，可以算是一个标志性的成果。这一时期，还出现一个值得注意的现象，即不少年轻学子开始关注怀特，怀特研究出现了可喜的新生力量，如傅景川、王培根、王玉括、刘丽君、高秀芹、倪卫红、张卫红、张校勤等，其中王培根先生两篇论述《乘战车的人们》的论文以及倪卫红《走出生命的局限——评帕特里克·怀特的〈探险家沃斯〉》和张卫红《澳大利亚戏剧的分水岭——试析怀特的〈火腿葬礼〉和〈萨塞帕里拉的季节〉》均属上乘之作。倪卫红与张卫红均为胡文仲教授的博士生，后又分别在此基础上撰写了颇有分量的博士论文。遗憾的是，二位女将后来均未继承胡先生的衣钵。同样，上述新生力量后来也逐一放弃学术出道初始的选择而另择高枝，只有汕头大学的刘丽君似乎初衷不改，一如既往

---

① 黄源深：《澳大利亚文学史》，上海：上海外语教育出版社，1997 年，第 304—305 页。

地在澳文学研究领域辛勤跋涉。

新世纪开初到现在的十余年,我国的怀特研究进入了一个生气勃勃的繁荣期,不仅研究成果的数量以令人难以置信的速度激增,而且涵盖面之广,视角之多样、研究人员之众,均大大出乎意料。短短的十年多一点时间,怀特的研究论文是前二十年的3倍,内容不但覆盖怀特的主要长篇小说,而且开始包括短篇作品,甚至将注意力投向国外怀特研究的研究。研究队伍不再是寥寥几人,而是几十人。他们中绝大多数是青年教师和研究生,年轻人思想活跃,目光敏锐,且基本上都在当代西方文学理论方面受到较系统的教育,掌握了必要的理论武器,因而可以从多层面、多视角把怀特的作品里里外外探究个透。初步的梳理发现,本时期怀特研究的内容异常丰富,视角变化多样。有从宗教角度探讨小说"宗教情愫""宗教信仰""神秘主义色彩"的;有从艺术风格与创作手法上谈"象征手法""反讽艺术""心理叙述""意识流""陌生化艺术""浪漫主义意蕴"的;有从主题特征上讨论"本土意识""异化""人与自然的关系""悲剧意义"与"精神价值"的;有运用"原型批评""新现实主义""心理分析"等理论解析作品的;也有从比较的角度将大师与其他作家进行对比研究的,如将《沃斯》与海明威的《老人与海》以及戈尔丁的《蝇王》、考琳·麦卡洛的《荆棘鸟》等进行比较分析;甚至有的绞尽脑汁挖掘怀特作品的各种"特性",如"戏剧性""寓言性""多重属性""怪异性""人之双重属性""人物的性身份流动性"以及"性"本身,等等,不一而足。真个把人看得眼花缭乱,击节称奇,不由得为我国怀特研究的活跃感到快慰,为年轻人的茁壮成长以及对学术的自觉追求感到欣喜。这其中,有几位的研究做得比较扎实,如徐凯、陈弘、张忻波、吴宝康等,有理由相信,他们很有可能成为今后我国怀特研究的重要力量。

二、怀特研究繁荣背后的反思

毋庸置疑,我国的怀特研究在过去的三十年中从零开始,取得了令人瞩目的成就,队伍不断壮大,成果斐然,可喜可贺。然而客观地说,这里面也暴露了一些问题，或者说以后须加以注意和改进的地方，不妨指出来，供有关同人参考并思考，以期推动我国今后的怀特研究工作朝着更健康、理性和有效的方向发展。

首先一个突出的问题是研究的混乱与无序，尤其是近十年的"繁荣期"。本时期虽然看上去轰轰烈烈，成果的数量与前两个时期相比不可同日而语，但总体效果似乎尚不及巩固期。不少研究者的出发点明显带有功利性与趋同性。怀特是澳大利亚唯一一位诺贝尔文学奖得主，自然是最重要的，要研究澳大利亚文学就得研究怀特，这恐怕是许多研究者内心的一个真实想法，也不管怀特是不是自己真正的兴趣所在以及自己能否真正把握怀特。还有一个想法应该就是，研究怀特较之研究其他不太知名的澳大利亚作家来说，成果可能更容易发表。于是乎一哄而上，鱼龙混杂，冲淡了整体研究效果。很多研究呈重复现象，如多篇论文讨论作者象征的运用、心理探索、悲剧色彩、宗教蕴含等，内容大同小异，实属浪费有限的人力资源。研究的覆盖面虽然扩大，但失衡与重复现象明显，就单部作品研究来说主要集中在作者的三部长篇《沃斯》《人树》以及《风暴眼》，其中《沃斯》多达十六篇，《人树》十一篇，《风暴眼》十篇，其他作品最多者三四篇，少者一篇，而对《幸福谷》《生者与死者》以及怀特本人很看重的《姨母的故事》的研究则至今付之阙如。短篇小说的研究索性开了个头，但仅涉及具体两个短篇，戏剧亦如是。与此有一定关联的是，内容重复较多，如讨论《人树》的象征、《沃斯》的悲剧意义与超越主题以及《风暴眼》意识流或心理叙述手法的论文就各有好几篇。论文的质量也悬殊甚大，有的论文似为赶任务交差之作，泛泛而谈，人云亦云，很难看到有什么实际价值。

年轻的一代学子在西方文艺理论，尤其是当代西方文艺理论方面所受的教育无疑比他们的上一辈全面、系统，但一个难以否认的事实是，许多人实际上只是一知半解，并没有真正弄懂、消化，而那些囫囵吞枣的理论并不影响拿来为我服务，运用到所谓的研究当中，结果是"文不达意、牵强附会"。[①] 一些

① 黎皓智："理论碰撞文学引发的思考"，《外国文学》，2002年第1期，第92—94页。

怀特作品的研究文章便难免这样的弊端,拉大旗,作虎皮,一味追求对理论,尤其是新理论的运用,与此同时,忽略对文本的细读与分析,让人怀疑研究者对作者的原作是否真的看过。还有的倒是无疑把作品研读了个透,西方文学研究的方法也掌握得熟练,但似乎又太过"西化",研究的内容就我国国情来说值得商榷,如怀特作品中的"性"或者人物的"性别含混"。作为纯文学、学术探讨,这一点也许无可厚非,但从我国文学批评、欣赏的大环境来看似乎还是有点给人以格格不入之感。早在八十年代初,就有学者指出我国的外国文学研究应当有所"选择",要"充分注意社会效果问题"。[①] 记得大约二十世纪八十年代末九十年代初笔者参加的一次全国外国文学研讨会上,人民文学出版社的一位前辈(好像是孙绳武先生)发言,也就类似的问题谈了自己的看法,语重心长地提醒我们在从事外国文学研究的时候,切记要考虑到国情并注重社会指导意义。老先生的话至今一直印在我的脑海里。前辈当时还提出一个评论语言的问题,认为不少外国文学评论文章的行文有待改进,只知道用大名词吓唬人,理论上貌似深奥,实际上不过是吃了夹生饭,因而论述时语言晦涩死板,逻辑含混不清,意思不明。这一弊病也显见于当今一些怀特评论文章之中。

纵览我国的怀特研究评论,笔者还发现一个通病,那就是,大多数文章差不多都是褒奖颂扬,一味地唱赞歌,而极少有负面评价。这恐怕也不是正确的做法。不错,怀特是位世界级文学大师,但不能因此就成了神,一切都是完美的,而无任何瑕疵。连怀特本人都承认他有他的问题,他的自传就取名叫作《镜中瑕疵》(*Flaws in the Glass*,1981)。在澳大利亚国内,反面的批评就有很多,诗坛泰斗 A. D. 霍普就曾言辞激烈地称怀特小说脱离澳大利亚现实,而怀特的写作风格则是"文辞不通而又自以为是的言语泥渣(pretentious illiterate verbal sludge)"。[②] 除了霍普,其他对怀特持反面意见的也还真是为数不

---

① 莽永彬:"外国文学研究与社会主义精神文明建设",《辽宁大学学报》,1983 年第 1 期,第 90 页。

② Simon During, *Patrick White*, Melbourne: Oxford University Press, 1996, p. 8.

少，大有人在。实际上，从二十世纪五十年代怀特崭露头角到现在，澳本国对怀特的评价就一直充满争议，澳人"谈起怀特来，往往也是各执一词，莫衷一是"[①]，为什么到我们这儿就都成了一边倒了呢？我们的研究评论为什么就不能说说不是呢？

坦白地说，怀特的作品也的确有其值得我们深思的地方，比如可读性差，玄虚深奥，一般读者很少感兴趣。即使受过高层次教育的人也不例外，偶尔附庸风雅借一本翻翻，也很少能读下来，不出二三十页，便弃之一旁，从此不再沾边。小说很大程度上与社会、现实脱离，并且在手法、风格上对普通读者构成严重的挑战，语言极其晦涩难懂，意思扑朔迷离。胡文仲教授就曾经披露，苏联有两位译者翻译怀特的作品，最后竟先后得了神经衰弱症，弄垮了身子。[②] 怪诞而不合常理是怀特小说又一个令人费解的地方，很多地方不能按照一般常识、逻辑去思考或推理。纵观他的全部作品，其人物大多不是严格意义上的正常人，有的大脑有问题，如《姨母的故事》中的主人公——老处女西奥多拉·古德曼，和《坚实的曼陀罗》中的主要人物——两兄弟一个精神不正常，一个是白痴；有的性情怪僻，与世格格不入，如沃斯以及他的精神伴侣劳拉(《沃斯》)；有的生理、心理反常，如两性人特莱庞(《特莱庞的爱情》)、记荒诞日记的墨舒尔(《沃斯》)、视他的"艺术"高于一切的赫特尔(《活体解剖者》)；再有的就是头脑简单，不是白痴也近乎半傻的"傻大"，如对沃斯无比忠诚的哈利·罗巴茨(《沃斯》)、《乘战车的人们》中的老处女玛丽·海尔与家庭主妇罗丝·戈德博尔德、《树叶裙》中的农场姑娘爱伦·格鲁雅斯，《幸福谷》中的巴布·奎格利等。原本正常之人，悟出生活、生命之"真谛"的时刻，又都已是头脑糊涂之时，如《人树》中进入老迈昏聩之年的斯坦·帕克以及《暴风眼》中缠绵病榻、不久于人世的伊丽莎白·亨特。实在有些令人匪夷所

① 胡文仲："介绍怀特——一位有特色的澳大利亚作家"，《世界文学》，1982 年第 3 期，第 98 页。

② 帕特里克·怀特：《人树》，胡文仲、李尧译，上海：上海译文出版社，1990 年，第 702 页。

思。然而就是这样一些人,怀特却硬赋予了他们超级的智慧,他们能了悟、洞察一切,能无缘无故(或是有"缘"无故)、轻而易举地读解他们周围的世界,能从最普通的物体中看到事物的"真谛"。比如罗巴茨,土著人留在洞壁上的画,别人都不知道是要表现什么,他站在一旁一眼就看了出来,尽管一行人中没有谁比他头脑更简单;他似乎始终浑浑噩噩,但对他身边发生的一切,包括探险的命运,都了如指掌;他甚至能看到灵魂的飞升。比如亚瑟,他能从寻常的玻璃弹子中看出那是上帝的所在,追求到一种完美。比如玛丽·海尔、希莫尔法伯、阿尔夫·达博等几人,竟不约而同地从一辆普通的马车上悟出了人生。更为离奇的是,风烛残年的斯坦·帕克最后吐一口唾沫,立时大彻大悟,从那唾沫里参透了"禅机",这不能不叫人惊诧,叫人摸不着头脑。

所有这些,是不是需要我们认真思考、探究而不仅仅是盲目跟风,人云亦云呢?

三、结语

可以预见,随着怀特在我国影响的日益扩大,我国的怀特研究在今后很长一段时间内势必更加活跃,研究者日众。这就需要予以一定的引导,以取得更好的效果,也避免浪费宝贵的资源。笔者窃以为,以下几点似应值得注意:一是研究的系统性与覆盖面。有必要加强对作者其他作品的研究,尤其是迄今尚未涉及的长篇以及他的短篇小说集与戏剧。其实怀特的两个短篇小说集《烧伤的人们》(1964)和《白鹦鹉》(1974)都是他的重要作品,而且里面包括了二十多个短篇,大有文章可做。戏剧也是。怀特曾一度对戏剧异常痴迷,做梦都想成为一个剧作家或戏剧演员,其戏剧创作对当代澳大利亚的戏剧发展也影响甚大。二是质量的不断提高。要尽量避免角度、内容的重复,浮光掠影的泛论以及理论的生搬硬套,语言上做到清新、自然、可读。最后希望研究中能有自己的客观评价与见解,更期待我们的怀特研究能够走出国门,跻身国外重要学术期刊。

理查德·弗兰纳根,澳大利亚文坛升起的又一颗明星

李尧①

摘要: 理查德·弗兰纳根对于中国大多数读者来说还比较陌生,但在澳大利亚他是最近二十年涌现出来的最有成就、最具特色的作家之一。从《导航员之死》《孤掌之声》《古尔德的鱼书》到《不知名的恐怖主义者》《渴望》和《通往北方深处的窄路》,弗兰纳根的所有作品都是从生活的沃土中绽开的奇葩,是澳大利亚多元文化色彩日益浓厚的表现。他的作品都保持了后现代主义和现实主义创作手法的和谐一致,不但弥漫着浓厚的自我意识,同时也极具瑰丽的现实主义色彩。不少评论家认为,弗兰纳根让人想起惠特曼、乔伊斯、福克纳、加西亚·马尔克斯等艺术大师。而其赢得2014年英国文学布克奖的桂冠又一次告诉我们,理查德·弗兰纳根——一颗耀眼的明星已然从澳大利亚塔斯马尼亚岛高高升起。

关键词: 理查德·弗兰纳根;2014英国文学布克奖;耀眼的明星

Abstract: Being unfamiliar to most Chinese readers, Richard Flanagan is one of the most accomplished and distinctive writers in Australia in recent twenty years. Representing growing diversification of multiculturalism in Australia, all his works, from *Death of a River Guide*, *The Sound of One Hand Clapping* and *Gould's Book of Fish: A Novel in Twelve Fish* to *The Unknown Terrorist*,

① 李尧,中国作家协会会员,商务部培训中心教授,北京外国语大学客座教授,著名翻译家,曾获澳大利亚澳中理事会授予的杰出贡献奖章。

Wanting and *The Narrow Road to the Deep North*, are miraculous flowers bursting into bloom in the fertile soil of life, in which there is a reconciliation of postmodernism and realism in creation, characterized by strong self-consciousness and magnificent realistic features. Some critics argue Flanagan reminds them of such masters as Whitman, Joyce, Faulkner and Garcia Marquez etc. As the laureate of the 2014 Man Booker Prize for English literature, Richard Flanagan is a bright star rising high from Tasmania, Australia.

Key Words: Richard Flanagan; 2014 Man Booker Prize; a bright star

2014年10月15日,英国文学布克奖揭晓,澳大利亚作家理查德·弗兰纳根(Richard Flanagan, 1961—)的《通往北方深处的窄路》(*The Narrow Road to the Deep North*)获奖。

理查德·弗兰纳根在发表获奖感言时说:“我出生在一个盛产煤炭的小镇。家族没有一点点与文学相关的基因。我全然没有想过自己有朝一日能以作家的身份站在这里,获得如此高的荣誉。”他还说:“小说不是故事的简单堆砌,也不是反映生活的一面镜子,或者对生活的解释与指引。小说就是生命,否则什么都不是。”这一段精辟的论述发人深思。

理查德·弗兰纳根对于我国大多数读者来说还比较陌生,但在澳大利亚他是最近二十年涌现出来的最有成就、最具特色的作家之一。《世界文学》也早在2002年就发表了由笔者节译的他的重要著作《古尔德的鱼书》(*Gould's Book of Fish*)。

理查德·弗兰纳根是土生土长的塔斯马尼亚人。他的祖先是十九世纪四十年代从爱尔兰流放到澳大利亚塔斯马尼亚岛的犯人。第二次世界大战期间,理查德·弗兰纳根的父亲被关进日本设立在缅甸的战俘营,参与泰缅铁路的修建,受尽折磨。作为“死亡线”——泰缅铁路的幸存者,弗兰纳根的父亲总是以自己的痛苦经历教育儿女,让他们不忘这一段痛苦、屈辱的历史。“在我们那座棚屋里,孩子们和他一起举行一年一度的‘驱魔’仪式,”理查德·弗兰纳根曾经在一本杂志上这样写道,“我们六个孩子排成一行,用日语从一数到十,然后齐声背诵父亲在战俘营的代号。他还检查我们的床铺,毯子都要叠得方方正正,就像当年日本狱吏对集中营战俘要求的那样。”所有这一切,对理查德·弗兰纳根日后的成长及其文学创作都产生了深远的影响。而《通往北方深处的窄路》更是直接来源于父亲当年那段不堪回首的痛苦经历。童年的记忆和父亲饱含血泪的故事无时无刻不在他的脑海里盘桓。理查德·弗兰纳根说:“我和我的五个兄弟姐妹一起成长,我们都是‘死亡线’的孩子。我们身上都流淌着无法用语言描绘的东西。直到某一天,我觉得自己必须去写这本书。”动笔之后,他更是“欲罢不能”。十二年间,五易其稿,历经艰辛,终于写出这部为他赢得巨大声誉的作品,就在父亲九十八岁去世的那天,将此书最终的定稿送给出版社。但理查德·弗兰纳根同时指出,这本书并非讲述父亲的故事,只是写故事的时候,向父亲询问了许多背景和细节。有评论家说:《通往北方深处的窄路》不是战争小说,不是围绕枪炮子弹展开的故事,而是描写了那个环境下,人与人之间的关系。凡是与“死亡线”有关的人,无论哪一方,最终都是“受害者”。

这本书的书名——“通往北方深处的窄路”,取自著名日本诗人松尾芭蕉的作品。该书以泰缅铁路的修建为背景,讲述了一位澳大利亚医生的爱情故事。主人公埃文斯身陷日本战俘营,一直为两年前与年轻舅妈的婚外情而悔恨。就在他努力拯救饱受饥饿、霍乱和拷打折磨的人们时,他收到一封信。这封信在处处散发着血腥味的集中营里,给他带来一抹亮色,并且改变了他的一生。而正是这种爱恨情仇编结的故事赋予《通往北方深处的窄路》深刻的思想内涵。为弗兰纳根颁奖的布克奖评审委员会主席、英国作家和哲学家安东尼·格雷林指出:“文学的两大主题是爱与战争,而《通往北方深处的窄路》正是这样一部关于爱与战争的巨作。”

和这部赢得2014年布克奖的“巨作”一样,理查德·弗兰纳根的其他作品也都是从生活的沃土中绽开的奇葩。

弗兰纳根上中学时是划艇冠军,十六岁那年就辍学回家,当了一名河道导航员。对于一位后来成为牛津大学“罗兹奖学金”获得者的学子来说,这无疑是一段不寻常的经历。1994年,三十三岁的理查德·弗兰纳根根据这一段经历写出他的第一部长篇小说《导航员之死》(*Death of River Guide*)。这本书通过富兰克林河上导航员阿尔杰兹·柯西尼的眼睛,揭示了塔斯马尼亚作为流放之地的悲惨历史,痛斥了英国殖民主义者对美丽的大自然,特别是对这块土地上繁衍生息的土著人残酷的践踏与蹂躏。这本书热情奔放、寓意深远,许多评论家认为它颇具福克纳风格,出版当年即获"维多利亚州总理文学奖"和"南澳大利亚州总理文学奖"。弗兰纳根自此在澳大利亚文坛崭露头角。

1997年,弗兰纳根出版了他的第二部长篇小说《孤掌之声》(*The Sound of One Hand Clapping*)。这本书描写了斯洛文尼亚移民在塔斯马尼亚的生活,出版后引起很大反响,当年即发行十五万册,并且获得"澳大利亚图书奖"和"万斯·帕尔默文学奖",后来又由他自己改编成电影。

经过长期的积累和酝酿,理查德·弗兰纳根于2001年推出一本从内容到形式都有别于自己以往任何著作,甚至有别于前人所有著作的新书——《古尔德的鱼书》。这本书根据小说情节的需要,用不同的颜色——红、蓝、绿、赭——印刷。每一章前面都绘有一条与该章内容密切相关的精美的鱼,让人耳目一新,叹为观止。而更让人心灵震颤的是,它以后现代主义和现实主义相结合的手法,讲述了873645号流放犯——威廉·布埃鲁·古尔德在天之涯、海之角的范迪门地(塔斯马尼亚旧称)萨拉岛的悲惨遭遇,讲述了一段人类应该永远为之扼腕长叹、无法忘记的历史。《古尔德的鱼书》在作者的故乡塔斯马尼亚出版后,立即引起强烈的反响。两种截然不同的意见各不相让。一部分人为作者大胆揭露塔斯马尼亚在殖民主义统治下的悲惨历史和作者丰富的想象力欣喜若狂;另外一部分人面对这部内容深刻的书时却困惑不解,茫然不知所措。有一位评论家甚至认为,这是一部荒谬绝伦的书。他认为书里充满了拼凑和模仿的痕迹,是对历史的恶意歪曲。面对读者基于各自不同立场而产生的争论,理查德·弗兰纳根坦言:"我不喜欢历史小说,你不可能重塑历史,只能用历史表现自己的思想,写一部当代的小说。"事实上,弗兰纳根"自己的思想",就是几十年来澳大利亚多元文化色彩日益浓厚的表现。

2006年，理查德·弗兰纳根又创作了一部给他带来很大声誉的小说:《不知名的恐怖主义者》(*The Unknown Terrorist*)。这本书开篇就指出:“爱永无止境这一思想，具有特别的吸引力。面对这一事实，千百年来，人类总是试图发现爱是世界上最强大的力量的证据。”秉持这一主题，理查德·弗兰纳根在这本书里深刻地揭示了澳大利亚社会生活中无法回避的矛盾，“描绘出一幅澳大利亚当代社会灾难性的图画”。“五天，三枚没有爆炸的炸弹，你生命中每一个真实，最终都变成谎言。你该怎么办?”①

此后不久他又出版了长篇小说《渴望》(*Wanting*)。这些书都保持了后现代主义和现实主义创作手法的和谐一致，不但弥漫着浓厚的自我意识，而且也极具瑰丽的现实主义色彩。不少评论家认为，弗兰纳根让人想起惠特曼、拉伯雷、叶芝、斯特恩、斯摩莱特、乔伊斯、福克纳、福楼拜、塞万提斯、布莱克、麦尔维尔、加西亚·马尔克斯……这样一些艺术大师。而其赢得2014年布克奖的桂冠又一次告诉我们，理查德·弗兰纳根——一颗耀眼的明星已然从澳大利亚塔斯马尼亚岛高高升起。

① 以上引言都为笔者译自 *The Unknown Terrorist*。

略论澳大利亚丛林现实主义小说

张加生①

摘要:十九世纪末二十世纪初是澳大利亚历史上的一个重要时期。这既是澳大利亚民族独立思潮高涨时期,也是澳大利亚丛林现实主义小说作家集中高产时期。什么是澳大利亚丛林现实主义小说?丛林现实主义小说为何形成于十九世纪末二十世纪初澳大利亚民族主义情绪高涨时期?哪些社会历史和文化因素促成了丛林现实主义小说的形成?这两者之间的内在联系是什么?丛林现实主义小说有哪些特点?丛林现实主义小说与澳大利亚的民族独立之间又有哪些内在联系?本概述拟就澳大利亚文学史梳理来解决这些基本问题。

关键词:澳大利亚;丛林;现实主义小说

Abstract: At the turning of the century of 20th, Australia saw a great troubling and disturbing period in her history. On the one hand, this period is when Australian nationalism began to boom in face of the economic depression; on the other hand, this period is when Australian native writers began to write about Australian landscapes, characters and bush. Influenced by the national magazine *bulletin*, the native writers of Australia represented what Australian bush is really about with realism sketches. In this sense, the novels written at

---

① 张加生,南通大学副教授,硕士生导师。

the turning of the 20th century are bush realism novels and this article is to explore deep into what bush realism is and how it came into being under the context of Australian nationalism.

Key Words: Australia; Bush; Bush Realism

引言

自 1788 年第一批英国囚犯和政治犯来到澳大利亚大陆迄今的一个世纪以来,澳大利亚小说几乎都是关于这片土地的地方色彩的"旅行笔记"。而只有当"当地文明有着自己的内在认同和内在力量时(即当澳大利亚真正摆脱了英国的影响时),澳大利亚才有了自己意义上的创新作家"①。也就是伊恩·穆迪(Ian Mudie)所说:"我们不会发现澳洲之美,直到不再欧洲思维。"②而这不再欧洲思维说起来容易,实际上要复杂得多。

在澳大利亚大陆,自十八世纪中期以来,出现了一些作品,主要以澳大利亚的殖民者的生活为原型,如罗克劳弗特(Charles Rowcroft)的《殖民地故事》(*Tales of the Colonies*)、哈里斯(Alexander Harris)的《定居者与囚犯》(*Settlers and Convicts*,1847)、金斯利(Henry Kingsley)的《吉奥弗里·哈姆林》(*Geoffry Hamlyn*,1859)及克拉克(Marcus Clarke)真正具有小说水准的《无期徒刑》(*His Natural Life*,1874)等,这些小说具有明显的殖民痕迹,即具有浪漫主义和殖民的传奇色彩。如上述金斯利的作品很好地讲述了殖民地传奇故事,讲述了英国殖民者如何在澳洲大陆继续英国梦的故事,但这部小说后来被"追求现实主义"③的民族主义作家弗菲(Joseph Furphy,1843—1912)所诟病。《无

---

① John Barnes, "Australian Fiction to 1920", *The Literature of Australia*, ed. Geoffrey Dutton, Victoria: Penguin Books Australia Ltd, 1964, p. 149.

② P. R. Stephenson, *Kookaburras and Satyrs: some recollections of the Fanfrolico Press Cremorne*, New South Wales: Talkarra Press, 1954, p. 22.

③ John Barnes, "Australian Fiction to 1920", p. 157.

期徒刑》作为一部关于殖民地生活场景的经典,主要反映了英国殖民地的囚犯制度,在这个囚犯制度下,“个人的深痛经历使得一个年代的苦难被具体化”①。而这些深痛经历显然也是殖民化的深痛经历。

到十九世纪七十年代,澳大利亚本土出生的人口已经超越了移民人口。到了八十年代后,上述这些作品中所描述的曾经的“英国版”的澳大利亚生活虽然满足了那些将英格兰当作“家乡”的读者,并且也满足了他们曾经的英国经历的期待,但这些作品,对于“英格兰只是遥远的国度”并且将英格兰戏谑为“家(Home)”的人来说,是不能满足的。这时期的另一多产女作家 Rosa Praed,其作品总是隔着一定距离去看待丛林人,把他们看作“人类中粗鄙的一类”,加上作品中的“文化犬儒主义(cultural cringe)”和“浪漫主义传奇”,致使她的接受度深受影响。

一

1880—1890 年是澳大利亚历史上具有转折意义的时期。到了 1880 年的时候,“澳大利亚殖民议会的民主制度已经建立,女性呼吁解放,国家宪法在征求各方意见中逐渐完善,一种鲜明的区别于此前的殖民文学的现实主义文学正在被书写”②。此前在欧洲大陆备受讨论的现实主义文学的道德价值在澳大利亚也开始出现,而正是这种讨论标志着现实主义文学在澳大利亚的诞生。A. G. Stephens 明确将劳森列为现实主义作家。劳森作为澳大利亚现实主义作家的奠基人,1893 年他在《澳大利亚常见的几个错误》(*Some Popular Australian Mistakes*)一文中呼吁澳大利亚作家去如实描述澳大利亚丛林,这也成为澳大利亚第一个现实主义文学宣言(1893)。在劳森呼吁的影响下,同时

---

① Laurie Hergenhan,“Introduction to Marcus Clarke”, *For the Term of His Natural Life*, Harper Collins Publishers, 1992, p. 13.

② Doug Jarvis,“Morality and Literary Realism: A Debate of 1880s”, *Southerly*, 1983(4), p. 404.

期的阿斯特利(William Astley)、迪森(Edward Dyson)、亚当斯(Francis Adams)等人都"以不同程度的热情公开宣称自己以现实主义为创作信条"[①]。

而这其中,要数亚当斯最为坚定地支持和倡导现实主义文学。亚当斯以刊登在《悉尼世纪杂志》(*Sydney Centennial Magazine*)上的两篇文章《现实主义》(*Realism*,1888)和《关于斯蒂文森先生的抗议》(*Apropos of Mr. R. L. Stevenson:A Protest*,1890)明确自己的现实主义文学主张。特别是1888年的《现实主义》更是受到了《公报》(*Bulletin*)杂志的推介,亚当斯在文章结尾号召澳大利亚本土作家将现实主义文学作为今后澳大利亚作家的创作信条:

"这是一篇阐释艺术创作理论的佳作,自始至终真实一致,这就是现实主义。如果澳大利亚要有自己的艺术,那么只有来关注这个理论并将它融合到创作实践中去,这样就会产生出澳大利亚的荷马(Homer)、但丁(Dante)、莎士比亚(Shakespeare)、弥尔顿(Milton)或者歌德(Goethe)式的艺术佳作。"[②]

除此之外,亚当斯与劳森一样,同样表达了对社会不公现象的关切,并且以更加敏锐的嗅觉来思考社会不公背后的政治内涵以及隐藏在其中的与英国社会之间的关联。在劳森现实主义创作实践和亚当斯现实主义创作理论的号召和指引下,十九世纪八十年代,现实主义文学终于在澳大利亚开始出现。而对应于欧洲早在二三十年代就开始的现实主义文学,澳大利亚现实主义文学之所以到八十年代才姗姗来迟,一方面因为澳洲大陆自身地理位置的独立性,远离欧洲大陆,在交通、通讯、出版、流通都不是很发达的当时,澳大利亚读者很晚才接触到欧洲现实主义作品;另一方面,临近世纪之交的澳大利亚经济萧条,著名的羊毛工人大罢工也正在筹备和酝酿中,工人面临着大规模的失业风险,工人和资本家的冲突加剧。在这样的社会背景下,澳大利亚进入了民族主义时期。1880年《公报》的建立,是这一时期民族主义情绪集中爆发的产物。在民族主义思潮推动下,一种新的富有民主色彩的文学样式兴起,并且极度摈弃传统的描写殖民地的文学范式。一般认为,澳大利亚从

---

① Doug Jarvis,"Morality and Literary Realism:A Debate of 1880s",p. 404.

② Doug Jarvis,"Morality and Literary Realism:A Debate of 1880s",p. 417.

林现实主义小说发端于1880年,原因也即在此。在1896年,斯蒂芬斯(A. G. Stephens)专门开设了文学创作专栏(Red Page),将《公报》作为民族文学的培育园和保障地来培育具有澳大利亚本土意识的民族主义作家。到九十年代的时候,由于《公报》的引领作用,并且由于它提倡"一些具有原创性的,摈弃当时小说中的英国风尚"①的采稿原则而使得民族主义和丛林书写成为本土写作的一大明确主题。并且,劳森接受资助到昆士兰边境的Hungerford丛林八个月专门去体验丛林生活,为《公报》提供书写澳大利亚丛林生活的诗歌和小说。所以在劳森精确地再现丛林经历过程中发现"书写丛林文化、表达丛林人生活经历"②兴趣的带领下,澳大利亚文学在十九世纪后半期呈现出三个特征,第一个就是"丛林书写占据主导地位,几乎没有城市生活题材小说,尽管这一时期澳大利亚已经是世界上城市化比较发达的地区"③。

创立于1880年的澳大利亚杂志《公报》对澳大利亚丛林现实主义小说的发展发挥了极大的引领和推动作用。因为,该杂志创刊时对用稿的标准简单而明了:首先,必须是关于澳大利亚的;其次,必须是关于澳大利亚丛林的;最后,必须是现实主义的,因而具有明显的"丛林现实主义"倾向。在《公报》上刊登的小说往往都是连载形式,而丛林现实主义小说所塑造的"光脚的鲍勃(bare-footed Bob)"的形象更是以个人经历、澳大利亚方言土语不时地唤起人们脑海中关于早期丛林人形象的回忆,丛林人也成为"澳大利亚所产生的强有力的和独特的民族类型"④。劳森在《工人联合会给死者举行葬礼》(*The Union Buries the Dead*)中说,"丛林人才是我们真正的样子";弗菲认为,"毫无疑问,丛林人才是真正的澳大利亚人"。也就是说,澳大利亚民族主义作家往

① John Barnes, "Australian Fiction To 1920", p. 175.

② Christopher Lee, *City Bushman*: *Henry Lawson and Australian Imagination*, Freemantle: Freemantle ArtsCentre Press, 2004, p. 12.

③ John McLaren, "Colonial Mythmakers: The Development of Realist Tradition in Australian Literature", *Westerly*, 1980(2), p. 43.

④ Francis Adams, *The Australian*: *A Social Sketch*. London: Chapman and Hall, 1893, p. 55.

往都采取了“简单、客观的现实素描”(A. G. Stephens,1896)来讲述“片段式”的丛林故事。劳森和弗菲则以“真实的丛林态度”从民族主义作家中脱颖而出。

在民族主义时期的作家中,以丛林为主题并且在澳大利亚文学史上留下印记的现实主义作家除了亨利·劳森(Henry Lawson,1867—1922)、乔瑟夫·弗菲外,还有迈尔斯·富兰克林(Miles Franklin,1879—1954)、斯蒂尔·拉德(Steele Rudd,1868—1935)以及芭芭拉·贝恩顿(Barbara Baynton,1862—1929)。虽然在 Geoffrey Dutton 编纂的《澳大利亚文学》和 John Barnes 的《1920 年前的澳大利亚小说》中对芭芭拉的介绍只是一笔带过,但她的《丛林研究》(*Bush Studies*)以一个丛林女性的视角对女性在丛林生活中的真实生活情景的描写有其可圈可点之处,值得关注。这一时期,还有另外一个重要作家亨利·汉得尔·理查德森(Henry Handel Richardson,1870—1946),她出生在澳大利亚,但主要生活在国外,中途(1912)只回过一次澳大利亚,而且那次澳大利亚之行还是一段不愉快的经历,因而她的作品并不反映《公报》所提倡的“澳大利亚文学传统”,因为她对“民族文学”不感兴趣,作品也都与反映丛林理想的“伙伴情谊”不相关,作品也都还是“英国思维”的。但因为她有着“将事实转化为生活般经历”的能力,她的《贵客莫莉丝》(*Maurice Guest*,1907)和《智慧的获得》(*The Getting of Wisdom*,1910),特别是《理查德·麦昂尼的命运》(*The Fortunes Richard Mahony*,1930)奠定了其在澳大利亚历史上第一个创作背景不是设置在澳大利亚本土而引起关注的作家。本文没有将其纳入考量范围之内,不是因为其作品的艺术性不够,也不是因为其作品不是现实主义的,恰恰相反,其作品的现实主义艺术手法应该是这一时期内最高的,而是因为,她的作品不是以丛林为描写背景的,且作品也都对澳大利亚本土性保持了相当遥远的距离,也就是说理查德森的作品是现实主义小说,但不属于本论文研究的丛林现实主义小说范畴。

因而本论文的综述和梳理主要是十九世纪末澳大利亚上述除了理查德森之外的作家、作品。而之所以选择十九世纪末的澳大利亚丛林现实主义小说作为梳理对象,除了上述的国内对这一块研究处于起步阶段,尚无学者涉猎之外,主要还因为“澳大利亚民族性大致形成于十九世纪,在十九世纪,澳大利亚丛林人集中展现了伙伴情谊、集体精神、环境适应以及平等独立等光辉思想。当到了1890年的时候,随着澳大利亚民族主义思潮的兴起,加上工会运动还有《公报》杂志的宣传,早期丛林人所展现的这些价值观受到了澳大利亚民众的欢迎","丛林人的这些信条甚至成为澳大利亚民族教义(the catechism of a nation)"。[①]

亨利·劳森作为澳大利亚民族主义时期最为重要的作家,是一个"有能力拯救自己却无能力解救自己的澳大利亚预言家,是澳大利亚的良心,正如普希金是俄罗斯的良心一样"[②]。他的丛林作品,无论是对人物角色的把握、对丛林人细腻情感的把握,还是对丛林人生活的描写都是客观而真实的。在他笔下,"丛林中没有家庭、没有女性、没有已婚男人的一席之地"[③],丛林是澳大利亚早期单身的、独立的、游牧式的丛林人的生活天地。但也正是这片只适合"独立的、单身的丛林人"的丛林缔造出了澳大利亚男性英雄气质,成为"澳大利亚新的民族身份"[④]的诞生地。另一方面,劳森也真实细致地捕捉了丛林人的悲惨命运,而在他笔下,丛林人悲惨的人生境遇和多舛的命运既有丛林恶劣环境的因素,也有丛林人自身道德勇气的因素,环境决定论和性格决定论共同构成了丛林人既悲观又乐观的矛盾性格。劳森也因他的丛林现实主义短篇故事成为澳大利亚文学史上一个重要的作家。而透过劳森的丛林现实主义小说,我们就能看到澳大利亚民族主义时期历史、社会、文化的全部。

弗菲,用他自己的话说,一个"半丛林人,半书虫",他的《如此人生》(*Such*

---

① Richard Waterhouse, "Australian Legends: Representations of the Bush, 1813-1913", *Australian Historical Studies*, 2000 (31), p. 201.

② Geoffrey Dutton(ed), *The Literature of Australia*, Victoria: Penguin Books Australia Ltd, 1964, p. 322.

③ Christopher Lee, "Looking for Mr Backbone: The Politics of Gender in the Work of Henry Lawson", *The* 1890*s*: *Australian Literature and Literary Culture*, ed. Ken Steward, Brisbane: University of Queensland Press, 1996, p. 98.

④ Christopher Lee, "Looking for Mr. Backbone: The Politics of Gender in the Work of Henry Lawson", p. 107.

is Life,1903)是一部以现实主义为指导的关于丛林作品的经典。作为现实主义小说,《如此人生》的目的在于塑造出"生活的美妙画卷",去解释而不是去记录丛林生活对他而言的感受。因而在书本结构和叙事方式上都表达了作者对早期殖民浪漫传奇故事中对生活进行歪曲现象的反拨。可以说,没有哪部小说比《如此人生》更具地方色彩,但弗菲并不是文笔绚丽的作家,因为他坚持现实主义创作。"他比同时代的其他任何作家都更严格地遵循现实主义。"①因而,在菲利普斯(A. Arthur. Philips)看来,劳森和弗菲笔下的"澳大利亚人遭受的苦恼力量并不来自自身,而是完全来自外部"——如弗菲所塑造的"乔布所受到的对手的打击"。这个明显具有澳大利亚特征的乔布是一个具有无限忍受力的人物形象,而这也被认为是"丛林生活中的最现实的基本美德"②。

在弗菲的作品中,作者一方面真实地展现澳大利亚丛林人在艰苦的丛林环境中求生存的不易和困顿;另一方面将澳大利亚民族主义时期的社会矛盾一一展现,并呼吁"组织工会",深刻揭露"资本主义和帝国主义的罪恶",对社会进行反抗。作品中的叙事者柯林斯是一个"九品芝麻官(9th Grade Sub-Assistant Inspector)",叙事者以一个公务员的身份令人更加信服地揭露资本主义官场内的"任人唯亲、裙带关系和任意临时的公务员任免制度"③。另外这部小说的哲理性也颇具思考力量,让人觉得"人生真是如此",正如他的故事情节安排那样的哲理性"喜剧—悲剧—喜剧—浪漫传奇—悲剧—喜剧"的篇章故事,让读者不禁同意作者对于"人生如此"的哀叹,人生的章节犹如生活的章节,生活的章节犹如这部小说的章节:喜一回,悲一回;哭一回,笑一回。一切似乎充满无定,而一切又似乎早已注定,在一切无序而偶然的选择面前,

---

① John Barnes,"Australian Fiction to 1920",p. 180.

② A. A. Philips,"*Such is Life*" and the "*Observant Reader*",*Bards, Bohemians, and Bookmen Essays in Australian Literature*, ed. Leon Cantrell, Brisbane: University of Queensland Press, 1976, p. 177.

③ Julian Croft, "Tom Collins and Work", *The* 1890*s*: *Australian Literature and Literary Culture*, ed. Ken Stewart, University of Queensland Press, 1996, p. 214.

丛林人的选择总是在人生如此的无奈和压迫下屈服于命运的安排。

作为一部丛林现实主义小说,从艺术成就和艺术价值来说,在格莱坦(Hartley Grattan)看来,弗菲的《如此人生》在澳大利亚文学中的地位,就如赫尔曼·麦尔维尔(Herman Melville)的《莫比·迪克》(*Moby Dick*)在美国文学中的地位一样。[①]

拉德所受的学校教育几乎跟劳森的一样贫瘠,他不到十二岁时就独立谋生,直到1903年才专注于写作,一生共创作了24部小说,主要作品有《在我们的选地上》(*On Our Selection*,1899)、《我们的新选地》(*Our New Selection*,1903)、《桑迪的选地》(*Sandy's Selection*,1903)和《重返选地》(*Back at Our Selection*,1906)等。其中,以《在我们的选地上》最为成功,1912年被改编成剧本上映,1932年被改编为电影,这些剧本均获好评。他的文学成就可以通过他的故居上的题词得以管窥——"他为澳大利亚创作带来了丰硕的礼物:诚实的笑声,内中包含着先驱者的苦斗和悲哀"[②]。丛林中艰辛困顿的生活,整日辛劳却食不果腹的生活,在选地上定居过程中的种种意想不到的困难,在拉德笔下,都成了幽默的场景。他借助夸张的手法大肆渲染生活中那些滑稽可笑的真实细节,并都制造了浓郁的喜剧效果,因而,他被认为是"澳大利亚第一个幽默作家"。如果说,在劳森笔下,丛林环境主要给人以阴郁悲观色彩的话,拉德则刻意描画丛林生活中的愁苦,并且加以渲染,制造幽默,凸显出丛林人乐观开朗的性格。

具体到其艺术成就最高的,或者说最为学界称道的丛林故事选集《在我们的选地上》,小说描写了普通选地农拉德率领家人在一个穷僻的地区垦荒耕种、艰辛创业的故事。在此过程中,他们终日面临着缺钱投资、工具简陋、食物匮乏、生活无着落的困顿局面,虽然每天起早贪黑,也依然食不果腹。正

① John Barnes,"Australian Fiction to 1920",p. 349.

② Graeme Kinorss Smith,*Australian Writers*,Melbourne:Nelson,1980,p. 86.

如小说所描绘的那样，“欢快表面的背后总是不幸，但轻松和希望软化了困境”①。拉德家族的创业史，真实地还原了早期移民在澳大利亚丛林环境中建立家园的艰辛，并且以幽默的笔调反映了丛林人在与丛林抗争中所表现出来的乐观主义精神。

《在我们的选地上》中老爹这一人物形象至今让人喜闻乐见。小说总体而言，与劳森的作品有很多异曲同工之处，因其鲜明的澳大利亚特色而成为澳大利亚民族主义小说的重要组成部分，其中过分夸张的幽默，也正表达了作者对丛林人在选地上艰难生活的客观现实的观照，因而也成为澳大利亚丛林现实主义小说的经典之作。

在澳大利亚丛林现实主义小说作家中，另一位对后来澳大利亚文学发挥了深远而持久影响力的作家当属迈尔斯·富兰克林，她出生在新南威尔士州的丛林中，从小就在丛林环境里长大，小时候的生活基本上都是在与世隔绝、群山环绕的丛林里，这促成了她幼小孤独心灵的爱思考、勤想象的性格。她一生共写过 17 部著作，其中有 12 部小说，主要有《我的光辉生涯》(*My Brilliant Career*,1901)、《我的经历破产了》(*My Career Goes Bung*,1946)、《自鸣得意》(*All That Swagger*,1936)以及用“宾宾地区的布伦特(Brent of Bin Bin)”作为笔名创作的《乡下》(*Up the Country*,1928)，这当中最有影响力、备受学界好评的小说就是她十六岁那年创作的第一部小说《我的光辉生涯》。

通过富兰克林的创作，我们可以看出，她致力于描写澳大利亚的本土和地方色彩，描写对象有别于劳森笔下的普通丛林人，而大致是在丛林中有了土地的选地农和牧场主，但与劳森一样的是，她同样意在客观、忠实地记录先驱者们在丛林中抗争和奋斗的艰辛历程。《我的光辉生涯》的艺术魅力在于成功地塑造了丛林少女西比拉(Melvyn Sybylla)这一人物形象。小说描绘了她在单调乏味的丛林环境中所经历的苦恼和抗争，刻画了她追求自由自我，具有反抗精神的丛林性格，真实地再现了澳大利亚十九世纪末期的社会风貌。

---

① 黄源深:《澳大利亚文学史》(修订版)，上海:上海外语教育出版社，2014 年，第 86 页。

按照詹姆斯(Henry James)在《小说的艺术》(*The Art of Fiction*,1884)中的观点,“一部小说能够存在的唯一理由就是它试图表征生活”①。澳大利亚丛林现实主义小说在试图表述丛林生活方面都显示了它们存在的充分理由,并且小说对这些丛林生活的真实描写使得澳大利亚拥有了自己的现实主义小说。

从上面的梳理我们可以看出,澳大利亚现实主义小说要晚于世界现实主义小说,直到十九世纪九十年代才由劳森开创,具有鲜明的丛林特色;劳森的丛林短篇小说在奠定其“澳大利亚文学之父”地位的同时,还因其对丛林生活“客观、细致、不加修饰”的现实主义手法而有着鲜明的现实主义小说特征。在劳森的影响下,澳大利亚本土诞生了一批以丛林环境为书写背景,采取现实主义创作手法的作家,如弗菲、拉德、富兰克林、贝恩顿等,他们的这一类作品被澳大利亚学界(如 Goldsworthy Kerry,John Docker,Martin Susan K. ,Mitchell Adrian 等)界定为“丛林现实主义(bush realism)”小说,而简单说,所谓丛林现实主义小说就是以丛林为描写对象,以现实主义手法真实再现澳大利亚民族主义时期丛林人生活的小说,并且这类小说对丛林人生活真实再现背后都有一个更加崇高的主旨,就是以丛林叙事方式,将丛林人在丛林环境中为了求得生存而不断抗争过程中所缔造的丛林神话、所结成的丛林情谊、所形成的丛林传统真实地再现。

虽然说,改革开放以来,尤其是进入新世纪以来国内对澳大利亚文学的研究有了很大的发展,并且也取得了不少研究成果,但不无遗憾的是,国内对澳大利亚文学研究的关注主要集中在自 1973 年获得诺贝尔文学奖的帕特里克·怀特(Patrick White)以来的当代少数作家,如因《辛德勒的方舟》而获得布克奖的托马斯·基尼利(Thomas Keneally),以及八九十年代崭露头角的戴维·马洛夫(David Malouf)、布莱恩·卡斯特罗(Brian Castro)、蒂姆·温顿(Tim Winton)和获得过两次布克奖、目前移居美国纽约的彼特·凯里(Peter

① Henry James,“The Art of Fiction,1884”,*The House of Fiction*. ed. Edel Leon,London: Rupert Hart-Davis,1957.

Carey)以及当代女作家海伦·加纳(Helen Garner)与西·阿斯特利(Thea Astley)等,难与英美文学全面开花的繁荣局面相提并论。而更加值得重视的一个现象就是,澳大利亚民族主义时期的作家作品却未得到应有的重视。

十九世纪与二十世纪之交的澳大利亚处于民族主义思潮高涨期,因而澳大利亚丛林现实主义小说又具有鲜明的澳大利亚民族特色,“世纪之交的澳大利亚的主要作家中的共性就是都有一种‘民族意识’。此时的澳大利亚不再是那些无足轻重的殖民地,不再是大不列颠怀抱里像百慕大和斐济岛那样可有可无的殖民地,澳大利亚就是澳大利亚。当然澳大利亚民族真正是什么样子,意味着什么,最重要的还在于作家们去发现”①。在劳森丛林小说的带领下,“丛林神话”所构建的民族想象成为这一时期现实主义小说的主旋律。根据澳大利亚文学研究网最新统计(截至2015年6月30日),澳大利亚民族主义时期(1880—1920)研究成果数对劳森的研究最为丰富。在研究专著与论文方面:劳森为406部/篇,富兰克林为87部/篇,弗菲57部/篇,贝厄顿41部/篇,拉德29部/篇。这些研究或围绕劳森诗歌与佩特森(A. B. Pertson)诗歌的艺术成就比较,如Mark Horgan的《美妙想象还是模糊困境?——佩特森与劳森之争》(1996)和Heidi Maier的《诗辩:佩特森与劳森之诗》(2011),或将劳森提高到澳大利亚民族之父的高度研究其对澳大利亚民族主义运动的影响如Kay Schaffer的《亨利·劳森:澳大利亚建国之父》(1988),或分析劳森在澳大利亚文学史上经受“褒—抑—褒”的经典形成过程,如摩尔(T. Inglis Moore)的《亨利·劳森的“起”与“落”》(1957)和菲利普斯(A. A. Philips)的《再论亨利·劳森的“起”与“落”》(1979);关于富兰克林小说则更多地探讨了其丛林女性抗争主题以及其经典《我的光辉生涯》的发表始末问题。关于其他作家的研究也是视角纷呈,角度不一。关于这一时期最新研究专著有戴维森(Toby Davidson)的《宗教神秘主义与澳大利亚诗歌》(2013)、奥斯伯恩(Roger Osborne)的《丛林传奇》(2011)、庞斯(Xavier Pons)的《澳大利亚幻想》

---

① Nettie Palmer, *Modern Australian Literature* 1900-1923, Melbourne and Sydney: Lothian, 1924, p. 1.

(2009)、克里斯托弗·李(Christopher Lee)的《城市丛林人:亨利·劳森与澳大利亚想象》(2004)。在详细地梳理研究后发现,"丛林现实主义"虽被普遍接受并作为一个现成的概念屡被使用,但澳大利亚学界未能就"丛林现实主义小说"这一论题开展过系统研究。

国内澳大利亚民族主义时期文学研究同样集中在"表达了当地澳大利亚人的真实经历,从而成为民族宝库"①的劳森和澳大利亚经典小说《我的光辉生涯》上。目前,国内关于劳森研究的论文共21篇,研究视角主要集中在其短篇小说的澳大利亚本土性和时代性,陈振娇老师的最新研究《文学刊物在劳森经典形成中的作用》(2013)和《〈公报〉杂志的性别取向》(2014)标志着国内对于亨利·劳森研究的新关注;关于富兰克林《我的光辉生涯》的研究共17篇,主要集中在女性形象分析上,共11篇;关于"澳大利亚的瑰宝,真正显示澳大利亚精神的真正丛林人"②弗菲的《如此人生》的1篇,而这还是早在1982年至今唯一的一篇;对于同时代其他经典作家如拉德和贝恩顿的研究则一片匮乏。也就是说,国内对澳大利亚丛林现实主义小说这一议题的研究尚未开展。

这种现状与澳大利亚独特的社会历史、地理状况有关,也表明国内学界对澳大利亚民族主义时期小说不够重视的现状。按照马克思主义"经济基础决定上层建筑"的唯物论观点,文学是一个国家国运兴盛的风向标。二战后,跨入发达国家行列的国力使得自怀特以后的澳大利亚作家,特别是当代作家如卡斯特罗、温顿、凯里等备受世界关注。此前的现实主义小说虽同样精彩,却鲜有问津,这既是澳大利亚文学研究的遗憾,也表明澳大利亚文学研究在国内有着广阔的挖掘空间。澳大利亚现实主义小说因其独具澳大利亚本土文化和历史意蕴的丛林意象,与世界传统现实主义小说有着明显的区别性特

---

① Christopher Lee, *City Bushman: Henry Lawson and Australian Imagination*,, 2004, p. 232.

② Julian Croft, "Tom Collins and Work", *The 1890s: Australian Literature and Literary Culture*, ed. Ken Stewart, University of Queensland Press, 1996, p. 214.

征。因此,对澳大利亚丛林现实主义小说的研究,可以让我们更深刻地理解和洞见澳大利亚民族主义时期的历史、文化和民族。另外,澳大利亚丛林现实主义小说作家除了劳森、弗菲、拉德和富兰克林这些重要作家之外,对澳大利亚丛林进行现实主义描写和观照的还包括芭芭拉·贝恩顿和艾妮斯·冈恩夫人(Mrs. Aeneas Gunn)。贝恩顿的《丛林研究》以及艾妮斯·冈恩夫人的《我们来自穷乡僻壤》(*We of the Never-Never*)等,也是值得我们去关注的两部丛林小说。

二

客观地说,澳大利亚民族主义时期文学的一个最大特征就是摆脱了传统上唯英国文学马首是瞻的创作思想,生动而真实地描绘了移居澳大利亚的人在丛林中艰辛创业、与丛林恶劣环境做斗争的勇敢和坚韧。并且,民族主义时期的丛林现实主义小说创作颠覆了一以贯之的"澳大利亚的果子酒是酸的,啤酒是掺水的,乳酪是腐臭的,蜜饯是烂的"①的歪曲形象,令人倍感清新、真切;而以亨利·劳森为代表的现实主义文学家忠实地记录了澳大利亚人在丛林狱火中所经历的肉体与灵魂的折磨,以及精神的升华,创造了自己民族的神话。在其"创造民族神话"的鼓舞下,同时代的约瑟夫·弗菲、斯蒂尔·拉德、迈尔斯·富兰克林、路易斯·斯通等纷纷效仿,他们同样以反映丛林生活的现实手法,饱含深情地再现各类活生生的丛林人形象,使作品洋溢着鲜明的地域特色,真实地记载了澳大利亚人在茫茫的桉树丛林荒原中建立起高度发达的文明国度的神话。这样,澳大利亚丛林现实主义小说就建构了澳大利亚人乐观向上的民族精神。

从一定意义上说,澳大利亚民族主义时期的现实主义文学在很大程度上可以说就是澳大利亚丛林现实主义文学,丛林文学在澳大利亚文学史上因其鲜明的民族特色和地域特色而成为值得研究者深挖的"金矿",因为"丛林是

① Manning Clark, *A Short History of Australia*, London: William Heinemann, 1969, p. 180.

这个国家的灵魂,是真正澳大利亚人的澳大利亚"[1]。它既是亨利·劳森笔下的"一个甚至连哀号都没有的、令人讨厌的、单调的荒野"[2],但它又代表着一种"精神追求和想象的神奇的可能性"[3]。因而,丛林生活成了现实主义作家小说创作取之不尽的源泉,并且在丛林书写中,摈弃了过去一味模仿、缺乏活力的殖民文学,从而在澳大利亚文学史上留下了浓墨重彩的一笔。

另外,澳大利亚民族主义时期的丛林现实主义小说创作处于澳大利亚民族、社会、历史剧烈变革时期,这些作家始终以一种欢呼的精神来热情观察、描写现实,为澳大利亚民族呐喊、自豪,因而他们以各具特色的现实主义手法创作了主题多样的丛林小说,为世纪之交的澳大利亚文学同时也为世界文学留下了宝贵的财产。因为它在澳大利亚文学史上塑造了"一大批豪爽、幽默、粗犷的澳大利亚人形象",奠定了澳大利亚民族特色和地域特色。

对今天的我们来说,在理论逐渐走向衰竭的后现代语境下,回归到现实主义是一种时代的需求。而对于这样一个尚无学者涉猎的如此重要的文学现象,其研究价值和意义不言而喻。

首先,现实主义小说的审美回归,要求文学批评家在新时期以新视野来审视传统现实主义小说。在重新审视现实主义小说时,一直处在"期待被挖掘的一隅"的澳大利亚丛林现实主义小说值得我们关注。因为这些小说既具有鲜明的传统现实主义小说特征,又具有鲜明的澳大利亚民族特色,并且在澳大利亚文学史上"留下了巨人般的足迹"。

其次,澳大利亚民族主义时期丛林现实主义小说处于澳大利亚文学从蹒跚学步的殖民文学到当前有着国际声音的澳大利亚文学的"顺承转接"的重要阶段。"丛林现实主义小说"这一概念,在澳大利亚虽被一些学者使用,但却无人就其"所以然"一探究竟。

---

① Francis Adams, *The Australian: A Social Sketch*, p. 47.

② 黄源深:《澳大利亚文学史》(修订版),第106页。

③ Kay Schaffer, "Henry Lawson: The People's Poet", *Women and the Bush: Forces of Desire in the Australian Cultural Tradition*, Melbourne: Cambridge University Press, 1988, p. 17.

最后,澳大利亚丛林现实主义小说不仅在澳大利亚文学史上占据了重要的地位,其独具澳大利亚地域、文化风貌的丛林现实主义书写在世界现实主义小说史上,也应当有其一席之地。在国内外国文学研究"欧美文学"占据主流的当下,将澳大利亚现实主义小说置于世界传统现实主义文学体系下,系统地梳理澳大利亚丛林现实主义小说独具民族特色的丛林主题和艺术风格,考察其对世界传统现实主义文学的继承与拓展关系,表明澳大利亚丛林现实主义小说是对世界现实主义小说版图的一大丰富,也正应了那句"越是民族的,就越是世界的"文学批评话语。

结语

澳大利亚丛林现实主义小说无论是在概念述源还是在理论界定上,对于澳大利亚文学研究者,尤其是对与澳大利亚文学结缘的新研究者来说,都有必要做一番了解。一方面,澳大利亚丛林现实主义小说对应着澳大利亚民族主义思潮,因而,澳大利亚丛林现实主义书写在表达了丛林人的精神风貌的同时,还表达了对澳大利亚民族精神的想象;另一方面,澳大利亚丛林现实主义小说在澳大利亚文学奠基人劳森的带领下,各自表达了对澳大利亚丛林精神的向往和追求,表达了他们对丛林生活的怀旧和追忆,这也是今天澳大利亚丛林文学创作依然深受澳大利亚读者追捧和喜爱的深层原因。但是,更加重要的一点是,国内对以劳森为主要代表的丛林现实主义小说作家的研究都尚处于有待进一步深层挖掘的阶段,十九世纪八十年代以来,丛林现实主义小说关于丛林人生活的描写,从一定意义上说,建构了澳大利亚民族的身份,单就这一点而言,就是一个很值得深挖的宝矿。

中国当代澳大利亚土著文学研究述评

应琼①

摘要：澳大利亚土著文学是澳大利亚文学百花园中一朵绚丽的奇葩，其地位随着土著民族的觉醒和土著作家的涌现日益提高。本文厘定了国内学界对澳大利亚土著文学研究的三个阶段，梳理并评价了各阶段对土著文学研究的状况及其发展的特点。历经三十多年的作品译介和学术沉淀，中国的澳大利亚土著文学研究成果斐然，但也存在不足之处："土著性"尚有充足的研究空间；对土著作家的思想缺乏历时性、整体性的探究；新生代土著作家作品没有引起足够的关注。

关键词：澳大利亚土著文学；述评；土著性

Abstract: Australian Aboriginal literature, a unique genre in Australian Literature, has greatly contributed to its diversity and colorfulness. Its status has improved because of the awaking of Aboriginal people and constant emerging of Aboriginal writers. This paper emphatically probes into three stages, reviews the Australian Aboriginal literature studies in China and discusses some of the major characteristics. Remarkable achievements have been made in the past thirty years, but there still exist some problems, including inadequate sense of Aboriginality, lack of diachronic and holistic study of a writer's thoughts, inadequate re-

① 应琼，华东师范大学外语学院讲师，澳大利亚新南威尔士大学文学硕士。

search on the works of Aboriginal writers born after the 1960s.

Key Words: Australian Aboriginal literature; review; aboriginality

澳大利亚土著文学的蓬勃发展滥觞于二十世纪六十年代。其后,涌现出土著作家的众多优秀作品,土著文学呈现出一片生机蓬勃的创作局面。澳大利亚政府专为土著文学设立了多项有重要影响力的文学奖项(如戴维·尤纳庞奖[David Unaipon Award]、凯特·查理斯奖[Kate Charles Award]等),以鼓励和支持土著文学创作,快速地推动了土著文学的发展。2000年后,土著作家吉姆·斯科特(Kim Scott)曾两次折桂澳大利亚最重要的文学奖项迈尔斯·富兰克林奖(Miles Franklin Award),一次获得英联邦作家奖,成为当今最优秀的澳大利亚土著作家之一;2007年,亚历克西斯·赖特(Alexis Wright)凭借小说《卡彭塔利亚湾》①(*Carpentaria*,2006)获得迈尔斯·富兰克林奖和澳大利亚文学协会金奖(Australian Literary Society Gold Medal)等多项奖项。这些重要奖项的获得极大地提高了土著文学在澳大利亚文学中的地位和影响,土著作家也越来越受到主流文化的关注,澳大利亚土著文学研究的重要性也越发凸显。

中国对澳大利亚土著文学的研究已有三十多年的历史,国内的澳大利亚土著文学研究历经了从无到有、由弱变强的过程,研究对象从依附于其他主题到构建起独立的内容,研究视角从单一性到多样性,研究成果从初期极少量的译介递进为现今较为丰硕的专题研究论文和学术专著。这些发展过程表明国内的澳大利亚土著文学研究正受到学界的日益关注,并不断地迈上新的台阶。适时地梳理国内澳大利亚土著文学研究的成果,有助于勾勒出改革开放后中国澳大利亚土著文学研究的脉络,厘清各阶段的状况和特点,检视研究中值得重视的若干问题,以拓展研究的广度和深度。

---

① 编者按:作者名又译艾利西斯·莱特,作品名又译《卡奔塔利亚湾》,详见第267页。

一、破冰之旅(二十世纪八十年代)

二十世纪八十年代,我国的澳大利亚土著文学研究尚处于起步阶段,成果寥寥,译介成为一道独特的学术风景线。

1979年,安徽大学成立了国内首家将澳大利亚文学作为重点研究对象的大洋洲文学研究所。该所在马祖毅和陈正发的先后主持下,创办了《大洋洲文学丛刊》和《大洋洲文学》,译介了众多澳大利亚作家的文学著作,其中不乏土著作家的作品,成为澳大利亚土著文学在中国的最早"开拓者",这两种刊物也成为国内最早研究澳大利亚土著文学作品的学术刊物,成为当时国内澳大利亚土著文学译介的重要平台。1982年,大洋洲文学研究所开始介绍和翻译大量的澳大利亚土著作家的诗歌、小说和访谈:1982年出版的小说特辑《烟草》,收录了陶玉玲翻译的土著女诗人凯思·沃克的《我们照料自己》和冯去冰翻译的柯林·约翰逊诗四首;1985年出版的《灰马》,收录了阎智华翻译的比尔·梅勒对柯林·约翰逊的访谈《我为什么绝不住在澳洲大陆》;1988年出版的专辑《丛林之声》,收录了金昭敏翻译的爱娃·加耶尔对澳大利亚土著作家詹姆斯·米勒的访问记;1990年出版的专辑《凤凰木开了花》,收录了五十首由马祖毅、马霞、陈正发和金昭敏翻译的澳大利亚当代诗歌,其中包括土著诗人杰克·戴维斯的《白日坐飞机》和凯思·沃克的《我们要走了》。

此外,1987年,北京语言学院出版社出版了李更新翻译的博泽尔和艾伦·马歇尔合著的《澳洲神话与传说》。该作品收集了二十多个关于澳大利亚土著人的故事,具有一定的猎奇性质,但内容略显单薄,隐意较为浮浅,更接近于普及性读本。

鉴于当时我国改革开放时间不久,国内文学界的对外交流活动正处于萌动阶段,澳大利亚文学对中国学者而言还是一片亟待开垦的处女地。[①] 因此,长期被澳大利亚本国白人文学所忽略的、处于"第四世界"的土著文学能够在

① 彭青龙:"中国澳大利亚文学研究30年评述",《译林》,2009年第2期,第185页。

中国被译介是一种偶发现象。

二、发展之旅（二十世纪九十年代）

二十世纪九十年代是我国对外文化交流迅速发展的时期，与澳大利亚的文化交流也日益频繁，就国内澳大利亚土著文学研究而言，这是一个承前启后的阶段。

国内的研究者继续翻译澳大利亚土著文学。1995 年，潘晓芬翻译了萨利·摩根的小说《黑与白》（*My Place*）（后有人译为《我的归属》《我的位置》等）；1998 年的《大洋洲文学》收录了马祖毅教授翻译的土著文学的先驱凯思·沃克的诗十首。与此同时，国内学者开始进一步探究澳大利亚土著文学，这方面的成果有所起色。

其一，出版了涉及土著文学主题的学术著作。

土著文学开始被学者列入澳大利亚文学考察的范围。唐正秋的《澳大利亚文学评论集》（1993）、叶胜年的《澳大利亚当代小说研究》（1994）和黄源深的《澳大利亚文学史》（1997）均将澳大利亚土著文学纳入研究视野，但通常是将土著文学作为著作中的一章或一节来安排的。尽管在研究的内容上，学者都不约而同地评介了早期的澳大利亚土著作家和作品，但从研究的主题来看，土著文学是因为探讨澳大利亚文学而附随成为学术问题，其本身并没有真正成为研究的对象。

唐正秋编纂的《澳大利亚文学评论集》开启了国内澳大利亚土著文学研究的先河。其中，较有代表性的是马祖毅的论文《澳大利亚土著的英语文学》。该文详细地介绍了数部土著文学作品，如戴维·尤纳庞的《本地传奇》（1929）、女诗人凯思·沃克的《我们要走了》（1946）、科林·约翰逊的《野猫掉下来》（1947）、凯文·吉尔伯特的《摘樱桃的工人》（1971）、杰克·戴维斯和鲍勃·霍基合编的土著英语文学评论集《今日土著创作》（1985）。“土著文学是澳大利亚文学不可或缺的一部分，他们描述自己的历史，展现自己的生活,批判殖民者的入侵,揭示社会的不公,社会影响不断加剧。"[①]可见,作者已从土著作家的创作对当代澳大利亚文学的增益现状上,前瞻性地预见到澳大利亚土著英语文学的繁荣时期已遥遥在望。

叶胜年的专著《澳大利亚当代小说研究》第二章,标题为"崛起与发展:澳大利亚土著小说"。叶胜年强调土著文学在澳大利亚民族文学中的重要地位——"土著文学的兴起开辟了澳大利亚文学的一个重要领域,填补了澳大利亚民族文学长期受到忽视的空白。它的产生和发展在一定程度上决定了澳大利亚文学民族风格的底蕴",概括了土著文学的重要特征——"土著文学具有明显的土著人文化特征,语言是吸收土著人方言的土著人英语,带有强烈的传奇和自传色彩等特点"。此外,他还总结了澳大利亚土著文学在澳大利亚文学和土著人文化传统方面的意义——"有助于建立以多民族多元化为特征的澳大利亚文学,有助于保存土著人的文化传统,有助于促进土著人和白人社会的融合"。[②]

1997年由上海外语教育出版社出版的黄源深编写的《澳大利亚文学史》是"我国第一部,也是迄今为止唯一一部澳大利亚文学史,具有填补空白的意义"[③]。此部著作为应当占有一席之地却不被一些澳大利亚学者所重视的土著文学专辟一章,从文学史的角度肯定了土著文学的地位。该书的第十二章《土著文学》,介绍了凯思·沃克、杰克· 戴维斯、凯文· 吉尔伯特、柯林·约翰逊、萨利·摩根以及阿切·韦勒六位著名土著作家及其作品的内容和特色。

其二,出现了一些专题性译文和研究论文。

二十世纪九十年代初,针对土著文学的译文和评论文章开始见诸学术期刊,取得了突破性的进展,但论文多以介绍和赏析为主,在研究深度上略显不足。《外国文学》在1994年第6期开辟了澳大利亚文学作品研究专栏,刊登

---

① 唐正秋:《澳大利亚文学评论集》,石家庄:河北出版社,1994年,第164页。

② 叶胜年:《澳大利亚当代小说研究》,南京:东南大学出版社,1994年,第64页。

③ 陈弘:"20世纪我国的澳大利亚文学研究述评",《华东师范大学学报》,2012年第6期,第134页。

了两篇关于澳大利亚土著文学的论文，分别为刘捷的译作《澳大利亚土著文化作品中的政治》和秦湘的《澳大利亚原住民归属所在——读〈我的归属〉有感》。前篇译文指出土著文学作品中一个重要的特点是具有强烈的社会政治倾向，后篇论文介绍了《我的归属》的情节并且评介其历史文化意义。1998年，王晓凌在《安徽大学学报》(哲学社会科学版)发表了《当代澳大利亚长篇小说面面观》，关注描写土著人物的文学作品及其发展特征。

呈现以上特点的原因有三：第一，双边关系的改善为两国学者之间的学术交流营造了良好的氛围。越来越多的学者公派赴澳深造，回国后成为澳大利亚文学研究的生力军。第二，国内两年一度的“澳大利亚研究国际学术研讨会”在会务组织方面逐步规范化，会议主要邀请中澳两国相关领域的顶尖学者和青年专家参会交流，有力地推动了我国澳大利亚文学研究不断向纵深发展，其学术影响也日益扩大，国内学者间的学术交流也更为紧密。第三，二十世纪八十年代后期以来，澳大利亚的多元文化政策和后殖民文化批评等理论发展促进了本土的土著文学快速发展和对非主流话语的关注。肯·古德温撰写的《澳大利亚文学史》(1986)首次将土著文学作为一个独立的部分展现。受此影响，国内二十世纪九十年代后出现的研究成果开始视土著文学为澳大利亚文学的重要组成部分，一些中国学者把研究的视角转向了土著文学。

三、新世纪以来的阔步之旅

跨入二十一世纪后，随着改革开放的进一步深入、澳大利亚国际地位的提升和中澳关系的紧密发展，两国的对外文化和学术交流更为密切。经过前两个阶段的学术探索和积累，新世纪的澳大利亚土著文学研究呈现了多条道路的发展态势，主要体现出以下特点：

其一，更多的澳大利亚土著文学作品被翻译出版。

土著文学通过中国学者的翻译被陆续地引入国内。李尧是澳大利亚土著文学作品的主要翻译家之一。他翻译了吉姆·斯科特的《心中的明天》(*Benang*:*from the Heart*，郇忠、李尧译，重庆出版社，2003年)、亚历克斯西·赖特的《卡彭塔利亚湾》(李尧译,人民文学出版社,2007年)和阿尼塔·海斯博士的《我的澳洲故事,我是谁?》(*who am I? The Diary of Mary Talence*, Sydney, 1937,李尧、郇忠译,中华书局,2012年)。此外,2005年,人民文学出版社出版了由石青翻译的多丽斯·皮金顿的《沿着防兔篱笆》(*Follow the Rabbit-proof Fence*)。为了全面展示当代澳大利亚文学的精彩,上海译文出版社从2010年6月起陆续出版"当代澳大利亚小说译丛",这套共十本小说的译本均已出版,包括土著作家阿切·韦勒的第一部长篇小说《狗的风光日子》(*The Day of the Dog*,周小进译,2010年)。

其二,澳大利亚土著文学研究专著相继推出,土著文学逐渐成为研究澳大利亚文学专著中不可欠缺的章节。

新世纪以来,一些高校的研究生加入了澳大利亚土著文学研究的队伍,学界开始出现以澳大利亚土著文学为系统研究对象的专题研究专著,填补了澳大利亚土著文学研究中的专著空白。大部分专著是作者在博士论文研究基础上整理出版,在评论土著文学时,他们能够有所阐发,在一些问题上表达了自己独到的见解,具有较高学术水平。

杨永春的《当代澳大利亚土著文学中的身份主题研究》(2012)探讨土著小说中体现的宗教身份、女性身份和政治身份,提出土著身份的重塑有助于加速国内的种族和解进程。武竞的《她们自己的声音:澳大利亚土著女作家研究》(2014)用理论研究、文化研究与文本分析相结合的方法,研究了三位澳大利亚土著女作家的四部作品,讨论不同时期土著文学的发展状况和特点,归纳土著文学发展特点及其与主流文学之间的对抗张力。

王腊宝和方红的专著中,开辟部分篇章来研究澳大利亚土著文学。王腊宝的《多元时空的回响——二十世纪八十年代的澳大利亚短篇小说研究》(2000)在第二章对澳大利亚二十世纪八十年代的土著短篇小说样式中的发展进行了深入细致的研究,展示了涌动在澳大利亚后殖民文学背后、与当代盛行的后殖民主义理论息息相通的时代潮流。书中对乌哲如·努纳可的《斯拉德布罗克梦幻时光》进行介绍和评论。方红的《完整生存:后殖民英语国家女性创作研究》(2008)将澳大利亚的土著女作家萨利·摩根的《我的位置》和茹比·兰德福·吉尼比的《别把我的爱带到城里去》作为研究对象,探讨澳大利亚土著女性生命故事的基本特征。

除了上述著作之外,石发林的《澳大利亚土著人研究》(2009)在第六章对土著文学追本溯源,进行了深入全面的剖析。向晓红编著的《澳大利亚妇女小说史》(2011)为读者展示了别有洞天的澳大利亚土著女性文学世界。叶胜年的专著《殖民主义批评:澳大利亚小说的历史文化印记》(2013),用殖民主义理论探讨了澳大利亚的土著文学。作者通过对《我的位置》的解读,分析土著传统文化和传统文学叙事形式对土著人文化身份重建的意义;通过解析《卡彭塔利亚湾》的"梦幻"神话传说中所体现的深邃的万物有灵的哲学观,揭示土著人对土地的依恋。

2014年,黄源深的《澳大利亚文学史》(修订版)问世。作者在修订版中,对当代澳大利亚土著文学做了明确的界定,即由"土著"(包括纯血统土著和混血土著)作家创作的英语书面文学。"土著英语文学作品以英语为载体,以书面文学为表现形式,从各个角度、不同层次书写澳大利亚土著社会的过去、现在和未来,追寻澳大利亚土著民族的文化根源,探讨澳大利亚'白人'和'黑人'的历史渊源以及爱恨纠葛,审视澳大利亚社会的种族关系,表现对澳大利亚社会未来的展望。"①该定义语言精练、内容精确,已成为学界通说。

其三,专题性论文层出不穷,展现出视野开阔、精彩纷呈的局面。

这一时期的论文大多发表在外国文学杂志和高校学报上,不仅在数量上有了很大提高,而且文章在论述的广度和深度上都达到了新的高度。

首先发表论文论述澳大利亚土著文学的有曹萍、王腊宝等人。他们的论文既有对单部作品的精细分析,也有对多部作品的整体解析。曹萍的《澳大利亚土著文学的开山之作——〈我们要走了〉》(《当代外国文学》,2001年第1期)在评价第一位土著女诗人凯思·沃克(乌哲如·努纳可)之后,指出它是一篇触动人心的政治檄文,是发自土著民族心灵的抗议诗。王腊宝的《从"被描写"走向自我表现——当代澳大利亚土著短篇小说述评》(《外国文学评

---

① 黄源深:《澳大利亚文学史》,上海:上海语教育出版社,2014年,第493页。

论》,2002年第2期)选取澳大利亚土著短篇小说,历时性地考察了澳大利亚土著民族抵制白人主流文学,构建民族文学的过程,展示土著短篇小说从被描写走向自我表现的发展历程。陈正发的《边缘人的社会写真——阿切·韦勒的〈回家〉》(《外国文学》,2002年第6期)讨论了《回家》所描绘的土著人苦难的社会生活,指出土著作家是土著民族的代言人。方红的《述说自己的故事——论澳大利亚土著女性传记》(《当代外国文学》,2005年第2期),通过论述土著女性传记在民族文学中的地位、类别和对澳大利亚后殖民文学发展的意义,提出其在凸显澳大利亚文学的后殖民性、重塑土著文化身份等方面起到的积极作用。彭青龙的《后殖民主义语境下的当代澳大利亚文学》(《外国语》,2006年第3期)基于历时性和共时性,解读了部分土著作家的经典名著,彰显其文化身份的政治隐喻。陈正发的《澳大利亚土著文学创作中的政治》(《外国文学》,2007年第7期)提出土著英语文学具有鲜明的政治倾向,并主要表现在"对白人殖民的斗争、对土著传统文化的坚守以及对话语权的争夺"三个方面。王腊宝的《边缘之声——当代澳大利亚土著文学与移民文学批评》(《解放军外国语学院学报》,2013年第6期)介绍和梳理了二十世纪七十年代后崛起的土著文学,从边缘视角考察当代澳大利亚土著文学的发展历程。

这一时期我国学者文本研究的热点聚焦在澳大利亚的本土畅销书和受到白人和评论家热烈追捧的土著文学上,如萨利·摩根的《我的位置》、多丽斯·皮金顿的《漫漫回家路》(也译为《沿着防兔篱笆》)和亚历克西斯·赖特的《卡彭塔利亚湾》。萨利·摩根的《我的位置》作为第一部土著作家创作的畅销书成为此领域土著写作的分水岭,被誉为澳大利亚土著文学传记的里程碑。方红的《在重述历史中回归土著文化身份——评澳大利亚土著作家萨利·摩根的〈我的位置〉》(《山东师大外国语学院学报》,2002年第3期)分析了重述历史、回归土著身份和话语的重要性和紧密关系。冯雷、向晓红的《打破沉默,倾诉心声——评澳大利亚土著作家萨利·摩根的〈我的位置〉》[《西华大学学报(哲学社会科学版)》,2008年第2期]重点分析了土著人如何在寻找家园的道路上最终实现自我价值。多丽斯·皮金顿的小说《漫漫回家路》

在澳大利亚国内广受关注。这部作品 2005 年在中国的澳大利亚电影节上放映后,受到了国内学者的及时关注,学者们从多视角对小说进行了解读。张海榕、杨金才在《〈漫漫回家路〉的互文性解读》(《外语教学与研究》,2007 年第 4 期)中指出,作家打破了传统的叙事方式,采用互文性手法,穿插使用不同文体形式的文字材料,构成文本的狂欢世界。舒奇志、杨金才的《空间异位中的回家之旅——评多丽斯·皮金顿〈漫漫回家路〉》(《南京社会科学》,2007 年第 6 期)讨论了土著人由于空间异位产生的身份认同感和文化失忆等问题,从而折射出空间的政治意义和权力内涵。亚历克西斯·赖特的《卡彭塔利亚湾》以其神秘主义的表现手法、魔幻主义的瑰丽文字、超凡神奇的想象力征服了白人评论界,获得澳大利亚最高文学奖。武竞的《当代澳大利亚土著文学的新思考:亚历克西斯·赖特和她的〈卡彭塔利亚湾〉》(《理论界》,2011 年第 11 期)探讨作家向读者展示的完整的当代土著社会和对土著民族的深刻思考。冷慧的《世界观的认知机制:解读〈卡彭塔利亚湾〉中隐性连贯语篇现象》(《外语与外语教学》,2014 年第 3 期)用认知学的理论,分析小说中貌似不连贯的语言现象,提出读者只有了解作者的"梦幻"世界观,才能达到解读文本思想内涵、感知文学效果、体验审美情感的目的。

本阶段呈现上述特点的原因较为复杂和多样。首先,土著民族身份的回归提升了土著文学的地位。澳大利亚主流文学越来越重视土著文学;中国学者在深入探察澳大利亚文学多元化和多民族的特点时,不自觉地注意到澳大利亚悠久的土著历史,开始着重关注以土著文学为代表的多元化文学蓬勃发展进程和特点。其次,新鲜血液的输入。以澳大利亚文学为研究方向的硕士、博士研究生们大都顺利地获得学位,稳步形成了澳大利亚文学研究的第二、三梯队,其中不乏研究土著文学的中青年学者。这在澳大利亚土著文学研究的人才资源储备和发展上,不啻具有重要意义。再次,国内专业性的研究机构纷纷建立并健康发展。迄今中国已有三十多家澳大利亚研究中心在积极运作,在政治、经济和文化等多方面拓展了国内外交流的渠道,为土著文学的国际交流提供了较大的帮助。最后,澳大利亚政府和教育机构对本国文学研究的资助不断国际化,国内学者亦有较多受益。其中最有代表性的是澳大利亚澳中理事会,长期以来该会通过项目方式,一方面资助我国学者赴澳大利亚进行学术研究访问,另一方面鼓励澳大利亚作家来中国交流。据澳中理事会官网显示,自2000年至今,由澳中理事会资助的关于土著文学研究的项目达到十项。同时,受资助的澳大利亚土著作家来到中国,或参加澳大利亚文学研讨会,或直接与读者见面介绍自己的作品,或在各高校举办讲座和授课,有力地促进了两国土著文学研究的发展。

四、澳大利亚土著文学研究中值得重视的若干问题

回顾三十多年来我国对澳大利亚土著文学研究的历程,学界在各类研究成果的数量和质量上取得了飞跃式的发展,但也存在不足之处,值得思考。

首先,土著文学中的民族文化立场和秉性尚有充足的研究空间,"土著性"对深入研究澳大利亚土著文学具有举足轻重的作用。澳大利亚土著文学是澳大利亚文学不可或缺的一部分,它既有一般意义上的澳大利亚文学的特征,也有其独特的民族特性。尽管澳大利亚土著作家的写作方法注重变化多样,使用现实主义、魔幻现实主义等表现技巧,但是其小说的叙事要义却始终围绕土著性,土著性成为表达文化身份自豪的术语。"作品中表现的土著特性的程度常常是其价值的评判标准"①,土著文学的字里行间都流露出作家们心里坚守着的土著性,作家们根植于传统的土著文化的内容和形式,努力在土著生活中提炼土著语言的风格,努力在自己的作品中宣示民族的文化特征,致力于提高整个民族的地位。也就是说,无论采取什么形式创作,土著作家都是为了更好地建成"一种崭新的土著精神"②。

其次,我国学者的研究重心落在获得重要奖项的土著作家的获奖作品

① Mudrooroo Narogin, *Writing from the Fringe: A Study of Modern Aboriginal Literature*, Melbourne: Hyland House, 1990, p. 73.

② Jack Davis, et al., *A Collection of Black Australian Writings*, Brisbane: University of Queensland Press, 1998, p. 102.

上，对于该作者的其他作品很少涉猎，难以从整体上把握作家的思维脉络。比如，亚历克西斯·赖特的小说《卡彭塔利亚湾》获得2007年迈尔斯·富兰克林奖等十项澳大利亚文学奖以后，国内学者把这部小说作为研究的热点，在重要期刊上发表多篇评论性文章，有两篇博士论文从不同的视角分析了这部获奖小说。然而，赖特的其他重要作品，如纪实小说《酒之战》(1997)、长篇小说《希望的土地》(1997)和《天鹅之书》(2012)等却无人问津。

最后，二十世纪六十年代以后出生的新生代土著作家和作品没有引起足够的关注，研究的视域尚待拓宽。新生代的土著作家多数具有高学历，他们的学术背景为文学创作提供了丰富的题材，如拉丽萨·贝伦特和阿尼塔·海斯。拉丽萨·贝伦特是悉尼技术大学法学教授，首位获得哈佛大学法学博士学位的澳大利亚土著女性。同时，她也是一位致力于维护和争取土著人土地权的土著律师，律师工作让她产生创作的灵感和冲动。她的博士论文《维护社会公正：土著权利与澳大利亚的未来》在2005年出版。阿尼塔·海斯是澳大利亚颇有名气的土著作家和文学批评家，是澳大利亚第一位获得原住民文学专业的博士，她的博士论文题目《嘟噜噜亚拉：直言不讳：出版土著文学》在2003年出版。但到目前为止，据中国知网数据库统计，南大核心期刊上仅发表了一篇研究澳大利亚土著年轻作家作品的论文，即应琼的《〈家〉的后殖民女性主义解读》(《湖南社会科学》2014年第5期)。作者从后殖民女性主义角度分析了拉丽萨·贝伦特的处女作《家》，揭示只有重写历史，土著女性方能争得话语权，回归原有文化身份，建立新一代土著女性价值观。新生代土著作家作品情感细腻，笔触清新，擅长把生活中的经历和体会自然地融入作品。他们对土著人在澳大利亚的生存状况充满希望，认为白人和土著人的和谐共处是民族和解的新途径。他们作品展现的文学技法和渗透出的政治观点意义重大，不容小觑，因此，新生代土著作家的作品应该引起澳大利亚文学研究者的重视。

澳大利亚儿童文学在中国内地的出版研究

谢雨倩①

摘要: 本文调查研究了澳大利亚儿童文学在中国内地的出版情况,使用定量和定性分析的方法,从出版/再版年份、出版社和作者这三个角度分析并讨论了收集到的434条出版信息。结果表明,近年来由中国出版社出版的澳大利亚儿童文学的数量不断增长,澳大利亚儿童文学作品在中国内地的出版颇具潜力,前景良好。

关键词:澳大利亚儿童文学;出版/再版年份;出版社;作者

Abstract:The paper studies the publication of Australian children's literature published by Chinese publishing houses in mainland China. Both quantitative and qualitative methodsare used to analyze and discuss the collected 434 pieces of publication information from 3 perspectives: years of publication/republication, publishing houses and writers. The research demonstrates that although the number of Australian children's literature published by Chinese publishing houses is on the increase these years, there is still a great potential for the publication of Australian children's literature in mainland China. Its future tends to be bright and prosperous.

Key Words: Australian children's literature; years of publication/republication; publishing houses; writers

---

① 谢雨倩,女,北京外国语大学澳大利亚研究中心在读硕士。

一、背景介绍

法国社会历史学家保罗·哈泽德曾称儿童文学可以重建英格兰,表明了儿童文学的巨大力量。虽然儿童文学还未有一个准确的、被普遍接受的定义,从广义上来说,作为文学的一大分支,儿童文学指为儿童而写或儿童喜爱的一类文学作品。儿童文学的分类有两个标准:类型和适读年龄。以类型来划分,儿童文学可分为绘本、传统文学(例如神话、寓言、传奇和童话)、小说、非小说、传记或自传以及诗歌。以适读年龄来划分,类别较为模糊,而且介于两类之间的文学作品很难分类。可分为适合0—5岁儿童的绘本、适合5—7岁儿童的初期读本、适合7—12岁儿童的章节读本和适合12—18岁儿童的青少年小说。从这个意义上来说,儿童文学与其他文学之间的界限并不固定。一些儿童文学作品也同样为成年人所喜爱,例如,哈利·波特系列。

儿童文学是澳大利亚文化史或文学史中的一小部分,在主流媒体中受到的关注较少。布拉德福德曾评论道:"关于儿童文学的评论甚少见诸报纸和文学杂志,总体而言,这些出版物中有关儿童文学的讨论仅仅局限于对儿童文学审查的争论以及其主体和语言的得体性。"①事实虽然如此,但这并没有阻碍澳大利亚儿童文学的发展。

澳大利亚儿童文学的发展并非一帆风顺,不仅起步晚,而且发展缓慢。第一部澳大利亚儿童文学是夏洛特·巴顿(Charlotte Barton)所著的《母亲献给孩子们的礼物》(*A Mother's Offering to Her Children*),出版于1841年。② 之后直至二十世纪五十年代,除了十九世纪末和二十世纪初埃塞尔·特纳(Ethel Turner)和诺曼·琳赛(Norman Lindsay)这两位作家,澳大利亚再无其他具有影响力

---

① Clare Bradford, "Australian Children's Literature", *The Cambridge History of Australian Literature*, ed. Peter Pierce. Melbourne: Cambridge University Press, 2009, p. 302.

② 张明:"十九世纪澳大利亚儿童文学",《大洋洲文学》,安徽:安徽大学出版社,1999年,第143页。

的儿童文学作者。这可能是由于当时“父母买给你的好东西都来自英格兰”①。

澳大利亚儿童文学的复兴始于二十世纪五十年代。第二次世界大战后,澳大利亚民族主义和自信自强的意识空前高涨,澳大利亚人在儿童文学教育上的自立意识也比以往任何时候都强烈。此外,战后的婴儿潮刺激了对儿童读物的需求,澳大利亚人呼唤着儿童文学的复兴。再者,战后澳大利亚经济的迅速崛起为儿童教育提供了坚实的物质保障,例如公共图书馆、师范院校以及高等教育院校的建立。另外,于1945年成立的澳大利亚儿童图书委员会及其极具影响力的年度儿童图书奖推动了澳大利亚儿童文学的繁荣。② 因此,一大批有名的作者开始涌现,如南·昌西(Nan Chauncy)、琼·菲普森(Joan Phipson)、帕特里夏·赖特森(Patricia Wrightson)、科林·蒂勒(Colin Thiele)、伊凡·索绪尔(Ivan Southall)、鲁丝·帕克(Ruth Park)等等。

之后,随着1973年多元文化政策的实施,儿童文学中的“澳大利亚化”逐渐淡化。澳大利亚儿童文学也开始从少数民族文化的角度看待问题。由土著作者创作的以及描写澳大利亚土著居民的文学作品成为澳大利亚儿童文学中新的闪光点。③ 今天,澳大利亚作者的创作开始面向世界的儿童读者,澳大利亚儿童文学不再局限于“澳大利亚儿童”,其国际化倾向越来越明显。一些作者还获得了世界性文学奖项,得到了国际认可,如帕特里夏·赖特森于1986年获得了安徒生奖,桑亚·哈特莱特(Sonya Hartnett)和肖恩·塔恩(Shaun Tan)分别于2008年和2011年获得了林格伦奖④。

除了文化价值,儿童文学还成为澳大利亚文化产业中的重要因素。2003年,澳大利亚图书出版商和其他主要出版社出版了价值8.196亿美元的印刷

---

① Brenda Niall, “Children's Literature”, *The Penguin New Literary History of Australia*, Laurie Hergenhan et al. Victoria: Penguin Books Australia Ltd., 1998, p. 547.

② 黄源深:《澳大利亚文学史》,上海:上海外语教育出版社,1997年版,第280—281页。

③ Kathryn Wells, “*Australian Children's Books*”, Australian Government, 20 November 2013, Web.

④ International Board on Books for Young People. *Hans Christian Andersen Awards*. IBBY, n. d. Web.

图书,其中儿童图书价值1.267亿美元,占了总价值的16%。[①] 因此,不论是文化价值还是商业价值,澳大利亚儿童文学的重要性都不可小觑。

值得一提的是,中国内地于1958年翻译出版了第一部澳大利亚儿童文学作品:莱斯利·里斯(Leslie Rees)的《小脚趾水中旅行记》(*Digit Dick on the Barrier Reef*),并从二十世纪七十年代开始,大量增加对澳大利亚儿童文学的引进。自1949年至2006年,中国内地出版了来自50多个国家的8418本儿童文学作品。但澳大利亚儿童文学的出版数量仅为53种,大大少于英国(1435种)、美国(1343种)、俄罗斯(1204种)、德国(935种)和法国(904种)儿童文学的出版数量,在50多个国家中仅排名第17位。[②]

虽然中国内地学者对澳大利亚儿童文学的研究自二十世纪七十年代开始兴盛,但目前仍处于边缘化位置。在学术界,研究澳大利亚儿童文学的专著、论文和期刊文章并不多见。在已出版的专著中,虽对澳大利亚儿童文学有所关注,但比重较小,对重要作者及其作品也有所疏漏。[③] 虽然黄源深在其1997年版的《澳大利亚文学史》、2006年版的《澳大利亚文学简史》和《澳大利亚文学名著遍览》中,将澳大利亚儿童文学独立出一个章节专门介绍,但此系列仅重点介绍了11位澳大利亚作者,而且深度不够,较为浅显。[④] 韦苇2007年版的《外国儿童文学发展史》和2013年版的《外国童话史》也存在同样的问题。[⑤] 另外,倪卫红编著的1995年版《澳大利亚儿童小说》中整合了20部澳大利亚儿童文学作品的中文译本,但作品和对应的作者之间却存在一些错误。[⑥] 值得一

---

① Australian Bureau of Statistics. *Book Publishers, Australia*, 2003-04. ABS, 17 August 2005. Web.

② 朱环新:《1949—2006年中国大陆引进版少儿文学类图书出版研究》,北京:北京大学,2007年,第115页。

③ 杜剑雄:"国内澳洲儿童文学研究综述",《外国文学动态》,2014年第5期,第46页。

④ 见黄源深1997年版《澳大利亚文学史》,黄源深、彭青龙2006年版《澳大利亚文学简史》;黄源深、白静远2006年版《澳大利亚文学名著遍览》。

⑤ 见韦苇2007年版《外国儿童文学发展史》和2013年版《外国童话史》。

⑥ 倪卫红:《澳大利亚儿童小说》,北京:北京儿童出版社,1995年。

提的是,2012 年出版的何卫青《澳大利亚儿童文学导论》是中国内地首部完整研究澳大利亚儿童文学的学术著作,在广度和深度上都有所突破,但其在目录及索引编排、内容、时效性等诸多方面尚存在较大的改进空间。[①]

另外,关于澳大利亚儿童文学的期刊文章也较少,现存的文章中也没有关于澳大利亚儿童文学的深入探讨。例如,在《中澳民间儿童文学比较初探》中,朱倩和华燕仅初步梳理了中澳儿童文学的三个共同特征,即特殊背景决定独特的创作意图、多涉及母爱与童真的主题、培养儿童坚强勇敢的意志品质和勇于探索的精神。[②] 吴庆宏在《澳大利亚儿童文学的崛起》中则以澳大利亚的历史发展为脉络,简要介绍了澳大利亚儿童文学的出现、发展和繁荣的过程。[③] 鉴于此种境况,研究自 1958 年以来澳大利亚儿童文学在中国内地的出版情况是有意义和可行性的。

研究方法

因为儿童文学的定义较为模糊,为了避免混淆,必须先明确研究对象。在本研究中,研究对象必须符合四条标准:第一,是已出版的图书;第二,是为十八岁以下的儿童所写或为他们所喜爱;第三,是由澳大利亚作者创作或编著,或由中国作者编著;第四,是由中国内地出版社出版的中文、英文或双语读本。

本研究采用了定量和定性分析的方法。首先,利用国家图书馆提供的文津搜索系统、网上图书商城和中国出版社的出版目录搜集澳大利亚儿童文学在中国内地的出版信息。文津搜索系统整合了国家图书馆和其他地方馆的馆藏信息和电子资源,提供八类文献的数据检索服务:专著、古文献、论文、期

---

① 杜剑雄、佘军:"《澳大利亚儿童文学导论》缺陷举要",《中国图书评论》,2013 年第 12 期,第 64 页。

② 朱倩、华燕:"中澳民间儿童文学比较初探",《安徽文学》,2011 年第 2 期,第 257、269 页。

③ 吴庆宏:"澳大利亚儿童文学的崛起",《湖南科技大学学报(社会科学版)》,2009 年第 12 卷第 6 期,第 109—112 页。

刊报纸、多媒体、微缩文献、文档和词条。以国家图书馆的中文馆藏资源和电子资源、龙源电子期刊、维普中国科技期刊数据库和中国知网为主要搜索源，当关键词为“澳大利亚儿童文学”时，文津搜索提供了170个相关专著的搜索结果，关键词为“澳大利亚少年”时有128个搜索结果，为“澳大利亚少儿”时有128个搜索结果，为“澳大利亚儿童读物”时有45个搜索结果，为“澳大利亚少年读物”时有15个搜索结果，为“澳大利亚少儿读物”时有1个搜索结果。但并不是所有的初步搜索结果都有效。之后，通过将这些结果与网上图书商城（如亚马逊、当当、京东和孔夫子旧书网）以及中国内地出版社的出版目录进行对比，进一步确认了出版信息。接着，本研究根据出版/再版年份、出版社、作者等指标进一步分析了这些出版信息，还将澳大利亚儿童文学在中国内地的出版现状与获得国际性儿童文学奖和年度儿童图书奖作者的作品进行了对比，并得出结论。

数据分析

通过利用文津搜索系统、网上图书商城以及中国内地出版社的出版目录进行出版信息整理后发现，自1958年至2014年，中国内地出版社共出版了434种澳大利亚儿童文学作品。需要注意的是，在统计澳大利亚儿童文学作者时，出现了国籍归类的问题。帕梅拉·林顿·特拉弗斯（Pamela Lyndon Travers）被认为是英国作者，但她出生于澳大利亚，之后才移民至英格兰。在一些图书的封面上，她的国籍为英国，但也有一些书将她标注为澳大利亚作者。关于珍妮·贝克（Jennie Baker）的国籍也同样存在争论，这位作者出生于英国，但之后移民至澳大利亚。在本研究中，略去了关于帕梅拉·林顿·特拉弗斯作品的出版信息，而将珍妮·贝克列为澳大利亚儿童文学作家。在搜集到的出版信息的基础上，本研究从出版/再版年份、出版社和作者这三个方面分析了澳大利亚儿童文学作品在中国内地的出版情况。

出版/再版年份

图1:1958—2014年澳大利亚儿童文学作品在中国内地的出版数量

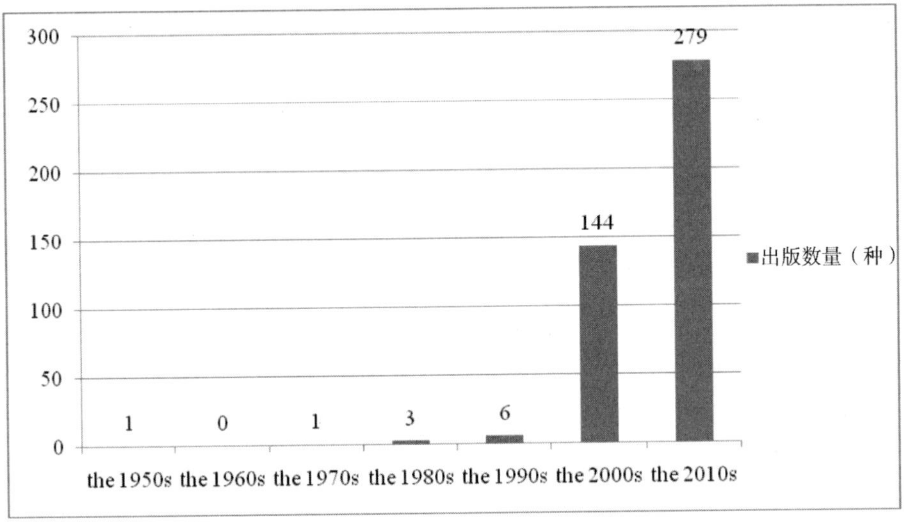

1958年至2014年,澳大利亚儿童文学在中国内地的出版数量快速增长。二十世纪五十年代,每个年代的出版数量不到10种。但进入二十一世纪后,在第一个十年,出版数量就猛增至144种,在之后的短短四年中,出版数量已达279种。

图2:2000—2014年澳大利亚儿童文学作品在中国内地的出版数量

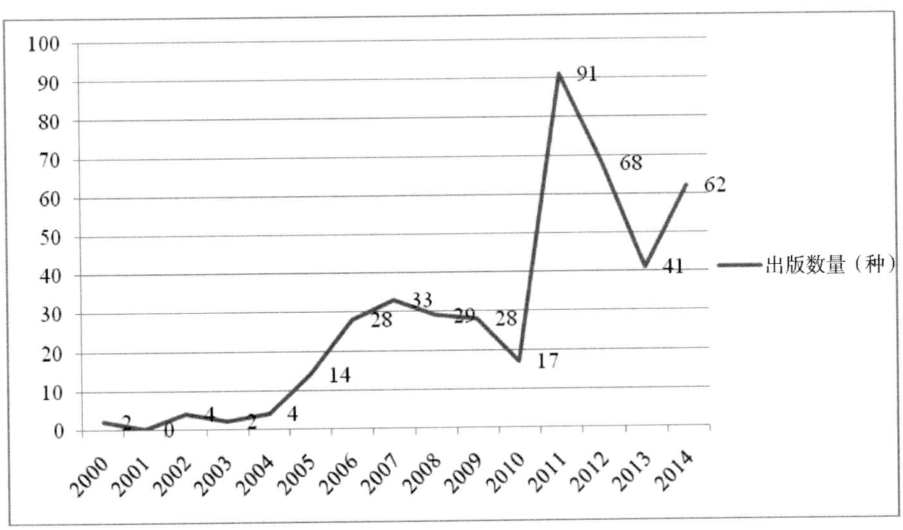

从2000至2014年，澳大利亚儿童文学作品在中国内地的出版数量呈波动态势。虽然在2005年以前出版数量还比较少，但从总体上来看，这个数字一直在攀升，并于2011年达到顶峰，有共计91种澳大利亚儿童文学作品得以出版。

出版社

根据搜集到的出版信息，1958年至2014年间，共有434种澳大利亚儿童文学作品在45家中国内地出版社出版。下表中所列信息为出版数量排名前14的中国内地出版社，出版数量均在10本及以上。除此之外，另有31家出版社曾出版过澳大利亚儿童文学作品，包括长江少年儿童出版社、江苏少年儿童出版社、广西师范大学出版社、东方出版社、知识出版社、中国少年儿童出版社、北京少年儿童出版社、河北少年儿童出版社、二十一世纪出版社、科学普及出版社、人民出版社、上海译文出版社等。

表1：出版澳大利亚儿童文学作品数量排名前14的出版社

序号	出版社	出版数量（种）	序号	出版社	出版数量（种）
1	少年儿童出版社	66	10	电子工业出版社	14
2	外语教学与研究出版社	61	11	四川科学技术出版社	13
3	湖北少年儿童出版社	38	12	福建少年儿童出版社	10
4	浙江少年儿童出版社	28	12	接力出版社	10
5	晨光出版社	21	12	长江少年儿童出版社	10
6	华东师范大学出版社	20			
7	人民文学出版社	17		排名前14的出版社	340
8	吉林出版集团有限责任公司	16		其他出版社	94
9	印刷工业出版社	16		总计	434

表1显示，在出版了澳大利亚儿童文学作品的45家中国内地出版社中，少年儿童出版社的出版数量最多（66种），其次为外语教学与研究出版社（61种），这两家出版社的出版数量都超过了60种。另外，与其他出版社相比，由

湖北少年儿童出版社(38种)、浙江少年儿童出版社(28种)、晨光出版社(21种)以及华东师范大学出版社(20种)出版的澳大利亚儿童文学作品的数量都较高,在表中分列第3、第4、第5、第6名。

图3:出版数量排名前6的出版社出版澳大利亚儿童文学作品数量所占比例

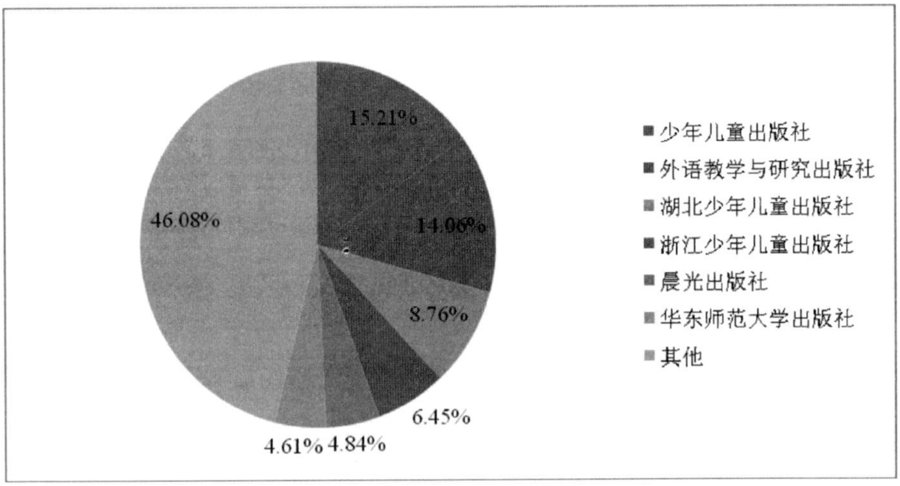

出版数量排名前6的中国内地出版社(少年儿童出版社、外语教学与研究出版社、湖北少年儿童出版社、浙江少年儿童出版社、晨光出版社和华东师范大学出版社)共出版了234种澳大利亚儿童文学作品,所占比例分别为15.21%、14.06%、8.76%、6.45%、4.84%和4.61%,超过了总出版数量的一半。而其他39家中国内地出版社共出版了200种澳大利亚儿童文学作品,仅占总出版数量的46.08%。

作者

在由中国内地出版社出版的434种澳大利亚儿童文学作品中,有56种难以确定其作者。因为这些作品是以丛书的形式出售,并未清楚地标明每一本读物的作者,因此作者信息无法确认。余下的378种澳大利亚儿童文学作品则是由116位作者所著或所编。下表中所列信息为出版数量排名前19位的作者,其作品出版数量也均在6种及以上。除此之外,中国内地还出版了另97位作者的澳大利亚儿童文学作品,包括玛格丽特·怀尔德(Margaret

Wild)、尼克·布兰德(Nick Bland)、艾米丽·罗达(Emily Rodda)、埃塞尔·佩德利(Ethel Pedley)、埃塞尔·特纳、安娜·皮格纳托罗(Anna Pignataro)、简·奥默罗德(Jan Ormerod)、马克·斯坦福(Mark Standford)、梅姆·福克斯(Mem Fox)、帕特里夏·赖特森、伊丽莎白·哈妮(Elizabeth Honey)等。

表 2:澳大利亚儿童文学作品出版数量排名前 19 的作者

序号	作者	出版数量(种)	序号	作者	出版数量(种)
1	Anna Fienberg	22	12	Sarah Kay	8
2	Valerie Thomas	20	13	Gabrielle Lord	7
2	Jeanette Rowe	20	14	John Marsden	6
4	Ian Rohr	17	14	Emma Quay	6
5	H. I. Larry (Hilary Badger)	12	14	Tiffany Mandrake	6
5	Paul McEvoy	12	14	Hazel Edwards	6
7	Paul Jennings	11	14	Michael Wagner	6
7	Garth Nix	11	14	J. E. Fison	6
7	Pamela Alan	11		排名前 19 的作者	206
10	Kate Pike	10		其他作者	172
11	Peter Carnavas	9		总计	378

表 2 显示,在可以确定的 378 名作者中,安娜·费恩伯格(Anna Fienberg)的作品出版最多(22 种),其次为瓦莱丽·托马斯(Valerie Thomas)和珍妮特·罗(Jeanette Rowe),这 3 位作者的作品出版数量都超过了 20 种。另外,与其他作者的作品出版数量相比,伊恩·罗尔(Ian Rohr)、H. I. 拉里(H. I. Larry)、保罗·麦克沃伊(Paul McEvoy)的作品出版数量也较高。

图4：排名前19的作者的作品出版数量所占比例

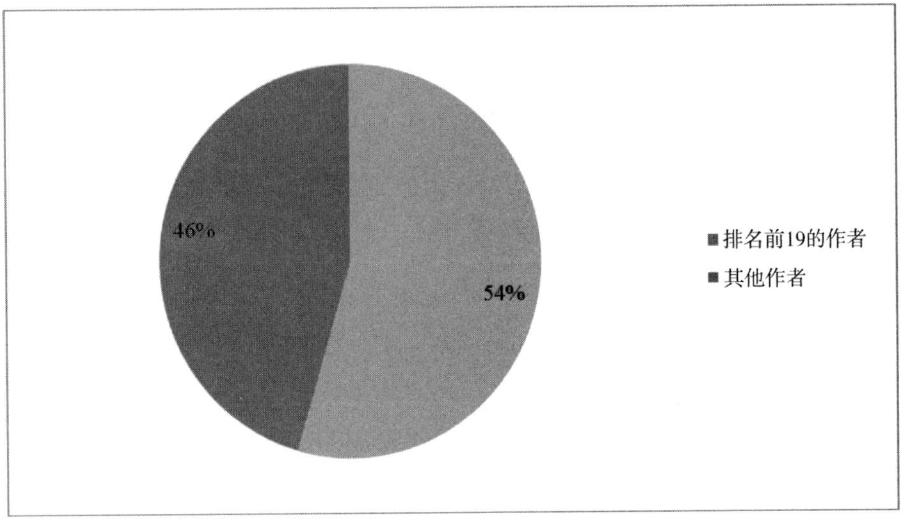

作品出版数量排名前19的作者共出版了206种澳大利亚儿童文学作品，所占比例为54%，超过了总出版数量的一半。而其他359位作者共出版了172种澳大利亚儿童文学作品，仅占总出版数量的46%。

讨论

出版/再版年份

从中国图书出版业的总体情况来看，从1949年至2006年，引进版少儿文学类图书再版重印率很高，出版种数所占比重为58.30%，即将近一半的少儿图书为再版重印的图书。[①] 但在搜集到的出版信息中，仅27部澳大利亚儿童文学作品得以再次出版，且再版重印率不高。其中，2部作品（*Seven Little Australians* 和 *Dot and the Kangaroo*）再版3次，其余25部作品仅再版1次。

① 朱环新：《1949—2006年中国大陆引进版少儿文学类图书出版研究》，第83页。

表3:澳大利亚儿童文学作品在中国内地再版的情况

书名	作者	出版/再版年份	出版社
《七个小淘气》	埃塞尔·特纳(Ethel Turner)	1996	中国文学出版社
《七个淘气包》		2009	人民文学出版社
《淘气包一箩筐》		2012	北京少年儿童出版社
《淘气包一箩筐》		2013	北京少年儿童出版社
《小不点儿和袋鼠》	埃塞尔·佩德利(Ethel Pedley)	1984	山东少年儿童出版社
《小不点儿和袋鼠》		2003	湖北少年儿童出版社
《小不点与袋鼠历险记》		2006	京华出版社
《小不点与袋鼠历险记》		2009	京华出版社
《艾薇的礼物》	芙蕾雅·布雷克伍德(Freya Blackwood)	2011	湖北少年儿童出版社
《艾薇的礼物》		2012	湖北少年儿童出版社
《袋熊日记》	杰西·弗兰(Jessie Forlan)	2009	万卷出版公司
《袋熊日记》		2012	江苏少年儿童出版社
《十二生肖传说》	加布里尔·王(Gabrielle Wang)	2011	湖北少年儿童出版社
《十二生肖传说》		2013	湖北少年儿童出版社
《斯黛拉街的新鲜事》	伊丽莎白·哈妮(Elizabeth Honey)	2008	新蕾出版社
《斯黛拉街的新鲜事》		2011	新蕾出版社
《太空人遇险记》	帕特里夏·赖特森(Patricia Wrightson)	1991	少年儿童出版社
《太空人遇险记》		2014	安徽少年儿童出版社
《我能跳过水洼》	艾伦·马绍尔(Alan Marshall)	2004	人民文学出版社
《我能跳过水洼》		2014	北京少年儿童出版社
《一只流浪狗的幸福生活》	史蒂芬·麦克·金(Stephen Michael King)	2008	电子工业出版社
《一只流浪狗的幸福生活》		2014	电子工业出版社
“超级冒险王”系列(7本)	安娜·芬伯格(Anna Fienberg) 芭芭拉·芬伯格(Barbara Fienberg)	2009	吉林出版集团有限责任公司
“超级冒险王”系列(7本)		2012	江苏少年儿童出版社

续表

书名	作者	出版/再版年份	出版社
“爱的种子”系列(4本)	彼得·卡纳华斯(Peter Carnavas)	2011	人民出版社
“爱的种子”系列(4本)		2011	中国少年儿童出版社
“女巫温妮”系列(7本)	瓦莱丽·托马斯(Valerie Thomas)	2008	广西师范大学出版社
温妮女巫魔法绘本(7本)		2012	外语教学与研究出版社

埃塞尔·特纳的《七个小淘气》(*Seven Little Australians*)由中国文学出版社于1996年第一次出版。之后,人民文学出版社于2009年再版这部作品,但将中文书名改为了《七个淘气包》。北京少年儿童出版社也于2012年、2013年再次出版这部作品,中文书名为《淘气包一箩筐》。另外,埃塞尔·佩德利的《小不点儿和袋鼠》(*Dot and the Kangaroo*)第1版由山东少年儿童出版社于1984年出版。之后,湖北少年儿童出版社于2003年再版这部作品,仍沿用了原先的中文书名。京华出版社也分别于2006年和2009年再次出版这部作品,但将中文书名改为《小不点与袋鼠历险记》。

除了这2部再版3次的澳大利亚儿童文学作品之外,芙蕾雅·布雷克伍德的《艾薇的礼物》(*Ivy Loves to Give*)、杰西·弗兰的《袋熊日记》、加布里尔·王的《十二生肖传说》(*Race for the Chinese Zodiac*)、伊丽莎白·哈妮的《斯黛拉街的新鲜事》(*Stella Street and Everything that Happened*)、帕特里夏·赖特森的《太空人遇险记》(*Down to Earth*)、艾伦·马绍尔的《我能跳过水洼》(*I Can Jump Puddles*)、史蒂芬·麦克·金《一只流浪狗的幸福生活》和彼得·卡纳华斯的“爱的种子”系列、瓦莱丽·托马斯的“女巫温妮”系列以及安娜·芬伯格和芭芭拉·芬伯格的“超级冒险王”系列都曾再版1次。

而自1949年至2006年,共有56位外国儿童文学作者作品的版本数量达到25种以上,其中有21位作者作品版本数量在50种以上,而这些作者主要来自欧洲国家和美国。[①] 与之相比，澳大利亚儿童文学作品在中国内地的再版情况实在不容乐观。

出版社

表4:2000—2013年图书、少儿读物、澳大利亚儿童文学作品出版总数及所占比重

年份	图书出版总数①（种）	少儿读物出版总数②（种）	所占比重②/①（%）	澳大利亚儿童文学出版总数③（种）	所占比重③/②（%）
2000	143376	7004	4.89	2	0.03
2001	154526	7254	4.69	0	0.00
2002	170962	7393	4.32	4	0.05
2003	190391	7588	3.99	2	0.03
2004	208294	7989	3.84	4	0.05
2005	222473	9583	4.31	14	0.15
2006	233971	9376	4.01	28	0.30
2007	248283	10460	4.21	33	0.32
2008	274123	11310	4.13	29	0.26
2009	301719	15591	5.17	28	0.18
2010	328387	19794	6.03	17	0.09
2011	369523	22059	5.97	91	0.41
2012	414005	30965	7.48	68	0.22
2013	444427	32400	7.29	41	0.13

① 朱环新:《1949—2006年中国大陆引进版少儿文学类图书出版研究》,第89页。

图 5:2000—2013 年少儿读物出版总数在

图书出版总数中所占比重

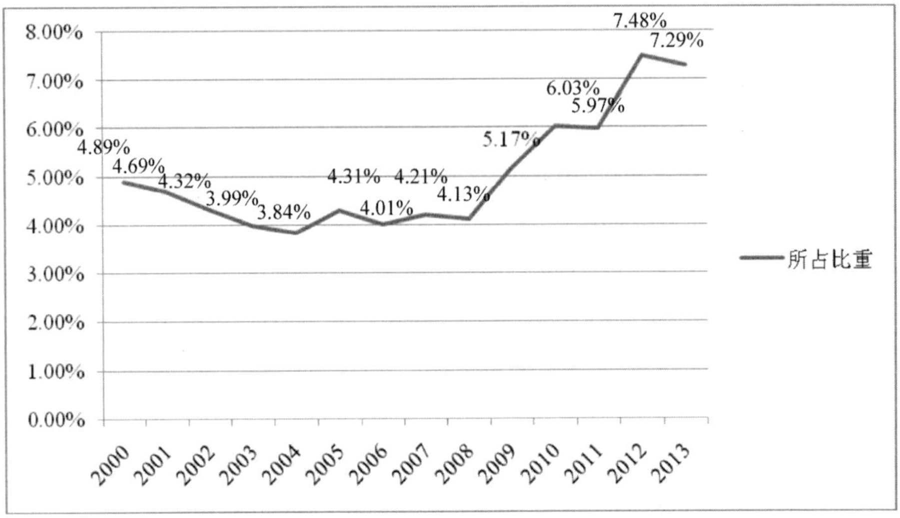

图 6:2000—2013 年澳大利亚儿童文学作品出版总数在

少儿读物出版总数中所占比重

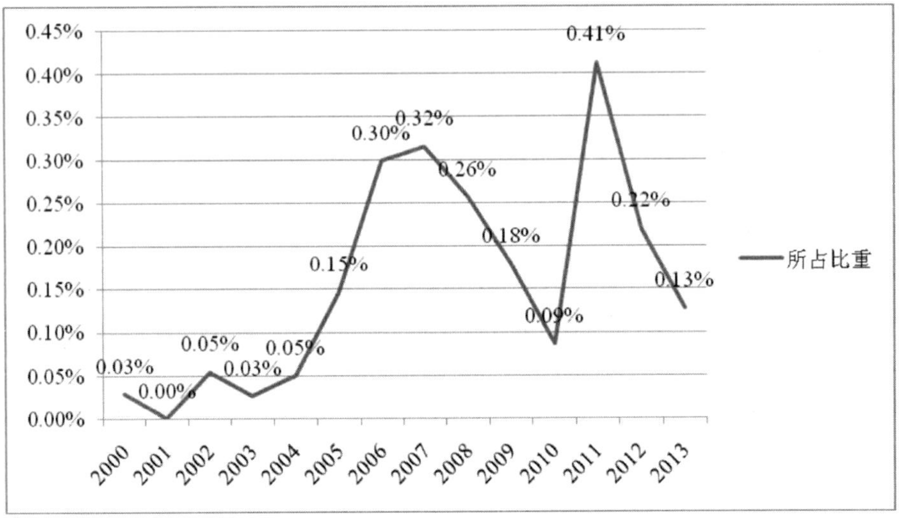

根据最新的统计信息,2013 年全国共出版图书 444427 种,总印数 83.1

亿册,定价总金额 1289.28 亿元。其中,少年儿童读物有 32400 种(占总数的 7.29%),总印数 45686 万册(占总数的 3.09%),总定价为 867036 万元(占总数的 6.72%),[①]自 2000 年以来,总体呈上升趋势。但从 2000 年至 2013 年,澳大利亚儿童文学作品出版总数在少儿读物出版总数中的所占比重极低,甚至不超过 0.45%。

表 5:2000—2013 年全国出版社总数、出版澳大利亚儿童文学作品的出版社总数及所占比重[②]

年份	全国出版社总数①(家)	出版澳大利亚儿童文学作品的出版社总数②(家)	所占比重②/①(%)
2000	565	2	0.35
2001	562	0	0.00
2002	568	3	0.53
2003	570	2	0.35
2004	573	2	0.35
2005	573	3	0.52
2006	573	5	0.87
2007	578	4	0.69
2008	579	6	1.04
2009	580	6	1.03
2010	581	3	0.52
2011	580	12	2.07
2012	580	10	1.72
2013	582	14	2.41

① 见"2013 年全国新闻业基本情况",载中国新闻出版网。

② 见"2000 年—2013 年全国新闻业基本情况",载中国新闻出版网。

图7:2000—2013年出版澳大利亚儿童文学作品的出版社总数在全国出版社总数中所占比重

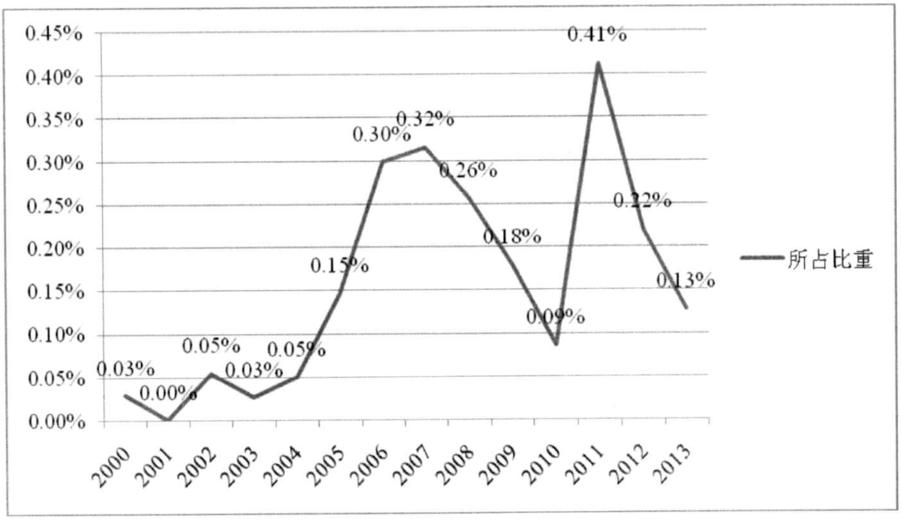

从总体上来看,自2000年至2013年,出版澳大利亚儿童文学作品的出版社数量越来越多,在全国出版社总数中所占比重也越来越大,但这个比重仍较小,甚至不超过3%。通过对比搜集到的出版信息和二十世纪中国内地图书出版业的基本情况,可以看出澳大利亚儿童文学作品在中国内地的出版情况并不太乐观,仍存在很大差距。

作者

澳大利亚于1945年成立了澳大利亚儿童图书委员会,旨在推动澳大利亚儿童文学的进一步发展,并于1946年设立了年度儿童图书奖,表彰为澳大利亚儿童文学做出突出贡献的作者,在澳大利亚具有广泛影响力和认可度。[①]自1946年至2014年,有超过60位作者的80余部作品获得了该奖项。[②]

---

① The Children's Book Council of Australia, *History of the Awards-Previous Winners*, CBCA, n. d. Web.

② *Books of the Year Awards*, The Children's Book Council of Australia, 4 June 2007, Web.

虽然近年来，澳大利亚儿童文学作品在中国内地的出版数量快速增长，但还是有许多优秀澳大利亚儿童文学作者的作品没被引进出版。根据搜集到的出版信息，只有一些获奖作者的作品已在中国内地出版，如帕特里夏·赖特森、桑亚·哈特莱特、肖恩·塔恩、尼克·布兰德、芙蕾雅·布雷克伍德、简·奥默罗德、珍妮·贝克、奥多·赫希、爱玛·昆、德博拉·尼兰德等，而且在中国内地出版的儿童文学作品也不完全是这些作者的获奖作品。

再者，将澳大利亚儿童文学作品在中国内地的出版情况与欧洲或美国儿童文学作品的引进情况进行对比，不难发现其中差距。鉴于此，为了加强澳大利亚儿童文学作品在中国内地的影响力，扩大其读者群，大力引进并出版优秀澳大利亚儿童文学作者的杰出作品具有必要性。

结论

虽然澳大利亚儿童文学只是澳大利亚文化史中的一小部分，且并没有受到主流媒体的太多关注，但这并没有阻碍其发展成澳大利亚文学中的一个重要分支。早在1958年，随着第一部澳大利亚儿童文学作品在中国内地的翻译出版，莱斯利·里斯的《小脚趾水中旅行记》为中澳两国的文化交流打开了新篇章。在本研究中，基于国家图书馆提供的文津搜索系统、网上图书商场以及中国内地出版社的出版目录，共搜集到434条自1958年以来澳大利亚儿童文学作品在中国内地的出版信息。之后，再从出版/再版年份、出版社和作者这三个角度对这些数据进行了分析和讨论。结果表明，从1958年至2014年，由中国内地出版社出版的澳大利亚儿童文学作品数量不断增长。但将之与整个中国图书出版业进行比较后发现，澳大利亚儿童文学作品出版数量以及出版社数量还远远低于近年来欧洲和美国儿童作品文学的出版数量，而且许多获得年度儿童图书奖的作品并未在中国引进出版，因此澳大利亚儿童文学作品在中国内地还存在较大的出版空白。但随着中澳两国之间文化交流的日益紧密，澳大利亚文学周在中澳政府的推动下自2008年迄今已成功举办8届，且几乎每一届都会促成儿童图书的翻译合作，因此澳大利亚儿童文学作品在中国内地的出版颇具潜力，前景良好。

歌唱澳大利亚:
读艾利西斯·莱特的《卡奔塔利亚湾》

Chester Eagle① 龚静②

摘要:澳大利亚原住民作家艾利西斯·莱特的《卡奔塔利亚湾》是一部不同于白人小说传统而独具特色的小说。本文从人物塑造、叙述声音、文学传统及其创作背后的世界观等方面剖析了该小说新颖的创作风格,从而肯定了该小说为澳大利亚小说传统所做出的独特贡献。

关键词:《卡奔塔利亚湾》;艾利西斯·莱特;文学传统

Abstract: *Carpentaria* is an unusual and acclaimed novel by the Indigenous Australian writer Alexis Wright. The paper revealed its unusualness and special contribution to the white Australian literary tradition by analyzing its characterization, narrative voice, the blackfella mind as well as the Indigenous oral tradition behind its creation.

Key Words: *Carpentaria*; Alexis Wright; literary tradition

《卡奔塔利亚湾》的大多数情节都发生在卡奔塔利亚海湾附近一个叫作“德斯佩兰斯”的混居区。你若试图在地图上找到这个地方,也许是上面的伯克镇或诺曼顿。但是你不能拘泥于事实细节,而需要用全新的思维去做大胆的想象才行,这是一部与我们以前读过的所有小说都不同的作品。在里面,

---

① Chester Eagle,澳大利亚作家。

② 龚静,四川大学外国语学院副教授,文学博士。

有一条深深地隐藏在地下的蛇,虽并不发声,却很可能是整部小说的根基所在。它斜着横跨过整个澳洲大陆,尾部伸入南海岸的埃斯佩兰斯,直达拜特海湾的西边。建设澳大利亚是一项宏伟的工程,对于澳大利亚白人而言,希望,是我们历史的主调,因而以法语单词“Esperance”为这个地方命了名。在蛇的头部一端,一个名为古尔福利特(难道是 Go-for-it 的变音?)的公司建立在这个偏远的定居点,他们也希望自己生意兴隆。一些黑人矿工和白人一起为一家总部设在纽约的跨国公司效命,但另一些黑人却对该公司深恶痛绝,并以原住民地权为由阻止这家公司的发展。

因此,乍一看,这部小说仿佛是关于矿工与跨国资本和传统生活方式的斗争……的确如此,但又不只如此。你瞧!我已经道出了自己对《卡奔塔利亚湾》的理解是如此地自相矛盾。我得坦白,对我而言,这部小说还很新,我几周前才买回来,仅读了两遍而已。可以肯定,比我更加了解这部小说的读者,很容易看出本文的蹩脚之处。但是,这是一部那样与众不同的小说,开创了我国文学史上激动人心的新发展,我很渴望将自己关于它的想法写下来,即使这些想法还不甚成熟,也尚未沉淀。

“埃斯佩兰斯”和“德斯佩兰斯”这两个词,一个是希望的意思,另一个则带点绝望的意味。德斯佩兰斯的市长是一个叫作布鲁斯的人,他粗犷、强壮、机智,也是当地巡警的头儿,他的职责就是确保黑人们好好地待在两边的灌木丛里。小说里有东西两边各一群民众,关于西边的那一群,我们了解很多,对东边的那一群,小说则讲得很少。布鲁斯明白这样一个道理:将黑人分裂开,中心便掌握了统治权。在小说的大部分篇章里,的确如布鲁斯所期望的那样。但在小说结束前,所有的故事情节将要汇向结局时,白人却纷纷逃跑了,德斯佩兰斯不复存在了,在一群袭击者放的大火中,矿场也变成了废墟。在小说接近尾声处,海湾里的水涌上来冲毁了整个城镇。诺姆·潘托姆是小说里神一般的人物,其子威尔·潘托姆从藏身的酒店逃跑时,回头望了一眼,看见“他身后远处原来是酒店的建筑,不再是酒店,而是圣灵们作乐的小城堡”。此时,绝非首次,我们意识到这部小说真正的主题正是和某种圣灵有关。艾利西斯·莱特(Alexis Wright)的族人信奉的这些圣灵,远远比白人想象中那些老朽不堪的鬼魂要复杂。

> 那时,他意识到,在这些神明撼动着整个国家时,历史被抹除了。他目睹了人类在世界这一角按照自己的意志创造的一切如何被自然的创造者重新设计。在他们手下,历史翻腾着,改变了形状,被解开了,被捶打着。他害怕吗?让酒店滚蛋吧!他心想,酒店和一切都会消失的。海水上升起来,形成了这些圣灵的壁垒,尽管这正在创造之中的新世界尚未成型,正翻搅着、滚动着,变化莫测,可他却不觉得它恐怖、可憎,反而从那海水撞击的粗犷声响里看到了一些美感。
>
> 他甚至觉得那毁坏性的画面看起来让人神清气爽,那如死神在舞蹈般的情形,仿佛古老的创世圣灵在海底深处沉睡了千百年后从梦中醒来,在这千百年里,土著人照料着土地……①

关于德斯佩兰斯发生的情况,白人记者向南部城市发回来的报道里也许会用"空前绝后的自然灾难"等说法,因为欧洲人需要将人类与自然分离开来。艾利西斯·莱特的族人却不会这样。如她所说,土著人认为自己只是土地的照料者,他们应该好好照料土地,如果圣灵们醒来为自己看到的一切感到愤怒,地狱里所有可怕的东西都会泛滥而出。事实果真如此!

也许此时我应该来尝试分析一下这部小说的"传统",至少我可以尝试从作者的观点入手去分析一下。我曾在之前的一篇文章中讨论过巴里·希尔为西奥·施特雷洛所做的传记。施特雷洛和他同时代的阿兰达人都意识到,一种古老的生活和认知方式已经没落。然而,或许你还记得,在小说后面,非常奇怪地,施特雷洛发现许多古老的文化仍然流传了下来。古老的知识也许已经失去了其体系,不再完整,也许人们对这些知识仅仅一知半解,也许它们已经与白人的知识混杂在了一起,但无论这些知识变得多么贫乏,它们依然

① Alexis Wright, *Carpentaria*, Artarmon, Sydney: Giramondo Publishing Company, 2006, pp. 491-492.

存在，徘徊着，并未完全消失，在那些了解它们的人的生命里显现。依然还有些基本的东西存在。

这就是《卡奔塔利亚湾》大多数时候所处的情况。黑人们的血液也许已经混杂，但他们知道自己属于哪里。他们有自己的“种群”，与出没的各种圣灵联系在一起，被圣灵们催促着按照正确的方式去生活。里面有些好笑的东西，有时候真是让人捧腹大笑，但这些东西都是白人和黑人不同的观念混杂在一起的时候产生的。因此，小说里不仅有我们之前说过的圣灵，还有白金汉宫、汉德尔的《弥赛亚》、飞碟、蒂姆·温顿的小说、侏儒和仙女、伊丽莎白女王的新年致辞、带桨的小船、带舷外发动机的船、武装直升机等，还有一场浩劫！

在这广阔世界里，还塞进了“全球化”这个词！

那还缺少什么呢？还有什么是这部土著、黑人故事没有讲述到的呢？嗯，我噘起嘴唇，你能否意识到我这个动作的含意？到底缺了什么呢？

会提出这个问题，说明我已经意识到了这是一部多么不同寻常的小说。按照我们欧洲人的思维方式，我们期待小说里所应该具备的许多东西在这里都找不到。更让人吃惊的是，读者却很难觉察到这点。那些东西看似如此必不可少，可是在读了《卡奔塔利亚湾》以后才意识到，这些东西完全可以不需要了。这部小说将黑人和白人的思维方式更加紧密地联系在一起。

里面缺了什么呢？我们过去认为弗洛伊德心理分析是人物塑造的标准方式，而在该小说里却并不存在。里面有许多人物，足够排上一长队，有诺姆·潘托姆、威尔·潘托姆、伊利亚斯（小说好几个章节都与他的尸体有关）、安杰尔·戴、莫齐·菲什曼、约瑟夫·米德奈特、爱尔兰牧师丹尼、市长布鲁斯和警察特鲁斯福尔。这些人物，尤其是最后三位，像漫画人物似的——他们总是如此——但这些人物（尤其是那些黑人）和创世神话里的人物颇为相似。换言之，他们也正在逐渐成为圣灵。他们在小说里进进出出，出现了又消失，或者跋山涉水到北方去。然而，驱使他们行动的，并非如欧洲人的思维模式所分析的那样，来自内心的想法。千百年来，在低头看着双脚下的土地或抬头仰望头顶的夜空时，黑人们通过自己的想象创造了一些故事，这些故事代代相传了下来,成为他们行动的依据。

谁掌控着这部小说?谁是所有这一切的操控者?在小说的第一页,我们获知艾利西斯·莱特是位于卡奔塔利亚湾南面高地的瓦安伊族群的一员。虽然不能很肯定,但我想她所说的是巴克利平地(tablelands)。莱特的声音非常鲜明,但我们能感受到,这并不是一个自鸣得意的个体声音,而是整个种族的代言人。小说开始即已表明:

> 代表祖先精神的蛇,来自天空的星星,其力量之强大,胜过暴风云,其创造力之非凡,使其体积异常庞大。它优雅地前行着——如你借高空盘旋的鸟儿的眼睛,你会看到,这条蛇那湿漉漉、滑腻腻的身体,因沐浴过古老的阳光而熠熠生辉。那还是比人类开始用双眼判断周围的情况要久远许多的年代。在无数亿年前,它降落了下来,沉重的肚子匍匐在卡奔塔利亚湾湿润的沼泽地面上。①

这是白人所无法想象也不能轻易清除的观念。看它接下来会怎样:

> 你可以想象这条创世之蛇,俯冲下来,深深地陷落进泥滩,将滑滑的淤泥溅得四处飞扬。这蛇从自己落地时的巨响声中惊醒过来,与此同时,它的身体砸出了条条沟壑,这些沟壑渐渐形成了山谷。创世之蛇醒来,激浪推动着海水,奔涌了进来,瞬间,蓝色的海水变成了黄色的泥浆。海水打着旋涡灌进了蛇压出来的所有沟壑,形成了遍布在这片海湾之地广袤的地上的各条弯弯曲曲的河流……②

叙述声音告诉我们,这条蛇在创造了多条河流后,创造了最后一条河流,作为自己的栖身之所:

---

① Alexis Wright, *Carpentaria*, p. 1.

② Alexis Wright, *Carpentaria*, p. 1.

这条巨蛇在纵横交错的石灰石蓄水层的地下居所。据说蛇的身体上有许多可以漏水的孔，一切都可以从它的身体透过。它弥漫在整个大气里，如皮肤一样附着在傍河而居的人们身上。①

我猜想这一定是瓦安伊部落的《创世记》，即关于最初起源的故事：

这起起落落、奔涌着泥水的河流之蛇，以人无法理解的规模吸气。将这蛇呼吸的节奏想象成潮水奔涌进内陆，流向那遍布在被风干的枯草所覆盖的石灰石高原中的峡谷里，与那里静静、深深的泉水融汇到一起。②

作为瓦安伊部落发言人的艾利西斯·莱特不疾不徐，但她确保我们能够理解德斯佩兰斯宇宙格局那无中心又琐碎的性质。

……这个城镇原本是为了促进北部澳大利亚腹地地区贸易而兴建的。

上世纪初的某个丰水季节，城镇的港湾里却没有水了，因为河流突然决定改变流向，在几公里以外绕道走了。事情就是这样。现在这个干涸的港口就这样无所事事地保留了下来。那里的居民依然在议论城镇应该继续存在的理由，这些议论又代代相传下来。③

我们被告知，在一段时期，人们认为这个定居点可以起到抵制黄祸的作用，但当黄祸的威胁不存在了之后，他们便急需找到其他更富有当代意义的

① Alexis Wright, *Carpentaria*, p. 2.

② Alexis Wright, *Carpentaria*, p. 2.

③ Alexis Wright, *Carpentaria*, p. 3.

理由。

> 如果任何时候,会有任何声音居然远远地超越了个人见解,对他们的黑人进行评论时,都会被这里留意到。这样做,据说能够在经济上促进国家利益。后来又添加了一句:有益于维持国家作为体面社会的完整性。①

我认为,最后这句话是对白人的虚伪和自以为是的优越性进行的讽刺。这样的理解应该没错。这就将我们带到了不同文化相互接触的危险边缘。不同的文化总是肆意地按照自己内部衍生出来的一些标准去评判自己疆域以外的其他文化,这样无疑总是错误的。帝国事业总是在一片喧嚣的宣传声中进行的,人们被混淆了视听,无法以宣传以外的方式去思考。那些被征服了的人遭到揶揄,当然也没有人愿意去倾听他们,因为倾听将意味着尝试去了解,去了解一个完全不同的社会。这正是《卡奔塔利亚湾》这部小说的伟大之处。像帕潘亚画家和这个国家的其他土著艺术家的作品一样,这部小说将自己推进白人社会的思维中,在其行进的道路上,引起重新思考,形成分野。白人的优越性从何而来?仅仅因为白人自我叫嚣一番便存在了?白人的优越性从何而来?那么黑人又是否真的相信,他们的种族和那隐藏在地底的巨蛇比万军之神的上帝更加优越?

如果他们这样想,是否也是错的?

吸收了《卡奔塔利亚湾》里许多观点和理念后,我们又当如何思考?

我认为,这样一部非凡作品的到来,标志了一个融合时代的到来。也就是说,两种文化已经在一定程度上相互了解,开始迈向融合,相互借鉴优势,并不可避免地在走向融合的道路上抛弃一些偏见。我认为,这种过程在1770年(当詹姆斯·库克和他的奋进号驶达这里)就开始了。但是,不管是黑人还是白人,在过去,很少有人会认为两个不同种族间的互动始于那时。为何会

① Alexis Wright, *Carpentaria*, p. 4.

这样呢？因为黑人太过于关注自己的损失，也太过于关注自以为是的胜利者那自鸣得意的骄傲，觉得自己被打败了。白人呢，太确信自己的霸权，才不会去注意黑人有什么作为。不同文化的社会往往将自己最成功的代表性特征视为最先进的文明，绕开了文明实际上是可以通过多种方式缔造这一事实。这让我想起，几年前，我曾和居住在社区文明与丛林交界处的朋友们一起度过的时光。每天下午四时左右，袋鼠都会跑到草坪上来啃食青草。一小时后，它们就会消失。当我们打开红酒，准备讨论书籍的时候，袋鼠却不见了，这些袋鼠跑到哪里去了呢？我不知道。它们就是消失了……

……但是，它们并不是真的完全消失了，一定是去了某个地方。每一天的活动乃至它们的整个生命，都遵循一定的模式，而在不断地迁徙流动着。鸟类如此，鱼类亦如此。它们没有家园，只有生存的模式。这些生存模式就像它们的家园。黑人们一年中也有一段时间会这样按照一定的模式来生活，此时，他们的生活与共存的其他生物间相互作用。这既不"简单"，也不"原始"。欧洲人认为，人类比其他物种更加接近上帝，因而是万物的主宰。在我看来，土著人的观念比白人的更富有智慧。《卡奔塔利亚湾》的叙述声音也很迷人，尽管这个声音并不在意我们是否能够倾听到她，我却对她所听到和注意到的一切感到如痴如醉。让我们来试举几例。就从一次威尔·潘托姆出海前约瑟·米德奈特对他的教诲开始吧：

> 从一辆借来的小汽车里，威尔往船上搬他需要带出海的东西。不过是些食物、装水的罐子、渔具、罐头食品、换洗衣服之类。用唱歌的方式，年长的约瑟详详细细地告知他在那遥远的海上哪些地方是安全的。整首歌曲犹如一张打开的地图，指引他去一个从未到达过的梦幻之地。他说："在我小时候，生活很艰难——现在已经没有哪个家伙会关心这些了。"
>
> 威尔也很清楚这点。一听到老年人讲述这些故事，他就感觉肠胃都在翻搅。……但米德奈特老头儿却想起了一个他一辈子从未表演过的仪式，不可思议地，此时他正将这个仪式传授给威尔。他滔滔不绝地唱

> 着,相信自己已经按照正确的顺序唱出了上千公里的行程中那成百上千的地名。“这样来唱,只有那个地方叫这个名儿或那个名儿。记住,要走这边。不要搞混了。再来看下一个地方,这样来唱。听我给你唱,只有当月亮高悬天空时,像那里,低一点的地方。再来,练习一下。记住,不要弄错了。……”那歌是那样长,又是那样复杂,却不得不按照正确的顺序来记忆,你需要记住,哪里的海洋是怎样的,哪里的海浪是怎样的,哪里的水流又是怎样的,甚至要记住哪里的云朵是怎样的。
>
> “威尔,记住,你只能去海洋允许你到达的地方。”①

依靠口头流传的文化,得让年轻人愿意接受并在危急时刻去运用这庞杂的知识才行,需要受教者情愿才能真正地得到运用。那种乐于接受的规则意识在成人礼时就应该得到传授。和白人的战争一样,对男人的第一次考验很关键。那些生存技能可能被记住也可能没有,学习这些技能既关乎智力,也关乎学习者的想象力。我很好奇这些黑人学习者是如何在两者之间达到平衡的。我们再来看另一个例子。在这里我们可以看到,现代的、白人的思维方式提供了天气预报,而黑人的传统却给予我们不同的解答:

> 离开米德奈特老头儿那天,在他把船拖进海里时,天气预报说在珊瑚海的一个叫约克海角的地方的南部和东南部将会有旋风。后来怎样呢?天气播报员在最后一句铿锵有力地总结说在那个地区会因为旋风而潮位暴涨。威尔闭上眼睛,仿佛能够看见狂风席卷着层层巨浪不断翻滚、云层夹裹着各种圣灵不断涌动的画面。族里的老年人说那是伟大祖先的圣灵对如今海洋严重污染的愤怒,是他们在尘埃里面的咆哮。威尔相信这点。圣灵所见到的,所有凡人也见到了。采矿、船运、倾倒矿渣和垃圾的驳船把这个国家弄得不堪入目。这个地方是需要爬梳清理一下

---

① Alexis Wright, *Carpentaria*, pp. 375-376.

才行。①

再来看一段，虽很简短，却足以让白人震惊：

> ……威尔·潘托姆还是那副气定神闲的样子。乍一看，菲什曼的确有些像三十年前的诺姆，他此时正以同样气定神闲的神态站在威尔面前，宣布他们共同担任宗教领袖的关系结束了。
>
> "你还记得伊利亚斯的船吗？"威尔悄悄地凑在菲什曼的耳边说——担心他的话会被风听见，风又告诉树。②

"担心他的话会被风听见，风又告诉树。"我们应该从字面意思去理解这句话，还是将其视为一个比喻？白种人都知道，在别人耳旁所说的悄悄话都会走漏出去，难道土著社会不这样认为？或者我们也要接受风和树真的会对彼此说话？这虽然难说，但是这个假设却很有趣。或许会有那么一天，"知识"这个概念会以更加谨慎的措辞来得以重新表述。虽然白人的科学否定其他生物和我们一样拥有意识，许多生物却仿佛具有理解力一样对所处的周围环境进行反应。黑人看待人与其他生物间界限的方式和我们是否有所不同？看起来，他们的确和我们很不相同。他们是否会告诉我们？我们又是否能够学到？

谁知道呢？

我们再来就《卡奔塔利亚湾》的散文风格说几句。其行文风格如画卷般缓缓展开，轻盈而敏捷，令人赞叹！我手里这本吉拉蒙多出版社的版本（悉尼，2007年）在每章的篇首都用了深达六行的首字母下沉方式排版，给后面几页内容来了一个助推式的开头。我很欣赏这种大胆的排版风格。而小说本身的行文风格则吸收了口头文学传统而充满活力。有些章节甚至并非完整

① Alexis Wright, *Carpentaria*, pp. 400-401.

② Alexis Wright, *Carpentaria*, p. 424.

句子,仅用表达主题的词组之类开篇。

第七章:

> 最后的心愿……
>
> 鱼舱里那些死去的灵魂从来就没有安宁过。诺姆·潘托姆多年来一直知道……①

第八章:

> 秘密……
>
> 鬣刺被暴风连根拔起,蜷缩成成千上万的柠檬色草球,滚过城市,又被大风扫进了大海。②

第九章略微有些不同:

> 啊!这是不可思议的神奇时刻!陆地上到处是魔法,海洋里也充满了各种神灵。可怜的陆地女魔加达加拉(Gardajala)。那警觉善听的海洋女魔,不能提及她的名字,在遥远的海洋里,正妒火中烧,旋转扭打着自己,马上就要形成飓风……③

如一个口头讲述传统的故事,压根不是为了印刷成书面文字而写作的,仿佛在叙述应该发展到的饱满程度和应有的力量感之前,这一群人就应该得到一点启示,安顿下来。艾利西斯·莱特一再通过讲述圣灵的世界或之前的

---

① Alexis Wright, *Carpentaria*, p. 205.

② Alexis Wright, *Carpentaria*, p. 229.

③ Alexis Wright, *Carpentaria*, p. 276.

主要人物来实现这样的效果。以下是我们第一次读到伊利亚斯出场的一段：

> 从前，也不是很久前的从前，在一个海上异常漆黑的夜晚，一位强壮的水手，他曾乘风破浪漂荡在许多海洋上，航海技艺精湛，却在那夜被海怪盗走了记忆，海怪们喷吐着白沫，与比参天大树高的浪头竞赛奔跑着。
>
> 这位航海老手，失去了恐惧，他融进生命里的航海技术也不管用了，他一贯精明的判断力也消失了，他甚至忘了要向上帝祈祷，只能用他家乡土话里最肮脏的语言咒骂着愤怒的大海。暴风却不去理会他的咒骂，神态威严的旋风勒达正乘百年难见的风暴从那里经过，水手追逐着黑色的旋风，恢复了记忆。一座座巨浪浪尖碰撞着、翻滚着，冲上云霄，他像中邪了似的，在中间穿梭着、飞翔着。巨浪像张开大口的巨怪，如千军万马般，在这阴森可怖、震耳欲聋、翻江倒海的梦魇里咆哮着，挟卷着老伊利亚斯·史密斯，来来回回地将他一忽儿掷下地狱的深渊，一忽儿又抛出水面来。他呢，张大了嘴巴，粗嘎着嗓子，声嘶力竭地吼叫，却叫不出一点声音来，他依然紧追着漆黑的风浪，渐渐地完全失去了记忆。[①]

我之前也提到过，伊利亚斯在小说里反复出现，但作者并没有赋予他任何特别的意义。他仅仅代表了某种力量，让所有见过他的人都会心生敬畏。他和另一个水手诺姆·潘托姆都是大维度的人物形象，但却不是按照传统小说人物那样塑造的，也不能那样去理解。虽然他们所旅行过的大陆和海洋同我们地图上显示的地名是一样的，但他们走进的仿佛却是另外一个世界，那是一个神话的世界。尽管这样听起来有些傻气，读到他们总是让我脑海里浮现出内德·凯利戴上自制铁铠甲走出来与追击他的敌人面对面战斗时的情境。他们虽然很快将他击倒在地，但是他这种迎击敌人的方式，永远地改变了他的形象。

对于艾利西斯·莱特塑造的人物，我会产生相同的感受。例如，从下面

---

① Alexis Wright, *Carpentaria*, p. 43.

一段来看看诺姆·潘托姆：

> 像蕾丝一样镶嵌在海边的暴风云辉煌夺目，诺姆·潘托姆转过头去，与人生所有灰色的灾难面面相觑，直视进它的眼睛，紧握住它的犄角。望着那温馨的家园，坐落在那无边无际的波纹铁皮棚屋之中，那是从路对面的垃圾堆里搜寻来的染发剂盒子等丢弃物里获得的圣水、魔咒、圣灵和其他各种蛊惑物建造而成的。①

诺姆和家人居住在垃圾堆旁，他们经常去那里搜寻东西，如果找不到想要的东西也没有关系，因为自祖先以来他们千百年来已经习惯了空手而归。他们是从来不会失望的机会主义者。白人认为身体的肮脏——这一说法也是我们创造的——是精神和心理不健康的表现。诺姆·潘托姆和其他生活在德斯佩兰斯的人却不受这种观念左右。诺姆有一手技艺，也是一种爱好，他能将死去的鱼变得像珠宝一样，让它们呈现出生前在那给城镇带来灾害的水里时活灵活现的样子。他将鱼剖开，往里面塞上东西，再缝上，放进无数的罐子里蘸上各种化学物质和颜料。在他手里，这些鱼被加以想象而得到重新创造，诺姆的房间里用线挂着数以百计这样的鱼。他的房间，我猜一定是些凹凸不平、四处有漏眼的波纹铁皮搭建的棚子罢了，但诺姆却并不因此而感觉低人一等，因为他根本不想拥有那些白人想拥有的东西。他怡然自得，他无比强大，他曾有一次划了好几天船，只为了寻找他想要寻找的一片海域，他精通云和浪的语言，这些自然现象在他眼里非常善于表达。下面这一段是诺姆划船载着他的朋友伊利亚斯的尸体出发时的情形：

> 诺姆·潘托姆要去很远的地方，那是另外一个世界，在那个世界里，白天仅能见到那冷光熠熠的海洋和上面广阔的天空，夜晚则由让我们这个世界感到恐惧的各种鬼魅所主宰。人们说，那样遥远的地方，是未经

① Alexis Wright, *Carpentaria*, p. 12.

> 驯化的鱼类、女人和海洋生物的灵魂所统治的世界,由各种邪恶的风浪和天上各种傲慢的灵魂所统辖。静静的风询问道:那是谁去了那里?紧随着的下一阵风回答道:听说来了一个心灵痛楚的人,他与另一个人一起来的,他用无动于衷的眼神看着这个世界,仿佛这个世界根本不曾存在过。①

在《卡奔塔利亚湾》的世界里,许多东西却的的确确存在过,只是它们存在的方式为瓦安伊人所特有,并不符合欧洲人的标准,也不能被我们现在这个以全球化和科学认知观为特征的世界所理解。那么我们如何来理解小说结尾时成败的大扭转?整个德斯佩兰斯城镇被洪水淹没、冲毁,白人居民都纷纷以最快的速度逃跑,生怕跑慢了一步就没命了。这是白人读者最难以理解的一部分,因为读起来好像战斗的一方已经溃不成军,而压倒他们的力量却无意于战斗。换言之,我们尚未开始战斗,却已承受了结果。

从刚才的观点去理解,《卡奔塔利亚湾》全然是不公平的,毫无公平可言,而且作者故意如此。从瓦安伊人的角度看来,在小说后面部分,白人到来之前盛行的一些秩序得到了恢复。对于白人而言灾难性的溃败,在黑人眼里,不过是一次恢复平衡的活动,只是让白人入侵后遭到破坏的一些平衡重新得到恢复而已。我之前说过,瓦安伊人的创世故事相当于基督教的《创世记》,但是《圣经》的结尾部分却并没有类似的关于恢复平衡的故事。《圣经》的结局虽然也有许多损失和毁坏,但对于少数被上帝选择的人而言,那种秩序恢复的结局依然不失完满。

> 诺姆心里很明白,他再也去不了任何地方了。至少现在他哪里也不能去!他继续往前走,往他记忆中德斯佩兰斯的主干街道走。他遇见了城镇里那些被抛弃的狗儿,一只只骨瘦如柴,肋骨突起。旋风来的时候,它们跑到了山头上,等旋风过了后,又跑了回来。现在,不知道从什么地

① Alexis Wright, *Carpentaria*, p. 240.

> 方,狗儿们一只只出现在了毁坏殆尽的街道上,漫无目的地闲荡着,寻找着昔日的主人。它们不冲人汪汪叫,也不扯着嗓子号叫,受过旋风的惊吓后,它们变得沉默、呆傻,叫不出一点声音来,只是张大了嘴巴,却发不出一点点声音来。诺姆连续做了好多恐吓的动作,它们才躲回到那些再也看不见的院子里,可怜巴巴地坐着,等待他离去。他把巴拉放下来,一起往西边走去。
>
> 他对小男孩说:"有一天,当草地再次变绿,蝗虫漫天飞舞吃光了青草后又在冬天死去,当你在小湖里捉住一条大大的、肥嘟嘟的肺鱼时,你的妈妈和爸爸会回来接你的。你能等到那个时候吗?"①

小男孩觉得他能够等待,所以他和诺姆准备踏上回家的路。这真是不可思议!因为以房子来说,家已经不存在了,但是在位置感意义上,在那些懂得位置感的人心里,在同那地下神圣的蛇之间的联系里,家却是存在的,如任何时候一样,依然存在着。

> 虽让人感觉不可思议,但是,在他们手牵着手离开城镇,踏上去西边回家的道路时,这水坑密布的地面上却飘荡出绵延不断的歌声。②

家在砖块和波纹铁皮里,也在人们的心灵里,如我之前已经指出过的,家是一个地方,也是一种生存模式,在清除掉一切不必要的赘生物后,家会更美好。诺姆很确信,他的生活在德斯佩兰斯遭到摧毁后会更加美好。他只需要搭建一两间棚屋,从此后能过上与他周围的圣灵和谐相处的生活,便足矣。白人将黑人称为流浪民族,也许这有益于将一套极性特征转移到另一套上,从而避开去界定白人在不同的文明阶段四处流动的各种迁徙方式。以这样

---

① Alexis Wright, *Carpentaria*, p. 518.

② Alexis Wright, *Carpentaria*, p. 519.

的眼光来看,我们时代的主流文明看起来似乎有些奇怪,但是《卡奔塔利亚湾》所呈现的世界观是那么强劲有力,无论它言说了什么,没有言说什么,建议了什么,我们都会情不自禁地去采纳。

编后记

《大洋洲文学研究》(第2辑)由安徽大学大洋洲文学研究所主编,汇集了国内外知名学者的最新力作,代表了国内外大洋洲文学研究的最新学术性研究成果。我们在编辑本论文辑时,以国家图书质量管理规定为基础和指导,在尊重每位作者的研究成果和表达方式的前提下,对论文的相关体例做了如下统一规范处理:

一、我们采用哈佛注释体系。其中,脚注中索引的中文文章名加引号,书名和期刊名加书名号;索引的英文文章名加引号,书名和期刊名用斜体字体。

二、论文中连续两次或多次引用同一文献资源时,第一次引用按照如上规范著录,此后在同一篇论文中出现时,对出版信息不再注明。

三、书中不同的论文中提到同一部作品和作者时有不同的中文翻译名,出于对论文作者的尊重,我们保留了每位论文作者的翻译,并在脚注中做了相关说明。

安徽大学大洋洲文学研究所

安徽大学大洋洲文学研究所成立于 1979 年，是中国最早从事大洋洲文学研究的学术机构。其研究领域主要包括澳大利亚文学研究、新西兰文学研究和南太平洋岛国文学研究。研究所的成员主要由外语学院长期从事文学研究的教师和澳大利亚文学专业的研究生构成。

大洋洲文学研究所一直以文学研究为特色，以推动和促进中国与大洋洲地区文化交流为宗旨，开展了一系列学术和科研活动。早在 1981 年，在安徽大学大洋洲文学研究室（安徽大学大洋洲文学研究所的前身）的创始人马祖毅教授的带领下，研究所正式创刊《大洋洲文学丛刊》，对大洋洲地区文学进行全面的译介。从二十世纪八十年代到二十一世纪初，《大洋洲文学丛刊》先后发行了将近二十辑，不仅开创了国内此类研究的先河，也对大洋洲文学研究的发展做出了重要贡献。2014年，《大洋洲文学丛刊》已更名为《大洋洲文学研究》，并正式重新启动，成为国内大洋洲文学研究者的重要学术交流平台。此外，研究所成员还出版了与大洋洲文学研究相关的大量论文、专著和译著。研究所出版的专著有《南太平洋文学史》《大洋洲文学选读》和

大洋洲文学研究所创始人马祖毅教授

《大洋洲文学丛刊》系列

大洋洲文学研究所部分学术成果

安徽大学第一届大洋洲文化节

澳大利亚驻华大使孙芳安女士访问大洋洲文学研究所

《二十世纪大洋洲文学研究》等，译著有《无期徒刑》和《瞭望塔》等。

在对外交流上，研究所自1979年以来一直与国内外主要澳大利亚研究机构保持着密切的联系，定期举行学术交流活动。2002年，研究所成功举办了第八届国际澳大利亚研究学术研讨会，不仅提升了研究所的影响力，也有效地促进了澳大利亚研究在中国的发展。此外，研究所还积极与澳大利亚、新西兰和南太平洋岛国等高等院校、机构、组织合作和交流，大力支持研究生和教师去大洋洲地区的高等院校进行访学，并邀请该地区的学者来研究所讲学和交流。

研究所所长：詹春娟

网址：http://olri.ahu.edu.cn

邮箱：olriahu@163.com